燦亮長河

LONG BRIGHT RIVER

LIZ MOORE

麗茲・摩爾———著 吳宗璘———譯

獻給M.A.C.

肯辛頓擁有我們有所不知的漫長商業街道，奢華美麗的宅邸，我們該怎麼描繪現在的她？一座城中之城，依偎在寧靜的德拉瓦州懷中。滿溢到城市邊緣的各大企業，星羅棋布的工廠數目之多，裊裊升起的重重煙霧，就連天空也變得模糊。廣袤平面的每一個角落都聽得到工業在運轉的低鳴聲響。一群幸福又滿足的人們，在豐足之地享受豐足生活。勇敢的男子與美麗的女子在這裡落地生根，還有當父親過世之後、接手繼承的胼手胝足之年輕世代。我們向你歡呼，肯辛頓！——你是對美洲大陸的禮讚——整座城市的榮冠光輝。

——摘錄自《肯辛頓：城中之城》（一八九一年）

這座島上可有紛亂？
保留破碎的一切。
眾神未能重修舊好，
恐難再建秩序。
出現了比死亡更可怖的混亂，
麻煩中之麻煩，苦痛中之苦痛。
漫漫奔忙不止，終至呼吸衰敗，
被諸多戰役所摧折的心靈，承受艱鉅任務，
凝望導航星宿的雙眸逐漸黯然。

然而，不凋花與靈草的床托，
何其清甜（當溫暖氣息緩緩吹拂，哄慰著我們）
依然半閉的眼瞼，
在幽暗神聖的穹蒼之下，
凝神細看悠悠燦亮之河緩緩移動
來自紫色山丘的水——
聽到了濕露回音的召喚
在洞穴之間傳動，穿過了密實纏結的藤蔓——
凝望翠綠之水奔落
穿透了諸多以莨菪葉編織而成的神聖花環！
只聽聞到遠方波光粼粼的海水，
只聽到松樹之下鋪展而開的溫柔。

——阿佛列・丁尼生，摘錄自《食蓮人》

現在

調度員說，今天在葛尼街的軌道區發現了一具屍體，女性，年齡不詳，很可能是吸毒過量。

我心想，是凱西。每一次遇到有女屍通報案件的時候，我的內心就會為之抽搐，出現某種無意識的激烈本能反應，將同樣的訊息立刻送往我腦袋中相同思維的基底。然後，比較理性的自我就會踏著懶洋洋、百無聊賴的緩慢腳步而來，我的面前會出現一個無精打采的乖順士兵，提醒我有關各種機率與統計數字，去年在肯辛頓有九百人因吸毒過量而喪命，沒有一個是凱西。而且，這名哨兵還會斥責我，妳似乎忘了維持專業的重要性。要挺直雙肩，稍微笑一笑，保持臉部肌肉放鬆，不要緊蹙雙眉與繃住下巴，要盡忠職守。

這一整天，我都在教拉佛提回應傳呼，做更進一步的練習。現在，我對他點點頭，他清了一下喉嚨，抹嘴，緊張兮兮。

他說道，「二六一三。」

這是我們的警車編號，沒錯。

調度員繼續說道，報案人是匿名人士，對方以公共電話撥打報案，肯辛頓大道還僅存的那幾個公共電話之一，就我所知，應該是唯一還能發揮正常功能的那一支。

拉佛提盯著我，我看著他，對他擺出手勢，問哪，繼續追問下去。

「知道了，」拉佛提對著他的無線電說道，「完畢。」

這樣不對，我把自己的無線電湊到嘴邊，朗聲問道，「還有沒有關於地點的其他資料？」

我結束通話之後，告訴拉佛迪幾個重點，提醒他不需要害怕以平實的口吻跟調度員對話——許多菜鳥警員習慣以那種從電視或電影學到的誇張、充滿陽剛氣質的調調講話——我還提醒他，要盡量從調度員那裡挖掘出各種細節。

不過，我還沒說完，拉佛提又再次打斷我，「知道了。」

我盯著他，「太好了，」我說道，「我很欣慰。」

我才剛認識他一小時而已，但已經頗了解這個人。他喜歡講話——我對他的了解已經超過了他對我的了解——而且他喜歡裝腔作勢，力求表現，換言之，虛假，是一個深怕被別人稱之為貧窮、懦弱，或是愚蠢的人，他絕對不會承認自己在那些方面有缺陷。不過，我卻很清楚自己是窮人，主因是再也沒收到賽門的支票。我軟弱嗎？就某些方面來說是吧：可能該說是難搞、倔強、冥頑不靈，就連明明應該要接受幫助的時候還是不願接納他人的援手。我的生理面也一樣膽怯，我不會是為了朋友衝到前面擋子彈的人，也不會是在追捕即將逃逸的行兇者之際、第一個投身與其打交道的人。貧窮：對，軟弱：對，愚蠢：沒有，我並不蠢。

早上點名的時候，我遲到了，又出包。我必須丟臉承認，這已經是我這個月的第三次了，而且我痛恨遲到，一名優秀警員要是沒有其他優點，好歹應該要準時。當我走進禮堂的時候——黃褐色的明亮空間，沒有任何桌椅，唯一的裝飾就是牆上剝落的警界海報——艾亨警佐雙臂交叉胸前，正在等我。

「費茲派翠克，」他對我說道，「你今天和拉佛提搭檔，使用二六一三號警車。」

「誰是拉佛提？」我沒時間多想，真的沒要搞笑的意思，待在角落的茲波斯基大笑了一下。

艾亨指向某人，「那就是拉佛提。」

那就是艾迪．拉佛提，進入管區到職的第二天，他在禮堂裡裝忙，盯著自己空白的活動日誌。他迅速瞄了我一下，一臉焦慮。然後，他彎身，彷彿發現了鞋面有什麼似的，但看起來明明擦得晶亮，從某種角度看還有閃光。他噘嘴，低聲吹了一下口哨。在那一刻，我差點覺得這個人好可憐。

然後，他鑽進了副座。

在我們互相認識的第一個小時當中，我知道了艾迪．拉佛提的一些事：他四十三歲，所以他比我年長了十一歲。他最近才進入費城警局，去年接受測驗的時候還在建築業工作（艾迪．拉佛提說，有時候，我的背還是讓我很難受，千萬不要告訴別人），他剛剛才結束實地訓練。他有三名前妻，還有三個快要成年的小孩。他在波克諾斯區有間房子，他練舉重（艾迪．拉佛提說自己是健身狂）。他有胃食道逆流疾病，偶爾會有便秘問題。他自小在南費城長大，目前住在梅菲爾區，和六個朋友分攤使用費城老鷹隊的季票。剛離婚的妻子是二十多歲（艾迪．拉佛提說，也許這就是問題，她還不成熟）。他打高爾夫球，在收容中心領養了兩隻混種彼特犬，一隻叫金寶，另一隻叫珍妮。他在高中的時候打棒球，其實，他的某位隊友就是我們群組的警佐，凱文・艾亨。而且當初就是艾亨警佐建議他可以考慮當警察（我覺得這一點並不意外）。

在我們互相認識的第一個小時當中，艾迪・拉佛提只知道我喜歡吃無花果冰淇淋。

在這一整個早上，我只能努力趁艾迪・拉佛提偶爾出現的空檔打斷他、將他應該要知道的管區基本事項告訴他。

根據美國人的標準，肯辛頓是費城這座古老城市裡比較新的區域。在一七三〇年代的時候，由英國人安東尼・帕瑪所建立而成，當時他買下一小塊普通到不行的土地，以某個王室轄地作為命名——當時，那裡是英國皇族偏愛的王邸（搞不好帕瑪也是個虛假的人，或者，比較寬容的說法，一個樂觀主義者）。現在的肯辛頓東端距離德拉瓦河有一點六公里之遠，但在最早期的時候，它的邊界就是河岸。所以，它最早期的產業是造船業與漁業，不過，到了十九世紀中期，它開始奠立了製造樞紐的長期地位。在全盛時期，它擁有鐵、鋼、紡織的製造商，而且，還有製藥——應該算更適合的產業吧。不過，一個世紀過去之後，這個國家的工廠多數倒閉，肯辛頓也不例外，走向了一開始緩慢、但後來速度急遽的經濟衰退之路。許多居民為了找尋其他的工作，搬進市中心，或者乾脆離開這座城市，而其他人則選擇留下，以死忠或欺瞞的心態說服自己，改變將會發生。時值今日，在肯辛頓當中，十九世紀與二十世紀搬到這裡的愛爾蘭裔美國人、以及波多黎各與其他拉丁後裔的新住民幾乎是人數相當——此外，肯辛頓人口派圖還有好幾個接踵而至、人數較少的族群，包括了非裔美國人、東亞人、加勒比海人。

現在的肯辛頓有兩條幹道貫穿全區：北行至東端的前鋒街，還有肯辛頓大道——通常大家都把它簡稱為大道，可能是為了要表達友善，或是把它當成不屑的稱號，這要看是從誰的口中說出來——這條幹道的起點是前鋒街，轉向東北方。市場─法蘭克福德高架捷運線——或者，比較常聽到的是高架，會自稱為費城的城市，當然不可能放過為基礎建設取簡稱綽號的任何一次機會——它的路線直接貫穿前鋒街與肯辛頓大道，也就是說，這兩條路的白天幾乎都籠罩在黑影之下，支撐軌道的大型鋼樑，足足有十公尺之寬的藍色支柱，讓這整座設施儼然像是一隻罩頂全區的巨大恐怖的蟲。大部分在肯辛頓所發生的交易（毒品、性）一開始都出現在這兩條主要道路的其中一條，最後結束在這兩條主路之間的諸多小巷，或者，比較常見的是這裡偏僻巷弄的廢屋或空地。主街兩側的商店主要是美甲沙龍、外帶小吃店、手機店、便利商店、一元商品、電氣行、當鋪、慈善食堂、其他的慈善組織，以及酒吧，大約有三分之一的店鋪是關門狀態。

不過，這地區依然在蓬勃發展——就像是我們現在的左側一樣，那裡本來是工廠，被破壞球拆除之後就一直是荒棄狀態，如今公寓卻如雨後春筍一樣冒出來。新的酒吧與商號在這裡萌芽，範圍直達魚鎮，也就是我自小成長的地方。在這些企業中湧現了年輕新面孔：誠懇、有錢、天真無邪，是等待被採摘的成熟果實。所以市長越來越關心城市的樣貌，「再多一點騎警，」市長是這麼說的，「多一點騎警，多一點騎警，再多一點騎警。」

今天雨勢滂沱，所以我回應傳呼之後的車速也比平常緩慢。我逐一唸出我們經過的商店名稱，還有它們的老闆。我把我認為拉佛提應該明瞭的那些最新犯罪事件、一一描述給他聽（每一次拉佛提都會吹口哨，搖頭），我還列舉了那些類似的案件。我們車窗外的風景：那一群常見的人，有的正在找尋來一管解癮的機會，有的剛嗑完藥，人行道上有一半的人都是緩慢融化入地的狀態，雙腿無力支撐身軀。會對這種情景開玩笑的人是這麼說的，肯辛頓式傾斜，我從來不會講這種話。

由於天氣的關係，某些從我們身旁經過的女人已經打起了傘。她們戴冬帽，身穿羽絨衣與牛仔褲，髒兮兮的球鞋，年齡從十多歲到老太太都有。大部分都是白人，但成癮性不會有種族歧視，這裡可以看到各式各樣種族與宗教信徒。這些女人要是沒化妝，不然就是塗了濃濃的黑眼線。在大道上討生活的女子不會穿著任何顯現她們在從事性工作的衣裝，但每一個人都知道：因為神情，死盯每一個開車過去的駕駛，走過去的每一個人，目光許久不移。這些女人我多半認識，而她們也幾乎都認識我。

「潔咪在那裡，」我們經過她身邊的時候，我對拉佛提開口，「還有那是安曼達，然後那是羅絲。」

我覺得，認識這些女子也是他必須接受的訓練。

我們在這個街區繼續前行，到了肯辛頓大道與坎布里亞街的交叉口，我看到了寶拉．莫洛尼。她今天拄拐杖，只能靠單腳來回徘徊，可憐兮兮，由於她無法好好撐傘，所以全身都被雨淋濕了，牛仔外套已經變成了狼狽的深藍色，我真希望她能夠趕快進入室內。

我迅速張望四周，找尋凱西的蹤影，通常可以在這個角落發現她與寶拉。有時候她們會吵架或鬧彆扭，另一個人會挑別的地方站壁一陣子，不過，一個禮拜之後，我會看到她們出現在那裡，和好如初，互相摟肩開開心心，凱西嘴裡叼菸，而寶拉則是拿紙袋，裡面放的是礦泉水、果汁，或是啤酒。

今天，我根本沒看到凱西。我突然驚覺，其實，我已經有好一陣子沒見到她了。

寶拉看到我們開車朝她的方向駛去，對著我們瞇眼細看，想要知道是誰坐在裡面。我從方向盤舉起兩指，算是揮手打招呼。寶拉看我，然後望向拉佛提，最後臉龐微微仰起，面迎天空。

我對拉佛提說道，「這個是寶拉。」

我本來還想多說一點。我大可以說我和她念同一所學校，我們全家人都認識她，她是我妹妹的朋友。

不過，拉佛提已經轉到了另一個話題，這一次是困擾他大半年的胃灼熱問題。我擠不出任何回應。

他突然問我，「妳一直這麼安靜嗎？」這是他問我偏好的冰淇淋口味之後的第一個問題。

「我只是累了。」

「妳在我之前是不是換了很多搭檔❶？」拉佛提問完之後哈哈大笑，彷彿自己剛剛講了什麼笑話一樣。

「我出言不當，」他說道，「抱歉。」

然後，我開口，「只有一個。」

「你們共事多久？」

「十年。」

拉佛提問道，「他怎麼了？」

「去年春天膝蓋受傷，」我回他，「請了一陣子的病假。」

拉佛提追問，「他是怎麼受傷的？」

我不知道這關他什麼事，不過，我還是說了，「因公受傷。」

要是楚曼真的希望有哪個人知道全部的故事，就由他自己說吧。

他問我，「妳有沒有小孩？老公？」

如果他繼續講他自己的事就好了。

「一個小孩，」我回道，「沒有老公。」

「是哦？幾歲了？」

「四歲，快五歲。」

❶ 意同伴侶。

「這年紀不錯，」拉佛提說道，「我很想念我自己的那個時候。」

我把車停在調度員指示的軌道區入口——某道圍欄的人為破口，多年前被人踢爛之後一直沒有修好的大洞——看來我們比醫療小組早一步到達現場。

我看著拉佛提，打量他，一想到等一下我們要看到的場景，我突然覺得好同情他。他的實地訓練在二十三區，也就是我們管區的旁邊，但是犯罪案件卻沒那麼多。而且，他的主要業務都是徒步巡邏與群眾控管之類的事。他先前到底有沒有回應過這類的傳呼？其實我根本不確定，不過，有太多方法可以詢問別人一生中曾經見過多少死屍，所以，我最後決定要繼續採取模糊策略。

我問他，「以前有沒有遇過這種狀況？」

他搖頭，「沒有。」

我語氣爽朗，「好，那我們就來吧。」

我也不知道自己還能說什麼，要替別人做好心理準備是不可能的。

十三年前，我剛開始入行的時候，一年總會出現幾次：接獲民眾報案，有人吸毒過量，死亡已久，醫療介入也是浪費而已。比較常見的是正在發生中的吸毒過量案件，通常這些個案都會甦醒過來。最近，死屍出現的頻率越來越高。光是今年在「軌道區」就有一千兩百起案件，而大多數都發生在我們的管區。幾乎都是剛剛吸毒過量致死的案件，而其他則是已經開始腐敗的屍體。有時候，目睹死者斷氣的是他們的朋友或情人，他們不想要跳入報警之後的迴圈，他們不想要回答別人詢問到底出了什麼事，乾脆就以拙劣手法藏屍。更常出現的狀況是，吸毒者待在外頭，在某個隱蔽的地方就這麼永久昏厥而死。有時候，最先發現的是家人，有時是他們的子女。還有的時候是我們：外出巡邏的時候，直接看到了他們，四肢張開或是癱軟在地，當我們檢查他們的生命徵候之際，完全沒有脈搏，屍身冰寒，就連在夏天也一樣。

拉佛提與我從圍欄的破口進去之後，往下坡前行，進入了某個小峽溝。在我擔任警察的這些年當中，我走這條路已經有數十次之多，搞不好已經有上百次。理論上，這種雜草蔓生的區域也是我們的巡邏範圍。每次我們進來的時候，一定會發現有什麼人或是異狀。當我與楚曼搭檔的時候，帶頭先進去的一定是他，他比我資深。今天，是由我帶頭，我縮著頭，彷彿這麼做可以讓自己不要淋得那麼濕，這一招根本沒用，但雨勢依然無情，它在我的帽子上發出了巨大的啪嗒聲響，我連自己講話的聲音都幾乎聽不見，鞋子陷入泥地之中。

里海高架橋——現在大家幾乎都把它稱之為「軌道區」——就與肯辛頓多數的地方一樣，是早已失去原有功能的腹地。在肯辛頓的工業輝煌年代，它曾經因為提供貨運列車的重要服務而十分繁忙，但現在早已廢棄，雜草叢生。野草落葉與樹枝蓋住了散落滿地的針頭與小塑膠袋，一叢叢的小樹成了各種活動的遮掩物。最近市府與聯合鐵路公司那裡有傳言，準備要夷平這裡，但到現在還沒有處理。我自己抱持懷疑態度：無法想像這裡會成為其他樣貌，這裡是吸毒解癮者、「大道」那些女子與恩客共處的隱蔽之地，要是真的夷為平地，那麼新的圈地就會在四處冒出來，我以前就曾經看過這樣的景況。

我們的左側出現了微小的窸窣聲響：野草堆裡有個男人冒出來，看起來跟鬼一樣詭異。他站著不動，雙手放在身體側邊，臉頰有兩條小河滴落而下，其實，很難判定他剛剛是不是在哭泣。

「先生，」我開口問他，「你在這裡是否發現什麼異狀？應該要讓我們知道的事？」他不發一語，眼光發愣了好一會兒，舔了舔嘴唇。他有那種急需毒品解癮者的恍惚飢渴神情，雙眸是不正常的淡藍色。我心想，也許他與朋友約在這裡見面，或是毒販，能夠幫助他脫離困境的人。最後，他搖頭，速度緩慢。

我對他說道，「你知道你不該待在這裡嗎？」

某些警察根本懶得擺出這樣的客套語氣，反正也不會有任何效果。有些人說，他們就跟野草一樣，砍沒多久就又冒出來了。不過，我的態度一向如此。

「抱歉。」他雖然這麼說，但似乎並沒有要立刻離開的跡象，我沒時間和他繼續糾纏下去。

我們繼續往前走，兩側已經出現了大型水塘。根據調度員的指示，我們從剛剛進來的入口直行約九十公尺就會發現屍體，略微偏右的位置。她說，在某根木頭的後方，她還說，報案人為了幫助我們尋屍，還在木頭上放了一張報紙。我們離開圍欄之後，一直往前走，找尋的就是那張報紙。

先注意到那塊木頭的是拉佛提，位於步道之外——其實不能算是步道，只能說是多年來大家在「軌道區」踩踏頻率最高的地方。我跟過去，一如往常，我開始擔心不知自己是否認識這名女子，會不會是哪個我曾經載過、或是曾經開車經過的時候見過無數次的女子。然後，我來不及阻止，那熟悉的吟唱聲音又回來了：不然，就是凱西；不然，就是凱西；不然，就是凱西。

拉佛提在我前面，與我相隔有十步的距離，凝望木頭的另一邊。他不發一語，只是一直傾身，側著頭，沉澱眼前所見的一切。

我過去的時候，也做出一樣的事。

她不是凱西。

我的第一個念頭是：感謝老天，我不認識她。她剛死沒多久：這是我的第二個想法。她躺在這裡的時間並不久，完全沒有鬆軟的感覺，屍身反而是直挺挺的姿態，仰躺，某隻手臂往上收縮，所以那隻手成了爪狀。她的臉龐扭曲，表情鮮明，眼睛睜得大大的，讓人看了很不舒服。通常用藥過度死亡的人是閉眼狀態——這一點總是讓我可以得到些許安慰。我心想，至少，他們是平和死去。但這女子卻是面容驚嚇，無法相信這種厄運會降臨在自己身上。她躺在一大坨落葉上頭，除了她的右臂之外，整個人宛若錫鐵士兵一樣僵硬。她很年輕，二十多歲，她的髮型是——

應該說生前是——緊實的馬尾，但現在已經變得亂七八糟，一綹綹的髮絲從固定的橡皮筋外頭跑了出來。她身穿背心與牛仔短裙，這種天氣作如此打扮也未免太冷了。雨滴直接打在她的臉龐與屍身，對於保存證據來說，這實在不妙。我出於本能，想要找東西蓋住她，讓她可以保持溫暖。她的外套在哪裡？也許有人在她死後拿走了她的外套。不意外，她旁邊的地面有針頭與代用的止血帶。她死掉的時候是不是只有她一個人？這些女子，通常不是孤單死去，都是有男友或是恩客在她們斷氣的時候拋下她們，因為他們擔心自己會受到牽累，害怕被捲入自己不想沾惹的事。

我們應該要在抵達現場的時候檢查生命徵候。通常遇到這麼明顯的死亡案例的時候，我是不會這麼做。但拉佛提盯著我，所以我就只好依照規矩行事。我下定決心，爬過木頭，走到她身旁。就在我準備要測脈搏的時候，聽到附近出現了腳步聲與人語。靠，對方不斷咒罵，靠！靠！雨勢越來越大。

醫療小組找到了我們。兩名年輕男子，不慌不忙，他們已經知道自己救不了這一個。她死了，已經死了一段時間，根本不需要法醫宣布。

其中一個大叫，「剛死嗎？」我緩緩點頭，我不喜歡他們——應該說我們——某些時候在討論死者時流露的態度。

那兩個年輕人態度閒散，慢慢走向那塊木頭，以冷漠表情在張望。

其中一個——他姓賽博，名牌上有寫——對著同伴傑克森大喊，「天哪！」

傑克森說道，「至少她體重很輕。」這句話宛若打在我腹部的一記重擊。他們兩人一起爬過木頭，圍在屍體旁邊，蹲了下來。

傑克森伸出手指，貼住她的屍身，他得要履行職責，嘗試了好幾次，終於成功了，然後，他起身，看了一下手錶。

「無名女屍，死亡時間十一點二十一分。」

我對拉佛提說道，「把它記錄下來。」這是有搭檔的另一個好處，可以叫別人寫活動日誌。拉佛提一直把他的活動日誌放在外套裡，以免被雨淋濕，他現在取出來，動作遲疑，想盡辦法維持它的乾燥狀態。

我說道，「等一下。」

艾迪・拉佛提看著我，然後又望向屍體。

我在賽博與傑克森中間蹲下來，小心翼翼盯著死者的臉龐，她的圓睜雙眼現在變得模糊，幾乎是混濁，緊縮的下巴令人心生不忍。

好，就在她眉毛下方與顴骨的頂端，散落了一堆粉紅色的小點點。從遠方看，這些東西讓她看起來就像是臉紅了一樣；要是仔細端詳，它們其實很明顯，像是小雀斑，或是紙面上的筆痕。

賽博與傑克森也彎身。

賽博說道，「哦沒錯。」

拉佛提問道，「怎麼了？」

我把無線電湊到嘴邊。

我說道，「可能是謀殺案。」

拉佛提問我，「為什麼？」

傑克森與賽博沒有理他，兩人依然彎著身子，端詳屍體。

我放下無線電，面向拉佛提，他在受訓，受訓中。

我指向那些小點，「瘀斑。」

拉佛提問我，「所以意思是？」

「爆裂的血管，絞殺的證據之一。」

犯罪現場小組、兇案組、還有艾亨警佐，過沒多久之後就抵達現場。

彼時

我第一次發現妹妹昏迷不醒的時候，她十六歲，二〇〇二年的夏天。當天的四十八小時之前，某個星期五下午，她與朋友一起離開學校，她告訴我傍晚的時候就會回來。並沒有。

到了星期六，我好怕，一直打電話給凱西的朋友，詢問他們是否知道她人在哪裡。但沒有人知道，至少，沒有任何一個人願意告訴我。我那時十七歲，非常害羞，已經投入了那個我一生都在扮演的角色：負責任的那一個。我外婆奇伊說，她是個年紀輕輕的老太太，太認真了，對她很不好。凱西的朋友當然多少把我當成了某種父母的角色，某種權威，不能透露消息的對象。大家慢條斯理道歉，宣稱完全不知情，這種狀況上演了一次又一次。

當時的凱西，總是喧鬧狂嚷，只要她在家——這種時刻變得越來越少——日子就舒服多了，屋內變得比較溫暖快樂。她那種不尋常的笑聲——某種張開嘴巴的靜默顫抖，接下來是一連串尖銳高亢的清晰吸氣聲，然後彎身，彷彿這些動作讓她痛到不行一樣——總是會在家中的牆面迴盪。少了那樣的聲音，更加凸顯了她不在家的事實，屋內的寂靜充滿了不詳詭譎之氣。她的各種聲音不見了，氣味也是，她和她朋友開始噴的那種可怕香水——「廣藿香麝香」——很可能是為了要掩蓋她們的菸氣，也同樣消失無蹤。

我花了整整一個禮拜的時間才終於說服奇伊打電話報警。她一直很抗拒找外人幫忙，我想，是擔心吧，他們一定會對她照顧小孩的能力投以質疑眼光，認為她多少算是失職吧。

終於，她答應了，慌亂撥打她的橄欖綠色轉盤電話，第二次才成功撥出。我從來沒有看過她這麼恐懼不安或是生氣，當她掛上電話的時候，因為某種情緒而顫抖不止——怒火或哀傷吧，抑或是羞恥。她那張紅潤的長臉動個不停，令人不安的全新姿態，她低聲自言自語，聽不出來到底講的是什麼，可能是髒話也可能是禱告。

凱西就這麼失蹤了，可說是意外，也不算是意外。她的社交生活一直很活躍，而且最近與一群不修邊幅的朋友混在一起，他們很和善但生性懶散，個性討人喜歡但看待一切態度輕率。凱西在八年級的時候曾經有過短暫的嬉皮階段，後來是長達好幾年的龐克時代，以「瘋狂驚惶」染髮，穿了鼻環，還弄了一個網中母蜘蛛的不祥刺青。她交了好幾個男朋友，我一直沒有。她人緣好，但她常常運用自己的好人緣做好事：在中學的時候，她大力展現風範，將一個名叫吉娜・布里克豪斯❷的可憐女孩納為好友，這女孩因為自己的體重、衛生問題、貧窮家境，以及倒霉姓氏而遭到嚴重訕笑，所以在十一歲的時候就完全不說話了。凱西在此時開始關注她，在凱西的保護之下，她開始茁壯。到了中學快要畢業的時候，吉娜・布里克豪斯被封為「最獨特人士」。這是專門給個性古怪、但備受大家尊敬的反偶像主義者的獎項。

不過，最近凱西的社交生活卻出現了逆轉。她經常捲入可能得逼她退學的那種大麻煩事件。她喝酒喝得很兇，就連在學校裡也一樣，而且，還吞下各式各樣的處方藥，當時沒有人知道該感

❷意思為磚屋。

到害怕的那種藥物。凱西本來不會對我隱瞞任何的事，而這是她開始騙我的第一個階段。在那一年之前，她會對我坦承一切，

語氣通常會帶有某種急迫哀求的腔調，彷彿在尋求赦免一樣。不過，她開始企圖隱藏秘密卻徒勞無功，我感覺得出來——我當然感覺得出來。在她的行為、外表，以及目光之中，我推測出了變化。在我們的童年時代，凱西與我共用一個房間，共享同一張床。曾經有那麼一段時間，我們對彼此熟悉的程度已經到了另一個人還沒有說出口、就已經可以預知對方接下來會說什麼了。我們之間的對話急快，旁人根本聽不懂我們在講些什麼，開口說到一半就沒了，只靠眼神與手勢進行漫長的溝通。所以，當我妹妹睡在朋友家、深夜帶著我聞不出的氣味回家的頻率越來越高的時候，我開始驚覺狀況不對，這都還算是客氣的說法了。

後來，她兩天完全無消無息，讓我大感意外的並不是她失蹤，甚或是她可能出了什麼嚴重狀況。我唯一驚訝的是，凱西居然能將自己的生活與我斷得這麼徹底。她居然會用這種方式掩藏她最重大的秘密——就連我也照瞞不誤。

奇伊打電話報警沒多久之後，寶拉·莫洛尼發號碼到我的傳呼機，我回電給她。寶拉是凱西中學時代的好閨蜜，其實，也是唯一會聽我的話、了解並尊重我們家族關係有優先地位的人。她說她聽說凱西的事，應該知道她人在哪裡。

「不過，千萬不要告訴妳外婆，」寶拉說道，「萬一我弄錯就不好了。」

寶拉長得很漂亮，身材高壯，個性強悍。就某些方面來說，她會讓我聯想到「亞馬遜」部落——我在九年級時念《埃涅阿斯紀》第一次知道了這名詞，後來十五歲瘋狂愛上漫威系列的時候又認識了它——不過，某次我向凱西提到寶拉與「亞馬遜」的相似度，雖然我明明是在讚美她，但凱西卻回我，「米可，千萬不要告訴別人啊。」反正，雖然我很喜歡寶拉——到現在依然喜歡她——不過，我也知道她可能對凱西造成了不好的影響。她哥哥法蘭是毒販，寶拉替他工作，而且每一個人都知道這件事。

那天，我與寶拉在肯辛頓與阿勒傑尼的街口見面。

寶拉說道，「跟我來。」

趁著我們走路的時候，她告訴我在兩天前、她與凱西一起進入這一區的某間房子，屋主是寶拉哥哥某個朋友的房子，我懂那是什麼意思。

「我準備要離開的時候，」寶拉告訴我，「但凱西卻告訴我，她還想要多待一會兒。」

寶拉帶我走肯辛頓大道，然後轉入某條小街，我現在已經不記得它的街名了，然後，到了某間破爛排屋的白色防風門前面，門口有一個黑色金屬的馬車剪影，但馬兒的前腳不見了：我看得很仔細，因為我足足敲了五分鐘之後才有人應門。

寶拉說道，「相信我，他們在家，他們永遠都在家裡。」

終於，門開了，大門另一頭是個鬼女人，我從來沒見過這麼枯瘦的人，一頭黑髮，漲紅的臉龐，沉重的雙眸，我後來才把這模樣與凱西聯想在一起。在那個當下，我還不明白這些徵象所代表的意義。

那女子說道，「法蘭不在這裡。」她指的是寶拉的哥哥。她也許比我們老了十歲吧，但其實很難判斷。

寶拉還沒來得及開口，那女人主動問道，「這人是誰啊？」

寶拉說道，「我朋友，她在找她妹妹。」

那女人說道，「這裡哪有什麼妹妹。」

寶拉轉換話題，「我可以見金姆嗎？」

費城的七月通常是酷暑，而這間屋子蘊積了那種熱氣，黑色柏油屋頂底下宛若在烘烤一樣。屋內散發出菸味，還有某種更黏膩的氣息。我一想到這間屋子當初剛蓋好時的模樣，就不禁一陣傷悲：應該是某個正常家庭的住所，也許，裡面住的是某個工廠工人與他的妻小，每天進去某間巨大磚造建物（那些工廠都已經荒棄，不過依然矗立在肯辛頓街道兩側）工作的某人，每日下班之後會回家、在晚餐之前講出感恩禱文的某人。我們所站的位置，應該先前是飯廳。如今卻什麼家具也沒有，只有幾張靠牆斜放的折疊椅。基於對這間屋子的敬意，我開始想像它在一個世代之前的光景：蓋有蕾絲桌布的橢圓桌，地板上放置了長毛地毯，襯墊座椅。窗內有某人外婆做的窗簾，牆上掛的是水果置於碗中的畫作。

金姆，我猜應該是這裡的屋主，身穿黑色T恤與牛仔短褲，進入了客廳，站在那裡看著我們，雙臂懶散懸垂在身體兩側。

他問我，「妳在找凱西？」在他提問的那一刻，不禁讓我覺得好納悶，他怎麼會知道？也許我看起來很純潔，宛若拯救者，守護者，我是一個正在搜尋、而不是奔逃的人。我這一生都是這種表情。其實，我進入警界之後，刻意培養了某些特定的習慣與行為方式、才終於成功讓那些被我逮捕的人相信不能對我等閒視之。

我點點頭。

金姆說道，「樓上……」當他說出這句話的時候，我雖然不是聽得很清楚，而且他可能還說了其他的事，但我覺得她一定是狀況不好，他還沒講完，我就已經不見人影。

樓上走道的每一道門都是關著的，我心想，門後應該都有著未知的可怕狀態。我必須承認，我很害怕，站住不動了好一會兒，後來，真後悔自己來到這裡。

「凱西……」我輕聲呼喚，期盼她就此現身。

「凱西……」我再次呼喊，有人從某扇門後面冒出頭來，然後又消失不見。走廊一片昏暗。我聽到寶拉在樓下閒聊，關於她的哥哥、鄰居，還有最近大規模出動掃蕩大道的那些警察，惹得大家驚慌失措。

終於，我鼓起勇氣，輕輕敲了一下最靠近我的那扇房門，停頓了一會兒之後，我打開了門。是我妹妹。我一開始是靠頭髮認出了她，凱西最近把它染成了螢光粉紅色，現在散落她背後的光禿禿床墊上面。她側躺，背對著我，沒有任何枕頭，她的頭出現奇怪的傾斜角度。

她的衣服也未免穿得太少了。

我還沒走過去就已經知道她昏迷不醒。她的那種姿勢，讓我覺得很熟悉，畢竟我整個童年都與她睡在同一張床上、隔壁躺的就是她，不過，那天她的肢體卻出現了大不相同的軟綿狀態，四肢看起來太沉重。

我推了一下她的肩膀，讓她躺正，她的左臂撲通一聲落在床上。她的二頭肌下方綁了一坨純棉T恤，現在鬆垮垮掛在那裡。在這個代用止血帶的下方，是她的亮色靜脈長河。她的臉軟塌發青，張著嘴巴，雙眼雖然閉上，但是從睫毛下方可以看到一絲眼白。

我搖她，大喊她的名字，針筒就在凱西旁邊的床面。我再次呼喊她的姓名。她全身散發出宛若排泄物的氣味，我甩她巴掌，出手兇狠。那時候，我從來沒看過海洛因，從來沒有看過施打海洛因的人。

「打九一一！」我大叫——後來回想，這反應真是好笑。絕對不可能有任何執法單位被叫進這間屋內。不過，當寶拉進入房間的時候，我還是一直嚷嚷，她趕緊伸手死命摀住我的嘴巴。

「哦幹！」寶拉看著凱西，然後——她的勇敢與冷靜、還有她行動之迅速與篤定讓我驚嘆不已——她伸出手臂，扣住凱西的雙膝，另一手環住她的雙肩，把她從床上拉起來。凱西念中學的時候就身材圓滾滾，但寶拉似乎完全不覺得有什麼。她展現運動員的矯健姿態、抱起凱西，小跑下階梯，她背貼牆壁，小心翼翼不要摔倒，然後，走出大門，我緊跟在後。

剛剛幫我們開門的那個女子開口，「千萬不要呼喊附近的鄰居。」

我心想，她死了，我妹妹死了。我剛剛親眼看到凱西在那張床上的死人臉。雖然寶拉與我都沒有去檢查凱西是否還有呼吸，但我真的以為我失去了妹妹。我的心迅速跳向沒有妹妹的未來：

我的畢業典禮，沒有凱西。我的婚禮，我生小孩，奇伊死去。因為自憐自艾，我開始大哭。只有她可以和我一起承擔我們出生以來的所有重擔，如今我卻失去了她。我們死去雙親的重擔，還有奇伊的重擔，她偶爾展現的仁慈會讓我們緊纏不放，但她的殘酷卻是生活之日常，還有我們貧困處境的重擔。我的雙眼盈滿淚水，已經看不清地面，不小心踢到被穿土樹根撞凸的人行磚，我摔倒了。

不消幾秒鐘的時間，一名年輕員警就注意到我們了，他正好剛來這一區報到：也就是金姆與寶拉一直在抱怨的那群湧入警察之中的一員。救護車在幾分鐘之內就到達現場，我與我妹妹一起進入後頭，我看著她被施打納洛酮，起死回生，既激烈又神奇，她的哭喊聲中有苦痛、憎恨，還有絕望，祈求我們能夠讓她回去。

這是我在當天學到的秘密：他們都不想被別人拯救。他們只想要再次沉落土內，被地層吞沒，持續沉睡下去。當他們從死界甦醒過來的時候，臉上滿是厭惡。現在，我在警界工作，站在某個必須把他們從另一頭拉回來的可憐急救人員的肩膀後面，那種表情我已經看過了數十次之多。那一天，當凱西睜開眼睛，破口大罵又嚎啕大哭的時候，也是那種神情，而且是直勾勾盯著我。

現在

拉佛提與我可以離開現場了，現在責任落在艾亨警佐身上，他封閉現場，監督法醫、東區警探組，以及犯罪現場小組。

拉佛提與我一起坐在車內，現在的他終於安靜下來。我輕鬆多了，但也只有稍微放鬆一點點而已，我專心聆聽雨刷的嗶嗶聲，還有無線電的低沉嘎響。

我問他，「還好嗎？」

他點頭。

「有沒有任何問題？」

他搖頭。

我們又陷入沉默。

我開始思索世間存在的各式各樣的靜默：而這樣的沉默令人不安又緊繃，是兩個陌生人之間有話不明說的那種寂靜。這一點讓我開始想念楚曼，他的安靜令人心安，穩定的呼吸總是會提醒我要放慢節奏。

五分鐘過去了，終於，他開口。

「好景不再啊。」

我問道，「什麼意思？」

拉佛提大手一揮，指向我們的周邊。

「我是說，這一區域好景不再啊，妳說是不是？在我小時候，這裡是還不錯的地方，我經常來這裡打棒球。」

我皺起眉頭。

「這裡不算糟糕，」我說道，「我覺得這裡就跟大多數的地方一樣，有優點也有缺點。」

拉佛提聳肩，對我的反應感到不以為然。他入行還不到一年，已經開始抱怨。某些警察具有大肆批評自己巡邏管區的消極惡習。我聽過許多警察——很遺憾，甚至包括艾亨警佐自己——他們的職責明明是要保護與鼓勵社群，提到肯辛頓的時候，卻發表了不適合自己角色的言論。有時候，艾亨警佐會在點名的時候、把它稱之為垃圾之鄉，拉K窩，美國的人渣鎮。

我對艾迪．拉佛提說道，「我得來杯咖啡。」

通常，我自己會到某間角落小店喝咖啡，煮爐上有玻璃壺、牆面留有貓尿與雞蛋三明治殘味的那一種小店。店老闆阿倫佐，現在成了我的朋友。不過，有個新地方我已經注意很久了，「轟炸機咖啡店」，前鋒街最近新開的那一波店面之一，我想，都是因為拉佛提對於這一區的厭惡感，讓我主動提議去那家店。這些新的店面——尤其是「轟炸機咖啡店」——具有某種氣質，讓我每次經過的時候都會特別注意。因為他們的內部裝潢，建材是冷硬的鋼鐵或是令人懷舊的溫暖木材；因為裡面客人的樣貌，似乎是從另外一個星球掉落在我們這一區。他們在思考在討論在振筆疾書的內容，我也只能靠想像力發揮：書籍、衣飾、音樂，還有放在家中的植物；他們正在腦力激盪，為自己的狗兒想名字；他們點的飲料名稱很難發音。有時候，我真希望自己可以離開街頭一秒鐘，讓自己身邊圍繞的全是掛心這類煩惱的人，那麼，我就心滿意足了。

當我把車停在「轟炸機咖啡店」門口的時候，拉佛提看著我，滿臉疑色。

「米可，確定要這個嗎？」那句話源於《教父》，他可能不覺得我知道這句話的典故。他不知道的是我看過整個《教父》系列好幾次，不是我自願的，而且每一次都讓我反感至極。

他問我，「準備要喝四美元的咖啡了嗎？」

我回道，「能請你喝咖啡是我的榮幸。」

我們走進去的時候，我很緊張，而且我被自己的這種態度搞得很火大。裡面的每一個人有志一同，都瞄了一下我們的制服，我們的武器，我早已非常習慣的那種由上而下的打量方式。然後，他們的注意力又回到了自己的筆電。

吧檯後方的女孩身材清瘦，留了一頭蓋住前額的直瀏海，還戴了某種固定髮型的冬帽。她身旁的男孩染了一頭白金色的頭髮，但顏色已經慢慢褪淡，露出了深色髮根，他戴著宛若貓頭鷹的圓形大眼鏡。

男孩問道，「需要來點什麼？」

「兩杯中杯咖啡，謝謝。」（我發現只要二點五美金，算是鬆了一口氣。）

「還需要別的嗎？」男孩現在又背對著我們，忙著倒咖啡。

「嗯，」拉佛提接口，「你倒咖啡的時候順便加點威士忌。」

他邊說邊微笑，等待對方的讚許。我是從我舅舅們那裡得知這種獨特的幽默感：陳腔濫調、等待眾人認可、無傷大雅。拉佛提個頭高大，還算是帥，應該也是討人喜歡，男孩轉身的時候，拉佛提依然掛著燦笑。

男孩說道，「我們這裡不賣酒。」

拉佛提回他，「我只是開玩笑罷了。」

男孩神色嚴肅，把咖啡交給了我們。

拉佛提問道，「這裡有洗手間可以借用嗎？」

男孩回他，「壞掉了。」

不過，我看到了，後頭的牆壁那裡有一道門，一下就看到了，沒有掛出告示也沒有任何徵象顯示廁所壞了。另一名員工，也就是那個女孩，一直不肯看我們。

「還有沒有別的廁所？」身為費城警局的一分子，要跑這麼多的地方，我們都知道自己沒有辦公室，一整天都窩在車子裡，公共廁所是我們巡邏日常重要的一部分。

「沒有，」男孩把咖啡給了我們之後，他再次問道，「還需要別的嗎？」

我默默把錢遞出去，走人。等一下我們會去阿倫佐的雜貨店喝下午咖啡。雖然我們沒有買任何東西，但是阿倫佐還是讓我們免費使用他的髒兮兮小廁所。他對我們微笑，他認識凱西，也知道我兒子的名字，也會探問他最近怎麼樣。

「這些小孩人真不錯，」到了外頭的時候，拉佛提開口，「心地很好。」

他的語氣尖酸刻薄，他受傷了，這是我第一次覺得他討人喜歡。

我心想，歡迎來到肯辛頓，不過，千萬別假裝自己什麼都懂。

我們值班結束，我把我們的車停在停車場——我檢查得比平常更為仔細，確認拉佛提有仔細盯看——然後，我們兩個走入警局，繳交我們的活動日誌。

艾亨警佐已經回到了辦公室，一小塊的水泥牆儲物空間，就算開冷氣也會全身爆汗——不過，那是他自己的地方，專屬於他的領地，他的門口掛了一個「先敲門」的招牌。

我們乖乖照做。

「請進。」他坐在他的辦公桌前面，盯著他電腦裡的某項資料。不發一語，收下了活動日誌，根本沒瞄我們。

當拉佛提離開的時候，他說了一聲，「晚安，艾迪。」

我站在他的門口，徘徊不去。

他擺出刻意語氣，「晚安，米可。」

我遲疑了一會兒，然後開口說道，「我們那名受害者可有任何消息？能否告訴我？」

他嘆氣，從電腦螢幕前抬望，對我搖搖頭。

「還沒有，」他說道，「沒聽到消息。」

艾亭個頭矮小，灰髮，藍眼。他長得不難看，但是對於自己的身材沒有自信。我身高一七三公分，可以低頭看他，我們的身高差距至少有五公分。有時候，這樣的差別會讓他在跟我講話的時候踮起腳尖、懸在那裡不動。今天，他坐在辦公桌前，不需要承受那樣的羞辱。

「沒有？」我繼續追問，「還沒有找出她的身分？」

艾亭再次搖頭，我不確定自己是否能夠相信他。艾亭很怪，他老是喜歡隱藏秘密，明明不需要的狀況下亦是如此。我覺得，這主要是一種在強調他比我們高不了多少的權力、凌駕我們之上的習慣。他一直不喜歡我。我認為這是先前我犯下過錯的關係，事情發生的時點，就在他從另一個管區被調過來沒多久：在點名的時候，他講出了我們正在追捕的某個兇犯的資訊，但內容有誤，我立刻舉手糾正他。我自己犯蠢，思慮不周——等到我驚覺不對的時候，已經太遲了，為了維持紀律與階級，我應該事後告訴他才是——不過，大部分的警佐對於這種小小的違逆事件都不會放在心上，會說聲謝謝，也許還會自嘲一下。不過，艾亭卻給了我一個我無法立刻忘懷的眼神。楚曼與我老是愛開玩笑，艾亭就是喜歡挑我毛病。在這種聊天的輕鬆氣氛之下，我知道我們兩個人其實都很擔心。

現在，我對艾亭說道，「我在想，也許你搞不好想知道這條情報，我以前從來沒有看過她上街討生活。」

艾亭回我，「我沒興趣。」

我很想要告訴他，你應該要多加注意才是，這是重要線索，表示她可能是剛來我們這一區，或者只是單純經過而已。巡邏員警最清楚我們管區的狀況：是我們在街上走動、熟悉每一個商店與住家、認識住在那裡的居民。至少，從犯罪現場離開的東區警探的確問了我這個問題，而且還發揮他們的專業、問了其他好幾個能夠讓我緩解不安的問題。

我沒有回應，再次踩住門框，轉身準備離去。

我還沒走人，艾亨開口了，他盯的是電腦，而不是我。

「楚曼最近怎麼樣？」

我說不出話，愣住了。

「我想應該不錯吧。」

「最近沒有聽說他的消息？」

我聳肩，有時候很難理解艾亨的理路，不過我知道他總是自有盤算。

「這可怪了，」艾亨說道，「我以為你們很要好。」

他望著我，我沒料到他會盯我盯這麼久。

在回家的路上，我打電話給奇伊。最近，我們很少講話，探望彼此的次數更少。湯瑪斯出生的時候，我決定要給他一個與我成長背景完全不同的環境，也就是說，要避開奇伊——避開歐布萊恩家族，真的——避得越遠越好。基於某種擺脫不掉的家庭責任，我還是會心不甘情不願敷衍行禮如儀，有時會趁聖誕節的時候去拜訪奇伊，我偶爾打電話給她，確定她還活著。雖然她有時會抱怨，但我覺得她其實並不在乎我們不在身邊。她從來不打電話給我，也從來沒有主動提供任何幫助照顧湯瑪斯，但她明明身體強健，她的外燴工作勝任愉快，也可以在施瑞夫特威超市打工。我已經開始覺得，要是我不再跟她聯絡的話，我們永遠不會再說話了。

「講話啊……」響了好幾聲之後，奇伊接了電話，她的開場白總是如此。

我說道，「是我……」奇伊回我，「妳誰啊？」

「我是米可。」

「哦，」奇伊說道，「認不出妳的聲音。」

我愣了一會兒，仔細消化這段話的意思。老是逼我產生罪惡感，就是這樣。

「我只是想知道，」我開口，「妳最近有沒有聽說凱西的消息？」

奇伊緊張兮兮，「妳幹嘛在意她的下落？」

我回她，「沒什麼。」

「沒有，」奇伊回我，「妳也知道我對她是避而遠之，妳也知道我不能忍受她搞的那種鳥事，我對她是避而遠之。」她為了強調又再講一次。

「好吧，」我問道，「可以告訴我最近是否有聽到她的消息嗎？」

奇伊語氣狐疑，「妳想要幹什麼？」

「沒有啊。」

「妳要是懂得為自己著想，」奇伊訓我，「妳也應該離她遠遠的。」

我回她，「我懂。」

奇伊稍稍停頓了一下，開口說道，「我知道妳明白這個道理。」

她放心了。

「我的寶貝怎麼樣？」她改變話題。她對湯瑪斯的態度比對我們好多了，只要看到他的時候就超寵他，從她的包包裡的一堆半融化狀態的舊糖果當中拿出一塊糖，親手拆掉包裝紙餵他。在這種和藹可親的小動作之中，我看得出來，她當初一定也是這麼對待她女兒的吧，也就是我們的母親，麗莎。

我說道，「他最近真是無法無天。」其實我沒那個意思。

奇伊回我，「不要這麼說，」終於，我聽到她的聲音裡有一絲笑意，非常微弱，「不要這樣講，不准妳這樣講我的乖孫。」

「他的確是這樣。」

我靜靜等待，心中依然有一點期盼，奇伊會自己先提起這個話題吧，叫我把湯瑪斯帶過去，她可以幫忙顧小孩，或者她想來看看我們的新家。

她終於開口，「還有其他的事嗎？」

「沒有，」我回她，「我想就這樣了。」

我還來不及繼續說下去，她已經掛了電話。

當我把車駛入我家的屋外車道的時候，房東馬洪太太正忙著耙鬆前院的泥地。馬洪太太住在某棟殖民式風格的兩層老屋，上頭還隨便弄了個第三層的頂樓加蓋。這間公寓——現在，是我們的了，已經住了將近一年之久——有個搖搖晃晃的梯子可以通往後院。空間很小，但這屋子有個長型後院可以讓湯瑪斯盡情利用，而且某棵樹還架了一個年代悠久的輪胎盪鞦韆。除了後院之外，這間公寓的主要賣點就是它的價格：每個月五百美元，包括水電瓦斯。我是在另一位警員弟弟的推薦下找到了這個物件，他是之前的房客。他說，不是什麼特別好的房子，但很乾淨，而且房東太太修東西的速度很快。我說，那我就租了吧。就在那一天，我把自己那間里奇蒙港的房子交給仲介出售，我好愛那間房子，而我卻沒有其他選擇。

現在，我透過駕駛座的窗戶，迅速向馬洪太太揮手打招呼，她一看到我就停下動作，站在那裡，手肘貼靠在耙子木把的頂端。

我下車，再次揮揮手。後座裡放了雜貨食品，我雙手拿滿，發出了細碎的噪音，顯見我一貫的匆匆忙忙。我一直覺得馬洪太太具有某種我還沒有心理準備要好好研究的焦急感。首先，她幾乎總是站在前院，想要找可能會經過的人聊一聊（我發現郵差的反應也一樣，當他接近的時候會流露出某種疲倦表情），我覺得她總是一臉憂心，但同時又在殷殷企盼，彷彿在希望我詢問她為什麼事在傷神，這樣一來也許就可以讓她有滔滔不絕的機會。她暢所欲言，提出了各式各樣的建議——關於公寓、車子、我們對服裝的抉擇，根據馬洪太太的說法，通常都與天氣不搭——而且她使用的是那種通常遇到緊急醫療狀況才會出現的急迫語氣。她一頭白色短髮，下巴到鎖骨之間有好幾條鬆垮垮的垂肉，只要頭一動就會跟著晃動。她的平常穿著是當季的運動衫搭配寬鬆的淡藍色牛仔褲。我聽隔壁鄰居說她曾經結過婚——如果真是如此——似乎沒有人知道她丈夫出了什麼事。我心腸歹毒的時候，總覺得他應該是被煩死的吧。只要湯瑪斯上車或下車的時候出現了短暫的惡劣態度，我一定會看到馬洪太太在她窗前凝視我們，宛若正在緊盯比賽的邊審。有時候，她甚至會跑出來看個仔細，雙臂交叉胸前，面露不悅之色。

今天，正當我從後座拿出滿滿的雜貨用品、準備要挺直身體的時候，馬洪太太開口說道，「今天有人來找妳。」

我皺起眉頭。

「是誰？」

聽到我提問，馬洪太太似乎十分心滿意足。

「他沒有留下姓名，」她說道，「他只說會再找時間來訪。」

我問道，「他長什麼樣子？」

「很高，」馬洪太太回我，「深色頭髮，非常帥，舉止鬼鬼祟祟。」

我的腹部一陣劇痛，我陷入沉默。

我問道，「妳怎麼跟他說？」

「我說妳不在家。」

「他還有沒有說別的？」我問道，「湯瑪斯有看到他嗎？」

「沒有，」馬洪太太回我，「他只是按了我家電鈴而已。他很困惑，我猜他誤以為妳住在我家裡。」

「妳有告訴他真相嗎？」我問道，「妳有沒有說我們其實住在樓上的公寓？」

「沒有，」馬洪太太皺眉，「我不認識他，我什麼都沒說。」

我陷入遲疑。讓馬洪太太介入我生活中的任何一個部分，我的直覺都認為不對勁。但就目前這狀況來說，我相信我別無選擇。

馬洪太太問道，「怎麼了？」

「要是他再過來的話，」我說道，「就跟他說我們搬走了，再也不住在這裡，隨便妳要怎麼說都可以。」

馬洪太太站得更挺直了一點，也許，是因為被交付了任務吧。

「妳不要給我在這裡惹麻煩就好，」她說道，「我過日子不想沾染任何麻煩。」

「他不是危險人物，」我說道，「只是不想要和他說話，我們搬來這裡是有原因的。」

馬洪太太點點頭，看到她流露出贊同的目光，讓我嚇了一大跳。

「好，」她說道，「那我一定會照辦。」

「謝謝，馬洪太太。」

她對我大手一揮，沒什麼。

然後，她終於再也忍不住了，對我說道，「那個袋子快破了。」

「抱歉？」

「那個袋子啊。」馬洪太太指向我的購物袋，「東西太重，馬上就要撐破啦，所以我總是叮嚀收銀員妹妹要幫我裝雙層塑膠袋。」

我回道，「以後我一定也會這麼要求。」

當湯瑪斯出生之後、我剛剛回去上班的那一陣子，每當一天工作快要結束的時候，我總是對他十分想念。那是一種類似飢渴的感覺，想要衝向日托中心接他回家，當我逐漸接近的時候，我覺得我們兩個之間有一條線在抽縮，就像是溜溜球一樣。隨著湯瑪斯逐漸長大，這種感覺也變得柔和多了，淡化了一點。不過，到了今天，我依然是兩步併作一步衝上階梯，心中浮現的是他的面孔，開心笑容，伸出雙臂迎接我。

我開了門。果然，我兒蹦跳朝我奔來，旁邊跟著保姆貝塔妮。

「我好想妳。」他的臉與我的只隔了兩三公分，還伸手托住我的雙頰。

我問道，「你有沒有乖乖聽貝塔妮的話？」

「有啊。」

我望向貝塔妮想確認一下，但她早已低頭盯著手機，迫不及待想要離開。這幾個月以來，我已經很明白自己應該要找一種截然不同、更好的安排。湯瑪斯不喜歡她，他每天都在說他以前魚鎮的那間學校，以前那裡的朋友與老師。不過，要找到一個可以配合我每兩週更換日夜班的人，幾乎是不可能的任務，而貝塔妮——二十一歲、兼職的彩妝師——不但便宜，而且幾乎可以隨時上工。不過，她雖然可以提供彈性，但是卻不可靠，而且她最近常請病假，我幾乎用光了自己的所有個人休假日。而她會到班的日子總是會遲到，害我也固定遲到，所以艾亨警佐每次在警局遇到我的時候、態度也變得越來越不友善。

現在，我向貝塔妮道謝，付了錢。她默默離開，頓時之間，屋內的氣氛輕鬆不少。

湯瑪斯盯著我。

他問我，「我什麼時候可以回去學校？」

「湯瑪斯，」我說道，「你要知道你以前的學校太遠了，而且明年九月你就要上幼稚園了，記得嗎？」

他嘆了一口氣。

「再忍一下下就好，」我說道，「剩不到一年了。」

又是一聲嘆息。

我問道，「是真有那麼糟糕嗎？」

不過，我當然覺得內疚。每天傍晚，在日班結束之後，還有通常在早晨的時候也一樣，我都想要努力補償他：我坐在地板上面對著他，陪他玩耍，直到他疲倦為止，我想要把他對這個世界必知的一切全教給他，想要讓他充滿知識、毅力、好奇心，在這些特質的支撐下，甚至可以讓他熬過沒有我陪伴的漫長時光，那些漫無止境的夜班週，在那種時段，我甚至沒有辦法哄他上床睡覺。

現在，他興奮展示在沒有我的狀況下、自己所建造完成的作品：以火車軌道組裝而成的一整座城市，那是我幫他買的二手原木玩具，彩色紙團代表了丘陵高山與房子，他從資源回收桶裡撈出的瓶罐代表的是樹木。

「是貝塔妮幫你做的嗎？」

「不是，」他回我，「都是我自己做的。」

他的聲音透露出驕傲。他並不明瞭——他怎麼可能知道呢——我真正希望聽到他說出的是相反的答案。

湯瑪斯，幾乎快要五歲，又高又壯，成長速度飛快，已經聰明過頭。他也長得帥，就與賽門一樣聰明俊帥，不過，他跟他父親不一樣，截至目前為止，他還是個善良的孩子。

第二天、第三天，還是第四天，都沒有兇案組的人跟我們聯絡。

兩個禮拜過去了，艾亨依然讓我與艾迪．拉佛提一起搭檔。我想念楚曼，甚至想念在他離開之後、我的單飛執勤時光。這些日子以來，長期搭檔出勤非屬常態——預算緊縮，單人警車變得越來越普遍——不過，楚曼與我卻是令人矚目的雙人組。我們合作默契之好，簡直就像是雙人舞演出，而且我們的績效在這個管區無人能及，我很懷疑艾迪．拉佛提與我是否能夠複製那樣的關係。直到現在的每一天，我聆聽他講出自己對食物的偏好、喜歡的音樂類型、政治偏好。我聽他痛罵自己的三號前妻，接下來是千禧世代，然後是老人。如果，沉默還有下限的話，我甚至變得比當初更為安靜。

我們轉到了小夜班，從下午四點工作到晚上十二點，從頭到尾都好累。

我想念我兒子。

有好幾次——可能太多次了——我詢問艾亨警佐有關我們在「軌道區」發現的那具女屍。找出了她的身分嗎？我想要知道。確定死因了嗎？兇案組要不要找我們進一步問案？

他對我置之不理，一次又一次。

十一月中的某個星期一——也就是我們發現那具屍體已經將近一個月的時候——我在準備要值班的時候去找艾亨。他正忙著把紙塞入影印機，我還沒來得及開口，他立刻旋身面對我，「沒有。」

我問道，「抱歉？」

「沒消息。」

我停頓了一會兒，「沒有驗屍報告？」我追問，「什麼都沒有？」

他反問我，「你怎麼會這麼有興趣？」

他盯著我的表情很奇怪，近乎是微笑，彷彿在逗我，彷彿他手中握有對我不利的證據，真的讓人很不舒服。除了楚曼之外，我從來沒有跟任何同事提過凱西的事，我也不想在今天破例。

「我只是覺得奇怪，」我回道，「我們找到屍體已經這麼久了，卻完全找不到她的資料，真的很奇怪，難道你不覺得有異嗎？」

艾亨發出長嘆，將手放在影印機上頭。

「好，米可，這是兇案組的管轄範圍，不是我的事。不過，我聽說驗屍結果是死因不確定。由於受害者身分還查不出來，我想他們也不會列為優先偵查案件。」

「你在跟我開玩笑吧？」我的話已經來不及收口了。

艾亨回我，「這就跟心臟病發一樣嚴重❸。」這是他的口頭禪。

他又轉身面向影印機。

「她是被勒死的，」我說道，「我親眼看到。」

❸亦有嚴肅之意。

艾亨不吭氣。我知道我在逼他，他不喜歡這種感覺。他站在那裡好一會兒，背對著我，雙手扠腰，等東西印完，從頭到尾不說話。

楚曼一定會跟我說，遇到這種時候，默默走開就是了。政治啊，他總是對我耳提面令，米可，這一切都是政治，找到正確的人，想辦法跟他們交好，如果妳必須討好艾亨，那就做吧，記得保護自己就是了。

不過，我一直辦不到，雖然我曾經以自己的方式嘗試了好幾次：我知道艾亨喜歡咖啡，所以我曾經為他買過咖啡一兩次，比方說，有一次為了聖誕節，我甚至還從湯瑪斯以前托兒所隔壁的當地小鋪買了一袋咖啡豆。

艾亨問我，「這什麼？」

「咖啡豆。」

艾亨問道，「然後得要自己磨豆子？」

「是啊。」

艾亨回我，「我沒有那種東西。」

「哦，」我回道，「嗯，也許明年聖誕節送你一台吧。」

他露出微笑，僵硬的笑容，還說叫我別擔心，然後客氣向我道謝。

不幸的是，那些努力似乎並沒有辦法讓我們之間的關係融冰。艾亨是我這一組的頭頭，所以把我從日班調到小夜班、再從小夜班調到日班的人是他，而且我報告的警佐也幾乎是他。他喜歡的警員是與他稱兄道弟的那些人，大部分是男人，會徵求他的意見或建議，仔細聆聽，還會在他講話的時候點頭稱是。我曾經看過艾迪・拉佛提做過那種事，真的。我可以想像他們在中學棒球隊時的情景：艾亨是老大，拉佛提是小跟班。在工作場域，這似乎是一種適合他們兩人的動態模式。所以，搞不好拉佛提其實比他的外表聰明多了。

艾亨結束影印之後，取出了那一疊紙，在影印機上面將紙張攏整了好幾次，把它弄平。我依然默默站在那裡，等待回應。我的耳內聽到楚曼的聲音，米可，默默走開就是了。

艾亨突然轉身面向我，臉色很臭。

「要是妳還有其他問題，直接找兇案組就是了。」他丟下這句話之後，從我身旁大步離開。

但我知道自己要是真的這麼做的話會有什麼結果。沒有適合上鏡頭的憂心父母，就表示沒有媒體報導；沒有媒體報導，就表示沒有案件發生。只不過又死了一個在肯辛頓大道的嗑藥妓女罷了，對於里藤豪斯廣場那種高檔區域的人來說，無須太過擔憂。

執勤的整個過程當中，我煩躁不安，而且比以往更安靜。

就連拉佛提也發現到不對勁。他坐在副座喝咖啡，不時以眼角餘光偷瞄我。

終於，他問我，「妳還好嗎？」

我直視前方，我不想對他講出艾亨警佐的壞話，我還不確定他們兩人有多麼要好，但他們兩人的共同過往讓我覺得應該要緊閉嘴巴。我決定改採模糊策略。

「只是覺得挫折而已。」

拉佛提問我，「怎麼了？」

「我們上個月在『軌道區』發現的女屍。」

「嗯？」

「驗屍報告送回來了。」

拉佛提小口啜飲咖啡，熱燙溫度讓他嘴唇發皺。

「我聽說了。」

我說道，「死因不確定。」

他不發一語。

「你相信那樣的結果嗎？」

拉佛提聳肩。

「我覺得那已經超過了我的職等範圍。」

我盯著他。

「你也看到她了，」我說道，「你也看到了我所見到的景象。」

拉佛提居然也會安靜下來，他凝望窗外，沉默不語了兩分鐘之久。

然後，他說道，「也許這不是壞事。」

我沒接腔，我想要確定自己聽懂了他的意思。

「別誤會，」他說道，「不管誰死掉，都令人遺憾，但她過的是什麼樣的人生啊。」

我愣住了，我不確定自己會講出什麼話回應，目光直視前方久久不放。

我一度考慮要把凱西的事告訴他。也許，會讓他覺得尷尬，讓他覺得自己失言。不過，我還沒開口，他卻開始緩緩搖頭，

「這些女孩啊……」他看著我，伸出食指拍他的太陽穴，兩下，*愚蠢*，他的意思就是如此，*沒大腦*。

我挺起下巴。

我小聲問道，「你講這句話是什麼意思？」

拉佛提看著我，挑眉。我回望著他，我知道自己的臉變紅了，我一生中老是會遇到這問題，只要我生氣或尷尬甚至是開心的時候，臉龐就會成為亮紅色。對於一個警察來說，這種特質實在很痛苦。

「你講這句話是什麼意思？」我又問了一次，「你剛剛說，*這些女孩啊……*到底是什麼意

思？」

「我不知道，」拉佛提回我，「我只是……」

他伸出雙手，朝周邊的環境比劃了一下，「我只是為她們感到遺憾罷了，如此而已。」

「我覺得你想說的並不是這個，但也沒差了。」

「喂，」拉佛提說道，「喂，我沒有冒犯任何人的意思。」

彼時

我們小時候曾參加過一場為四年級與五年級學生舉辦的校外教學，前往中心城觀賞《胡桃鉗》。我那時候十一歲，比同年級學生年紀大，而凱西是九歲。

在那段日子當中，我在學校幾乎都沉默不語。就算開口也十分小聲，所以奇伊總是三不五時提醒我講話要大聲一點，大部分的老師也會給我相同的叮嚀。我只有少數幾個朋友而已，下課時間就是在看書。每每遇到惡劣天候、必須被迫待在家裡的時候，我總是心生歡喜。

不過，凱西卻恰恰相反，她到哪裡都能夠結交朋友。那時候的她個頭嬌小，個性火爆，淺色頭髮，四肢強健，總是習慣壓低眉頭。她有暴牙，老是猛力撐開上唇掩蓋它。她的朋友們都覺得她友善風趣，和我們年紀相仿的人通常都會被她所深深吸引。不過，她也會樹敵：大部分都是那些專挑弱小欺負、藉由暴行得到同儕認同、年紀輕輕就開始搞這種廉價把戲的人，凱西對此深惡痛絕。所以，她培養出一看到發生不公不義就立刻點出問題的習慣，然後激烈反抗，通常會使用暴力護衛在她班上的啄食順序位於最底層的那些同學——她的老師還說，就連在沒有正當理由、抑或是那些同學不想要或不需要凱西保護的時候，她依然會出手。正因為如此，凱西最近被踢出了「聖救世主」小學（就連在那時候，我都可以感受到這個名稱的諷刺性），也就等於我們兩個都被踢出去了，因為奇伊不希望我們念不一樣的學校。

這對我來說，是一場災難。我一直很喜歡「聖救世主」小學，我在那裡有隊友：兩名老師、一位教友、一位修女，她們特別關注我與我的才能，她們剖開我的害羞外表，花了好幾年的時間、奮力挖掘出我的特質。而且，她們各自主動告訴奇伊，我是個很有天賦的孩子。雖然我知道之後甚是歡喜——雖然這證明了我一直對自己聰明才智所抱持的一點自負感並非空穴來風——不過，在那個時候，我心中還是有股聲音在吶喊最好不要。因為對奇伊而言，聰明才智等於是高傲，就算我沒有因此而受到處罰，嗯，我知道我也會被她斜眼睥睨好一陣子之久。

凱西最後一次打架，也就是害我們得被迫離開學校的那一次，奇伊站在我們面前，對著坐在沙發上的我們咆哮。

「妳！」她朝我點點頭，「得要好好看住她！」然後，她的下巴又朝凱西的方向點了一下。所以，我們兩個都改念法蘭克佛德的當地公立學校，裡面那些孩童的家庭如果不是太窮、就是有機能不全的問題，無法讓他們念教會學校。我心想，這可能表示奇伊也等於是這樣的父母吧。

我們進入新的小學，漢諾瓦，凱西立刻被另一群外向的學生群組收納為自己人，這一點完全不令人意外，而我立刻就被眾人所遺忘。在那裡，害羞的孩子就是在無人聞問的狀況下過完一整天。只要是不會讓老師操煩的小孩，通常會因為表現良好而得到一兩次的稱讚，然後，他們就會默默消失在教室後方。當然，這並不是那些老師的錯。我們的班級的學生人數通常都是滿額，小小的空間裡，塞滿了三十個幾乎都是在吵吵鬧鬧的學生，老師能做的也就只不過是撐下去而已。

不過，也就只有在漢諾瓦念書，才能讓我們看到《胡桃鉗》。有時候，費城公立學校的學生能夠得到教會學校學生沒有的待遇。市政府會提供公立學校各式各樣的捐贈品：比方說外套，目的是讓我們可以在冬天保暖；文具，目的是要讓我們寫功課；文化活動，目的是要讓我們有幾個小時的時間、好好去想一想那些閒閒沒事的有錢人才會思索的重大人生課題。就此次活動來說，這次的校外教學是送給年度募款計畫中、販賣包裝紙績效最佳學生的獎品——這是凱西與我嚴肅以待的一大挑戰，那個秋天的每個週末，我們挨家挨戶去拜訪，最後，我們拿到了第一名與第二名。

特別開心的人，就是我。

當天，我穿了洋裝，我唯一的洋裝，奇伊難得出現好心情，從二手店買回來的衣服。我本來覺得那件洋裝很漂亮：藍色棉質夏裝，上半身印有白色花朵。但那已經是兩年前買的衣服，明顯過小，而且奇伊還強逼我穿上明明是鮑比的男裝派克大衣，他是我們的某個表哥。而且，這件外套根本沒洗過，上面有鹽漬，還有輕微的酸味，就像是鮑比自己的體味一樣。底下的那件洋裝看起來好蠢，我那時候就知道了。但我之前從來沒有看過芭蕾舞，也不知道為什麼，但我想要顯現我的尊重，我多少了解這種場合的嚴肅性。所以我穿了那件洋裝，又套上那件藍色的帕克大衣，吃完午餐之後，我就在學校的長廊等待巴士到來，我和大家一起排隊，我在隊伍裡看書。

凱西，排在我前頭，一如往常，被朋友前後簇擁。

上車的時間到了，我跟在我妹妹後面，上了階梯，然後和她一起到了巴士後面，坐在她後面，與她相隔了一個位置。這是刻意做出的決定，讓我可以跟同儕保持距離，但又能夠接近凱西，在任何情境當中，不論在家裡或學校都一樣，只要能夠看到她出現，都比較能讓我感到安心。

那一年的音樂老師，瓊斯先生，個性開朗風趣，是由他負責一切。他很年輕——當時應該比現在的我年輕——到了第二年，他立刻跳槽到郊區某間比較好的學校。巴士接近市政廳，他起身站在我們的最前面，拍了兩次手，然後將他的右手舉到空中，伸出兩根手指頭，意思就是要保持安靜。而每一個人都應該要做出相同的動作回禮。一如往常，我先等別人做出這個動作，然後自己才鬆了一口氣，把手伸入空中。

「大家聽好了，」瓊斯老師說道，「我們說過的教室規則有哪些？」

有個學生大吼，「不要講話！」

瓊斯老師豎起了大拇指。

同一個人又開口，「不要踢前面那個人的椅子！」

「很好，」瓊斯老師說道，「我們先前沒有提過這一點，但你說得沒錯。」他猶豫了一會兒，還是豎起了食指。

「還有誰要說？」

我知道其中一個答案，要聽到其他人拍手之後再拍手，但我沒有說出來。

瓊斯老師說道，「要聽到其他人拍手之後再拍手。」

他繼續說下去，「第四條，要乖乖坐好不要亂動。」

「第五條，不要和朋友講悄悄話，」瓊斯老師說道，「不要傻笑，不要像幼稚園小朋友一樣在座位裡扭來扭去。」

一個禮拜之前，他曾經在音樂課的時候、將那齣音樂劇故事講給大家聽，「在劇中，有個小女孩住在某間豪宅裡，」他說道，「故事發生在古時候，所以舞台上的每一個人都穿古裝。」

他沉默不語了一會兒，靜靜思索。

「而且，男人也穿著緊身褲，所以大家要提前了解這一點。」他說道，「小女孩的父母要辦聖誕派對，邀請了她的古怪叔叔，其實，他是個好人，他送給她一個被叫做『胡桃鉗』的娃娃，這一點大家也可以提前了解。那一晚，她睡著了，做了一個很長的夢，這就是芭蕾舞劇剩下的部分，」他繼續說道，「胡桃鉗娃娃活了過來，成了真人，奮力抵抗巨大的老鼠，帶她前往某個雪花飄落之地，然後，又帶她去了某個我現在忘記名稱的地方，差不多像是『糖果地』吧。小女孩與王子一起看了好幾場不同的舞作，結局就是這樣。」

我們班上的某個男生問道，「後來她回到正常生活了嗎？」

「我忘了，」瓊斯老師說道，「應該是吧。」

我們自小生長的地方距離費城市中心不到五公里，但我們一年只會進去一次，新年的時候，觀賞我們的表兄弟與舅舅們、舅舅們的老闆與朋友參加「化裝遊行」。所以，我應該曾經看過

「音樂學院」——就在也屬於遊行路線之一的寬街那裡——不過，我確定自己從來沒有進去過。那是一棟有高聳拱窗、美麗磚造建築，靠近大門的地方還有光亮永熾的古典掛燈。

我們魚貫從巴士下車，老師們排站在人行道邊緣，隔開學生與車流，他們伸出戴了手套的雙手、指揮我們進入大廳。

我又跟在凱西後面，發現她拖著腳步前進，我聽到了她在人行道所發出的摩擦聲。奇伊要是知道了一定會對她發火。凱西就是這樣，永遠改不了：明明不該做的事硬要去做，自己討人罵，故意激怒她生命中的每一個大人，他們對她的處罰力道越來越嚴重，不斷測試他們發火的底線。我總是想盡辦法讓她脫離這樣的競逐，我不喜歡看到她難逃被懲罰的下場。

我們進入大廳，被一大群人阻擋了行進路線。現在，我記得最清楚的是在上學日的中午、有母親相伴的那一群小女孩。她們與我們年紀相仿，也許年輕一點，每一個都是白人。相較之下，我們學校的這一群人就像是聯合國。她們全部出身「主線區」，在那時候我就知道這種事了。她們都身穿色彩明亮的及膝外套，裡面的衣服簡直像是為洋娃娃量身訂製：流蘇、緞面、真絲、天鵝絨、蕾絲綴邊、蓬蓬袖。身著這種服裝的她們，宛若珠寶鮮花或星辰。她們穿的是白色褲襪還有閃耀晶光的亮皮「瑪莉珍」包腳鞋，全都一模一樣，彷彿她們遵守的是只有她們自己才明瞭的規則。她們多半把頭髮往後緊梳、包成了髮髻，就像是後來我看到的那些芭蕾女舞者一樣。

漢諾瓦小學約有六十到八十名的學生窩在大廳裡，大家全擠在一起，我們不知道要去哪裡。「繼續往前啊。」瓊斯老師開口，不過，看來他自己也不確定。終於，有名帶位員走到他面前，對他微笑，詢問他是不是來自漢諾瓦小學，他似乎如釋重負，向帶位員說是。

帶位員開口，「請這邊走。」

我們排好隊、從那些女孩與她們的母親之間穿越而過，她們回望我們，瞠目結舌，就連大人也一樣。她們盯著我們的羽絨衣、球鞋，還有髮型。我這才想到她們的媽媽一定是得要請假才能過來，但我卻壓根沒想到她們搞不好根本不需要工作。我認識的每一個成年女子都有工作——或者，應該說，得要打好幾份工，我認識的男人約有一半也是如此。

我永遠不會忘記簾幕升起的那一刻。一開始的時候，我怔住不動。有雪——是真正的雪，我覺得是如此——飄落在舞台上。我完全沒有預期到這樣的場景，又大又美麗的建物外觀，然後是內在裝潢，逐一在我眼前展現開來，室內全是打扮美麗的小孩，照顧他們的都是打扮美麗的大人，這些孩子全都是俊男美女的父母所生，然後等一下要觀賞一連串真人娃娃舞者的表演。當小孩們打鬧的時候，父母們溫柔又小心翼翼把他們分開，態度比較像是被小孩逗得開心，而不是動怒。舞台樂池裡面有真正的管弦樂團。舞台上那些舞者的美麗又陌生的動作讓我內心激動，我還聽到了向我揭露我從所未知世界秘密的旋律張力。我好感動，開始掉淚，其實，還必須努力躲藏，不想讓我附近的某個孩子發現我在哭，在燈光幽暗的劇院裡，我任由自己的淚水撲簌簌落下，努力忍住不要擤鼻子。

但是，過沒多久之後，就很難專心欣賞表演了，因為漢諾瓦學生的座位區開始出現騷動。

老實說，我們從來沒有受過要乖乖定位這麼久的訓練，就連在學校裡也會有下課的時候，而且許多人根本沒有如此安靜乖巧過。漢諾瓦的其他學生知道應該要保持優雅，想要為瓊斯老師當個好孩子，但他們不知道該怎麼做是好。他們坐立不安，竊竊私語，違反了每一條規則。瓊斯老師與其他七名老師傾身向前，不時轉頭怒視。他們伸手指著自己的雙眼，然後又指向自己的那些學生，我在盯著你們。我們在生活當中學到了許多事物：乖乖聽大人的話、要自己、閉嘴、要把自己當空氣。但我們從來沒有坐在同一個地方、盯著某種緩慢又抽象的事物連續三小時之久，這是一種我們大多數人都缺乏的技能。

坐在我身邊的凱西，慢慢失控。扭揑不安，她一下抱住自己的雙膝，然後又放下來撞到椅子發出碰響。她的頭左晃右搖，無聊戳弄我肩膀，我用手肘推她。吼，凱西輕聲抗議。她元氣十足打哈欠，假裝睡著，然後又連續醒來好幾次。

凱西前面坐了一個與我們年紀相仿的女孩，我們剛才在大廳裡看到的那群女孩當中的其中一個，她綁了個整齊的髮髻，紅色長外套整齊疊放在她的座椅後方，

當我們一開始坐下來的時候，她媽媽的香水味還往後飄了過來。凱西做出一個超兇狠的動作之後，那小女孩回頭瞄了她一眼，就只有那麼一下而已，然後，迅速轉頭，目光回到舞台。

凱西身體前傾。

她在那女孩的耳邊低聲問道，「妳在看什麼啊？」我愣住了，望著那女孩緊張不安挨向她母親，假裝沒聽到凱西講的話，然後，她又看著凱西，而凱西則在那女孩的背後握拳、揚手示意。

就在詭異的剛好那一刻，我覺得她真的會出手，我已經看到發生的景況，我妹妹的手狠狠撞向那小女孩後頸的緊繃肌肉。我立刻伸手阻止她。不過，就在這時候，那女孩的媽媽轉身——看到凱西的姿勢——她的嘴張得大大的，充滿恐懼，然後，凱西一臉羞赧，低頭。癱在椅子裡，疲倦又無助。對於在那天之前、我們兩人本來一直都不懂的某種狀況，我們只能就此屈從。

一直到今天，我依然不確定是那女孩的母親把我們踢出去，還是我們的老師們共同做出決定要帶我們離場。我只知道的是，在中場休息的時候，大家被趕出去，穿過了擁擠大廳，又經過了那一群女孩與她們的母親身邊，她們站成一長排人龍等待甜點，而我們得回去搭乘我們的黃色巴士，我們怒氣沖沖的老師們正示意我們前進。

我本來一直穿著我表弟鮑比的外套，但最後一分鐘脫了下來。我現在已經是大人了，我知道這麼做並不合理，因為我們要出去，進入冷颼颼的戶外。不過，我心底那個小孩的部分，卻想要向大廳裡的其他芭蕾舞觀眾示意，我懂規矩，我也為了這樣的場合做了特別打扮，我屬於這裡，我也是他們當中的一分子。我會回來的，身穿尺寸過小棉質洋裝的我，發聲吶喊，總有一天我會回來的。

不過，這種小小的致歉舉動，卻沒有達到預期效果，反而讓漢諾瓦小學的兩個四年級生，一男一女，爆出了哈哈大笑。

那男孩大聲問道，「她為什麼穿那件醜不拉嘰的洋裝？」這句話還引來我們周邊好幾名學生的粗野狂笑。然後，凱西，宛若發條一樣——她站的位置比我前面一點——轉頭面向了那個男生。

她早就一直在等待藉口。她的臉上露出了某種令人發麻的笑容，其實，當她精準揮向那男生的方向出手的時候，儼然像是因為找到了某個看來能讓她落拳的地方而鬆了一口氣。她早就忍了許久，也許，幾乎是一輩子吧。

我出聲制止，「凱西不要！」已經太遲了。

現在

自從拉佛提講出「這些女孩啊」的那段話之後，我覺得我已經別無選擇，只能告訴艾亨警佐，我再也不想與艾迪．拉佛提搭檔出勤。我很想要解釋清楚，甚至還準備了一套說詞，有關我們行事風格差異，會讓我們貌合神離，互動關係岌岌可危，不過，在我還沒來得及說下去之前，艾亨嘆了一口長氣。

「米可，沒問題。」他一直盯著手機，連頭都沒抬一下。

足足有一個禮拜的時間，我都是一個人執勤，能夠再次獨立作業，讓我鬆了一口氣，我可以自行選擇要在何時何地駐留，選擇要回應哪些傳呼。而且，最讓我釋然的是我現在可以打電話給保姆貝塔妮，請她讓我跟湯瑪斯說說話。在每一次的漫長執勤過程當中，我可以講故事給他聽，或是敘述我現在經過哪些地方，不然就是把我對於我們將來的計畫告訴他。我告訴自己，雖然這與親身陪伴不見得完全一樣，但至少我可以藉由這種方法提供他一些智力刺激。而且，他將來也會變成一個健談的人。這樣的互動，幾乎讓我回到了有楚曼坐在巡邏車旁邊的過往日子。

某天早晨，就在某個日班準備要開始的時候，我走入點名的禮堂，發現裡面有個陌生人，很年輕，一身勁帥灰色西裝，面色嚴肅，我立刻就喜歡上這個人。他的一隻手環住細弱的腰，另一隻手則拿著牛皮紙袋。我猜他是警探，他沒有跟任何人說話，只是在等待某名警佐。

艾亨進來的時候，要求大家肅靜，這位年輕人立刻開始自我介紹，「我叫戴維斯．阮，」他說道，「我來自東區警探組，有一些消息要告訴大家。」

「光是昨晚，」阮說道，「我們這裡就出現了兩起兇案。」

聽到他們已經找出了死者的身分，讓我鬆了一口氣。其中一個是凱蒂・康威，十七歲，白人，一個禮拜前被通報失蹤。另外一個是安娜貝爾・卡斯提洛，十八歲，居家照護助理，拉丁裔。

阮說，「這兩名死者被發現的地點狀況都很近似，而且陳屍方式相當類似：康威是在提歐佳附近的某處空地被人發現，全身赤裸，曝屍大街，而卡斯提洛是在哈特街的空地被人發現，大腿被壓在某台燒得焦黑的汽車底下，面目全非，露出了頭部與雙肩，來往路人都看得清清楚楚。」

他說，兩人很可能都從事性工作，他還說，應該都是被勒死的，而且都是曝屍數小時之後才有人報案（在肯辛頓，不省人事的畫面實在太常見了，根本不會有人對他們多看一眼）。

阮利用電腦、把凱蒂與安娜貝爾的照片投射在牆面。房內的每一個人都站定在那裡，盯著受害者在過往開心時刻所展現的歡顏，長達好幾秒之久。年輕的凱蒂，正在某個派對場合，應該是她的十六歲生日，站在游泳池畔。而安娜貝爾抱著一個小孩，希望不是她兒子。

「以上這些資料，」阮說道，「都是機密消息，我們還沒有向媒體披露死者姓名與案情，但家屬已經接獲通知。」

過了一會兒之後，他繼續說道，「此外，十月時在葛尼街軌道區發現的那具女屍，雖然驗屍結果是死因不確定，我們也已經重啟調查。」

我瞄了一下艾亨，他不肯看我。

阮滔滔不絕。

「我們還沒有找出她的身分，但衡諸昨晚發生的那些事件，我們現在當然有理由得重新評估那個驗屍結果。」

艾亨沒抬頭，還在講他的手機。

「也就是說，」阮說道，「在你們的管區，可能有一個殺人魔正在出沒。」

沒有人講話。

「各位要是聽說任何消息，」阮說道，「請各位通報或直接寄發給我們，我們目前有兩三條線索，但是並不可靠，我們請求各位予以協助。」

點名結束之後，我坐在自己的車內好一會兒，狂盯著自己的手機。突如其來的強風，讓停車場柏油路上方的橡樹瘋狂搖晃，這是湯瑪斯最愛的樹。

自從我們在「軌道區」發現那具女屍之後，一股緩慢不安的感覺在我體內蘊積。其實，自此之後，這裡的任何地方都看不到凱西的蹤影。老實說，我覺得我自己沒有仔細查看，而且一整個月都完全沒看到我妹妹的人，也不能說是異常——有時候，其實這表示她正在努力戒毒——不過，她在「大道」消失的時間點卻讓我躊躇許久，也引發了我在幼年時代、母親離家太久時的同一種焦慮的低沉鳴響。

表面上，凱西與我再也不講話，這狀況已經持續了五年之久。打從那時候開始，僅有少數幾次場合——嚴格算來，是三次——我必須在執行公務時與她有所互動，我的角色是警察，而她的角色是嫌犯——每一次遇到這種狀況，我的一舉一動都會保持尊嚴，流露所有專業警察都會展現的風範，無論是在對她執行標準程序或是放走她的時候都一樣，與對待其他犯人毫無差異。我必須稱讚她，她的表現也都很自重。不得不逮捕的時候，我會以溫柔姿態拿手銬扣住我妹妹的手腕，講出到底是犯了哪一條罪而必須逮捕她（通常是拉客或持有毒品，有一次是意圖販賣），然後，我會對她唸出她的權利，接下來把手輕輕放在她的頭頂，確保她進入我們車後座的時候不會受傷，我迅速關門，把她載到警局，

然後，我們就在拘留室裡面默默相對而坐，沒交談，根本也沒瞄對方一眼。

楚曼每次都在我身邊，而且，每一次也都是保持沉默，小心翼翼盯著我們兩人，他的目光在凱西與我之間來回移動，等著看接下來會發生什麼事。

在第一次事件結束、我們開車離開的時候，他對我說道，「這是我見過最詭異的場面……」我聳肩，沒有接腔。我想，對於那些不了解我們姊妹歷史的獨特之處、以及我們在這些年所達成之默契的人來說，這場面看來是很「詭異」吧，我從來沒有想要向楚曼或其他人多作解釋。

又有一次，他對我說道，「妳是在守護她。」

我立刻抗議，他卻繼續說道，「要不是因為妳一直在這裡守護妳妹妹，妳早就在多年之前就可以脫離巡邏員警生涯了，大可以直接參加警探考試。」

我告訴他，其實，並非如此：只不過是我越來越喜歡這一區，而且也更加關心這裡的福祉，而且，我覺得這一區的歷史很動人，想要親眼目睹它的成長與變化。還有，最後一點，這裡從不無聊，恰恰相反：刺激得很。有些人很受不了肯辛頓，但我覺得這地方已經像是我的親戚一樣，是有點小問題，但深具老派的親切風格，有時候那種爭吵讓我覺得好熟悉，讓我很重視與珍惜。換言之，我深深融入其中。

當時我反問楚曼，「那你為什麼沒有參加考試？」他是我認識的最聰明的人之一，一路升官輕而易舉，只要他想要轉調其他地方也不成問題。我的提問引來他哈哈大笑。

「我想，原因跟妳一樣吧，」他說道，「就是沒辦法忍受自己會錯過這裡的一切。」

十分鐘過去了，我依然緊盯自己的手機，這時候我才驚覺自己成了停車場裡的最後一台車。千萬不要讓艾亨警佐現在出來、看到我還杵在這裡。去年——好多事讓我分身乏術，搬遷到本薩勒，讓湯瑪斯離開了可靠的日托中心、交給了不可靠的貝塔妮，而且還失去了我的長期夥伴——我的績效急遽下滑，艾亨三不五時就會拿這一點出來唸我。

我倒車，駛向我的管區。

不過，我在途中繞到了肯辛頓與坎布里亞的交叉口。要是我找不到凱西，也許至少能在那裡找到寶拉．莫洛尼。

我開到了剛剛說的那個交叉口，顯然寶拉並不在那裡。

不過，阿倫佐的便利商店也在同一個街角，所以我就進去探望阿倫佐，還有他的愛貓羅梅洛，這名字是為了紀念某位過世多年的費城人投手。透過商店大門的窗面，通常可以看到寶拉與凱西。

因此，阿倫佐跟我妹妹也很熟，她和我一樣，都是這裡的常客，而且早在我們不再說話之前就已經開始來這裡。我熟知她會買哪些東西：羅森伯格的冰茶、塔斯提卡克的小蛋糕，還有香菸，全都是我們小時候她深愛的甜食，除了香菸之外。我們偶爾會在阿倫佐的店內巧遇，總是刻意把對方當空氣。阿倫佐的目光會在我們之間飄移，充滿好奇。他知道她是我妹妹，因為，老實說，我經常向阿倫佐詢問，凱西最近過得怎麼樣，或者，他站在收銀台這種方便觀察的位置，是否注意到什麼應該讓我知道的事。這不是在關注她，而是以警察的專業身分關心這個社區與阿倫佐本人。我經常詢問阿倫佐，要不要把她們趕走？我指的是凱西與寶拉，有需要就讓我知道，我一定會把她們弄走。但阿倫佐總說不用，他不介意她們在那裡，他喜歡她們。「她們是好客人，」他告訴我，「不會給我惹麻煩。」

在過去的某些時候，我習慣在店裡拿著咖啡、多待一會兒，望著凱西與寶拉在工作，或者有時候看著她們在祈禱能有工作到來，因為她們看起來因為處於戒斷期而越來越憔悴，因為她們的癮頭越來越強烈。從這個位置，我也可以看到她們的客人。我在每一次的執勤時段都會看到她們鑽進他們的車內，各式各樣的男人，當他們看到我坐在自己的巡邏車的時候，總是雙眼直視前方，盯著路面，要是沒注意到我的那些男人，目光則是緊盯著站在人行道上的那些女人與女孩。這些人有貪狼氣息，惡劣下流，宛若在掠食一樣。他們並沒有固定類型——或者，就算是有吧，特殊分子的數目也都已經多到讓他們的面貌顯得相當複雜。我看過後座載了小孩的男人、開車緩緩經過肯辛頓大道，也看過出身「主線區」的人渣、開著奧迪來到這裡。我看到不同年齡、不同種族的男人的人來到這條大道：八十多歲的男人，還有成群結隊的十幾歲青少年。我還看過異性戀伴侶找伴玩三人行。還有一兩次，我看到的是單獨的女子，偶爾會有女客。我覺得她們也沒比較好，但我猜凱西與她的那些朋友應該和我的想法不一樣，或者，至少不會讓她們覺得那麼可怕。

對於各式各樣的罪犯，我幾乎都可以擠得出同情心，但嫖客除外。遇到嫖客的時候，我就沒辦法維持公正或客觀。很簡單，我就是恨他們：他們的外貌讓我想吐，他們的貪婪、想盡辦法佔別人便宜、無力控制自己最低劣的本能，還有他們暴力相向或使詐的慣性。這難道會是我的問題嗎？也許這是我當警察的弱項。不過，我認為，兩名合意的成人完成考慮周詳的交易，以及「大道」上發生的那種買賣行為還是有其差異，因為那裡有某些女子實在太渴求來一管解癮，她們沒辦法說不好或好，會為任何人做出任何事。挑這些女子下手的人會讓我立刻湧起一股怒火，讓我與他們互動的時候、很難直視他們的雙眼。我必須承認，我有多次給他們上銬的時候，動作比平常粗魯。

不過，要是有人曾經看過我所目睹的那幅景象，也很難保持冷靜吧。

我曾經遇過一個女人，紅髮，五十多歲，坐在屋前台階痛哭流涕，沒穿鞋子。她沒有摀臉，反而抬頭，望向太陽，雙眼與嘴巴都張得好大，而且哭得傷心欲絕。當時我與楚曼搭檔，我們兩個人都停下腳步，想知道她出了什麼事。這是他的提議，他遇到這種事總是展現他心地善良的一面。

不過，當我們朝她走去的時候，她卻把頭埋入雙臂裡，所以我們看不到她的臉，而且附近有人從某個大門口喊話：她不想跟你們講話。

楚曼問道，「她還好嗎？」

「她被攻擊了。」講話的是名女子，聲音粗啞，我們看不見到底是誰，屋內一片昏暗。

這句話代表了不同的意義，通常表示她遭到性侵。

「一共有四個人，」那聲音繼續說道，「有個男的把她帶入某間屋子，裡面有他的三個朋友。」

「閉嘴，不要說了……」那紅髮女子說道——這是她在啼哭之外第一次發聲。

「要不要報警？」楚曼詢問的語氣很溫柔，他對女人問案的技巧高超，有時候，我發現他比我還心思細膩。

不過，那紅髮女子又把頭埋回臂彎，再也不講話了。現在的她哭得好激動，上氣不接下氣。

我在猜想她的鞋子到底怎麼了。可能原本穿的是高跟鞋，但必須要棄鞋逃亡。她的腳趾甲碎了，沾滿泥土，看起來慘不忍睹。她的右腳腳背旁的那一塊人行道還有一小灘血，她身上似乎是有割傷。

「小姐，」楚曼說道，「我把我的電話號碼留給妳好嗎？要是妳改變心意的話可以找我。」

他把自己的名片給了她。

這條街區的盡頭，有另外一台車放慢速度、要讓另一名女子上車。

從阿倫佐的那個櫥窗，我總是可以看到凱西在做生意，盯著她彎腰，面向某台緩緩駛來、停在她面前的汽車。我望著我妹妹跟在他們後面，消失在某棟建物的側邊，準備面臨各式各樣的可能結果。我告訴自己，這是她的選擇，是她自己決定的人生路途。

有時候，我發現自己一直站在那裡，低頭看錶，動也不動，長達十到十五分鐘之久，就是為了等待她回來。

阿倫佐沒有出言反對，他留我一個人待在那裡，就讓我觀察動靜，靜靜啜飲保麗龍杯裡的咖啡。今天，他忙著應付另外一名客人，所以我站在冷冽窗戶前面的那個老位置，凝望窗外，等待阿倫佐空閒下來。

另一名客人開了門、然後又離去，阿倫佐掛在門上的三個銀鈴發出晃響，而我依然沉浸在自己的思緒之中。

等到店內沒人之後，我走到櫃檯前面付咖啡錢，就在這時候，阿倫佐說道，「聽說妳妹妹的事了，很遺憾。」

我盯著他。

「請問你剛剛說什麼？」

阿倫佐愣住了，臉上流露出某種擔心剛剛講太多的那種表情。

我第二次問他，「你說什麼？」

阿倫佐開始搖頭。

「我不確定，」他說道，「可能消息來源有誤。」

我繼續追問，「到底是什麼消息？」

阿倫佐側頭，偏向右方，目光繞過我，停留在寶拉習慣站立的位置，完全沒有看到她的人。

「應該是沒事，」他繼續說道，「前幾天寶拉在這裡跟我說凱西失蹤了，還說不見蹤影已經有一個月，也許更久，沒有人知道她在哪裡。」

我點點頭，不動聲色，挺直身軀，確認自己的雙手輕輕擱放在警用腰帶上面，流露出一抹泰然自若的神色。

我點點頭，

我回道，「知道了。」

我靜靜等待。

我問道，「她還有沒有說別的？」

阿倫佐搖頭。

「老實說，」他開口，「寶拉可能弄錯了，她最近狀況很糟糕，」阿倫佐現在的表情變得充滿同情，似乎在思索該做些什麼令人頭皮發麻的舉措，比方說，給我來個拍肩安慰什麼的，所幸我們兩個人站在原地不動。

「對，」我接口，「她可能弄錯了。」

彼時

某些人會把自己的不幸歸咎於艱苦童年。比方說，凱西，在我們最後那幾次對話的時候，她曾經提到自己最近得出了結論，她的問題一開始是來自我們的父母，全都拋下了我們，然後，是奇伊，一直不喜歡她，其實，搞不好還很恨她。

我盯著她，眨眼，努力以平和語氣告訴她，我們在一模一樣的家庭環境中長大。當然，我暗示的是我一生中所做出的各種決定、造就出我自己的獨特人生道路——重點是決定，而不是機運。雖然我們的童年可能並不完美，不過，至少已經讓我們其中一人做好了充足準備、迎向積極人生。

不過，當我說出這段話的時候，凱西只是以雙手掩面，米可，不一樣，對妳來說，狀況總是大不相同。

直到今日，我還是不知道她那段話是什麼意思。

其實，我相信這段話有討論的空間——要是評估我們兩人之中、到底誰過著比較艱困的童年，無論這個字詞的意義為何——結果應該都是指向我。

我會這麼說，是因為只有我對母親的記憶比較清晰，而且一直讓我眷戀不已。所以，失去了母親，對我所造成的那種艱難處境，當然跟凱西不一樣，她當時太小了，雖然母親依然健在，但她什麼也想不起來。

母親懷我的時候很年輕，十八歲而已。她當時是高三學生——奇伊總是這麼說，好學生，她是乖女孩——而且出事的時候，她才跟我們的爸爸約會幾個月而已。

事情傳開了，大家都嚇了一大跳，最驚駭的莫過於奇伊，一直到現在，她都還會以焦急悲傷的語氣描述那樣的驚慌失措，「沒有人相信，」她說道，「當我告訴他們的時候，大家都說怎麼可能是麗莎？」

奇伊對宗教虔誠到那種程度，當然不可能接受墮胎，而且也因為女兒懷孕而憤怒，丟臉，覺得這是不可外揚的家醜。當時是一九八四年，奇伊自己是在十九歲結婚，二十歲生下麗莎，但奇伊總說那個時代不一樣。奇伊的老公很早就死了，原因是車禍——現在我懷疑他可能是因為酗酒，因為奇伊經常提到他喝得很兇——而且她自此之後就沒有再婚。

我以前常常在想，奇伊的老公，也就是我們的外公，要是沒有死掉的話，她的狀況是否會變得不一樣。掙錢糊口的需求，幾乎宰制了她的一生：弄到食物上桌、付帳單、拚命在還一直不斷積欠的債務。要是在這樣的奮鬥過程中有人相伴——能夠多貢獻一份薪水、在她的獨生女過世的時候可以一起悲嘆的人——也許她的生活，還有我們的生活，都能夠得到改善。不過，這種空想恐怕只是感傷罷了，奇伊到現在依然宣稱她不需要男人，覺得他們只是她生命中的絆腳石，討厭鬼，只是因應人類繁衍的偶爾必需品。她根本不相信他們，對其避而遠之。

她唯一言行不符的狀況，似乎就是在當她女兒受孕的時候、她得以說出自己以前結過婚——結婚，她通常在解釋的時候，還會伸出手指、戳著某個隱形人的胸膛，她一直行得正。

所以，當麗莎宣布懷孕消息的時候，奇伊堅持要辦一場婚禮。奇伊之前只見過這個丹尼爾．

費茲派翠克一次，（奇伊只要講到我們的父親，總是會講這個丹尼爾．費茲派翠克），但現在卻叫她女兒與他一起坐在沙發上，堅持兩人必須見她教區的神父，正式交換誓約。我們的爸爸自己是出身單親媽媽家庭，她是出了名的不負責任：奇伊經常這麼說，放蕩的女人，懷了兒子之後就一直沒有結婚，所以兩人之間有關尊重的那一條牢不可破的裂縫，就永遠封存在奇伊的心中。還有更糟糕的事，就奇伊的觀點，對方的兒子是學校裡的救濟個案，必續靠大家捐錢才能繳學費的人，奇伊悲嘆，壓榨其他的勞動者。而我們的外婆覺得這一切——寶寶、婚禮、奇伊她自己——都已經過時了。其實，我自己努力回想，完全不記得自己曾經見過她，她沒有參加我們母親的葬禮：奇伊會恨死一輩子的冒犯行為。

從奇伊的描述之中——這也是我唯一聽過的事件版本——麗莎與丹尼爾——我們的父母，在某個星期三的下午，於「聖救世主」教堂秘密成婚，奇伊與輔祭是見證人。然後，奇伊收容了丹尼爾，把房子正中央的那一間臥室交給了她的女兒與女婿，每當這對年輕夫妻能夠繳房租的時候，就會伸手要錢，然後，盡可能拖延告知其他親人這個消息。她講出的時候充滿驕傲，不可一世。

五個月之後，我出生了，而一年半之後是凱西。

過了五年，我們的媽媽死了。

要是我能夠好好靜下心來，在我出生與母親過世的那幾年當中，我依然還保有記憶。最近，能讓我靜心下來的時刻變得越來越稀少。有時候，當我坐在巡邏車裡面執勤，我會想起母親在開車、我坐在後座的情景。那個年代，沒有兒童汽座，也沒有安全帶，坐在前座的母親在唱歌。

還有，偶爾當我靠近冰箱，任何一個冰箱都一樣，可能是在家或是在工作場所，就會迅速浮現我的年輕母親在奇伊廚房裡、向她抱怨的場景，裡面什麼都沒有。「哦真的嗎？」奇伊的聲音從另外一個房間傳來，「那妳為什麼不買點菜放進去呢？」

還有游泳池，某人家裡的游泳池，我很少會在游泳池畔。某間電影院的入口大廳，但我不確定確切位置，現在，每一間電影院都在中心城，其他的如果不是倒閉，不然就轉為音樂會場地。

我還記得我母親的青春樣貌，自己儼然就也像是個孩子或是同伴的那種姿態，她皮膚淨透柔滑，頭髮依然像孩童般閃亮。我也還記得曾經有那麼一次，奇伊在她身邊，變得比較安靜，不再那麼躁動。而且，聽到女兒在搞笑，她忍不住大笑，摀嘴，不可置信搖搖頭，奇伊望著我，暢笑說道，一臉驕傲，「妳是瘋子，她是瘋子，這是瘋人院。」那段歲月當中的奇伊，個性比較和善，淘氣大剌剌的女兒讓她好著迷，對於她、我們每一個人即將發生的厄運，完全渾然不覺。

在我安靜幽黑的臥房之中所出現的記憶，是回想難度更高的片段。當湯瑪斯靠近我身邊，小男生的頭依偎在我的身邊，當我與他的肌膚距離近到可以聞到那股氣味——在那裡——只有在那裡——在我小時候的床上、母親躺在我身邊的記憶會瞬間閃現。我母親的臉，年輕的臉龐，我母親的身體，年輕的身體，身穿印有我看不懂字樣的黑色T恤，環抱住我的母親手臂。我母親的雙眼緊閉，嘴唇微張，她的氣息帶有某種草食動物的味道。我當時四歲，把手放在她的臉頰，「嗨……」我母親開口，將嘴唇貼住我的臉頰，挨著我的臉講話，感覺得到我母親的牙齒與雙唇。「我的寶貝……」我的母親會不斷低語，這是她在人世間最常講的一句話。要是我努力回想，依然可以聽到她那高亢快樂的語氣，有時其中還會參雜一股驚喜之情：麗莎．歐布萊恩，真的有寶寶了。

對於我母親的毒癮，我完全沒有任何記憶。也許是我刻意壓抑，或者是我真的不知道那是什麼，代表了什麼意義，也不懂毒癮的徵兆或它所造成的困境。我對我母親的記憶溫暖又深情，也讓那種幸福感變得更加痛苦難耐。

我對於母親之死完全沒有記憶，也想不起自己是怎麼知道的，我只記得之後的狀況：奇伊宛若獅子一樣在我們的屋內踱步，她撕扯自己的頭髮與衣服，當她講電話的時候，會以手掌的硬面敲打自己的頭，然後又狠狠咬住手腕的背部，彷彿是要壓抑哭喊。大家都悄聲說話，大家忙著把我們兩個人──凱西和我──塞入硬邦邦的洋裝、褲襪，以及過小的鞋子裡面。某場教堂聚會：人數稀少，氣氛壓抑。奇伊整個人攤坐在教堂長排座椅裡，她抓住凱西的手臂、不准她製造噪音。我們的父親，在我們的另外一頭，完全沒有任何功能，默默無語。有一場在家裡的聚會，濃烈的羞恥感。大人的膝蓋、大腿、鞋子，還有西裝，布料的摩擦聲，有小孩，沒有表兄弟姊妹，大人把他們趕到一旁。一個漫長的冬日，

沒有人，完全沒有人。大家忘了我們，忘記與我們講話，與我們擁抱，忘記要幫我們洗澡與

餵食。然後，我開始搜找食物，餵飽我自己，餵飽我妹妹。找尋與嗅聞母親剩下的一切（那件我依然看不懂寫了什麼字的黑色T恤，我們爸媽房間的床單，爸爸還睡在那裡，冰箱裡剩下一半的汽水、還有她鞋內的氣味）。後來，奇伊突然抽出一整天、一口氣把她的東西全部挖出來，丟光光。然後，我找到了她的梳子，正好塞在某個抽屜的後方，我努力嗅聞，我一直以手指握住母親的髮絲，最後連指腹都成了紫色。

現在，這一切記憶正逐漸褪淡。最近，我只能擷取一小截片段，然後小心翼翼把它放回原來的記憶抽屜。

隨著一年年過去，它們變得越來越輕薄透明，成了舌尖上即將飄散的甜韻。我告訴自己，要是我能夠努力保存完好，那麼也許有那麼一天，我可以把它們傳承給湯瑪斯。

我們母親過世的時候，凱西只是個小嬰兒，才兩歲。依然包著尿布，經常拖了許久都不曾更換。她在屋內東晃西晃，一臉茫然，爬到根本不該上去的階梯，在小地方一直躲著不出來，不是在衣櫃裡、就是在床底下，頻頻打開放置危險物品的抽屜。她似乎喜歡待在與成人目光同高的位置，我經常一鑽入某個角落，就看到她坐在廚房的流理台或是廁所的洗手台：小小的身軀，一個人窩在那裡，完全沒有人看管。她有一個名叫「瑪芬」的布娃娃，兩個從來沒洗過的奶嘴，而且她總是小心翼翼藏在別人找不到的地方。有一次，兩個都不見了，下場是這樣：奇伊不肯補買，凱西之後狂哭了好幾天，想得要死，只能猛吸手指與空氣。

我開始照顧妹妹，並不是什麼刻意做出的決定。也許是因為體認到不會有人介入幫忙，所以我就默默自告奮勇接下任務。那個時候，她依然睡在我房間裡的小床裡，不過，過沒多久之後，她就知道要怎麼爬出來，而且很快就成為天天上演的劇碼。凱西靠著年齡比較大的小孩才有的那種技巧與協調能力、偷偷摸摸爬出小床，然後搖搖晃晃爬上我的床跟我一起睡。當凱西需要換尿布的時候，我是唯一提醒周邊大人的那個人。最後，訓練我妹妹上馬桶的人也是我。我態度嚴肅擔任她的保護者，我承擔這樣的重責，充滿了驕傲。

我們慢慢長大，凱西也開始央求我講述我們母親的故事。每一個夜晚，在我們同睡的那一張床上，我成了《天方夜譚》裡說故事的人謝拉莎德，娓娓道出我記得的每一個段落，還要瞎編其他的部分。「記得她帶我們去海邊玩嗎？」我會這麼說，然後凱西會跟著猛點頭；我會這麼說，「記得她幫我們買的冰淇淋嗎？」「記得她早餐做的鬆餅嗎？」「記得她為我們讀床邊故事嗎？」（關於這一點，說來諷刺，這是我們自己在書籍裡經常看到的親子活動。）我把這些故事告訴她，越講越多，我都在撒謊。凱西專注聆聽的時候，雙眼微微閉起，宛若沐浴在陽光之下的貓眼。

我必須很不好意思承認，以這種方式擔任家族史的傳承者，也賦予了我壓迫妹妹的某種可怕權力，我只有拿出來耀武揚威過那麼一次的武器。那是某個漫長之日、也是我們吵了許久之後的尾聲，凱西一直煩我，叫我講出某段我根本想不起來的記憶。最後，我一陣火氣冒上來，脫口而出這句立刻就讓我後悔的惡言，我告訴凱西，她告訴過我，她比較愛我！截至目前為止，那依然是我講過最狠毒的謊言。我立刻就改口，但太遲了，我已經看到凱西的小臉蛋漲紅，然後皺成一團，我看到她張開嘴巴，似乎想要講些什麼，但卻是爆哭，那是全然的悲痛，那是歷經滄桑老者才會有的哭聲。即便到了今天，我要是努力回想，耳邊依然可以聽到她的哭泣。

喪禮過後，他們曾經討論過由我爸爸帶我們去別的地方居住。但他似乎沒那個錢、也沒有動機實現這個計畫，所以我們三個就留在那裡，一家三口，全都寄生在奇伊家中。

大錯特錯。

我們的父親與奇伊一直不對盤，但現在是一直吵架。有時候他們爭吵的原因是她懷疑他是賴著不走——就這個問題來說，我覺得奇伊的直覺是對的——但不僅如此，他們也會為了他遲繳房租而爭吵。我還記得他們某幾次吵架的內容，不過，我最後一次和凱西聊天的時候，她說她什麼都不記得。

過沒多久之後，他們之間的衝突變得令人再也忍不下去了，我們的父親搬了出去。突然之間，我們成了奇伊的責任，她對此不是很高興。她經常對我們抱怨，「我還以為我已經不用煩這些事了……」尤其是凱西出包的時候。當我回想她的臉色的時候，出現的畫面幾乎都是她的目光望向它方：她從來不正眼看我們，而是從上而下，或是在我們旁邊，斜瞪著我們，就像是大家在看太陽的那種模樣吧。我長大之後，在心地比較寬容的時刻，我會覺得也許是因為她痛失愛女，才會造成她總是與我們保持一定距離。對於她來說，我們就像是會讓她聯想到麗莎與我們脆弱生命的小小警鐘，我們可能會為她帶來更多的痛苦，更多的失落。

如果說奇伊看我們不爽，她大部分的情緒來源其實不是我們，而是我們的父親，她對他存有某種強烈的疑念怒火，深深覺得一提到他逃避家庭責任的事，這傢伙就會搞失蹤。只要每個月小孩撫養費沒出現的時候，她就會自己一個人碎碎唸，有一次，她是這麼告訴我們的，「我第一次看到他的時候就知道了，我告訴麗茲，我這一生還沒看過這麼靠不住的人。」

我之所以知道爸爸的另一件事，也是聽奇伊說的，「都是他害她沾染上那鬼東西……」——不是直接對我們說，而是經常在電話裡提到這件事，聲音之大，就是要確保我們聽得到，他毀了她。

在我們的媽媽過世之後，這個丹尼爾．費茲派翠克就成了他。除了幾個舅舅與上帝之外的唯一的他。當我們看到他的時候，我們喊他爸爸，我現在回想起來覺得無法置信：簡直像是從另一個人嘴裡說出來的一樣。就連在當時，即便他並沒有與我們相隔許久、使用這個詞彙的感覺還是很奇怪。不過，他也是這樣稱呼自己，我是她們的爸爸，我們聽過他對奇伊這麼說，通常，是吵架的時候。然後，奇伊會回他，那就拿出行動來啊。

最後，他完全失蹤，我們十年沒看過他。然後，我二十歲的時候，他眼前的朋友隨口告訴我，他死了，就跟費城東北角那四分之一區的每個人死因一模一樣。就跟我第一次發現凱西、以為她死去的那種狀況一樣。後來，凱西還有第二次、第三次。

我爸爸的朋友發現我的反應，他說，「我以為妳早就知道了。」

我並不知道。

至於我們的母親：在她過世之後，奇伊只是偶爾會提到她。不過，有時候我會發現她死盯著我們母親那張缺牙微笑的小學照片——那是屋內殘留的唯一低語，依然還好好活在客廳牆面上的人聲——如果奇伊知道有人在偷偷觀察她的話，她凝望的時間就會拖得更久。其他的時候，在夜半時分，我覺得我聽到奇伊在哭：某種低沉的詭異嚎哭，宛若小孩抽抽答答的大哭，無盡哀思的悲鳴。不過，到了白天，卻完全看不出奇伊除了挫敗與憎惡之外、有任何情緒反應。「她做出了糟糕的選擇，」奇伊是這麼說我們的母親，「妳們千萬不要選擇搞出一樣的蠢事。」

在父母缺席的狀況下，我們慢慢長大。

當我們母親過世的時候，奇伊還年輕，才四十二歲，但對我們來說，她似乎遠比這年紀更蒼老。她一直工作，通常兼好幾份差：外燴、零售、幫人清掃家裡。

冬天的時候，她家總是冷得要死，她把溫度控制在攝氏十三度，這樣的溫度只是避免水管結凍而已。我們在室內穿外套、戴帽子。每當我們抱怨的時候，奇伊就丟下這一句，「妳們是要付帳單嗎？」她不在家的時候，這房子就跟鬼屋一樣，一九二三年，她的愛爾蘭祖父買下這棟房子，自此之後它就成了家產，之後她爸爸繼承下來，然後是奇伊。這是一間小小的排屋，兩層樓，樓上那排通道有三個小房間，底下是一條龍式的配置，客廳、餐廳，以及廚房，完全沒有房門做區隔，只有隨便弄弄的門檻標示出每一個空間的界線。

我們通常是兩人一組，在房子的前前後後打轉。要是凱西上樓，我也是；要是我下樓，凱西也是。「米可凱西，」奇伊經常這樣喊我們，不然就是「凱米可」。在那段日子當中，我們是連體嬰，是對方的影子，其中一個比較高瘦，深色頭髮，另一個比較矮小圓潤，金髮。我們會互相寫小紙條給對方，然後偷偷藏在後背包與口袋裡。

在我們臥室的角落，我們發現可以拉起那一整片滿鋪地毯，然後會露出底下的某塊鬆脫的地板木條，裡面有個洞。我們把寫給彼此的字條、小東西、畫作全藏在裡面。我們對於自己逃離那間屋子之後的成人生活，臚列出了詳細計畫：我覺得，我應該會去念大學，然後找到一份殷實的好工作。然後，我會結婚生子，找個溫暖的地方退休養老，不過，這要等到我盡情遊歷世界之後再說。凱西的企圖就沒那麼保守了。她想要加入樂團，經常這麼嚷嚷，但她從來沒玩過任何樂器。她想要當演員、廚師、模特兒。至於其他時候，也曾經講過要去念大學，不過，當我問她想要去念什麼大學的時候，她講的全都是她絕對進不了的學校，從電視裡聽過的那些學校，給有錢人念的那些大學。我當時不敢戳破她的美夢，現在，我懷疑當初也許該這麼做才是。

這些年來，我保護凱西的方式，就像是努力捍衛女兒遠離危險卻終告失敗的父母；而凱西保護我的方式，就像是一個拚命要把我拉出去社交、哄我去接近其他小孩接近的好友。

到了晚上，我們窩在自己共眠的那張床，一起在頭上戴皇冠，手牽手。攤開呈A字三角形的四肢，鬆散的頭髮，我們哀嘆自己在學校受到的屈辱，講出我們暗戀的每一個男生的名字。

我們依然堅持共享最後那一間臥房，久而久之，這習慣延伸到了我們的青春期。屋內一共有三間臥房，所以我們在哪個時候各自擁有臥房都不成問題，不過，中間的那一間——被我們稱之為媽媽的房間，在她過世多年之後——我們對於她的記憶依然盤據不去，所以我們都不想要佔用那一間。而且，那裡常常有人住，不同人來來去去，某個居無定所需要地方棲身、願意每個月支付一丁點房租的舅舅或表哥。奇伊自己有一陣子搬了進去，因為她拆除了最前面那間臥房的窗型冷氣，某片窗玻璃跟著掉落，她不肯付錢找人修理，反而直接拿了塑膠片貼住破口，然後，她關上門，還拿膠帶貼死房門，不過，十二月從那房間穿透而出的氣流，已經足以逼著我們每一個人都裹著宛若羅馬長袍的毯子、在屋內不停走動。

對奇伊來說，托育問題一直是一大壓力。漢諾瓦小學並沒有課後托育，讓她苦惱不已。最後，奇伊打聽到了消息，讓我們報名「警察運動聯盟」創設的免費方案，地點就在我們家附近。在那裡——兩間大到有回音的教室，還有一個地面仔細清理過的戶外運動場——我們會在那裡玩足球、排球，還有籃球，場邊的羅絲．札勒基警員年輕時曾經是優秀球員的高大女子，總是鼓勵我們下場。在那裡，我們會不斷聽到勸誡，好好念書，不要喝酒，遠離毒品與酒精（經常會有前科犯來到這裡、搭配結尾是餅乾與檸檬水的幻燈片，大力宣導這些觀念）。

那裡的每一位「警察運動聯盟」警員都具備了可信、風趣、和善的可愛特質：這與我們自己生活中的絕大多數成人大相逕庭，因為大多數的時候，他們都希望我們可以乖乖閉嘴。每一個小孩都有一個自己喜歡的警察，導師，經常可以發現小孩跟隨自己挑選的偶像的細微痕跡，這就宛若小鴨子跟著母鴨一樣。凱西的是艾爾蒙德，個頭嬌小、總是糊裡糊塗的女子，充滿了狂妄奔放的幽默感——她展現和善態度，總是被一群笨蛋重重包圍，她的周邊充滿了蠢行，那些孩子們的超蠢模樣。凱西模仿她的態度、講話風格，以及瘋狂笑聲，而且還把那一套帶回家中，不斷演練，逼得奇伊喝斥她要壓低聲音。

我喜歡的那個比較安靜。

克里爾警員進入「警察運動聯盟」的時候還很年輕，二十七歲，但他那時候的年紀對我來說已經算是大人了，很成熟的年紀，暗示背負責任的年紀。他當時已有一名幼子，提到小孩的時候，他總是流露滿滿的父愛，但他並沒有戴婚戒。而且也從來沒有提過太太或女兒。當我們在那間面積大如餐廳的教室裡寫功課，輪到克里爾警員當班的時候，他會坐在某個角落看書，偶爾會抬頭張望，確認我們沒有分心，然後又繼續看他的書，他伸長雙腿，腳踝處交疊在一起。三不五時就會起身巡視，彎腰詢問每一個小孩在做什麼，指出他們思路中的錯誤。他比其他的警員嚴厲，沒那麼風趣，比較喜歡沉思。由於這些因素，凱西並不喜歡他。

但我卻被他深深吸引。只要是有人對克里爾警員講話的時候，他一定專注傾聽，首先，維持四目相接，還會偶爾點頭表示他很了解。他長得帥，而且，還有一頭後梳的黑髮，而且鬢角比一般男警員稍微長一點，在一九九七年的時候，這相當時髦，當他閱讀時看到了什麼特別有趣的事物，黑色雙眉還會微微緊蹙。他身材高大，體格健壯，而且還有一點讓我深深著迷，他帶有一股幽微的老派氣質，彷彿來自另一個時代，從某部老電影冒了出來。他超級客氣，會使用勤勉與超驗這樣的字詞，還有一次，他為我扶住大門，對我說「您先請」，然後他大手往外一揮，稍微頷首，在那個當下我受寵若驚，這簡直是不可思議的殷勤表現。每一天，我選坐的位置都越來越靠近他，最後，我已經坐到了他的正對面。我從來沒有和他講話，只是寫功課的時候越來越安靜，越來越認真，期盼也許有那麼一天，他會注意到我的努力，跟我講話。

終於，他開口了。

那天，他教我們下棋。我那時十四歲，處於人生中最彆扭的階段：幾乎一直沉默寡言，總是在與自己的爛皮膚奮戰，經常沒洗澡，穿得破破爛爛，衣服通常比我的身材大兩號或是小兩號，如果不是恩典牌就是二手商店的戰利品。

不過，雖說我對於自己的外表感到尷尬，但我對於自己的聰明才智卻很自豪。我暗自心想，它就像是默默棲歇在我內在的某種東西，守護著某個財寶藏地的沉睡之龍，沒有任何人，就連奇伊也無法奪走它。這是我遲早會拿出來使用的武器，拯救我們兩人：我自己與我妹妹。

那一天，我全神貫注盯著我面前的每一盤比賽，到了下午快要結束的時候，我是克里爾警員臨時舉辦的錦標賽當中、剩下的四名選手之一。過沒多久之後，一群人開始觀戰，他也是其中之一。雖然他站在我後面，我看不見他，但我知道，我可以感受到他的體格，他的身高，我感受到他的呼吸，我贏了那場比賽。

他說道，「很厲害。」我因為開心而弓起雙肩，然後又放鬆下來，不發一語。

接下來，也是最後一局，我與教室裡的另一名決賽選手一拚高下，對方是一個年紀比我大的男孩。

那男孩很厲害，因為他是多年老手，三兩下就把我解決了。

克里爾警員留在現場，雙手扠腰，就連大家都離開之後，他依然沒有離去。在他的注視之下，我臉紅了，沒抬頭。

我依然坐在那個餐廳長桌前面，他緩緩擺正我被吃掉的國王，然後蹲在我旁邊。

他悄聲問我，「米可拉，以前有玩過嗎？」他總是叫我米可拉，這是我欣賞他的另一點。我的小名，米可，是奇伊取的，我覺得有點不尊重我，但也不知道為什麼就一直跟著我了。在我對母親的記憶之中，她也一直叫我的真名。

我搖搖頭，沒有，我現在講不出話來。

他點頭，就只點了一下而已，他說道，「真厲害。」

他開始教導我下棋。每天下午，他會花二十分鐘與我獨處，訓練我開局讓棋，接下來是全局策略。

「妳很聰明，」他語氣充滿讚賞，「妳在學校表現怎麼樣？」

我聳肩，再次臉紅。在克里爾警員身邊，我總是一直臉紅，我的血液正以一種不斷提醒我自己處於精神亢奮狀態的方式、在我體內橫衝直撞。

我回道，「還可以。」

他說道，「那麼，要更上一層樓。」

他告訴我，他同為警察的父親，是第一個教導他下棋的人。克里爾警員說道，「不過，他英年早逝。」

他開始移動某個卒，然後又把它退回原位，「我那時候八歲。」

聽到這句話，我迅速抬頭望了他一眼，然後又低望棋盤。我心想，所以他知道我家的狀況。

他開始帶書給我看。起初是犯罪紀實與偵探小說，全都是他爸爸深愛的書籍，《冷血》，雷蒙・奇德勒、阿嘉莎・克莉絲蒂、達許・漢密特的作品。他還在我面前大聊電影：《衝突》是他的最愛，但他也喜歡《教父》三部曲（他告訴我，大家都說第二集最棒，但其實第一集才是），還有《四海好傢伙》與其他老電影，《馬爾他之鷹》（他說，電影甚至比原著還好），《北非諜影》，以及希區考克的所有懸疑電影。

我看了每一本書，還有他推薦的每一部電影。我搭乘「高架」捷運前往位於寬街的淘兒音樂城，拿出辛苦存下當臨時保母的錢、買了兩張他喜歡樂團的CD，「鞭打莫莉」以及「落跼墨菲」。他曾經說過他們是愛爾蘭樂團，所以我以為他們的歌曲充滿了小提琴與鼓聲，但當我播放的時候，卻意外聽到蓋過淒厲吉他的嘶吼男聲。不過，我還是拿著CD隨身聽熬夜聆聽每一首歌，不然就是靠手電筒借光、閱讀他提到的那些書，再不然，就是坐在客廳沙發上頭、觀看經典老片。

「妳覺得怎麼樣？」每當克里爾警員向我推薦完之後，一定會問我這問題。我說我好喜歡，永遠都是這個答案，即便我不喜歡亦是如此。

他想要當警探，他說，總有一天會當上警探，但他兒子還小，所以他主動要求擔任「警察運動聯盟」的工作，這樣一來，就可以有比較正常的工作時間。他有好幾次曾把兒子一起帶過來，他名叫蓋布瑞爾，當時四、五歲，是他爸爸的小型復刻版，深色頭髮，身材瘦長，過短的褲子總是會露出腳踝。他爸爸會抱起他，四處遊晃，逢人就介紹是自己的兒子，頗是以他為傲。我個性倔強，雖然明明不情不願，還是盯著那對父子，感受到一股醋意。我不確定自己想要什麼，但也不知道為什麼，我很清楚這一定與他們兩人有關。

克里爾警員把兒子放在我身邊。

他對他兒子說道，「這是我的朋友米可拉。」我緩緩抬頭，一臉畏怯，望著那男孩父親的臉，之後的那幾天，那句話一直在我心中迴盪不去，我的朋友，我的朋友，我的朋友。

不幸的是，就在這一段時間當中，凱西開始捲入了大麻煩。今天，一想到這種局面可能與我的分心狀態有直接或間接的關聯性，就讓我坐立難安。在克里爾警員進入我的生活之前，我全心全意照顧妹妹：幫忙她看回家功課，輔導她的行為問題——至少，我知道的那些部分我不會放過——還有，該怎麼改善與奇伊的互動，在早上梳理她的頭髮，每天晚上為我們準備隔日的午餐。凱西回報給我的是她絕對不會與其他人分享的秘密：她在學校裡每天遇到的不公不義的小事，有時候籠罩她心頭的那一種深沉悲傷，力道之猛烈，她知道永遠不會退散的那種痛。不過，當我與克里爾警員走得越來越近，我覺得自己變得憂鬱又疏離，我的心緒與目光漸漸遠離了我的妹妹。

凱西的反應也變得退縮。十三歲的時候，她開始經常蹺掉「警察運動聯盟」的課後輔導。只要她一開溜，奇伊就會接到電話，有那麼一陣子，她想要處罰凱西，卻一直沒收到效果，而過沒多久之後，凱西的禁足日不斷累加，最後奇伊就懶得追下去了。奇伊是這麼說的，語氣猶疑，「我想，她年紀也夠大了，可以照顧自己吧。」我當時已經十五歲，早在幾年前，她就給了我與凱西現在擁有的相同決定權，我可以每天在放學後自理——或者，更好的是，去找一份固定的工作。不過，我選擇參加「警察運動聯盟」為了要輔導與監督年輕學生而成立的青少年小組。

我的選擇——雖然我不會向任何人承認——主要是因為我想要繼續待在克里爾警員身邊。

到了九年級的時候，凱西的下午幾乎都和寶拉．莫洛尼為首的那群朋友泡在一起。

他們已經讓凱西無心課業，他們多半一身全黑打扮，抽菸，染髮，聽的是「年輕歲月」與

「義和國」這類樂團的歌——雖然我受不了，雖然它讓我念不下書，但只要奇伊不在家阻止凱西的話，她就會放得震天價響。她也開始抽菸，吸大麻，而且還在我們房間地板木條下方的空洞藏匿小份毒品——也就是我們先前的秘藏地，以前的目的比較純真無邪。

我覺得，自己彷彿被打了一巴掌。

我記得很清楚，第一次在那個地方發現藥丸的情景。一共有六顆，藍色的小東西，放在小型夾鏈袋裡面。我記得自己不可置信，將它們舉高，覺得多少鬆了一口氣，因為那些東西看起來是專業製造，其中一邊還印有兩個整齊的字母，另外一邊是號碼，形式完整，有模有樣。當我詢問凱西那些是什麼東西的時候，她向我保證沒問題：差不多是強效型泰諾之類的東西，她告訴我非常安全。有個叫做艾爾比的男生，他爸爸有這種藥的處方箋。我們這一區有許多父親們都有這東西：他們是建築工人，不然就是曾經當過碼頭工人，或是靠身體辛勤勞動討生活的其他產業勞工，身上都會有碎骨與扭傷肌肉造成的痛苦結瘤與硬塊。當時是二〇〇〇年，奧施康定是問世四年的藥品，醫生們慷慨開藥，病患滿心感激收下。與鴉片類藥物的先前世代產品相比，很神奇，據說它的成癮性沒那麼嚴重——所以，當時也還沒有人知道這東西的可怕。

我還記得我問凱西，「妳幹嘛要這東西？」她回我，「我不知道，好玩吧。」她沒有告訴我的是，其實他們在吸食這種藥。

當時，凱西沉迷的另一項活動就是性。我是靠二手消息才知道，某個刻薄的十年級男生向他朋友炫耀的時候，正好被我聽到。我向妹妹求證，凱西只是聳肩以對，她冷冷回我，他說的是實情。

在那個時候，我從來沒有接吻過。

我們兩個漸行漸遠。少了她，我的寂寞變得狂肆，某種低鳴，多出來的手或腳，只要一開始走動、一直拖拉在後的錫罐。我想念凱西，想念她在屋內的感覺。我出於私心，也想念凱西拉我出去社交的種種努力，帶我去各個派對，邀我和她一起去朋友的家中。「米可剛剛說……」這是我們比較年輕的時候、凱西常常使用的發語詞，然後，她會把某些其實是出於她自己的妙語或觀察歸功給我。現在，凱西在學校看到我，只是點點頭，其實，大多數的時候，她根本不進學校。

我好幾次把給妹妹的字條放入我們的秘密藏匿空間。雖然我這麼做，但我知道這很幼稚，不過我還是堅持下去。字條內容是關於我的生活小故事，關於奇伊，關於我們家族其他成員所做的事，或是我認為值得詳述的有趣或惱人之事。我渴望她會注意到我，回到我身邊，逆行人生，返歸我們曾經開心一起共同從事的各種兒時活動。

不過，每一次，我寫給她的字條都沒有得到回應。

在那段時光當中，只有那麼一次，凱西似乎真正注意到我，就是當我在講克里爾警員的時候。

凱西不喜歡他。

「這個人自以為是……」這是她的措辭，或者，有時候她說他高傲，不過，就連在那時候，我也很清楚她對他真正的批評是陰險，我妹妹發覺他內在有問題，但是她說不出是什麼，或者是不肯說。

我開始經常提到他、或是他喜歡的事物，「嗯……」凱西的反應就是如此。其實，我的開場白經常是「克里爾警員說……」，到了後來，奇伊與凱西會無情模仿我講話，讓我自知難堪到再也說不出口。我對他的癡迷，引發了我們姊妹角色短暫互調，我覺得在我們人生當中，曾經有那麼一段日子是凱西對我放心不下，而不是我在擔憂她。

凱西第一次吸毒過量的時候，十六歲，在肯辛頓某間擠滿陌生人的房子裡，我找克里爾警員求救，請他提供協助與意見。

那是我高二與高三之間的暑假，我當時十七歲，那時候我與他變得十分親近。我們聊天的話題也變多了：除了他以各式各樣的方式對我提出建議、指導我之外，他現在也會向我吐露他童年時所面臨的問題、在警局裡遇到的各種困境、害他惹麻煩的那些同事、與家人之間的問題。他很擔心他母親，她在他父親過世之後就產生了酗酒問題，最近摔傷跌斷了髖骨。他的姊姊是個老是對他的生活提出各種建議的管家婆。我仔細聆聽，點頭，幾乎都保持沉默不語。我沒有講太多自己家裡的事，還沒有。我還是寧可專心傾聽，而不是講話。他與奇伊不一樣，似乎很喜歡我嚴肅深思的態度。他經常讚美我的智慧，還有我觀察入微，目光銳利。

最近，我已經跳脫「警察運動聯盟」青少年計畫的無薪義工身分，一躍成為該組織的社區小朋友暑期計畫的有薪指導員——我告訴自己，這讓我與那些警員可以平起平坐，反正，就某些方面來說的確是如此。我與其他十多名員工一起工作，我負責照顧每一間的單日夏令營成員，構思活動，敷衍教導他們連我自己也不是很懂的運動項目。不過，其實我都在利用這段時間與克里爾警員聊天。

發生問題事件的隔天，我心煩意亂，在「警察運動聯盟」的建物裡來回走動，我臉色蒼白又六神無主，不確定自己到底是否該待在那裡。我心想，也許該在家裡陪凱西才是，她現在與奇伊陷入嚴重衝突，而且應該是在戒斷期。

我站在「警察運動聯盟」最大的那個房間之中，伸出雙臂緊摟自己，若有所思。就在這時候，我看到與我相隔了十幾張餐桌的克里爾警員遙遙凝望著我。因為出現太多的行為不當事件，那天下午大家被迫閉嘴，師長們叮囑他們安靜閱讀或畫畫。

他緩緩朝我走來，有小孩抬頭望著他，他就一個個瞄回去，示意他們回去做自己的事。

等到他走到我這裡的時候，他朝我微微側頭，露出探詢表情，低斂英俊劍眉之下的雙目，盯著我不放。

「怎麼了？米可拉？」他的語氣如許溫柔，嚇了我一跳。

我猝不及防，眼中立刻盈滿淚水，這麼多年來第一次有人問我的狀況，打開了我心中的一道防線，某種渴望的裂縫，我很難再將其閉合，那讓我想起了母親柔滑雙手托住我臉龐的感覺。

他說道，「嘿……」

我的眼睛依然盯著地板，兩滴熱淚滑落臉頰，我奮力抹去淚水。我很少哭，尤其避免在大人前落淚。在我們比較小的時候，只要我們一掉淚，奇伊就會經常對我們發出警告，她早就已經跟我們講過道理了。在我們還沒有長得比她高壯的那段時期，有時候，她這種威脅還真的很有效。

「到外面去，」克里爾警員迅速對我說道，速度飛快，根本不會有人聽到，「待在那裡不要亂跑。」

那天的氣溫超過了攝氏三十二度，建物後方的戶外區有一個配有搖晃露天看台區的籃球場、以及可以拿來作為足球或橄欖球比賽的半死草坪球場。沒人路過，沒有人在一旁閒晃，建物內也沒有能夠看到此處的窗戶。蒼蠅在我的頭附近嗡嗡慢飛，我一邊走路，一邊忙著揮手驅趕。

我找到一塊陰涼的地方，斜靠在「警察運動聯盟」的磚屋牆面。我心跳好快，也不知道是為什麼。

我想到了凱西：她被送到聖公會醫院之後、躺在病床上的模樣，還有，我們之間的那股沉默。「我不明白……」我當時對凱西這麼說，而她回我，「我知道妳不明白……」就這樣而已。凱西看起來好痛苦，緊閉雙眼，臉色非常，非常蒼白。然後，病房門突然開了，衝進來的是我們的外婆，臉色鐵青，雙手緊握成拳。奇伊一直是精瘦的女子，全身充滿了不安的經歷，永遠靜不下來的那種人。不過，那一天，她咬牙切齒對凱西低聲講話的時候，卻動也不動，讓人驚恐莫名。

「睜開眼睛，」她當時說道，「看著我，靠，快給我睜開眼睛。」

過了一會兒之後，凱西乖乖照做，她瞇著雙眼，側臉，閃避她上方的日光燈管。

奇伊等待凱西的目光定焦，落定在她身上。

然後，她開口，「聽我說，因為妳媽媽，我已經受苦過一次了，我絕對不會再受第二次的折磨。」

她伸出緊繃的手指，對準凱西，然後她抓住凱西的手肘，把她推下病床，手臂上的點滴被硬扯下來，我追過去，有名護士在我們後頭大喊，凱西還沒有準備好出院，但我們都沒有停下腳步。

到家之後，奇伊打了凱西一巴掌，出手毒辣，整個臉頰遭殃，凱西衝向我們樓上的臥房，狠狠甩門，然後把它鎖上。

過了一會兒之後，我跟過去，輕輕敲門，不斷呼喊我妹妹的名字，但卻沒有任何回應。

「警察運動聯盟」建物的磚頭好暖熱，靠在上面很不舒服，所以我又挺直身體。我背對著剛才自己走出來的門，當我聽到門開了、然後又悄悄關上的聲響的時候我並沒有轉身。空氣因濕度而變得黏濁，我的襯衫腋下大汗如雨，當克里爾警員朝我走來的時候，我目光直視前方，我感覺他停下腳步，站在我後面，也許是在思忖。我聽到他的呼吸聲，然後，他動作迅速，伸出雙臂抱著我。我在兩三年前就已經是現在的身高，學校裡沒有幾個男同學可以能像他一樣有居高臨下的優勢，而當他摟抱我的那一刻，他完全裹住了我，甚至還可以把下巴抵住我的頭頂。

我閉上雙眼，感受到他的心跳貼住了我的背脊，自從我母親過世之後，我經常做同樣的夢：某個沒有面孔的人把我抱在懷中，一隻手臂抱我的腰，另一隻手臂撐住我大腿，雙手在我的身體另一側扣在一起，所以我覺得自己像是緊緊窩在某個小箱子裡面一樣，這個人就這麼以雙臂抱著我前後搖晃。我已經多年來沒有做這個夢，但我依然記得每當自己醒來之後的感受：舒坦，平和，寧靜。

就像是被賽門・克里爾這樣緊鎖懷中一樣，我睜開眼，心想，他真的在這裡。

賽門又問我，「怎麼了？」

這一次，我全告訴了他。

現在

與阿倫佐講完話之後，我過了好一陣子才恢復鎮定，讓我好悔憾。我在車內坐了十分鐘之久，然後，心不在焉，開始在我的指定區域進行巡邏。路上的行人對我來說只是一片模糊。我老是覺得看到了妹妹，但卻發現不是她，而且其實完全不像。雖然外頭很冷，我還是搖下窗戶，讓冷風吹襲臉龐。

有好幾通傳呼進來，但我回應的速度慢吞吞。

終於，我告訴自己，夠了，我再次發動車子——起步太急——後頭的某台私家車趕緊煞停，發出了刺耳聲響——我開始自問，如果我是真正的警探，會怎麼著手失蹤人口案件？

我遲疑不決，碰了一下警車中央控制台的攜帶型數據終端機。這是很像筆記型電腦的東西，我電腦很厲害，但這些系統是出了名的糟糕，有時候甚至根本不能用。今天，我開的指派警車的終端機可以用，但就是很慢而已。

我要在「費城犯罪資料中心」資料庫裡找尋凱西的名字。

理論上，我不該這麼做，我們必須要有合理原因才能針對某人進行搜尋，而且，要是有誰特別注意我的話，我的登入憑證也會洩露我的舉動，我不喜歡違反這方面的規定——但是，今天我只能期盼其實沒有人會真的在意，在我們的管區裡，不會有人有時間幹這種事。

不過，當我鍵入的時候，心跳還是稍微變快了一點。

凱西・瑪麗・費茲派翠克，我輸入資料，出生日期：一九八五年三月十六日。

我的眼前出現一長串的逮捕紀錄，我所能看到最早的一筆——更早之前的應該是因為她當時身分是青少年而全數刪除了——出現在十三年前，凱西十八歲，原因是公共場合醉酒。現在看起來簡直是輕微罪行，簡直好笑，那是許多人犯罪紀錄上都會出現的踰矩行為。

不過，自此之後，凱西惹的麻煩馬上變得越來越嚴重，因為持有毒品而遭到逮捕、因為傷害而遭到逮捕（我沒記錯的話，對象是她的某個前男友，他常常打她，她第一次回擊的時候，他立刻打電話報警）。然後是拉客、拉客，又是拉客。凱西最近的犯罪紀錄是一年半前，輕微竊盜案，她被判有罪，在牢裡待了一個月，那是她第三次坐牢。

我一直盼望能夠找到的——最後卻落空——就是挖出顯示她最近被抓的任何一點蛛絲馬跡，我想，這等於是她應該還活在人世的一點線索。

順其自然，走到下一階段。任何一個處理失蹤人口案件的警探，想當然耳，就是向失蹤人口的家屬盡快問案。不過，當我望著手中的手機思忖的時候，每當我考慮要與歐布萊恩家族聯絡時的那股噁心不適感又出現了，讓我打了退堂鼓。

最簡單的解釋就是：他們不喜歡我，我也不是特別喜歡他們。我的一生當中，總是有一種不安感，就某方面來說，我是家族裡的敗類——我應該要補充說明，它的定義就是，透露出想要積極參與社會之跡象的每一個人。舉凡小孩在小學成績良好、或是有愛讀書的習慣、抑或是最後決定要加入警界，只有在歐布萊恩家族的環境中，才會被家人報以懷疑眼光另眼相待。我一直不希望湯瑪斯體驗到在自己家族中當局外人的那種孤獨感，或者是受到歐布萊恩家族的任何影響——他們除了涉足小奸小惡罪行之外，還具有種族歧視與其他可惡偏見形式的傾向；所以，自從他出生之後，我就下定決心，不要讓歐布萊恩家族的成員以及他們的詭異道德觀感染到他。我的規則沒有那麼嚴格，牢不可破——我們每隔一兩年去奇伊家中的時候，偶爾會遇到他們當中的某個人，我們偶爾也會在街上或是某間商店裡巧遇歐布萊恩家族的人，在這些場合，我總是態度友好——不過，絕大多數的時候，我對他們是避而遠之。

湯瑪斯不明白為什麼，至少，目前還不懂。我不想要嚇到他，也不希望讓他知道他這個年紀還無法消化的資訊，害他崩潰，而我告訴兒子的說法是，都是因為我工作班表的關係，所以我與我的家人互動有限。除此之外，我想不出更好的藉口，湯瑪斯經常追問他們的狀況，央求去見他認識的人，還要去認識其他人。有一次，當他剛進入上次就讀的那間學校的時候，他們給所有小孩的作業是要建構家族系譜圖。當湯瑪斯有氣無力向我索討家族成員照片的時候，我只能被迫承認我完全沒有，所以他只好畫下他想像每一個人的繪圖，憂傷的微笑面孔，頭上頂了一大坨捲髮，顏色各有不同。現在，他把這張圖表掛在他自己臥房的牆上。

我坐在自己的巡邏車裡面，準備放下自尊：向我的大家庭伸出我的手。

首先，我寫出了一份聯絡清單。這一次，我真的掏出了筆記本，找了最後面的空白頁，把它撕下來，我在這張紙寫出了下列這些名字：

奇伊（再打一次電話給她）

艾許莉（我們的表妹，跟我們年紀相仿，在童年時代我們與她很親近）。

鮑比（我們的另一個表親，比較沒那麼討人喜歡的表哥，自己也在混這一行，還曾經賣毒給凱西，某天被我發現，我立刻揚言要是再被我抓到，一定會逮捕他，而且絕不就此善罷甘休，他才終於收手）。

接下來是其他人：

瑪莎．路易斯（曾經是凱西的假釋官，但我認為之後有分配新的假釋官給凱西）。

然後，是幾個曾經同搭一條公車路線的點頭之交，我們的某些鄰居朋友，她的某些小學同學，她的某些高中同學，接下來是凱西現在的朋友，就我所知，可能現在已經成了仇敵，這種事很難說。

我把編號二八八五的巡邏車停好，坐在裡面，輪流撥打給每一個人。

我打電話給奇伊，沒有回應，也沒有電話答錄機。在我們小時候，這一招應該是要躲債主，現在這已經成了習慣，很可能多少算是討厭與人往來吧。「大家都想要控制我，」奇伊這麼說，「就讓他們繼續試嘛。」

我打給艾許莉，留言。

我打給鮑比，留言。

我打給瑪莎．路易斯，留言。

最後，我想到現在幾乎沒有人在聽語音信箱了，所以我改為開始傳訊給每一個人。

最近有沒有聽說凱西的消息？我打下這些字，她失蹤一陣子了，要是有任何線索，請讓我知道。

我望著自己的手機，靜靜等待。

第一個回話的是瑪莎．路易斯，嗨，米可，真令人難過的消息，很遺憾，讓我查一下。

然後是我的表妹艾許莉，沒有，抱歉。

還有好幾個老友回訊，最近沒有看到她，祝我好運，向我表達哀悼之意。

唯一沒有回訊的是我們的表哥鮑比。我又試了一次，然後我再次傳訊給艾許莉，確認電話號碼無誤。

她回我，就是這支沒錯。

然後，我突然驚覺，今天是星期一，十一月二十日——也就是說，禮拜四就是感恩節了。

我小時候的每一年，歐布萊恩家族——奇伊那邊的親戚——都會因為這個日子而團聚在一起。在我的童年時期，感恩節的聚會地點在琳恩姨婆的家中，她是奇伊的妹妹。最近，基本上都是由琳恩的女兒艾許莉作東，但我早已多年沒參加——早在湯瑪斯出生之前就是如此。

我沒有出席歐布萊恩家族的感恩節聚會，使用的藉口都一樣，年復一年都是如此：我必須工作。我沒有讓大家知道，就連我有權選擇休假的那些年，我還是照常工作賺加班費。

今年很特殊，我正好感恩節休假。本來的計畫是要與湯瑪斯單獨過節，我想要買罐裝地瓜、即食馬鈴薯泥，還有烤雞。我要在餐桌正中央點一根蠟燭，把第一個感恩節的故事告訴我兒子，我是從我最喜歡的高中老師波威爾那裡聽到了這段情節，與一般學校所教導的內容大異其趣。

不過，我現在想到，要是參加歐布萊恩的感恩節家族聚會，也許可以探詢凱西的下落——而且特別要找表哥鮑比問個清楚，他到現在還沒有回我簡訊。

我又打電話給奇伊，這一次，她接了電話。

「奇伊，」我開口，「我是米可，妳會去艾許莉家裡參加感恩節聚會嗎？」

「不會，」她說道，「我要工作。」

「但她有辦聚會吧？」

「根據琳恩的說法，是這樣沒錯，」奇伊反問，「怎麼了？」

「我只是想知道罷了。」

她起了疑心，「妳是說妳想去？」

「也許吧，」我回道，「還不確定。」

奇伊愣了一下。

「哦，」她說道，「這可稀奇了。」

「第一次感恩節可以休假，」我說道，「如此而已。」

「先不要告訴艾許莉，」我提醒她，「以免我最後沒辦法赴約。」

掛電話之前，我又問了她一次。

「還是沒有凱西的消息嗎？」

「唉呦，米可，」奇伊回我，「妳也知道我再也不想提到她了，妳是怎麼了？」

「沒事。」

那一天我不斷掃視人行道上是否有我可以探問的人，但苦尋無果，我忍不住頻頻檢查手機。勉強回了幾通傳呼，全都是我知道自己可以輕鬆解決的任務。

那天晚上，我回家見到湯瑪斯的時候，他似乎很擔心我，其實，他還問我是不是哪裡出狀況？

我真想告訴他，除了你之外，一切都不對勁。這些日子以來，只有你是我生命中唯一的美好喜悅。你的小小身軀，觀察四方的小臉，還有不斷在你腦中滋長的智慧，每一個進入你字彙領域的嶄新字詞或是表達方式，我都把它們當成了你未來的黃金，點滴珍藏。至少，我還有你。

當然，我完全沒有提到這些事。我告訴他，「沒事，怎麼會這麼問？」

不過，從他的表情看來，我知道他並不相信我。

「湯瑪斯，」我問道，「要不要和艾許莉表姨一起過感恩節？」

湯瑪斯跳起來，雙手摀住胸口，姿態誇張。他的雙手是小男孩的手，表皮粗糙，手指強而有力，即便當天沒有玩沙，手掌總是會散發泥土的氣味。

他回我，「我最近好想她。」

我忍不住面露微笑。我覺得我們上次見到艾許莉是兩年前的事吧，在奇伊家裡，她因為聖誕節來訪，所以，我很懷疑他是否真的記得她。他之所以知道她是因為他牆上的自製系譜圖，他有時候會伸出手指，逐一撫摸唱名。他知道表姨艾許莉嫁給了表姨夫隆恩，而且艾許莉是他自己的表親傑洛米、雀兒喜、派翠克，以及多明尼克的媽媽。他也知道表姨艾許莉的母親是太姨婆琳恩。

現在，湯瑪斯雙手高舉，擺出勝利姿態，他問我距離感恩節還有多少天？

我哄他上床。我在家哄他睡覺的這些禮拜，我們的作息從來沒有改變：洗澡、看書、上床睡覺。我們是住家附近圖書館的常客——一開始是里奇蒙港，現在是本薩勒。每一位圖書館員都認得湯瑪斯，記得他的名字。每個禮拜我們挑一疊書享受共讀時光，每個晚上我都會讓湯瑪斯盡情挑選他想要看的書。然後，我們一起大聲朗誦字句，描述圖畫內容，想像各種場景，推測接下來的故事情節。

我值小夜班的那些禮拜，得由貝塔妮哄湯瑪斯上床，我猜她不會陪讀吧，就算有的話也不會有多認真。

等到他乖乖蓋被躺好之後，我在他幽暗靜和的房內流連不去，心想要是能夠在他身邊共枕進入夢鄉，就算只有那麼一會兒，滋味一定很美好。

但我還有工作，所以我起床，親吻我兒子的額頭，迅速關門。

我在客廳打開自己的筆記型電腦——賽門多年前送給我的老舊款式，當時他自己買了一台新的筆電——然後，我打開了網路瀏覽器。

我一直很抗拒「社群媒體」。我不喜歡與任何人一直維持互動，遑論陌生親戚，我斷無理由繼續聯絡的那些過往之人。但我知道凱西有使用——或者，至少曾經用過——而且次數很頻繁。所以我在搜尋欄位輸入了臉書，點入連結，努力找尋那裡的她。

找到她了，凱西・瑪麗。網頁主照是我妹妹拿著花，面露微笑。她的頭髮跟我最後在街上看到她的時候一模一樣，所以這多少算是近照吧。

我本來不期待頁面下方會找到太多線索，我覺得凱西不是那種把臉書更新當成了日常重要必辦事項的人。不過，發現她的頁面塞了這麼多的貼文，我還是嚇了一跳。許多都是狗貓的照片，有些是嬰兒照，我猜是陌生人的寶寶。某些是有關忠誠、或虛假、抑或是背叛的含糊叫囂，看起來像是其他人為了大眾行銷所寫的東西（看了這些之後，我恍然大悟，一次又一次，原來我對於自己的妹妹居然知道的這麼少）。

裡面有些貼文——重要貼文——是凱西自己寫的，這些是我最認真搜尋的內容，拚命找尋線索。

如果一開始的時候沒有成功……這是去年夏天的某則貼文。

有沒有人可以給我工作??

我要看《自殺突擊隊》!

雷塔的!!!(好,這是凱西的照片,拿著一杯冰水,面露燦笑。)

我深愛愛情,這是八月的某則貼文,附加照片是凱西與某個男人的合照,我不認識他,很瘦,白人,蓄短髮,前臂有刺青。他與凱西凝望鏡面,他的雙臂環抱著凱西。

照片裡有標註他的姓名:康納·多克·法米薩爾。底下有人留言,帥啊醫生❹。

我瞇眼盯著他,點入他的名字。他跟凱西不一樣,頁面設為私密狀態,我本來想要送出交友邀請,但想想還是作罷。

我在谷歌輸入康納·法米薩爾,但是搜尋結果是零。等到明天我進入警車的時候,我會在「費城犯罪資料中心」的資料庫找一下。

最後,我開始回頭研究凱西的網頁。

最上方的貼文,發布日期是十月二十八日,留言的是一個名叫席拉·麥奎爾的人。

上面寫道,小凱跟我聯絡。

下方沒有任何回應。其實,凱西最後的貼文是一個月前,日期是十月二日,我正在做一些連

❹ 發音近似多克。

自己都嚇得半死的事。

我按下發送訊息的按鍵，這是五年來的第一次，我聯絡我妹妹。

凱西，我寫道，我很擔心妳，妳在哪裡？

第二天早上，貝塔妮早到，真的是破天荒。我最近靠著賄賂湯瑪斯的方式，他終於在早上的時候不會吵吵鬧鬧、能夠讓我順利出門：只要貼滿十個乖乖貼紙，就可以讓他自己挑選一本著色簿。所以，我今天很早到班，直接進入更衣室，正拿著紙巾忙著擦鞋的時候，角落的壁掛小電視播出的內容吸引了我的目光。

「肯辛頓發生一連串暴力案件，」主播語氣嚴肅，我微微挺直身軀。

看來，媒體終於追到了新聞。要是這些兇案發生在中心城，我們早在一個月前就會聽到第一起案件的新聞。

更衣室裡只有另一名警員，剛剛到職沒多久的年輕女子。她剛上完大夜班，我不記得她叫什麼名字。

「最近被發現的這四具女屍，分屬不同案件，一開始時的判斷死因本來是吸毒過量。不過，新的線索引發警方懷疑，也許牽涉到某起惡行。」

四具屍體。

我只知道其中三個：我們在「軌道區」找到的那一個，身分依然不明；十七歲的凱蒂．康威；十八歲的安娜貝爾．卡斯提洛，居家照護助理。

我坐在更衣櫃之間的某條木頭長椅上面，靜靜等待，閉上雙眼，心中突然浮現我的生命被畫下分水嶺的場景，這一刻發生之前，以及之後，每當我覺得要接到噩耗時的那種感覺。我有事要告訴妳，當別人對我說出這句話之後，在他們的吐納之間、時間變得好緩慢。

他們講出了名字，第一個是凱蒂．康威，受訪的是她母親，狂躁，狼狽，幾乎可以確定她是在酒醉狀態，語速太慢了。「她是乖女孩，」這位母親說道，「凱蒂啊，一直是個好孩子。」

我靜靜等待，屏息，我想不可能是凱西。不可能的：如果真的是這樣，一定會有人告訴我。我在工作的時候沒有提過她，但先不講別的，我們有同樣的姓氏——費茲派翠克——來自我爸爸的姓氏。我看了一下手機，沒有人打給我。

接下來，主播開始提到安娜貝爾．卡斯提洛，那名居家照護助理，然後是艾迪．拉佛提與我在「軌道區」發現的那具無名女屍。當然，現在沒有她的照片，不過，她在我腦中的畫面依然很清晰，每晚入睡之前，我都會在自己的眼瞼後方看到她的模樣。

我知道他們接下來要討論第四名受害人，我還不知道的那一個。我的視線，起初速度緩慢，突然急轉直下，模糊成一片。

「今天早晨，」主播說道，「肯辛頓發現了第四名死者，可能也是相關受害人。警方表示，已經確定了死者身分，但必須等到家屬確認之後才能公布姓名。」在更衣室的同事問我，「妳還好嗎？」我點點頭，但其實一點都不好。

在我小時候，曾經發生過多次緊急狀況。有位醫生曾經告訴我，那叫做「恐慌症」，但我不喜歡這名詞。症狀可能是數分鐘或是幾小時，在那段時間當中，我覺得自己快死了，數算每一次的心跳，確定自己馬上就要斷氣。我已經多年沒有發生那種狀況，自從高中之後就沒有了，不過，突然之間，在這間更衣室裡面，我發覺恐慌症的那些徵兆逐漸逼近，世界的邊緣變得黯淡，我覺得我彷彿看不見，彷彿我的腦袋已經再也無法消化雙眼所接收到的訊息，我只能努力放慢呼吸節奏。

艾亨警佐，臉色微紅，不帶任何表情，站到了我身邊。他身邊站了一位年輕女性警員，金髮，身材微壯，對著我的額頭緩緩倒水。

這個菜鳥對艾亨警佐說道，「我媽媽以前曾經教過我這一招。」

一股深重的羞恥感湧上心頭，我覺得自己彷彿有什麼秘密被揭發了一樣。我擦去前額的水，趕忙起身，大笑，想要讓氣氛輕鬆一點。不過我瞄到了鏡中的自己，整張臉陰沉嚴肅又恐懼，我又開始覺得頭暈目眩。

雖然我堅稱自己沒事，但艾亨警佐還是要求我要請一天的病假。我們待在他的辦公室裡面，我坐在他對面，努力自己提振元氣。

「我們不能讓妳在執勤的時候昏倒，」他說道，「妳趕快回家休息。」

昏倒。

昏倒。令人尷尬的字詞——艾亨在我面前說出口的時候、似乎讓他覺得餘韻無窮的字眼。他是不是在偷笑？我想到他會在點名的時候重述我的狀況，不禁讓我全身發顫。

然後，我打起精神，起身，不過，離開之前，我鼓起勇氣，態度冷靜開口詢問。

我說道，「聽說他們在這一區又發現了一具屍體。」

他盯著我，「只有一具？我們還真走運。」

「不是吸毒過量致死，」我說道，「某名女子，又一起絞殺案。」

他不發一語。

「新聞已經播出來了。」

他點點頭。

我問他，「有沒有受害者的外貌資料？」

他嘆氣，「米可？為什麼要問這個？」

「我只是想知道會不會是我認識的人，」

他拿起電話，查了一些資料，大聲唸給我聽。

「根據她的證件，這女子名叫克里斯蒂娜．沃克，非裔美國人，二十歲，一百六十三公分，六十八公斤。」

不是凱西。

是別人的凱西。

我對艾亨說道，「謝謝。」

我望向他的窗外，端詳因季節到來、葉子幾乎已經全部掉光的那幾棵橡樹。我想起在高中時的某堂課、學到賓州幾乎都是被阿帕拉契橡樹林所覆蓋，當時我覺得好奇怪，我覺得阿帕拉契是一種與南方相關的詞彙，而賓州則是與北方有關。

艾亨叫我，「米可……」我這才驚覺自己站在那裡動也不動也未免太久了。

「妳確定妳最近沒有跟楚曼聯絡嗎？」

我沒有立刻回答。

然後，我反問，「為什麼問這個？」

他再次微笑，不懷好意的那一種。

「在更衣室裡面，」他說道，「你一直在呼喊他的名字。」

楚曼．道斯。

我到了外頭，找到了他的電話號碼。我盯了手機好一會兒，開始懷想在過去這十年來，我曾經有多少次朗聲唸出了這個名字。

楚曼．道斯，我最重要的導師，這麼多年以來，我唯一的朋友。楚曼，幾乎這十年來都與我並肩工作，教導我有關一切警務的人：教導我要尊重社區才能夠贏得對方敬重的人是他；只要有誰出口中傷或污辱他的管區就會皺起眉頭的人是他；遇到需要有人出言安慰或開玩笑的場合、迅速反應的人是他，即便是在逮捕人的過程中亦是如此——楚曼，我每天都思念的人，此時此刻，我最需要的就是他的建議。

其實，是我一直在躲避他。

打從小時候開始，我就有某個壞習慣。遇到自己無法面對的狀況就躲避，只要會引發我羞慚的事我就轉身離開，逃之夭夭，而不是直接面對。就這方面來說，我是膽小鬼。

高中的時候，有個讓我很欣賞的老師——歷史老師——波威爾小姐。當時我覺得她很老，其實她年紀不大。對其他學生來說，她並不是受歡迎的類型，她不像某些老師可以輕易或隨隨便便就贏得別人的喜愛——我所想到的主要是會在高中打球、會與學生們說說笑笑、彷彿把他們當成了同伴一樣的那些年輕白種男性——不，波威爾老師不一樣。可能是三十五歲，非裔美籍人，兩個小孩的媽媽。她每天都穿牛仔褲，她有戴眼鏡，通常不太搞笑，也就是說，她所吸引的學生都比較嚴肅，她也對這些學生展現真正的慎重態度，——對他們——對我們來說——她具有真正的企圖心。我記得她還把她自己的手機號碼、住家電話給了我們，告訴我們如果需要額外的協助，隨時都可以撥打電話給她。雖說我領受她的好意，只打過那麼一次而已，但我喜歡自己擁有選擇的自由，放學之後還是有辦法至少找到一個負責任的大人，這一點讓我得以心安。

波威爾老師應該要教我們的是兩年進階先修美國史，重點放在費城史，不過，對於用心的學生，她教導的範圍可就大多了。在她的課堂中，我學到了哲學與辯論的基礎，還有地質學與樹木學的有趣知識——橡樹是她的個人最愛之一，現在也是我的最愛，湯瑪斯的最愛——而且，我也曾經專注聆聽波威爾老師脫稿演出，詳述這個國家權力不均是肇因於偏見的建制化形式——不過，當她碰觸這個領域的時候，她很小心翼翼，一直注意坐在教室後頭的那些波蘭裔、愛爾蘭裔、義大利裔的男生與女生，他們如果向他們的父母們抱怨，將會讓她的生活與工作更加艱難。

我實在太崇拜波威爾老師與她的教學，其實，我一度覺得自己想要跟隨她的腳步，將來也要當一名中學歷史老師。即便到了現在，我也會很好奇另一條路的人生會是什麼光景。湯瑪斯開始詢問各式各樣的事物何以會成為現狀，我發現我得絞盡腦汁，努力回想波威爾老師多年前教給我的那些知識——或者，當我沒有辦法的時候，要靠一己之力研究湯瑪斯的疑問，然後，期盼能夠以生動有趣的方式描述答案，就像是當年的波威爾老師一樣。

這一切的重點就是，我非常喜愛波威爾老師還有她所教給我的一切，好崇拜她，所以，幾年前的時候，我在某間超市與她巧遇，身穿制服的我，當場愣住了。

我已經好久沒看到她。她最後一次聽說我的消息是我正在申請大學。

她拿著一盒麥片，面前的購物車堆滿了東西，她的髮間冒出新的銀絲。

「是妳嗎？」

她張大嘴巴，端詳我的打扮（就在那一瞬間，我想起她曾經特地針對洛城暴動所發表的那一場獨特演說，還有她解釋那些暴動成因時的臉部表情）。她躊躇了一會兒，然後，我看到她的目光飄向我的名牌，米．費茲派翠克，似乎向她證實了真相。

「米可拉？」她的語氣在試探，「是妳嗎？」

我停頓了一會兒之後，開口回道，「不是。」

這就像我之前說的：膽小鬼。不願意自我解釋清楚，也不敢為自己的決定挺身而出。我從來不曾因為當警察而感到羞恥。而在那一瞬間，因為諸多我難以解釋的原因，我真的覺得丟臉。

波威爾老師陷入遲疑，彷彿在考慮接下來該怎麼辦，然後，她說道，「是我弄錯了。」

但從她的語氣之中，我聽出她根本不信。

現在，我待在停車場，想起了那段不光彩的微小片刻，我性格中的微小缺陷，我鼓起勇氣，又拿起了手機，打電話給楚曼。

響了五聲之後，他接了電話。

她開口，「我是道斯。」

我突然發現，我不知要如何啟齒。

過了一會兒之後，他問道，「是米可嗎？」

「對。」

我喉頭哽住了，我覺得好丟臉。我已經多年沒有掉過眼淚，更不可能在楚曼面前哭出來。我張嘴，傳出某種可怕的咯咯聲響。我清了一下喉嚨，那股感覺消失了。

楚曼問道，「怎麼了？」

「你在忙嗎？」

「沒有。」

「可不可以過去找你？」

「當然沒問題。」

他把他的新地址給了我。

我開車過去找他。

有關那起攻擊事件，事發經過是這樣的。來得莫名其妙，行兇者似乎沒有任何動機，除非，純粹就是我們的制服與我們的任務刺激了對方。不過就在幾秒鐘之前，楚曼和我面對面，站在我們指派警車外頭的人行道上面。在遠方，楚曼的背後，我看到有人靠近，某個年輕人，身穿輕便外套，拉鍊一路拉到頂，半遮了他的臉龐，棒球帽壓得低低的，遮蓋了額頭。這是寒冷的四月天，我覺得他這身打扮也很合理，完全沒有讓我產生任何警覺。他穿運動褲，單肩隨性掛了根棒球棒，彷彿是練習結束之後走路回家。

我幾乎沒在看他。我聽到楚曼說的某些話在哈哈大笑，而他自己也在大笑。

那年輕人行進方向完全沒有偏轉，以近乎優雅的姿態，在經過楚曼身邊的時候、甩動他的鐵棒，猛擊楚曼的右膝蓋骨。楚曼立刻倒地，那個年輕人又迅速狠敲同一個膝蓋，隨即立刻逃逸。

我覺得我當場有大喊大叫，*喂！不然就是給我停下來！或者是不准動！*

不過，我吃驚不已的感覺其實是我自己居然嚇呆了：我的搭檔倒地，因為劇痛而全身扭動，突然之間，我的直覺失去作用，這是我菜鳥時代才會出現的狀況。看到他那個模樣，我覺得好遺憾：他失控了，痛苦不堪，他明明總是可以掌控全局的人。

我顫顫巍巍走了一兩步——起初是追趕行兇者，然後又走回到楚曼身邊，我不希望拋下他一個人。

楚曼咬牙切齒，「快追啊，米可！」終於，我朝那個快要消失不見的男人的方向衝過去。他繞過某個街角，我跟了過去。

朝我迎面而來的，是對方的某把小手槍的槍管——袖珍手槍，木把的貝瑞塔——槍管後方，是攻擊楚曼的那個年輕人的雙眸，他的面孔一片模糊，但看得出眼珠是藍色。

那年輕人低聲說道，「給我滾回去。」

我毫不猶疑，乖乖照做。我後退了好幾步，然後躲回到建物的側邊，我的呼吸變得好急促。

我望向右邊，楚曼倒地。

然後我又張望建物附近：行兇者已經不見了。

在逮捕那個年輕人的過程中，我完全沒有發揮任何功能。他逍遙法外了一個月之久，令人煎熬不已。在那段時間當中，楚曼開始休病假，動了他的第一次與第二次手術，後續還有好幾次。最後，抓到了行兇者，不是因為我幫了什麼忙，而是靠著好幾個街區之外的某間商店門口的監視錄影帶，拍到了某名已知罪犯的臉孔。

知道他一直流落街頭——相當長的一段時間，也讓我一陣快慰。

不過，他被抓到之後，我的心卻沒有得到什麼太多平撫，因為這完全沒有緩解我的罪惡感，羞恥感。我認為自己行動不夠敏捷——被嫌犯命令的時候選擇撤退——我辜負了我的搭檔。

我只去看了楚曼一次，在醫院。我的頭一直低低的，慰問的話也是言簡意賅。

我根本不敢看他的眼睛。

楚曼的新家位於艾里山，我從來沒有去過。我一路轉錯了好幾個彎，讓我更加緊張不安。

他先前那個位於東瀑布的住家，我很少過去——只有幾次例外，都是因為與楚曼的公務往來——但至少我知道在哪裡，因為這些年來我會接送他，而且還參加過一兩次他舉辦的聚會，他女兒高中畢業舞會、他妻子的生日，諸如此類的事。不過，兩年前，他佯裝出很牽強的隨性態度，宣布他與席拉結褵超過二十年之後、現在正忙著辦離婚，他之後要搬出去。他說，女兒上大學了，他與席拉明明沒有任何共同之處，這一點就再也不需要偽裝了。要是我逼問他的話，我相信他會承認離婚是她的主意，而不是他的念頭——他一直在我面前演出自己婚姻美滿，而且在此之前的那些年當中、他只要一提到她就是語氣開心，兩相對比，現在的情境顯得格外憂傷。但我從來沒有逼楚曼說出他不想講的隱私細節，他也給我相同的回報（我覺得，這應該是我們一直能夠相處融洽的主因之一）。

艾里山代表的是我完全不熟的費城區域。在我的成長年代，西北區與東北區應該是截然不同的狀態吧。西北區固然有它的問題，有好幾個犯罪率高的小塊區域，但是它也包含了擁有長型石牆與連綿草坪的雄偉石造別墅，一提到費城之名的時候，會讓人聯想到凱瑟琳·赫本、而不是犯罪統計數據的那種古早時代的知名豪宅。我對於西北區歷史的了解，幾乎都是波威爾老師教我的事：一開始的時候，這是由二十個德國移民家庭所建立的殖民地，所以它的名稱也很貼切，德國城。

我終於找到楚曼住家的那條街，轉了進去。

從外頭看來，那棟房子看起來很漂亮：獨棟，與鄰居有狹道相隔，面積很迷你，房屋兩側各有一小段草坪。正面看起來窄小，但裡面應該很深，前院的短坡草坪陡接人行道，前廊有個鞦韆，還有一個屋外車道連通側邊，楚曼的車就停在那裡，我的車停進去應該沒問題，但我遲疑了一會兒，還是決定停在馬路旁。

我還在爬前門門階的時候，楚曼就已經開了門。他在大學的時候跑越野賽，畢業之後跑馬拉松。他曾經告訴過我，他父親在移民到美國之前、曾經是牙買加國際知名的短跑好手，後來高掛球鞋，拿到了碩士學位，然後，很不幸的是，英年早逝。不過，在他離世之前，已經把他對於速度和耐力的心得交給了楚曼，

在楚曼身上依然可以看到他自己運動員生涯的遺痕：他又高又瘦，而且體格強健。他總是以腳尖走路，彷彿隨時準備跳起來一樣。我多次親眼看到他拔腿狂奔、急追歹徒，我差點覺得被追的那些人真可憐。因為他們還沒來得及跑個五步，就已經被楚曼壓制在地。今天，他的牛仔褲外面套了一個支架，我不知道他還能不能跑步。

他只是對我點點頭，算是打了招呼。

屋內一片靜和，白色牆壁，一切整整齊齊，已經到了令人匪夷所思的地步。他先前的住所也一樣整齊，但依然還看得到家庭生活的牽絆——玄關裡的護脛、記事板上頭的潦草字條。而這

裡，只有幾乎佔據了一整面牆、塗有白色厚漆的某台老舊電暖器。客廳某個角落有一盞亮燈，除此之外，屋內光線昏暗，前半部有懸突的門廊天花板，而且房子的兩側沒有窗戶。楚曼彷彿也突然注意到這一點，他走向角落，打開了某個頂燈。裡面到處都是固定式書櫃，這對楚曼來說再理想不過了，我們兩人聊天的重點一直是閱讀。楚曼跟我不一樣，他是在充滿愛的健全家庭中長大，但他是害羞的獨生子，而且他有某種說話障礙的問題，害他長大之後只要一開口就很難不被嘲笑，因此，書本成了他的好友。現在，客廳咖啡桌上有一本攤開的書：《孫子兵法》。要是在一年前，我可能會對他開個小玩笑，詢問他是打算要跟誰開戰。現在我們兩人之間的靜默如蜜糖一樣，可觸知的那種黏滯感。

我問道，「最近好嗎？」

「很好。」

他根本沒有要坐下來的意思，也沒有請我入座。

我依然穿著制服，先前在更衣室的那一套，現在，真希望剛剛要是沒把警用腰帶留在車內就好了。少了它，我的雙手不知道該怎麼辦，我開始搔抓額頭。

「你的膝蓋呢？」

「還可以。」他低目凝望，伸直大腿。

我伸手朝客廳、整間屋子的方向稍微揮了一下。

我說道，「我很喜歡。」

「謝謝。」

「你最近都做些什麼？」

「什麼都有，」他說道，「我最近剛整理好後面的花園，看書，現在正在搞協作。」

我不知道那是什麼，我沒有問。

楚曼有讀心術，「那是合作社形式的雜貨店。」這是他以前老愛嘲弄我的事情之一：有時候，我就是難以承認自己的知識體系有所不足。

「女兒們都好嗎？」邊桌上有一張小型全家福，他的女兒們在小時候拍的照片。

我發現那張照片裡面也有他的前妻席拉，這一點讓我好尷尬，覺得自己失去了尊嚴。也許他一直很寂寞，想念她，這一點我不願多想。

之後我就不知道該說什麼了。

楚曼終於開口，「要喝茶嗎？」

我跟他進入廚房，這裡比屋內其他地方新多了，重新整理過，我猜，他可能是自己動手。他一直是個手巧的人，習慣學習新事物。就在他受傷之前，他還買了一台老舊的尼康相機，而且還把它修補完成。

我站在他後面，盯著他的一舉一動，從某個盒子裡取出一個空的小型茶包袋，將散裝茶葉分裝進去。

少了他的直視目光，我覺得思考就變得容易多了。

我清了一下喉嚨。

楚曼沒轉身，直接開口問我，「米可拉，什麼事？」

「我還欠你一個道歉。」在這樣的空間說出這些話，聲音太過宏亮，而且態度也太正式了，我通常對於這種事都會判斷失準。

楚曼停頓下來，但也只有那麼一會兒而已，然後，他又恢復動作，將熱氣蒸騰的水倒入茶壺裡。

「為什麼？」

我回他，「我應該要去抓他的……」

「我的反應不夠快速。」說完之後，我臉部肌肉抽搐。

但楚曼搖頭。

「米可，不是這樣。」

「不是嗎？」

「妳不該道歉。」他轉身看我，我幾乎不敢正視他的目光。

我靜靜等待。

「他逃跑了，」楚曼說道，「這種事經常發生，發生的次數我早就算也算不清。」

他看著我，然後目光飄向逐漸泡開的茶水。

「妳應該要早點來看我才是，」他說道，「好，這才是妳該道歉的地方。」

「但是我縮回來了。」

「幸好妳當初有這麼做，」楚曼說道，「妳不需要挨子彈，我撐下來了。」

我沉默了好一會兒。

「我應該要早點過來看你才是，」我說道，「抱歉。」

楚曼點頭，氣氛改變了，他開始倒茶。

我開口問道，「你會回來上班嗎？」

這問題的語氣好急切。

楚曼五十二歲，看起來像是四十歲。在他的年輕時代，也不知怎麼凝鍊出某種不受驚擾的沉著大度，就一直留存在他身上。我是在兩年前才知道他的年紀，當時有一些警員為他辦了五十歲的生日派對。由於年紀到了，要是他現在想要退休，已經不成問題，可以領養老金了。

但他只是聳肩。

「也許會吧，」他說道，「也可能不會，我有些事得好好想一想，這世界光怪陸離。」

終於，他轉身，目光嚴厲盯著我好一會兒。

「我知道妳來此的目的不只是道歉。」

我沒有回嘴，低頭。

他問我，「還有什麼事？」

等到我說完之後，楚曼走向廚房門口，他眺望自己處於冬日深眠狀態中的花園。

他開口問道，「大家最後一次聽說她的消息是多久前的事了？」

「寶拉·莫洛尼說是一個月之前，但我不確定她的時間感是否準確。」

楚曼回我，「嗯。」他臉上出現了我曾經見過的神情：準備行動、痛扁落跑歹徒之前會出現的神情，五官捲扭在一起。

他問道，「妳目前還有什麼其他線索？」

「我知道她在臉書上最後活動的時間是十月二日，」我對他說道，「而且，她可能跟一個名叫多克的人在交往中，D—O—C—K。我看到她臉書網頁裡有個人就是那個名字。」

楚曼面露疑色，「多克……」

「我知道你的意思，」我問道，「你知道肯辛頓有哪個人是這個綽號嗎？」

楚曼想了一會兒，搖頭。

「那麼康納呢·法米薩爾呢？我覺得那應該是他的真名。」

楚曼問我，「怎麼拼？」我聽出他的語氣多了開玩笑的成分，某種微笑。

我心不甘情不願拼給他聽。我不喜歡被排擠在別人笑梗之外的感覺，那是我童年回憶的遺緒。

「米可，你是在臉書裡看到那名字嗎？」

我點點頭。

楚曼現在哈哈大笑，「家人就是一切啊，米可，」他說道，「家人就是一切。」❺

他說出這段話時的某種情態——和善的微笑，和善的雙眸——紓解了我胸臆中的塊壘，彷彿有個疙瘩就這麼被挪開了。突然之間，我也開始哈哈大笑。

「好，楚曼，」我說道，「好啦，我知道了，你比我聰明。」

然後，楚曼臉色轉趨嚴肅。

楚曼問道，「她失蹤了，妳有向警方報案嗎？」

「沒有。」

「為什麼沒有？」

我陷入遲疑。其實，是因為我覺得尷尬，我不希望大家知道我的家務事。

我回道，「他們瞄到她的前科之後，就會把這案子壓到檔案的最下方。」

「米可，妳要去報警，」他說道，「要不要我去告訴麥可．迪保羅？」

迪保羅是他在東區警探組的某個朋友，在朱尼雅塔一起長大的朋友。楚曼和我不一樣，他在警界有朋友，有同志。從以前到現在都一直是楚曼帶引我四處探索，教導我要如何解決危機。

但我搖搖頭。

楚曼說道，「那妳就去找艾亨。」

我皺眉。一想到要告訴艾亨警佐有關我的私生活，就讓我裹足不前，尤其是發生剛剛那起事件之後，我萬萬不希望他誤會我陷於什麼崩潰狀態。

「楚曼，」我開口問他，「要是我找不到她的話，還有誰可以？」

這是事實，因為巡邏員警就是眼睛，比警探有用，當然也強過警佐或警士抑或是小隊長。在肯辛頓的街頭，失蹤人口家庭會請巡邏員警幫忙找小孩，小孩想要找失蹤媽媽也是問我們。

楚曼聳肩，「米可，我知道，」他說道，「但告訴他就是了，反正無傷。」

「好吧。」

我可能是在撒謊，我還拿不定主意。

楚曼說道，「妳在撒謊。」

我露出微笑。

楚曼的目光低望地板。

「關於這個多克，我想我可以找某人打聽一下。」

我問道，「誰？」

楚曼回我，「不重要，讓我先確定我的判斷沒錯。反正，這是我們可以著手辦案的起點。」

我問道，「我們嗎？」

「我現在有時間。」他低頭望著自己的支架。

---

❺ Famisall是網路慣用標註連字語Fam is all。

但我知道他還有另一個理由。

楚曼和我一樣，喜歡有挑戰性的案子。

我努力遵從楚曼的建議，乖乖照做。

艾亨不喜歡在總點名之前被打擾，但我第二天還是提早去上班，不管三七二十一，輕敲他的房門。

他抬頭，一開始的時候面容惱怒，一看到是我，臉色稍微有了變化，是真的露出了微笑。

「費茲派翠克警員，」他說道，「還好嗎？」

「很好啊，」我回道，「好多了，我不確定昨天出了什麼事，應該是脫水吧？」

「前一晚是做了什麼？出去跑趴嗎？」

我回道，「類似那樣的活動。」但其實我還想要加一句，只有我和我的四歲兒子而已。不過，要是艾亨警佐忘記我有小孩，我也覺得沒什麼好驚訝的。

「妳嚇壞我了，」他問道，「以前有沒有發生過這種事？」

「從來沒有。」這只是小小扯謊而已。

「好。」他低頭看文件，然後再次抬頭，「還有別的事嗎？」

我說道，「不知道可否找你談一下？」

「真的只能一下下，再五分鐘就要開始點名了，還有十幾件事急著等我解決。」

突然之間，我舌頭打結。我一直不知道該怎麼說出凱西的故事——何況，還得速戰速決。

我說道，「這樣吧？我寄電郵給你。」

艾亨警佐冷冷盯著我，「隨便妳。」

我走出他的辦公室，我知道我永遠不會寫電郵給他。

一整個早上，我都在爆怒狀態。我的腦袋一直向我的身體發送訊號：不對勁，不對勁，不對勁。我下意識覺得調度員等一下會傳呼發現了另一具屍體，我心中隱然認定就會是凱西。其實，當我一想到凱西的時候，很難不去想像她的死狀，畢竟我看過她的瀕死狀態也太多次了。

所以，每當無線電一傳出刺耳嘎響，就會害我嚇一大跳，我把它的音量稍微調小了一點。

好消息：今天外面冷得要命，也就是說，大家的活動不會像日常那麼多。我停車，在阿倫佐的角落雜貨店買了杯咖啡，在某個書報架前面隨意瀏覽《費城詢問報》刻意拖拖拉拉，但完全看不到凱西或寶拉的影子。

也不知道為什麼，阿倫佐關了音樂，我就暫且讓店內的安靜氣息讓我鎮定心情：日光燈管的滋滋聲、冰箱的低鳴，還有貓咪羅梅洛的狂叫。

好安靜，所以當我手機響起的時候，我嚇到了。

我看了一下來電者姓名，才接起電話，是楚曼。

他問我，「妳在工作嗎？」

「對。」

「好，聽我說，」他說道，「我在肯辛頓與阿勒傑尼的交會處，和某人在一起，他說他認識多克。」

我說我十分鐘之內就會過去。

當我到達肯辛頓與阿勒傑尼交叉口的時候，楚曼拿著咖啡，站在人行道上頭，看起來一派隨性，我觀察了他好一會兒。從他身旁路過的女人會與他講話——要免費提供性服務，這一點無庸置疑。楚曼長得俊帥，我知道大家常常虧他有女人緣——這是他老是拚命迴避的話題——不過，他的長相從來不曾對我造成困擾，我一直把他當成我尊敬的老師，而且我也一直小心防範，不會讓人聯想到我們有超越工作夥伴之外的關係。不過，只要是一男一女的警察雙人組，難免會有一兩個幼稚謠言不斷散播出去，雖說楚曼已婚，而且好多年了，但我們兩個也逃不了這樣的命運，我只能說很遺憾。其實，我意外親耳聽到取笑我們的笑話，至少也有一次了。不過，基本而論，我認為我們的專業表現已經杜絕了所有那些被我稱為「婚姻外活動」的他人荒唐想法。

我下車，朝他走去。他舉手向我打招呼，然後，他不發一語，側頭，下巴指向隔了好幾間商店的某個大門口，我跟在他後面往前走。

大門沒有任何標誌，算是某種小型百貨店：櫥窗裡從廚具、洋娃娃，到成捲的壁紙是應有盡有。有一塊沾塵的小招牌斜放在這些東西前面，生活用品，彷彿這就足以解釋一切。我經過這裡應該有一千次吧，但也不知道為什麼從來沒注意到這家店。

店內很暖和。我在骯髒地墊拚命踩踏，抹去累積在鞋底的濕泥。裡面塞滿了裝滿東西的貨架，幾乎看不到走道。店鋪前頭的收銀台後方，有個戴冬帽的老先生正在看書，他沒有抬頭。

楚曼開口，「她來了。」

老先生緩緩把書放下，他的眼睛濕潤蒼老，雙手微微顫抖，不發一語。

「她是凱西的姊姊，」楚曼說道，「米可。」

老先生看了我好一會兒，我後來才發現他緊盯不放的是我的制服。

他說道，「我不跟警察講話。」他搞不好九十歲了，聲音聽得出一抹極為微弱口音，可能是牙買加人。楚曼的爸爸是牙買加人，我瞇眼打量楚曼。

「萊特先生，」楚曼在哄他，「好，你也早就知道我也是警察了啊。」

萊特先生凝望楚曼，終於開口，「但是你不一樣。」

「萊特先生認識這個名叫多克的傢伙，」楚曼對我說道，「他認識住在這一區的每一個人。」

「萊特先生，你說是不是啊？」楚曼拉高聲音，這位老先生似乎沒有被說服。

我走到他面前，他挺直坐姿，態度十分防備，我非常不喜歡這一段：當我走到人們面前的時候，他們流露的彆扭神情。

「萊特先生，」我開口說道，「要是我能夠在見到你之前換掉制服就好了。我要請你幫我一件私事，與我工作完全無關的事，你知道我要去哪裡找這個人嗎？多克？」

萊特先生思索了好一會兒。

「拜託，」我說道，「不管是什麼線索都能夠幫上忙。」

「妳應該不會想要找這傢伙，」萊特先生說道，「他不是好人。」

我全身一陣顫抖，我不喜歡那樣的語氣，但我也不意外，凱西約會的對象從來就不會是什麼唱詩班男孩。

我的無線電突然發出吱嘎聲響，萊特先生神色緊張。我把它的音量調到最低，祈禱不要有什麼緊急傳呼進來。

「萊特先生，我在找我妹妹，」我說道，「我知道的最新線索是她正在跟此人交往。所以，很不幸，我真的得要找到這個人。」

「好，」他回我，「好吧。」他東張西望，彷彿想確定沒有人在偷聽，然後，他傾身向前，「大約在兩點半左右回來，他通常是在那時候會出現在後頭，會過來取暖。」

我問道，「在後頭？」但楚曼已經謝過萊特先生，正準備把我拉出去。

萊特先生叮嚀我，「妳千萬別穿制服。」

楚曼陪我走向巡邏車。

「到底……」但是楚曼卻叫我安靜，等到我們進入車內之後他才開口。

「開車就是了。」

過了一會兒之後，楚曼開口，「他是我爸爸的表弟。」

我看著他，一臉狐疑。

「是嗎？」

楚曼回我，「沒錯。」

「那位好心的萊特老先生？是你爸爸的表弟？」

楚曼哈哈大笑，他說道，「我們很會演戲。」

「我一直不知道你有表親在『大道』開店。」

楚曼聳肩，這個動作暗示的意思很明顯；我還有很多事妳根本不知道。

我們又開了一會兒之後，天空開始落雪，我打開雨刷。

我終於開口問道，「那家店後頭是什麼？」楚曼長嘆一口氣。

他反問我，「保證不說出去？」

「保證。」

「他讓別人在那裡施打毒品。」

我點點頭。在肯辛頓，類似那樣的地方當然是所在多有，大部分我都知道。我不知道這地方的唯一理由，很可能是因為楚曼一直在掩護它。

「他是個好人，」楚曼說道，「真的是大好人。他有兩個兒子因為吸毒喪命，現在，他的櫃檯後面藏有納洛酮與乾淨針頭。他前面有一台攝影機，可以讓他看到後頭的狀況。他總是一跛一跛走到店後頭，拯救某些可憐的笨蛋啊什麼的。這一切完全免費，沒有人支付他任何費用。」

這是一間臨時的安全注射站。在費城還沒有合法，但謠傳應該很快就會開放。我不知道凱西自己有沒有進去過萊特先生那裡。

無線電發出刺耳聲響，有通傳呼進來：兩名警員因為某起單純家暴案需要支援。

我回覆了。

等到我通話結束之後，我詢問楚曼，「要不要來一趟陪同執勤之旅？」但是楚曼搖搖頭。

「妳記得嗎？我現在是失能狀態，」他回我，「其實應該要躺在床上休息才是，不能讓任何人看到我在這裡。」

「你現在要做什麼？」

楚曼指向我們面前的某棟建物，「我在那間圖書館下車，」他說道，「我的車就在附近。之後打電話給我好嗎？讓我知道後續狀況。」

我愣住了。

我問道，「你不想要跟我一起去嗎？進去萊特先生的店裡？」

我覺得，就某種程度來說，我一直期盼他會跟我一起行動。

楚曼搖頭，他說道，「最好不要。」

他一定是看到了我臉上的失望之情，因為他說，「米可，妳可能之後會需要我幫妳其他的忙，而妳應該不希望這傢伙認得我。」

很合理，我點點頭，依照他的意思，在圖書館那裡放他下車。

我望著他離開，想到了他不在我身邊的時候、我對他心心念念的一切：他的豪邁笑聲，低沉又有感染力，結尾的時候經常會發出某個 s 的聲音；還有他面對傳呼時的沉穩態度，也讓我能夠安心；還有他對他小孩的愛，對他們深以為傲；他對湯瑪斯的關心，三不五時就會送上貼心禮物，大部分是書；他注重隱私與謹慎態度，還有對於我的私生活也同樣尊重；他對於飲食的高級品味——我告訴他，其實那是自負；還有他在健康食品店買的那些古怪東西，康普茶、克非爾益生菌、荒布、枸杞；還有他友善取笑我糟糕的飲食習慣，我的固執，以及他喊我「難搞」與「古怪」的那種方式——要是從別人口中聽到會讓我不以為然的兩個標籤。不過，從楚曼口中說出來，我卻覺得自己的這些特質受到了肯定，我覺得他多少算是了解我，老實說，這是我與凱西同仇敵愾的年少時期結束之後、從所未有的感覺。

看到不穿制服的楚曼，還是讓我很不習慣。看到他遲緩步行、左右掃視大道兩側的模樣，我突然看到了他向我提起的過往中所描述的那個害羞小孩。他曾經告訴過我，「我一直是個沉默的人，到二十歲左右才改觀。」

我說，「我也是。」

當我到達通報的家暴地點的時候，另外一名員警葛洛莉亞·彼得斯已經先到了。此時此刻，一切平靜。我讓葛洛莉亞在外頭向控訴人問案，而我自己則進入廚房，與攻擊者同處一室，某個醉漢，三十多歲的白種男子，他怒氣沖沖瞪我。

我問他，「先生，可否告訴我這裡出了什麼狀況？」

對於我要問案的對象，我一直都很有禮貌，就連罪大惡極的也一樣。這是楚曼示範給我的問案態度，我發現這一招非常有用。

不過，從他的神情，臉龐流露的竊笑，我可以看出這位先生很難搞。

他開口，「沒事啊。」

他沒穿襯衫，雙臂交疊胸前。他應該也有某種物質成癮的問題，但他醉成這樣，很難確定他到底嗑了哪些藥。

「你難道不想陳述一下案情嗎？」但他只是低沉大笑，他很清楚這套體制的運作方式，知道他不該講任何話。

他想要把手擱在廚房流理台，檯面因先前事件而一片濕漉，而他打滑，失去了平衡，晃了幾下，重心終於恢復正常。

不知道他們有沒有小孩？我專心聆聽，樓上有微弱至極的聲響。

我問道，「你們有沒有小孩？」但他沉默不語。

擔任警察工作這麼多年之後，會讓我感到不安的人並不多。不過，這個人有某種讓我不喜歡的特質。我一直避免和他四目相接，就像是我在躲惡狗一樣，我不希望引發他的不安。我開始打量廚房的那些抽屜，不知道哪一個裡面有可能拿來當成武器的菜刀。他醉醺醺，要是撲過來的話，我應該閃得過，甚至把他撂倒。

我突然驚覺此人好面熟。我瞇眼細看，開始努力回想。

我問道，「我認識你嗎？」

「我不知道，」他反問我，「你說呢？」

詭異的回應。

很可能只是在這個街區見過他吧，這種事所在多有。其實，我執勤時看到的那些臉孔，我覺得多數都很面善。

終於，葛洛莉亞・彼得斯回來了，對我微微搖頭。控訴人似乎是改變了心意，已經不希望先生被捕。

我對他說道，「你給我留在這裡。」

我已經觀察過這間屋子：沒有後門，所以如果他想要逃跑的話，一定得經過我們的面前。我和葛洛莉亞進入客廳，悄聲交談。

我問道，「她的臉上有沒有異狀？」葛洛莉亞回道，「我覺得是有，紅紅的。現在要判定還言之過早。不過，我看她明天會出現嚴重瘀傷。」

我說道，「反正我們可以把他抓走。」

不過，要是沒有具體證據，沒有受害者的供詞，我們最多也只能做到這個程度。到了最後，有個小孩躡手躡腳下樓，一看到我們又溜了。他的年紀沒有比湯瑪斯大多少。光是這一點，對我們來說就夠了：我們要將他登記入案，我自告奮勇處理，這樣一來，就可以讓彼得斯警員退守後方，確保那個小孩或是小孩們可以得到照顧，也許請社服部的人過來負責詢問。

當這個丈夫進入我的警車的時候，他的雙眼一直死盯不移，他直視我，一種讓我渾身顫慄的恐怖無神目光。

前往警局的路上，他沉默不語，我習慣了：通常只有菜鳥才會講話、或是咆哮哭泣、或是哀嘆自己出了這種事何其不公。刑事司法體系的老鳥犯人懂得多，知道該閉嘴。但這個不一樣，因為我覺得自己被監看，那雙眼睛一直猛盯我的後腦勺。

我忍不住，透過後照鏡，偷瞄了他一下，想要再次搞清楚自己是否認識他。然後我看到他對我微笑，害我的雙臂與脖子起了一陣雞皮疙瘩。

我必須和他一起待在拘留室，等待完成訴訟程序。我盯著自己的手機，沒有跟他講話。而在這整段過程當中，他從頭到尾都不曾移開他的目光。

終於，當他被帶離拘留室的時候，他開口了。

「妳知道嗎？」他說道，「我覺得我認識妳。」

「是嗎？」

「對，」他回道，「應該沒錯。」

負責帶他的警察一連狐疑看著我，不知道是否應該要把這白痴拉入走廊，以免讓他繼續煩我。

「給我一點提示吧。」我想要在講話時添加一點冷嘲熱諷的語調變化，但我擔心是反效果。

那男人再次微笑。他叫小羅伯特・穆維。先前他不肯提供身分證明文件，彼得斯警員是從他太太口中問到了此人的姓名。

他沉默許久。

然後，他開口，「我不喜歡這樣……」

他還來不及說下去，抓住他手肘的那名警員已經狠狠把他拉開。

優秀的警察絕對不會被自己的情緒所掌控，而是會竭盡一切努力，像法官一樣公正不倚，宛若神父一樣自制。所以，當我發現自己無法擺脫自己與小羅伯特．穆維交手之後的那股不安感，我心情挫敗，在接下來的執勤過程中（當初我看到天氣預報的時候，萬萬沒想到自己這個班會這麼忙），我一直想到他的臉，那雙超級輕浮的眼眸，還有他的笑容。

通常，外頭天寒的時候，大家都待在家裡。

把穆維送到警局之後，我回應了某起春天花園區襲擊事件的傳呼，然後，我又發現某名倒地的受傷騎士，一小群人圍在他的身邊。

一整天都是如此，在準備回到萊特先生那裡的一個小時之前，我刻意放慢了回應傳呼的速度。兩點十五分，我把車停在阿倫佐商店的附近，這裡與萊特先生的店隔了好幾個街區。

「妳千萬別穿制服。」這是萊特先生給我的唯一指示。不過，嘴上說說很容易，實行起來就難多了。我不可能在執勤的時候回去警局換回自己的日常衣著。

結果，我的決定反而是要去這條街的一元商店直接買衣服。

我下車之前，思忖自己的無線電與武器該怎麼辦。要是我把它們帶下車的話，換成一般服裝又有什麼意義？如果我把無線電留在車內，可能會錯失重要事項，某通緊急傳呼，這樣一來，我麻煩可就大了。加入警界這麼多年，我只要執勤就一定是無線電不離手。

最後，我決定把它留在車內。不是什麼特別合邏輯的理由，我把它放在後車廂，純粹覺得那裡比較安全，我看不到。

我掃視一元商店的那些貨架，想找出是否有可以購買的品項。其中一個有大型黑色T恤，旁邊掛的是黑色男裝運動褲，我要是穿上那些衣服，整個人就像泡在裡面一樣，但我還是決定不管了，直接買下去，然後走向阿倫佐的商店，詢問他可否借用洗手間。

一如往常，他對我說道，「沒問題。」等到我出來的時候，身穿一元商店的衣服，制服放在購物袋裡，他打量了我兩次。

「阿倫佐，」我說道，「真抱歉麻煩你，但不知可否請你幫個忙，我可不可以把這個袋子放在你這裡？一下子就好？」

他再次說道，「沒問題。」

我遲疑了一下，然後拿了一張十元美金鈔票放在櫃檯給他。

他想要推辭，但我沒有收回。

我說道，「小費。」

外頭氣溫接近零下八度，要是換作在其他社區，我身穿T恤跑了好幾個街區、奔向萊特先生的店，一定會看起來很可笑，但是在這裡，大家根本連眨眼都不眨一下。

我到達萊特先生的店，時間是兩點四十分，我開了門，裡面好溫暖，讓我心生感恩。小鈴發出嗚響，似乎沒有人在裡面。

我默默站在那裡好一會兒，總算聽到店鋪後頭傳來輕柔的關門聲。

終於，萊特先生閃過了一大疊呼拉圈，從某個走道冒了出來。

他盯著我，不發一語，當下我不知道他是否還認得我，是否想起我就是早上的那個人。他好整以暇，回到了他在收銀台後方的座位，痛苦屈身坐上了某個高腳凳。

終於，他開口了，「還沒來。」就這麼幾個字。

我問道，「你是說多克？」

「不然妳以為我是在講誰？」

我回道，「嗯。」現在我不確定該怎麼繼續進行下去。

我看了一下手錶，現在是兩點五十分。我覺得自己有瀆職風險，沒穿制服，站在這裡，無線電也不在身邊。

我詢問萊特先生，「可否請教幾個問題？」

「妳要問我什麼都不成問題，」萊特先生回道，「我未必會回答就是了。」

不過，這是他第一次眼中有光亮閃動。

「這個人每天都會過來嗎？你怎麼確定——」

然後，門開了，萊特先生挑眉，下巴歪了一下，動作非常細微，指向走進來的那名男子。

我轉身過去。

這男人可能跟我差不多高，很瘦。我是靠著臉書上的照片認出了他。他身穿亮橘色外套，拉鍊拉到頂，搭配牛仔褲。他現在的頭髮長度已經到了下巴，而且久未洗髮，很難判斷是不是原色，很可能是淺棕色。他長得很帥。海洛因會對身體造成許多傷害，不過，好處之一是瘦身，減重，少了贅肉之後，五官會變得超級突出。他有一雙明亮，濕潤的雙眼，血脈衝頂，改變了臉龐的顏色。

那男人不發一語，不過，朝萊特先生櫃檯走去的時候、瞄了我一眼。

然後，他轉過身來。

「妳是不是在等什麼？」他不認識我，他希望等到我離開這間店之後、再開始安排自己在這裡的活動。

我想要知道萊特先生是否會介紹我們認識，但他袖手旁觀。

「沒有，我沒有在等，」我說道，「對了，你是多克嗎？」

「不是。」

我再問了一次，「不是嗎？」

其實我平常的問話技巧比較好。

「真的不是。」

這男人死盯著我，雙臂交叉胸前，腳尖對著地板踏了好幾下，擺明了他在等我離開。

「好，」我說道，「但我看過某張照片，你長得真的很像裡面那個人。」

多克躁動不安，開口問道，「什麼照片？」

他不時瞄向萊特先生。現在他想要順利來一管，必須先通過我這一關，顯然，他現在迫不及待想要解癮。他開始左右挪移腳步，替換重心。

我想要改採不同策略。「好，」我說道，「我在找凱西．費茲派翠克。」

多克愣住了，終於，把手放在櫃檯。

「哦哦哦，」他語氣溫柔，「哦，妳妹妹啊？」

突然之間，在我與凱西的年少時代，我將她從她不該進去的地方之中、把她挖出來的那些回憶，全部湧上心頭，還有詢問那個問題的時候、那些打量我的男子們。而我會追問自己，我決心一再做出同樣的事，難道是正確之舉嗎？

我說道，「對。」

不需要隱藏。除了某些明顯差異之外，凱西與我的臉幾乎一模一樣，在我們年紀比較小的時候，大家經常這麼說。

多克問道，「妳是米可？」

「對。」

萊特先生一直低垂目光。

「她總是一直提到妳。」聽到這句話，我突然全身一陣冷，那語氣簡直像是在講某個過世的人一樣。

我突然問他，「你知道她在哪裡嗎？」

他搖頭，「不知道，」他說道，「她幾個月前離開了我，自此之後就沒聽到她的消息。」

「所以你們……」

他盯著我，彷彿我是白痴。

我問道，「你們以前在一起嗎？」

「對，」他說道，「我在這裡還有一點事。如果妳有凱西的任何消息，讓我知道一下。」

我問她，「可以把你的電話給我嗎？」

「沒問題。」他唸了出來。

為了要確定他給我的是正確的號碼，我立刻撥給他。他口袋裡的手機發出聲響：我小時候的某首流行歌曲。當時我不知道歌名，現在也不知道。

「好，」我說道，「謝謝。」

我出去的時候，多克叫住我，「喂！」

「妳是條子對不對？」

我遲疑了一會兒，「沒錯。」

他沒說話，萊特先生也是。

我問道，「還有別的事嗎？」

多克回我，「沒了。」

他一直盯著我，目送我離開商店。

楚曼在電話的另一頭開口，「所以……」

「所以……」

我半跑半走，奔向阿倫佐的商店。我上氣不接下氣，低溫害我牙齒打顫。我的左臂緊緊貼住腹部，我想要取回自己的無線電與配槍，它們就像是被我拋下的孩子：宛若我剛回去上班的時候、湯瑪斯讓我產生的那種感覺，我真希望現在可以拔腿衝刺。

他問道，「發生了什麼事？」

我全告訴了他。

楚曼問我，「妳覺得這個人怎麼樣？」

思索了一會兒之後，我回他，「我覺得他沒講實話。」而且這個人靠不住。

楚曼不吭氣。

「你覺得呢？」

「我覺得妳的判斷應該沒錯，」他陷入猶豫，我知道為什麼：要是太積極附和我的意見，就表示凱西大事不妙。他又補了一句，「我的意思是誰知道呢。」

「再次謝謝你幫忙。」

楚曼回我，「不要再這麼客套了。」

我回到阿倫佐那裡，拿回寄放的袋子，進入廁所，盡快換回制服。我忍不住一直檢查手機，總是隱隱覺得會有其他警員傳訊過來：*妳到底在哪裡啊？艾亨在找妳。*不過，什麼都沒有。我再次向阿倫佐道謝，準備要走向門口之前，又改變主意。我掂了掂手中的袋子，現在裡面裝滿了一般衣物。

「阿倫佐，」我說道，「我能否暫時把這些東西留在這裡？是不是有什麼隱密的地方可以讓我暫存一下？」

我奔向自己的停車處，艾亨警佐站在那裡等我的畫面，一直在我腦海中揮之不去，當我一轉進自己停車的那條小巷的時候，就會看到他正盯著自己的手錶。

不過，沒有人在那裡，我終於喘了一口氣。我打開後車廂，拿出自己的東西，進來一通無線電傳呼，汽車竊案：不是緊急事件。

我滿心感恩，進行回覆。

在回家的途中，我剛才做出那些舉動的壓力沉落雙肩。我突然一股怒氣攻心，我以前經常發作、會讓我拒絕與凱西講話的那種怒氣。後來，當我痛下決心之後，人生也立刻變得更開闊，其實，我的確有脾氣。賽門以前老是說我是他認識最冷靜的人，但後來我再也不是了。

現在，讓我最生氣的就是今天這起事件有損我的專業，這是我樂在其中的工作，它也危害到我的生計、還有為我自己與我的兒子掙得一份薪水與各種津貼的能力。試想，要是我因為今天的行為被抓到、而且遭到開除呢？試想，要是我為湯瑪斯所打造的一切，為我們兩人建立的素樸但有尊嚴的生活，就這麼被我毀了呢？

所為何來？為了某個很可能是自己不想被別人發現、刻意搞失蹤的人，做出的所有決定都只想到自己的人，面對他人每次想要伸出援手、帶引她走向更美好人生路途的時候，總是悍然拒絕的人。

我發誓，已經夠了，夠了，我已經再也受不了了。凱西應該要自己捍護她的生命，而不是我。

然而，我的眼前卻立刻浮現我們在「軌道區」發現的那名女子。她的藍色雙唇，貼住頭皮的絲滑髮絲，透明的衣服。她的雙眼圓睜，無辜，對於雨滴完全沒有任何抵禦的能力。

———

我回到本薩勒，把車駛入屋外車道。開進去的時候，我抬頭張望，因為湯瑪斯最近一直待在我的臥室窗前。對，他在那裡，兩隻小手貼在窗面，整張臉壓在玻璃上，五官變形。他開心大笑，一溜煙衝向門口迎接我。

進去之後，我付錢給一臉百無聊賴的貝塔妮，詢問湯瑪斯今天如何。

「很好啊。」她就丟給我這麼一句話，然後就沒了。

我今天早晨離開之前，給了貝塔妮一些錢，請她帶他去書店，讓他挑選一本書。我還幫她買了一個安全座椅、讓她可以放在她的車內，我從來沒看過她安裝它。

「你們今天做了什麼？」

「嗯，」貝塔妮回我，「我們看書。」

我問湯瑪斯，「書店怎麼樣？」

湯瑪斯臉色一暗，「我們沒有去。」

我盯著貝塔妮。

「今天外頭好冷，」她說道，「我們留在家裡看書。」

「一本，」湯瑪斯說道，「只有一本。」

他的語氣隱約聽得出在耍任性。

「湯瑪斯……」我提出警告——這是基於教養的責任，而不是因為我認定他有問題。

但我的心好沉重。

貝塔妮離開之後，湯瑪斯看著我，雙眼圓睜，兩隻小手向上一攤，這種表情似乎在告訴我，*妳看看妳對我做了什麼！*

湯瑪斯非常聰明。我知道這樣說自己的孩子是不對的，但我有這些證據：他很小就會說話，一歲半的時候就能完成拼圖，而且不到兩歲就能夠說出字母與數字等詞彙。有時候他的表現簡直是完美主義，這是我必須密切監控的傾向、以免它被移轉為強迫症，或者，更糟糕的是成癮症（想想我們自己家族吧，我常常擔心成癮傾向可能隱藏在他基因的某個地方）。不過，大多數的時候，我覺得他很單純，嗯，*很有天賦*——這是以前有人稱讚我的時候、讓奇伊深惡痛絕的字詞。

當湯瑪斯兩歲的時候，我花了一些時間研究，要證明我推估他領先同齡的假設正確無誤。等到我確認之後，我說服賽門幫助我、讓湯瑪斯進入春天花園日托中心，這裡與我的管區很近，聲譽卓著，但太貴了。它的主要服務對象是魚鎮與北自由區的仕紳化地帶，它的昂貴程度得讓賽門幾乎得拿出一個月的薪水、只為支付湯瑪斯的學費，但我一直催眠自己，我負擔得起。湯瑪斯很快就在那裡結交了朋友——他現在一講到依然充滿眷戀的那些朋友——我覺得很安慰，我認為他現在學習的事物等於是在為他未來的漫漫教育長路打底，我的幻想是，他一定會念到研究所吧。醫學院，也許是法學院。我為他取名湯瑪斯．霍姆，威廉．佩恩時代的第一位費城土地總測量師，以美麗又理性的手法獨自負責擘畫費城，所以，有時候我的白日夢是他將來會當城市規劃師或是建築師。

就在一年前的時候，突然出現離奇的事，賽門的支票再也沒出現了。我咬牙苦撐了一陣子，咬牙繳交湯瑪斯的學費、我上小夜班時候請兼職保姆的薪水、里奇蒙港房子的房貸、繼續可以有食物裹腹。有那麼一小段的緊繃期，我們還撐得住——靠鮪魚罐頭與義大利麵過日子，絕對不買任何衣服——然後，到了十二月，地下室通往馬路的某個水管漏水，花了一萬美金的修理費，收支再也平衡不了，一切瞬間瓦解。

所以，那天我開車前往南區警探總部，要賽門給個說法，不只是因為他不再寄錢過來，而且說好在某兩個節日要接湯瑪斯卻失約，他還換了手機號碼，甚至搬了家。之前的某一天他放鴿子，深愛他爸爸的湯瑪斯，哀傷如遭逢喪親，我開車前往他南費城的住所，按電鈴，才發現了這件事。我下定決心，既然已經找不出任何方法，也只能去賽門的辦公室找人。所以我把湯瑪斯留給他當時的保姆，開車前往南區警探總部。好，這對我來說是非常手段，賽門與我都不希望成為別人八卦的對象，我們從來沒有在工作的時候講過我們的關係，很可能是因為我們一開始的發展有點不符社會規範。而我二十四管區的同事們都知道我有兒子，但他們並不知道誰是小孩的爸爸，而且我想我的態度一直很清楚，這是一個會讓我很不爽的問題。

所以，我邁步進入賽門辦公室的那一天，一直不想讓人認出來，我戴太陽眼鏡，搭配兜帽運動衫，把頭包得緊緊的。

我認得他的車，黑色的凱迪拉克，他買入二手車之後整理過的座車，停在距離主街約五十公尺之外的地方，我停在他的車附近，然後，一直等到他下班。

終於，他出現了，發覺到我的蹤影，還想要轉身溜回辦公室，我不想重述我們的難堪對話。

突然之間，我爆氣，可能還大吼大叫，賽門舉起雙手擋在胸前，擺出防衛姿態，我告訴他，要是他沒有在一個禮拜之內寄支票過來，那麼我就會讓他上法院，他告訴我，妳才沒有那個膽，他還問我是否知道他在警界有多少朋友，還揚言要是我讓他上法院的話，他就會直接把湯瑪斯從我身邊帶走，就像這樣——說到這裡的時候，他還捻了一下手指——還有，我堅持讓湯瑪斯念這麼貴的學校就是不可理喻。他想要知道，「妳以為妳是誰？妳以為我們是什麼人？」

就是在那一刻，我心中暗暗做出決定。我變得非常安靜，甚至還笑了一下，然後我再也不說話，直接掉頭走人。我進入車內，一路北行，根本沒有看後照鏡，然後，我打電話給當初把里奇蒙港那間房子賣給我的仲介，我告訴她，我想要委託出售。然後，我打電話給春天花園日托中心的校長，很遺憾，我不能讓湯瑪斯繼續念下去了，這個決定，讓湯瑪斯和我都很心碎。

第二天，我詢問我的同事，他的弟弟正準備要搬出馬洪太太房子樓上的那間公寓——我曾聽過這名同事抱怨必須要幫忙搬家——同時，我也開始在某個托兒網站上貼出廣告，尋找本薩勒附近可彈性配合各種時段的保姆。

我一直沒有告訴賽門我要搬家。

我心想，要是他有什麼新消息要告訴我，大可以在警局找到我，要是他想要再次見到湯瑪斯，他可以先從寄支票開始。

就這樣，我走向了我們的人生新起點。

自從我為了維護自己的獨立性以及保護湯瑪斯而做出了諸多犧牲之後，基本上，我覺得自己做出了正確抉擇。

不過，在每天下班後，當我凝望兒子的雙眸，從他的哀傷表情看出他又度過了無聊孤單的一天，陪他的貝塔妮只是拚命在滑手機——我必須承認，我的篤定也開始發生動搖。

我在做晚餐的時候，他進入走廊，整個人不見了。

到了用餐時間，我在他房內找到了他，他拿了一塊去年從學校帶回來的硬紙板，在後面塗色，畫出某個又大又鮮豔的東西。

我默默盯著他好一會兒。

我終於問他，「你在做什麼？」

「這是要送給艾許莉的畫。」

「給艾許莉？」

「給表姨艾許莉，」他說道，「明天要用的。」

我臉色煞白。

明天是感恩節，害我冒出了雞皮疙瘩。

湯瑪斯可能感受到我有些遲疑，他抬頭看我，表情憂慮。

他說道，「我們還是會去吧。」這是直述句，而不是疑問句。

他的那張畫，我想是一隻火雞，還有某個罐頭——裡面是豆子，也可能是玉米。我實在很不好意思承認，最近這些日子以來，我們每日蔬菜的來淵幾乎都是罐頭。

「當然。」

我的語氣很猶疑，不知道湯瑪斯是否會聽出我的侷促不安。

但我兒子點點頭，甚是滿意。

「太好了。」他現在很開心，繼續埋首作畫，他終於放鬆了，很開心對於未來有所期待。

然後，他又抬頭看我，他還沒開口我就知道他會問什麼。

「把拔會去嗎？」

氣氛立刻變了，這應該是今年出現的第一千次相同對話吧，我必須告訴他，不會。

第二天早上，我發現自己十分緊張。對我來說，要參加歐布萊恩家族聚會本來就需要鼓起莫大的感情韌性，更何況大家都不覺得我會出現。昨晚，我一度想要打電話通知艾許莉，湯瑪斯和我會過去，但我覺得來一點意外元素應該才是有效手段——尤其我決定要找表哥鮑比好好談一談，我發了五通簡訊給他都沒有回，顯然是在躲避我。我的目標是在眾人之間迅速周旋個幾次，盡量詢問每一個人有關凱西的事，然後在平安無事的狀況下離開。

我在廚房裡四處奔忙，湯瑪斯問我，「媽媽，怎麼了？」

「我找不到打蛋器。」

我最近常常覺得湯瑪斯的童年成長速度超快，從各方面看來，應該會比我過得好才是。「烘焙，」我會興奮動念，「湯瑪斯從來沒有烘焙過任何糕點。」然後我會立刻衝去商店買東西。

今天，我們做布朗尼，不過，其實我以前從來沒有做過布朗尼，第一批已經毀了，枯焦的程度跟洋芋片一樣（湯瑪斯很乖，態度很配合，痛苦咬了一塊之後，宣稱很好吃）。

第二批的成果好多了。

但這場布朗尼災難卻害我們遲到，我匆匆拉著湯瑪斯上車，然後以萬萬不該的超快車速飛奔奧爾尼。

凱西與我年紀漸長，與我們的表妹艾許莉也越來越親近。她的母親琳恩，是奇伊最小的妹妹，幾乎與奇伊差了將近二十歲，琳恩的年紀比較接近我們的母親，而不是我們的外婆。琳恩與艾許莉就住在我們的同一條街，而且艾許莉也跟我們念同一所教會學校，「聖救世主」，那是在凱西害我們兩個都被踢出去之前的事。艾許莉很早就懷孕，十九歲就生了寶寶，大家都覺得不意外，只有她的母親琳恩一提到她女兒捲入的麻煩就是鬼遮眼。但我要大力稱讚艾許莉，自此之後，她就開始重振人生，她去念夜校，寶寶由她媽媽幫忙照顧，然後，她拿到了護理學位。她二十五歲的時候，認識了一個名叫隆恩的男人，他在建築業工作，他們在三年間連續生了三個寶寶，然後搬到了奧爾尼，空間比較大、有個超小後院的房子。

我對艾許莉沒意見，甚至覺得她會是凱西人生轉向之後的某種版本：她們年紀一樣，而且對於音樂與服裝有相同品味，也有相同的古怪幽默感。她們同屬一樣的青少年群組。在歐布萊恩家族當中，我應該最想念的就是艾許莉，甚至還有好幾次想要與她聯絡。不過，艾許莉跟我一樣，在孩子與工作之間忙得團團轉，幾乎很少回我的電話。

我好不容易才找到車位。終於，等到我們到達那棟屋子的時候，光是從門階就可以聽到人聲鼎沸。我心想，大門另一頭的客廳裡塞滿了我多年未見的人。

歐布萊恩家族對於他們不喜歡的人，經常會以某種特殊的方式進行羞辱：她以為她比我們厲害。這些年來，我擔心他們就是這麼說我的。

站在艾許莉家門口，我的童年羞怯感又回來了。湯瑪斯感覺得出來，緊緊抓住我的大腿，他早已把自己要送給艾許莉的那幅畫捲好，此刻緊抓在背後不放，而我手中的布朗尼托盤開始抖晃。

我開了門。

歐布萊恩家裡的眾人在聊天，大吼大叫，拿著紅色塑膠盤在大啖食物，喝酒的人手握啤酒，而不沾酒的人則喝可樂與雪碧，屋內到處瀰漫著肉桂與火雞肉的氣味。

每一個人都停下手邊的動作，盯著我們。有些人點點頭，頗為慎重的那種態度，走了過來，給了我們擁抱。奇伊的弟弟，也就是我的舅公李奇也在這裡，他看到了我，朝我揮揮手，他身邊的人可能是他妻子或女友，我從來沒見過。還有我的表哥藍尼和他的女兒，她大約比我小十歲，我不記得她的名字。一群小朋友衝出門口，湯瑪斯一臉期盼望著他們，但還是緊黏在我的大腿邊。

艾許莉從地下室上來，看到了我，立刻停下腳步。

她手裡拿了兩罐啤酒，從客廳的另一頭叫喊我的名字，「米可？」

「嗨！」我說道，「希望我們來訪不會造成打擾，我是到了最後才發現我不用上班。」

我把布朗尼送向她面前，一份禮物。

艾許莉恢復了原本的儀態。

「當然不會，」她說道，「快進來。」

我雙手沒空，輕輕用膝蓋頂了一下湯瑪斯，催促他入內。他走進去，我跟在後頭。

艾許莉走過來，然後站在我面前，她低頭望向湯瑪斯，開口說道，「你長得好高啊。」

湯瑪斯沒說話。我發現他打算拿出自己手握的那張畫作，然後，又改變心意，把它塞回後頭。

我問道，「有沒有我可以幫忙的地方？」就在同一時間，艾許莉也開口，「妳外婆會不會來？」

「我想是不會。」

艾許莉的下巴朝廚房點了一下，「我們準備了很多東西，」她說道，「妳去拿點食物，我一會兒就回來。」

有個小男孩，大約是五、六歲，走到湯瑪斯面前，問他喜不喜歡大兵？湯瑪斯說喜歡，但我不確定他是否知道那是什麼。

然後，他們走入地下室，底下的聲響宛若正有戰事進行中。

大家繼續恢復聊天。

一如往常，在歐布萊恩家族的聚會之中，我是局外人。

我在艾許莉的屋子隨意亂晃了好一會兒，佯裝出自在隨性的態度。我看得出來他們為什麼搬到奧爾尼：這裡的房子屋齡比較老，比較寬敞，幾乎是我小時候所住的排屋的兩倍大。這房子沒有什麼特別之處，而且他們住家位處的這條街也不美，但我明白為什麼六口之家需要這樣的房子。家具破舊，牆面幾乎什麼都沒有，但令人大吃一驚的是每個房間門口的上面都掛有十字架，就像是天主教學校一樣，看來艾許莉可能在這幾年找到了宗教的依託。

我對某些人點頭，還有的是直接打招呼，然後彆扭回應他們的主動擁抱。我不是特別喜歡被擁抱的感覺，當我們還是小孩的時候，能讓我在這些場合保持理性的就是凱西。我會一直緊黏在她身邊，她技巧嫻熟貫穿全場，抵擋所有的嘲弄與羞辱，或是順口反擊，但總是會加上哈哈大笑。當時我們是十幾歲的青少女，通常會找到某個角落，坐在一起吃東西，當我們的哪個家人說出什麼荒唐的話或做出荒謬舉動的時候，我們會四目相接，然後偷偷爆出大笑。我們把故事累積下來，日後與對方分享，將我們的親戚依照青少女專門的殘酷與創意、進行分門別類。

當我在四處閒晃的時候，腦中有一幅特別的畫面，一直揮之不去：要是我妹妹的人生走的是另一條路，今日現場會是什麼光景。我猜，她長大之後、應付這些難得的場合一定是游刃有餘，所以我想像她的畫面是：喝汽水，抱著某人的寶寶，蹲在某個小表妹的身邊。與狗狗膩在一起，和某個小孩玩耍。

我穿過後門，進入四周有木板與鄰接土地區隔的冰冷草坪區。果然在那裡：我的表哥鮑比，正在抽菸，站在他哥哥和我們的另一位表哥之間。

他看到我，對我眨了眨眼睛。

當我朝他走去的時候，他開口，「嘿，她來了。」

他比我上次看到他的時候更顯壯碩，身高少說也有一百九十公分。他比我大四歲，總是讓我覺得很可怕。在我們小時候，他總是拿著各式各樣類似武器的物品、在歐布萊恩家的地下室狂追我和凱西，逗得凱西大樂，我則是嚇得半死。

今天的他有蓄鬍，斜戴費城人隊的棒球帽，他右邊是他哥哥約翰，而左邊是我們的表弟路易，端詳我的時候看不出什麼情感，我在猜其實他們根本不記得我是誰。

今天早上，我仔細考慮到底要穿什麼才能顯示我對這場合的尊重之意，或者，這個舉動只會更讓歐布萊恩家族的人覺得我反正就是傲慢或疏離。最後，我決定穿上我平常不穿制服的標準衣裝：合身但並非緊身的灰色長褲，白色直扣襯衫，適合走路的平底鞋。我把頭髮梳整為馬尾，戴了一對新月狀銀色小耳環。這是賽門在我二十一歲時送的生日禮物，因此有好幾次我差點就忍不住扔掉了。我沒有什麼首飾，我心想，我明明覺得美麗的物品，卻只是因為仇恨而丟棄，實在太可惜了。

「親愛的，都還好嗎？」當我走向小小草坪的另一頭的時候，鮑比問候我，語氣如蜜糖。

「還不錯，」我說道，「你呢？」

鮑比回我，「很好啊。」其他兩個人也低聲講了類似的話。

大家都在抽菸。

我開口問道，「給我一根好嗎？」我已經多年沒有抽菸——只有和賽門在一起時才會抽社交菸，我偶爾會和他一起抽。

鮑比笨手笨腳翻弄菸盒，我緊盯著他的每一個動作，他的呼吸是不是比正常速度來得急促？也許只是因為天冷。我不知道鮑比為什麼沒有理會我傳的那些有關凱西的簡訊，不過，他今日的行為態度流露出一許蛛絲馬跡，我覺得他緊張不安。

我一度想要問他是否可以私下聊一會兒，但我擔心這可能會引發他的戒心。我反而改採盡量輕鬆的語氣，開口問他，「你知道嗎，我一直有傳訊給你。」

鮑比說道，「我知道。」他把菸盒拿到我面前，我拿出那根菸。

「我知道，」他又說了一次，「抱歉一直沒有回訊給妳，我一直在四處打聽消息。」

他拿出打火機，我站到他面前，吸氣，等到香菸點燃。

「謝謝，」我問道，「你有沒有聽到有關她的任何消息？」

鮑比搖頭，「沒有。」約翰與路易盯著他。

「她妹妹失蹤了，」鮑比的下巴朝我點了一下，「凱西。」

約翰說道，「靠！」他年紀比鮑伯大，而身材比較瘦小，我一直跟他不熟。當我們還是小孩子的時候，他似乎就已經是大人了。我從鄰居們的口中知道，約翰使壞的程度與鮑比不相上下。

約翰對我說道，「唉呀，真的很遺憾。」我仔細端詳他。

我再次說道，「謝謝。」我詢問鮑比，「你最後一次跟她講話是什麼時候的事？」

鮑比目光向天，佯裝在深思，「應該是……」他說道，「天，米可，我不知道，但我確定我最後一次跟她講話是一年多前的事了。一直是在這附近見到她的人，搞不好上個月也有，但我真的和她講到話已經是一年多前的事了。」

「嗯。」

我們都在吸菸，外頭超冷，大家鼻子都紅紅的。

依照過往傳統，每逢歐布萊恩家族聚會，絕對不會有人提起毒癮這檔子事。我們家族中有許多人都吸毒。凱西是極端的例子，而其他家族成員的涉毒程度則各有不同。雖然平常大家都會討論——我聽說賈姬好多了，對，她真的是這樣——使用特定語彙指涉特定問題或事件，會被大家視為不禮貌的行為。今天，我就不管這些規矩了。

我問鮑比，「最近誰賣毒給她？」

他皺眉，臉上一度流露真的很受傷的神情。

他說道，「哦，拜託一下，米可……」

「什麼？」

「妳也知道我早就不碰這東西了。」

「我怎麼知道？」

約翰與路易都閃到一旁。

我問他，「我要怎麼確定？」

他回我，「反正相信我就對了。」

我抽了一口菸，「我可以相信你，」我開口說道，「不然我也可以相信你的逮捕紀錄，要是你想看的話，我現在就可以從手機裡叫出來。」

我會講出這種話，讓我自己嚇了一跳。現在，我已經徘徊在越界的邊緣，我在冒險。一抹陰霾閃過鮑比的臉龐，其實，我沒有辦法從手機調閱他的逮捕紀錄，他並不知道這一點。

「是米可嗎？」開口的是琳恩姨婆，艾許莉的媽媽，「米可，是妳嗎？」

原本的對話只能被迫暫時離題。我面向琳恩，假裝在聆聽她說話，她問我這些年都跑到哪裡去了，還感嘆這世界真是瘋狂，期盼我工作時平安無恙。

琳恩問道，「妳外婆好嗎？」

我還沒來得及回答，她已經開始滔滔不絕，「我兩個禮拜前看過她，她來參加艾許莉幫我辦的生日派對，很開心。我已經五十五歲了，很難想像吧？」

琳恩開始講艾許莉，我一直配合頻頻點頭，內容包括了艾許莉那天做紅蘿蔔蛋糕的情景，還有她不喜歡奶油乳酪糖霜，所以艾許莉改放香草。不過，我全神貫注的方向是我的左側，三個表兄弟依然站在那裡，稍微移動位置，互相交換我猜不透的眼神。路易低聲說出一些我聽不到的話，而鮑比則是微微點頭。

賽門老喜歡笑我：只要我因為附近哪個人的對話而分心、沒有專心聽他說話，一定會被他發現，他會說，「妳就是這麼愛多管閒事。」但我從來就不認同他這種說法。我的餘光範圍還有我偷聽的能力，是我在江湖順利行走的兩大法寶。

有人帶了一大盤菜過來，琳恩就這麼離開了，連聲再見都沒說，就像她到來時一樣突然。她大聲刺耳嚷嚷，「我去幫妳拿點東西！」然後整個人就不見了。

我慢慢走回表兄弟那邊，他們已經開始聊新的話題，費城裡每個人的最愛：老鷹隊意外連勝，還有拿下超級盃的機率。當我再次盯著他們的時候，他們又陷入沉默。

「還有一個問題，」我說道，「她失蹤之前，與一個名叫康納的人在交往，我不知道他姓什麼，但我猜他的綽號是多克。」

大家不掩飾，每一個人的表情都發生了明顯變化。

路易低聲說道，「靠不會吧。」

「你們跟他很熟嗎？」不過，這問題只是形式而已，因為顯然答案是肯定的。

鮑比現在看我的眼神變得極其嚴肅。

「他們是什麼時候在一起的？」他問我，「在一起多久了？」

「我不確定，」我回他，「我也不知道他們交往得有多認真，我知道他們八月的時候還在一起。」

鮑比搖頭。

「那傢伙很糟糕，」他說道，「是個麻煩人物。」

我的其他兩個表兄弟也低聲附和，我愣住了。

「怎麼說？」

鮑比聳肩，「妳覺得呢？」

然後，他對我說道，「好，我會繼續幫妳打探消息，可以嗎？妳也知道我已經不搞那種東西了，但我還是有自己的人脈。」

我點頭，我從他的表情可以看得出來，他慎重其事接下了這個任務。在他的心中，凱西是家人，保護她成了他的新目標。

「謝謝。」

鮑比回我，「不客氣。」

他迎向我的目光，神情意味深長，然後，他轉身離去。

我又進入屋內，找湯瑪斯找了許久——其實，未免也太久了，害我開始擔心了起來。艾許莉走過來，我碰了一下她肩膀，她突然旋身，她的酒差點潑灑出來。

「抱歉，」我開口，「可是我找不到湯瑪斯，妳有看到他嗎？」

艾許莉回我，「在樓上。」

我走上以薄地毯貼皮的階梯，站在走廊好一會兒。然後，逐一打開門：浴室、衣物間、放有兩張單人床的房間，想必是艾許莉兩個小兒子的臥室。另外一間是淡紫色裝潢，牆面上還有一個斜體的C，是給雀兒喜的房間，艾許莉唯一的女兒，第三間應該是給艾許莉的長子。

我進入的最後一個房間是艾許莉與隆恩的臥室，角落的暖氣發出哐啷噪音，散發出不難聞的溫暖塵氣之味。在臥房的正中央，有一張四柱床，旁邊的牆面掛有一幅畫，耶穌牽了兩名幼童的手，三人站在某條道路，前方是波光粼粼的水面

耶穌的腳下寫了一行字，與我前行。

我還在思索那幅畫的時候，聽到了右側衣櫃傳來極微弱的窸窣聲響。

我走過去，打開了衣櫃的門。是我兒子，旁邊還躲了兩個男孩，顯然是在玩沙丁魚遊戲。

他們異口同聲，「噓……」

「好。」我默聲張嘴應答，掩上門，悄悄離開房間。

我又回到樓下，從自助餐桌拿了一大盤食物，然後，我獨自站在客廳裡，狼吞虎嚥，充滿了罪惡感，偶爾抬頭瞄向角落的電視，此刻正在播映「梅西感恩節大遊行」。我周邊很嘈雜，全都是一堆我只有在小時候才聽過的人聲，起起落落的步調一致。我們都是親戚，關係疏遠，讓我們連接成為一家人的那些枝椏在最近開始萎縮，腐朽。我附近有個表哥尚恩，正在講他昨天晚上在糖屋賭場贏了多少錢。他咳嗽咳得好厲害，把手伸到後頭猛抓背。

艾許莉與隆恩進入客廳。她的四個小孩拖著腳步、跟在她後頭，顯然是聽令而來。

「嗨！」她開口，「大家好嗎？嗨！」

沒有人閉嘴，所以隆恩把兩根手指塞入口中，吹了聲口哨。

我正要拿著叉子送食物到口中，感覺很不好意思，放下了叉子。

「哦，又來了，」尚恩說道，「上教堂的時候到了。」

艾許莉瞪了他一眼，「好，大家聽好了，」她說道，「不會耽擱各位太久的時間，但我們只是想要說，我們好愛你們，而且，我們也要感謝能讓大家今日共聚一堂的所有的人。」

隆恩牽起她的手，而他後頭的孩子們，也一起牽起了手。

「如果各位不介意的話，」隆恩說道，「我們就直接開始感恩禱告。」

我張望四周，大家都面露疑色。真要說起來，歐布萊恩家族算是天主教徒吧，我們的虔誠程度不一：我某些年紀較長的阿姨一個禮拜會去望彌撒好幾次，年紀比我小的許多表弟妹是根本不去教堂。我通常會在復活節、聖誕節、遇到我心情低潮的時候帶湯瑪斯上教堂。而就我記憶所及，在我童年時代的感恩節聚會當中，從來沒有歐布萊恩家族的人講過什麼感恩禱告。

現在隆恩在祈禱，光頭低垂，全場安靜下來。他的雙臂肌肉因為激動而緊繃，他感謝我們今日等一下要享用的食糧，現在與我們同在的家人，還有已經過世的家庭成員。他感謝這個國家的各個領導人，祈禱他們能夠繼續展現最佳實力恪守其職。我跟隆恩不熟——在他與艾許莉結婚的這些年當中，我應該只見過他四次而已，其中一次還是他們的婚禮——但我覺得他個性堅強，努力工作又理性，要是願意給他機會的話，一定會向你大方分享、而且對於一切的主張都很明確的人。他出身德拉瓦郡——雖然它的位置只是在費城西南區邊郊——但卻已經讓他像是個局外人，也讓他增添了某種陌生氣質，造成歐布萊恩家族給予他一定的尊重，不過，我猜應該也有些許的不信任感。

隆恩終於講出了結語，眾人紛紛低聲說阿門，有個自以為聰明的表親開口，美好的食物，美好的餐點，美好的上帝，我們趕快開動吧。

奇伊的弟弟突然挨到我旁邊，手裡拿著啤酒，我不知道他是從哪裡冒出來的。

他說道，「沒想到妳會出現在這裡。」他身穿牛仔褲，搭配老鷹隊的運動衫。他長得跟奇伊很像，但個頭比較大。他就和我的許多男性親戚一樣，很愛聊天開玩笑，講完笑話之後會用手肘推你要配合大笑的那種人。

我點點頭，「我來了啊。」

「看來妳很餓哦，」李奇盯著我的盤子，「我呢，得要注意自己的腰線。」他說完之後還眨眨眼。

我敷衍一笑。

「妳的新家怎麼樣？」李奇問我，「妳外婆說妳搬家了，現在住在本薩勒？」

我點頭。

「我看一定是跟什麼神秘男子同居吧？是不是？」李奇說道，「我想妳男朋友一定住那裡，妳什麼事都瞞不過家人的。」

他在開我玩笑，出於好意，我知道，我沒接腔。

李奇說道，「看看哪個時候把他帶過來。」

我回他，「我沒有交男友。」

「剛剛只是在逗妳而已，」李奇說道，「嘿，妳總是會找到伴的。」

「我就是不想。」

我的注意力又回到自己的食物。我小心翼翼，挑了最小的一塊，這樣一來，配合叉尖剛剛好。我費了一番氣力才完成這個動作，因為，我發現，突然之間，目光很難聚焦在自己的盤子裡。

我舅公李奇有生以來第一次不再接話。

彼時

自從我把我妹妹遇到的困境向賽門．克里爾全盤托出之後，我們也開始在「警察運動聯盟」以外的地方見面。

那個夏天，在一日工作結束之後，我會到圖書館或公園，或是餐廳，賽門覺得我們不會被人看到的地方，然後，他再與我會合，當時我十七歲（他告訴我，我們千萬不能讓別人誤會，當時那句話真的讓我有些興奮）。有時候，我們會在中心城的獨立電影院一起看電影，然後，他陪我一路走到二街與市場街交叉口的高架捷運站，在我面前暢談有關劇本與演員的藝術強項與弱點。有時候，我們會到德拉瓦河的某個突堤碼頭。它已經廢棄不用數十年之久，當時已經破舊不堪，可能安全堪慮，不過，那裡幾乎不會有人，所以我們可以單獨坐在碼頭邊，眺望卡姆登區。我們在這些地方會面的時候，都是我先到，過沒多久之後，賽門就會過來。他知道凱西的一切，如果有最新發展，他會專注聆聽我娓娓道來。

凱西第一次吸毒過量之後還不到一個禮拜，又開始三不五時偷溜出去。由於我們依然睡同一張床，所以她一落跑我一定知道。我每次都想要勸她不要出去，有時候，我還威脅要告訴奇伊。不過，我比較擔心的是奇伊會對凱西做出什麼，而不是凱西會對自己做什麼。我最擔心的就是奇伊會把凱西趕出家門，如果真的發生了，我不知道我們兩個會有什麼下場。

我總是壓低聲音警告她，「乖乖留在這裡。」

凱西會這麼說，「我需要來根香菸。」然後，整個人就消失不見數小時之久。

這種狀況一再上演，凱西狀況立刻惡化。現在，她的目光呆滯似乎已經成了常態，雙眼有一層薄光，臉頰發紅，講話遲緩，講話大舌頭，幾乎再也聽不到她美好的笑聲。看到她這種狀況，我經常會有一股在她面前大聲拍手的衝動。緊緊抱住她，要把那股害她想過著如此幽暗人生的黑色勢力擠壓出來，我想念我的陽光妹妹，妙語如珠的凱西，橫衝直撞，總是元氣十足容光煥發，那個到了現在彷彿只存在於某個無盡無情幽暗世界的青少女、曾在過往出現的那種狂放熱情青春模樣。

雖然我拚命隱瞞凱西的行為，不想讓奇伊知道，但我們的外婆其實非常敏銳，她什麼都知道。她翻遍了凱西的東西，一遍又一遍，最後，凱西懶散了，然後奇伊發現了一大坨百元美金鈔票——凱西開始販賣小量毒品，和法蘭與寶拉，莫洛尼兄妹一起——而那對奇伊來說已經是罪證確鑿。我的擔憂果然成真，她把凱西踢出家門。

我問道，「她接下來能去哪裡？」

「妳覺得我在乎嗎？」奇伊目光挑釁，已經有些失控，「妳覺得那是我的問題嗎？」

我說道，「她才十六歲。」

「沒錯，」奇伊回我，「這年紀也可以明白事理了。」

當然，一個禮拜之後，她回來了。但這樣的模式不斷持續下去，凱西每況愈下，一直沒有好轉。

只要我看到賽門，就會把發生的這一切講給他聽。這也給了我一定程度的寬慰：知道這世界上除了我之外、還有另外一個人會把凱西墮落吸毒的細節放在心上一直注意她的狀況，會專心聆聽，還會給我似乎言之成理的成人建議。

「她在測試妳們，」他語氣胸有成竹，「她只是還不成熟罷了，總有一天會長大成人，擺脫惡習。」

然後，他朝我微微側頭，坦白過往，「我自己也歷經過那樣的階段。」

他說，他現在已經成功戒毒了，還把褲管捲高給我看，強壯的右小腿腿肚，有一個大大的X刺青，象徵他已經洗心革面。那個時候，他已經不再參加戒毒聚會，不過，他從來不會掉以輕心，他很清楚復發不是不可能的事。

「必須永遠保持警覺，」他說道，「就是這樣，一定要放在心上。」

老實說，這場談話，讓我覺得很安慰。我知道了賽門這樣厲害、聰明、正直，又老練的人，而且還是個好父親——某個曾經跟凱西一樣的人，但後來卻走上了截然不同的路。

在那個時候，沒有任何人知道我與賽門．克里爾一直以這種方式共度時光，就連凱西也一樣。凱西在家的那些夜晚，我們兩個人躺在同一張床上，各懷秘密，我們中間劃下了一條界線，隨著每個禮拜的時間流逝、不斷擴大的裂隙。

凱西不去學校了，她沒有告訴奇伊。而我們的那所中學，經費不夠，塞滿了在困境中浮沉的學生，也沒有發通知給家長。

我也一樣，什麼都沒說。一如往常，我的優先考量是讓凱西能夠住在奇伊家中，所以我沒有把自己知道的事告訴奇伊。時至今日，我不知道當初的決定是否正確。

可是我愛她。而且，我們之間依然有真正的溫柔時刻。當凱西沮喪或是很嗨的時候，她會回來要求擁抱，當我們一起看電視的時候坐在我的身邊，側身將頭靠在我的肩上。我還記得她會央求我幫她綁兩條整齊的辮子，她會坐在地上，依偎在我的大腿之間、讓我為她編髮，她會對電視播放的內容、慢條斯理發表好笑的評語——即便是那個時候，她依然可以讓我哈哈大笑——她呼吸緩慢，整顆頭沉甸甸靠在我的雙手之間。在那樣的時刻，我對她產生了深刻的觸動，類似母愛——現在我的生命中有了湯瑪斯之後，回想當時，我覺得也只能以母愛稱之的某種感情。

在那些日子當中，我直接懇求凱西要恢復正常，我大哭。「我一定會……」她老是這麼說，不然就是「我答應妳」或「我會努力」。但當她講出這些話之後，從來不看我，總是目視他方，盯著地板，或是最靠近她的窗戶。

到了高三那一年，我開始精簡打算申請的大學清單。花時間思考這些問題，也給了我一點喘息的空間，不再一直憂心萬一不成功該怎麼辦：終於，我心想，好不容易，讓我脫逃的時機到來了。只要我成功脫逃，照顧好我自己，就能拯救我妹妹。自從「聖救世主」的安琪拉．寇克斯修女告訴我，憑藉我的腦袋，我想要做什麼都不成問題之後，我已經懷抱這個夢想好多年了。

我有自知之明，不要去找奇伊幫忙。只要有人在她面前提到我很聰明，或者稱讚我是好學生，她的反應就是懷疑。她曾經一度皺著眉頭，對我這麼說，「他們是在陷害妳。」奇伊與所有歐布萊恩家族的人，都覺得只有實作勞務才值得自豪，以動腦為生——即便是類似教書這樣的職業——對於他們多數人而言，多少都算是傲慢的職業。工作必須要靠身體與雙手的勞動，那些愛做夢又自以為是的人才會去念大學。

不過，在我敬愛的歷史老師波威爾小姐的幫助之下，加上有些不合格（或者，比較仁慈的說法是人手不足）高中生涯指導室的推薦，我填寫了附近兩所大學的申請書：一間是天普，另一間是聖約瑟夫大學。一個是公立，另一間是私立大學。

我兩間都上了。

我拿著入學核可信去找分派給我的生涯諮商老師席爾先生，他對我擊掌慶賀，然後，他給了我一堆獎學金的資料，還有一份「聯邦學生補助申請表」。

我問道，「這是什麼？」

「妳可以靠這個拿到學費補助，」他說道，「請妳的爸媽填寫。」

「我沒有爸媽。」我還記得自己滿心盼望，一旦說出赤裸裸的這句話，我的確孤立無援，就能夠讓他相信我可以——而且也必須如此——靠我自己完成一切。

他抬頭看著我，一臉詫異，「那妳的監護人呢？」他問道，「誰是妳的監護人？」

「我外婆。」

他說道，「那就交給她。」

我已經覺得自己喉頭哽住了。

「有沒有什麼辦法不要給她？」

但我太小聲了，或者可能是席爾先生太忙，因為他一直埋首案前，不曾抬頭。

我知道接下來會出什麼事。不過，我還是把所有的表格隨意摟在懷中，交給了她。

她坐在沙發上，吃麥片當晚餐，眼睛盯著地方新聞台，看到混混與惡徒的滋事新聞猛搖頭，講出了平常遇到這種狀況時會冒出口的那些話。

當我把那一疊文件交給她的時候，她問我，「什麼東西啊？」

她把湯匙放在碗中，發出哐啷巨響。然後，她把碗放在她面前的咖啡桌，蹺腿，腳踝貼住了膝頭。她不發一語，翻閱的時候依然在大嚼特嚼，然後，默不作聲的她，爆出大笑。

我問道，「怎麼了？」

在那段時間當中，我全身不自在，在家裡的時候緊張到不行。我還記得我交疊雙臂，然後又放開，最後扠腰。

「抱歉，」奇伊這次笑得更大聲了，「我只是……」她伸手摀嘴，鎮定下來，「妳能想像嗎？像妳這樣的小孩去念聖約瑟夫大學？米可，妳根本不愛開口，他們會拿走妳的錢，然後把妳趕到人行道。他們會大力嘲笑妳，然後把妳攆出去，他們就是這樣。妳要是覺得那種投資會看得到回報，哦，妳還真好騙。」

她把那疊文件放回咖啡桌，現在，那些紙沾到了一些牛奶，她又拿起了她的麥片碗。

「我才不會填那種東西，」她的下巴朝那些學費補助表格指了一下，「我才不會幫妳自掘債務墳墓，到頭來只拿到了一張無用的紙。」

波威爾老師在一開學的時候就把她的住家電話號碼給了大家，告訴我們如果有任何問題都可以打給她。我覺得，要是哪時候可以運用這條生命線，想必就是現在了吧。我從來沒有打電話給她，撥出號碼的時候，我緊張得要死。

她過了好久才接電話。當她接起來的那一刻，我聽到背景有小孩的哭聲。傍晚五點半或是六點吧，晚餐時間。我這才驚覺現在太晚了，波威爾老師曾經滿懷柔情說過自己有兩個小孩，一男一女，都還很小。

「喂？」波威爾老師的語氣似乎很不耐。

現在那小孩開始嚎啕大哭，「媽媽！媽媽！」

「喂？」波威爾老師又開口，此時傳出鍋子的哐啷聲響。

「我不知道你是誰，」波威爾老師終於發飆，「但我現在忙得要死，不想接電話。」

我從來沒聽過她這麼嚴厲的語氣。我緩緩掛了電話，我開始想像要是自己能夠在波威爾老師那樣的家庭中出生，生活不知道會是什麼光景。

過沒多久之後，我決定呼叫賽門。我在廚房電話那裡等了好一會兒，頭一直靠在牆面。十五分鐘之後，電話響了，我第一時間就拿起話筒。

奇伊大吼，「是誰？」我回吼，「賣東西的。」

賽門在電話的另一頭，慢條斯理開口。

「怎麼了？」他說道，「我只有一分鐘可以講電話。」

這是我認識他以來、第一次聽到他不爽，近乎是生氣。打給波威爾老師之後，聽到這樣的語氣，我快受不了了，我需要別人的和氣體貼。

「抱歉，」我低聲說道，「她不肯簽那些表格。」

賽門問道，「什麼表格？誰？」

「我的大學申請表格，」我說道，「我外婆不肯簽，沒有學費補助，我沒辦法念大學。」

賽門停頓許久。

「我們在碼頭見，」他終於開口，「我一個小時內就過去。」

我們上次一起出去是秋天的事，當時還沒有開始日光節約時間。現在是二月，外頭天氣嚴寒，而且我準備要前往碼頭的時候已經天黑了。我告訴奇伊，我要與朋友見面一起溫書，當我走出門外的時候，凱西還挑眉看我。

能夠走出那間屋子，待在外頭，遠離看到奇伊的低迷心情，還有我擔心凱西哪一天就再也不回來的恐懼，感覺真好。

不過，我也很緊張，我和賽門從來沒有在這樣的時段見過面。那個夏天與秋天，我們只要逮到機會就會見面，但每一次出去都是柏拉圖式約會。而冬天到來，再加上我的學校課業，讓我們見面的次數變得沒那麼頻繁。當時的我十八歲，但外表比實際年齡稚嫩。如果說我天真，我想，我得稱讚自己一下，至少我有自知之明，很清楚自己涉世未深。我知道其他同年齡的人——包括了我自己的妹妹——都已經有了性經驗，而且已經好幾年了。我知道自己愛情生活僅限於自己的想像，只有對著電視裡的年輕男子做白日夢，只有自己的日記，說來丟臉，我會在裡面編造出自己與我最近性幻想對象的約會細節——範圍包括學校裡廣受歡迎的男生、各式各樣的名人，還有，最讓我痴戀不已的賽門。我觀察他與他的意圖，得出兩個互相矛盾的觀點。第一個是他對我的興趣並非只是智性導師的興趣，因為他經常對我講出的話哈哈大笑，有時候是真誠開懷的笑聲，有時候是在逗我，雖然我明明沒在搞笑亦是如此，而且一看到我臉色泛紅，他的回應是燦笑，我覺得這也許就是大家的調情方式，此外，當我跟他說話的時候，他凝視我的目光熱情又專注，掃視我臉龐的各個部位，他的嘴還會露出淺笑，有時候，我注意到他的目光會下移，飄向我的雙手、我的頸項，還有我的胸部。我實在沒辦法說自己到底漂不漂亮，無論以前或現在都一樣，我一直是高瘦體型，從來不化妝，總是一身樸素穿著。我也很少戴首飾，幾乎都是馬尾造型，在那個時候，我甚至會以清水撫平散落的髮絲、以免它們亂飛。如果說我的五官有什麼動人之處，似乎也只有幾個人會注意到吧。我那時候經常在猜想，不知道賽門會不會是其中之一。一想起他曾經伸出雙手摟住我，就讓我的下腹部感到一陣微弱的捶擊，內心被踢了一下，某種宛若電力般的緩慢暖意流竄全身。然後，我心中總是會冒出另一個聲音，告訴我這一切都是全然的幻想，賽門把我當成了小孩子，把我視作某個有潛質的對象，表現優異，也許是基於利他主義而對我有興趣，我如果會有其他的念頭，那就一定是瘋了。

德拉瓦大道與那個凸出河面的碼頭之間有一排樹林相隔，地上滿佈雜草與垃圾，現在天色實在昏暗，我走路的時候必須伸出雙手摸索。突然之間，我意識到這樣很危險。我們在碼頭見面的時候，有好幾次會遇到別人，通常是出來遛狗的人，但也有一次是流浪漢，當我到達那裡的時候，某個年紀比較大的男子對我咆哮，他目光粗野盯著我，然後大笑，還以雙手做出了猥褻動作。那一次，我只好回到德拉瓦大道、在那裡等賽門出現。

現在，我覺得天色太昏暗，而且氣溫太低，應該不會有別人出現在那裡。我從樹林鑽出來，證明自己果然沒猜錯。但我不確定自己的孤單與碼頭的清寂是否會讓我比較安心？還是更添惆悵？

我走到盡頭，坐了下來。外套拉得更緊了一點。班傑明．富蘭克林大橋的燈光已經大亮，水面映現倒影，由紅色與白色小珠組串而成的項鍊。

十分鐘過去了，我聽到了腳步聲。轉頭，看到了賽門，他雙手插在口袋裡、信步朝我走來。他沒有穿警察制服，而是另外一種形式的制服：摺邊的牛仔褲、黑靴、毛帽、羊毛領的真皮外套，他下班之後總是這身打扮。從我所坐的位置看過去，他的身形似乎更顯高壯。

他跟我一樣席地而坐，我們的腿在木板碼頭外頭懸晃。

他先摟住我，然後才開口。

「妳好嗎？」他轉頭看著我，我的太陽穴感受到他的呼吸，還有他雙唇的暖意，讓我全身顫慄。

「不是很好。」

「跟我說怎麼了。」而我一如往常，全告訴了他。

就是在那個夜晚，賽門認真告訴我應該要當警察。現在，最低年齡的要求是二十二歲，但當時是十九歲。

「好，」賽門說道，「妳可以反抗她，妳可以宣稱自己獨立了，自己填寫所有的文件，但我想恐怕需要一些時間。」

我問他，「但在此之前呢？我該怎麼辦？」

「我不確定，」賽門說道，「繼續工作，念社區大學，反正妳需要拿到學分。」

「不過，嘿，」他滔滔不絕，「我覺得妳一定游刃有餘，妳可以當警探。我一直跟妳說妳的表現會很優異，我沒騙妳。」

我回道，「應該吧。」

我並不確定。我的確喜歡警探小說，我喜歡賽門丟給我看的那些電影——某些不錯，有的普普——裡面有許多片子都是以警察工作為主題。更重要的是，我喜歡賽門，他自己就是警察。不過，我學業表現傑出，而且我熱愛閱讀，還有，因為波威爾老師和她的那些歷史故事——對我產生了影響力，也不知道為什麼，我覺得，沒那麼寂寞了——我最近下定決心要當歷史老師，就跟她一樣。

我舉棋不定。

最後，賽門講出了結論，「這就看妳自己了。」他稍微挪動身軀，依然摟著我，不斷以輕快節奏搓揉我的手臂，彷彿在幫我取暖一樣。

「不過，我可以告訴妳，」他說道，「無論妳打算做什麼，一定都不成問題，妳絕對會有優異表現。」

我聳肩以對，眺望我們面前的河水，兩岸的城區讓它顯得水光熠熠。我想起波威爾老師曾經教過我們的某段歷史：它的源頭是西支河，而出水口是德拉瓦灣。在一七七六年，喬治・華盛頓與旗下軍隊從我們北方約五十六公里的地方出發，在某個同樣冷冽的冬夜跨越了河面。我心想，當時必定是一片漆黑，沒有城市，沒有領路之光。

賽門說道，「看著我。」

我抬頭面向他。

「妳幾歲？」

「十八。」我生日在十月。那一年，就連凱西也忘了我的生日。

「十八歲，」賽門說道，「妳有大好人生在等著妳。」

然後，他低頭吻我。我的腦袋過了好一會兒才跟上身體的反應。終於結束的那一刻，我心想，我的初吻，我的初吻，我的初吻。我聽別人說過初吻很可怕，被吻的那一方被一大坨口水轟炸，或者，差點被對方張得大大的嘴巴吞進去。不過，在那個當下，賽門的吻相當自制，一開始的時候幾乎只是輕刷雙唇，然後，就在接下來的那一刻，他的牙齒偷偷抵住我的下唇。這感覺讓我好興奮，我從來沒有想過牙齒也會是接吻的一部分。

他專注看著我，悄聲問我，「妳相信我嗎？」他與我的臉好接近，我的頭必須要以某種奇怪的角度傾斜、才能夠適應我們這種姿勢。

「嗯。」

「妳好美，」賽門說道，「妳相信嗎？」

「我相信。」

這是我一生中第一次相信自己好美。

後來，那個夜晚，我與我妹妹躺在床上，我心中有一股想要說出來的衝動。多年之前，當凱西得到她初吻的時候，曾經描述給我聽。當時她十二歲，我們依然是最要好的朋友。凱西在外頭玩耍回家之後，大喊了一聲我的名字，衝上樓，跑進我們的房間，整個人撲倒在床上。

「尚恩．蓋根吻了我。」她目光閃亮，拿了枕頭摀嘴，對著裡面尖叫，「他吻了我！我們接吻了！」

十四歲的我，不發一語。

凱西放下指頭，仔細端詳我，然後，她起身坐好，一臉焦心，朝我伸出手臂。

「哦，米可，」她當時說道，「遲早會的，別擔心，妳一定會有的。」

「應該不會。」我勉強大笑，但聽起來好悲傷。

「當然會有，」凱西說道，「答應我，等到發生的時候一定要告訴我。」

賽門吻我的那一晚，我不知道要從何說起。我還來不及開口，已經聽到那毫無戒心的輕柔呼氣聲響，表示凱西已經進入夢鄉。

我遵照賽門的指示，念到高中畢業，繼續住在奇伊的房子裡。終於，我搬進了中間的那個臥房，裡面依然有我母親殘存的幽影。我開始在當地藥房當兼職收銀員，一個月給奇伊兩百美元當房租。我在費城社區大學拿到了六十個學分，然後，參加警員考試。二十歲的時候，我成了警察，沒有人來參加我的就職典禮。

在這段時間當中，凱西繼續墮落。當時的她瘋狂古怪，在她二十歲前後的時候，有時會為了現金去當酒保，有時候會在舅公李奇位於法蘭克佛德的汽車經銷據點打工，還有的時候，會替那些不負責任居然膽敢雇用她的父母、當他們小孩的保姆，我相信，有時候她在替法蘭．莫洛尼——也就是寶拉的哥哥——繼續賣毒。她睡在奇伊家、朋友家、街頭的頻率差不多一樣。那時候，她待在魚鎮的時間超過了肯辛頓，也就是說，我值班的時候不會看到她，還不會。當我在晚上回家或是原本以為她會待在家的白天、卻完全看不到她人影的時候，我根本不知道她跑去了哪裡，我們也很少說話。

不過，她是唯一知道我與賽門關係的人。她在我的東西裡發現了他寫給我的字條——我後來才知道，當她一如往常拚命找現金、準備偷偷拿去花用的時候，意外發現了這東西——等到她後來看到我的時候，氣急敗壞把它塞入我的胸前。

她問我，「妳到底在想什麼？」

我好尷尬。字條內容提到的是我們最近在某間飯店溫存了一晚。我和賽門在一起的時候，對我來說是某種慰藉，某個出口，我從來不曾知曉、從所未見的真正喜悅，好，如果這是秘密的話，我就是喜歡這樣低調，那是我的專屬品。

我伸手蓋住那張字條，捍護著它，不發一語。

我記得凱西後來說的話是，「他是噁心大變態。」或者，應該是更難聽的話，「早在妳十四歲的時候，他就千方百計想把手伸入妳的內褲裡。」現在回想起來，不禁讓我全身發顫。打從我小時候，無論遇到什麼狀況，我都一直拚命維持自己的尊嚴。現在工作的時候，我努力維持專業尊嚴；在家與湯瑪斯相處的時候，我努力維持某種母親尊嚴保護他，避免讓他聽到任何可能會讓他傷心或不適的話。所以，我一直不喜歡別人擔心我或是操煩我的幸福，因為會產生沒尊嚴的感覺，我寧可讓眾人覺得我很好，一切都在我的掌控之中。我覺得，這通常也是實情。

「不是這樣。」

凱西哈哈大笑，不是什麼友善的聲音。

她回我，「隨便妳啦。」

「真的不是這樣。」

她搖搖頭，「哦，米可……」在她的表情當中，我看到了某種情緒，類似憐憫。

二十歲的時候，我覺得凱西對那個情境的評語既不公允也不準確。一開始是我追賽門，而不是他追我。我一直不覺得自己是浪漫的人，但有時候我會告訴自己，我第一次看到他的時候，就是我人生唯一的一見鍾情，不過，賽門卻告訴我，他是過了多年之後才不再把我當小孩看待。不過，賽門和我都很清楚，早已知道我曾是他照顧的學生的那些人，可能會怎麼看待我們之間的關係。所以，我們一直努力保持低調。賽門最近已經考完了警探考試，終於過了，即將要在南區警探總部展開職涯新頁，他不希望引發不必要的事端。我們見面的地點都是飯店，他說他不想冒險，害他兒子蓋布瑞爾——那時候十一歲——知道我們的事，而且蓋布瑞爾的媽媽有時候會突然帶他過來，狀況會非常——複雜，這是他所使用的措辭。

「將來妳會有自己的住處，」他經常這樣告訴我，「到時候我們就可以在那裡一起過夜了。」

這就是我在費城警局總部工作的頭兩年把所有的錢都存入銀行，拿這些存款當成頭期款、買下里奇蒙港某間房子的主要原因。簽下那些文件的時候，我二十二歲。我付了百分之四十的頭期款——老實說，是筆小錢——但我後來銀行帳戶從來沒超過那個數額。仲介一臉佩服告訴我，她很少看到二十二歲的人這麼有克制力，不和朋友晚上一起出去花錢玩耍，努力存到這麼多錢。

我很想告訴她，我跟大部分的二十二歲的人不一樣，但我並沒有說出口。

離開奇伊的家——還有遠離她與凱西的可怕爭吵，現在，有時候已經進化到拳腳相向——宛若逃離了某場戰爭。

我並沒有把自己的搬離計畫事先告訴凱西與奇伊，有兩個原因：第一，我不希望她們知道太多我的財務狀況——關於奇伊，是因為她可能會跟我討更多的房租，至於凱西呢，是因為我不希望她繼續動念向我討現金（在那個時候，我已經向她立下了規矩，但她偶爾還是會過來哀求我）。隱藏計畫的第二個理由，是因為我真心相信，不論是奇伊還是凱西，根本都不會在乎。

所以，當我看到凱西知道消息的時候一臉傷悲，我嚇了一大跳。

我毅然決然搬出去的那一天，她回到家，正好看到我把箱子搬下樓梯。

「妳在做什麼？」她雙手環胸，眉頭緊蹙。

我稍作停頓，氣喘吁吁。除了衣服與書籍之外，我也沒別的東西，但書本數量太多了，馬上發覺塞滿平裝書的箱子居然這麼重。

我回她，「搬走啊。」

我本以為她會聳肩。不過，凱西卻搖頭，「不行，」她說道，「米可，妳不能把我丟在這裡。」

我把手中的箱子放在階梯上面。我的背已經在痛，得要花好幾天才能恢復正常。

「我以為妳這樣會開心。」

凱西真的是一臉困惑，「妳怎麼會這麼想？」

我很想說，妳根本就不喜歡我啊。不過，這種話太傷感、自艾自憐又悲哀，所以我告訴她，我必須要重新開始，我的計畫是當晚會回來告訴奇伊。當我走出去的時候，凱西幫我扶住了大門，態度略顯拘謹。我回頭看她，就那麼一眼，想要在她臉上找尋昔日凱西的遺痕，那個曾經深深仰賴我的小孩的任何殘跡。不過，我什麼都沒發現。

我買的房子又舊又醜，但畢竟是我的。最重要的是，裡面沒有大吼大叫或吵鬧。

每天值勤結束之後，我回到家，進去之後，會杵在大門口好一會兒，斜貼門板，雙手摀胸，讓房子的寧和感留在我的雙肩。我告訴自己，這裡只有妳一個人。

這個空蕩蕩的房子有一種溫暖宜人的回音。我佈置的速度慢吞吞，想要仔細挑選一切，剛搬進來的那幾個月只有在地板上放了一張床墊，還有我在路上隨便挑的幾張便宜椅子。等到我開始挑家具的時候，我無比謹慎，我去古董店、二手商店，裡面有許多我覺得美麗的品項。這棟房子的魅力也開始展現在我面前，

前門右邊有一塊奇怪的彩繪玻璃，裡面有鉛框的紅綠色花朵，知道曾經也有別人跟我一樣愛惜這間房子，思慮如此周詳，還會納入這麼細微美麗的細節，讓我產生了滿足感。我在冰箱裡放滿了健康食物，我心情恬靜聽音樂。當我終於買下了真正的床，我花了大錢——這是我縱容自己的唯一奢侈品。我竭盡一切努力，把它佈置得舒舒服服，我在老沃納梅克大樓的梅西百貨挑了一個加大雙人床墊，然後又在同一家店買了寢具，女店員滿口向我保證，我一定會得到從所未有的極致睡眠體驗。

賽門現在和我有了一個私密之地。終於，他有時候可以陪我一整夜。當他留在我這裡過夜的時候，一種愉快又深刻的寧和感降臨我身。我已經很久沒有睡得這麼好，先前能夠酣眠是凱西與我的童年時代，母親還健在的那個時候。

在我離開之後的那幾年，我偶爾會看到奇伊與凱西。每一次凱西都越來越憔悴，而奇伊也越

來越蒼老。我從來沒有問凱西在做什麼，不過，她依然主動提供自己的動態，我覺得大多數都是騙人的內容，她講了好幾次，我要回學校念書了，我要拿普通教育發展證書（就我所知，她連課都沒有去上）。然後，我明天有面試，然後，接下來是：我找到工作了（她並沒有）。

她在那段期間到底在做什麼，很難斷定。我覺得並沒有開始從事性工作，還沒有。反正，我執勤的時候依然沒看到她的人。在凱西短暫清醒的時刻，曾經告訴過我，沉迷毒癮的日子像是不斷在循環，每天早上一嗑藥就帶來了改變的可能性，每天晚上都有失敗的恥辱感。每一次嗑藥都是拋物線，低，高，低，每一天就是這些波浪的連串組合，然後，這些日子可以根據用毒者快樂與痛苦的總時數、繪製成圖表，累積到後來，就是整個月的圖表。會對這種週期造成混亂的是清醒的時刻，凱西會自己主動加入科克布萊德、高登西亞、費爾蒙特，還有其他那些成功率令人起疑的當地戒毒中心——然後，當凱西發現自己深陷麻煩的時候，又不由自主開始嗑其他的藥，然後就身陷囹圄。這些階段，也成為了固定模式的一部分：清醒期，之後是復發，然後是更大一波的嗑藥期。「大道」是永遠的基準線，它提供了家庭感與常規性。

要不是因為凱西糟糕的決策能力出包，這些起起伏伏的過程恐怕會漫無止境。在二〇一一年的時候，她男友說服了她，幫他偷竊他爸媽家的某台電視機。

那對父母不希望兒子入獄，把事情怪罪到凱西頭上，她吞了下來，在那個時候，她已經累積了一長串的前科，法官給了她重判。

她得要在「河畔」監獄服刑一年。

某些人可能會覺得這種事很不幸。但我沒有，其實，這是許久以來第一次我對她產生了希望。

現在

感恩節之後的那個星期一，同一名年輕警探，戴維斯．阮，在早點名的時候進入了禮堂，面容疲憊。他今天穿的是看起來頗昂貴的西裝，與那些老警探的鬆垮垮西裝相比，是截然不同的剪裁，比較修身，版型也比較短，褲腳雖然只收了那麼一點點，還是可以看得到他的襪子。我曾經在北自由區與魚鎮的小孩那裡看過他的髮型風格，兩側推得乾乾淨淨，而頭頂的髮絲倒彎。他幾歲？二十八、九嗎？甚至可能與我年紀相仿，但我覺得他像是來自另一個世代。他應該是在大學念刑事司法吧，我注意到他手裡拿的是「轟炸機咖啡店」的杯子。

「我帶來了一些新消息，」阮開口，「肯辛頓的那些謀殺案可能有線索了。」

禮堂裡傳出一陣竊竊私語。

他在電腦前彎身，在禮堂的螢幕上頭打開了某段影帶。

那是某名屋主架設的私人保全攝影機，距離凱蒂．康威在提歐佳附近空地的陳屍處並不遠。在黑白粗粒子畫質的影帶中，有個年輕女孩在走路，最後消失在螢幕的另一側。

五秒之後，某個男人——戴了兜帽、雙手插在口袋裡——也走了過去。

阮把女孩的影像倒帶，「這是凱蒂．康威。」

「那一個，」他指向那名男子，「就是嫌疑犯。」

阮讓畫面停格，拉近。那男人面孔的畫質模糊，很難看出什麼線索。就我看來，無法確定種族。他看起來個頭很高大，但也可能是因為那女孩身材嬌小的對比效果。

他身著運動衫，拉高帽兜，遮蓋了他的頭髮，這件衣服似乎給了我們最主要的線索，懷爾德伍德，拉鍊把字分為兩半，一側是懷爾德，另一側是伍德。

懷爾德伍德，紐澤西州南方的某個海濱小鎮，某個稀鬆平常的地方，其實幫不上什麼忙。我去過那裡一次，與賽門同行，我們在一起時的少數週末之旅地點之一。我想，幾乎費城的每一個人都去過懷爾德伍德。不過，那件運動衫的特殊性還是給了我們一線曙光。

阮開口問道，「有沒有人看過這傢伙？」但是他的語氣並沒有抱太大期望，裡面的每一個人都在搖頭。

「我們已經把這個畫面寄給了懷爾德伍德警局，他們正在追查中，」阮說道，「現在，也請各位注意手機，我們今天會把這段影帶寄給大家。保持警覺，只要抓到人就要詢問這傢伙的事。」

艾亨向阮道謝，他轉身準備離開。

另一名警察喬．克沃茲克趁隙開口，「我有疑問。」

阮又轉身回來。

「如果要你猜的話，」克沃茲克說道，「此人的種族？年紀？」

阮停頓了一會兒，「我差點想要提到這一點，」他說道，「但因為我希望你們要睜大雙眼緊盯每一個人，而且，影帶畫質也不夠清晰。」

他抬頭望著天花板，繼續說下去，「但如果硬叫我猜測的話，」他說，「我看應該是白人，四十多歲。反正，側繪資料是如此，通常是他們這種人會犯下這種罪行。」

今天，肯辛頓的街道比往常安靜。冰寒的咒語還沒有解除，冷得要命，天空一片慘白，而且每當我得要下車的時候，就會有一股與我臉龐等高的狂風朝我襲來，害我呼吸困難。

今天，只有那些個性最堅毅，或是最渴求難耐的人才會待在外頭。

我開著巡邏車，進入某條小巷，經過了連續六棟木板封條的房屋。在這裡，大家稱它們為棄屋。被眾人所遺忘，被查封，當然，會有某些人窩居在此，某些可憐人利用這些地方作為避風港。我想到了這些屋子裡面的漏風口，被拋棄的那些家具、牆面上的那些照片。我想到了那些新住客端詳這些東西的時候，也就是數十年之前、住在那裡的家庭所留下的遺物，心中一定覺得很淒涼。要是這些房子的屋齡夠老，那麼，裡面原本住的都是紡織廠與鋼鐵工廠的員工，還有漁夫。

兩年前的冬天，附近某間廢棄工廠發生了一場嚴重火災。起因是兩名的住客冷得受不了，在某個垃圾錫罐裡點火，位置就在工廠樓板的正中央，有名消防隊員為了撲滅火勢而身亡。這也成了我們一長串巡邏警戒清單的最新事項：提防不明來源的木煙氣味。

一個小時過去了，我的管區內沒有任何的傳呼。到了十點的時候，我把車停在阿倫佐商店附近，進去買咖啡。

我拿著杯子走出店外的時候，兩個年紀約莫十六、七歲女孩朝我走過來，我曾在這附近看過她們，兩人嚼著口香糖，步履緩慢。她們都穿著帆布鞋，沒穿襪子，害我忍不住微微發抖，對她們感到同情，我看不出來她們是否在找客人。

當她們站在我面前的時候，我嚇了一大跳。通常，固定在這裡討生活的女子對於制服員警是直接無視，不然就是無語盯著我們，一臉倔強。

不過，她們其中一個開口說話了。

她問我，「關於這些謀殺案，妳有沒有什麼線索？」

第一次有人問我這問題，看來謠言傳得很快。

「我們正在偵辦中，」我回道，「已經快要接近關鍵階段。」

只要有人詢問某起公開案件，這就是我的標準答案。雖然我明明也沒比她們多知道什麼，但我覺得我就是應該要這麼說。有時候，我覺得我在工作時所做的事，就像是我向湯瑪斯提到他父親時的態度一樣：因為撒謊感到微微歉疚，因為絕對不讓他的感情受到傷害而堅持的某種藉口感到微微自傲。我會承擔謊言的重擔，為了我的兒子，為了這些女孩。

然後，我想到了那段影片。

「現在，」我說道，「可否請妳們看一下這個？」

我拿出手機，播放兇案組在早點名結束後寄給我們大家的那段影片。播完之後，又在那名嫌犯現身的時候定格。

我問道，「覺得眼熟嗎？」

兩個女孩都看得專注，都搖頭，不認識。

那一整天當中，我重複播放多次，但似乎沒有人認識他。有兩名女子看到螢幕中的凱蒂・康威走過去的時候、發出了低語：也許，認識她吧，或是發覺她們自己的脆弱性，也很可能成為被害者。

就在快要四點鐘、我執勤快要結束的時候，終於看到了多日不見的寶拉．莫洛尼。終於，她不需要用拐杖了，她手裡夾著菸，斜靠在阿倫佐店外的某面牆壁。

我把車停好，下車。自從凱西失蹤之後，我就再也沒有看到寶拉。

寶拉從來沒有因為我與凱西交惡而影響了她對我的友善態度。她有次悄悄跟我說，那是妳們兩人的事。通常，她看到我的時候會對我微笑打招呼，還會友善開一下玩笑，「又來了，」她經常這麼說，「麻煩來嘍。」

今天，她的神情十分緊繃。

我開口，「嗨，寶拉。」

她不接腔。

「看到妳真是太好了，」我說道，「我聽說凱西失蹤了，我只是想知道妳是否知道她在哪裡？」

寶拉搖頭，吸了好幾口菸。

「不知道。」

「妳最後一次見到她是什麼時候的事？」

她不屑哼了一聲，不說話。

我突然陷入困惑。

「妳告訴阿倫佐她失蹤了，是真的嗎？」我問道，「因為——」

「喂，」她打斷我，「我不跟警察講話。」

我嚇了一跳，以前從來沒聽過寶拉會講這種話。

我開始嘗試不同策略。

「妳的腳怎麼樣？」

寶拉回我，「很慘。」

她又開始抽菸，距離我很近。

我說道，「很遺憾。」

我不確定該怎麼繼續下去才好。

「要不要我載妳去醫院？」但寶拉對我大手一揮，搖頭。

我又問道，「可否請問妳一些事情？」

「妳就問啊。」但她語氣很輕蔑，言外之意很明顯：妳要問什麼都可以，我不會回答妳。

我拿出手機，播放那一段影片給她看。她心生好奇，忍不住，傾身仔細觀看。

當螢幕中的凱蒂·康威走過去的時候，寶拉惡狠狠瞪了我一眼。

「對，」她說道，「那是凱蒂，我認識她。」

「是嗎？」

她點頭，轉頭面對我，冷冷盯著我。

「他們在提歐佳發現的那個小女孩？對嗎？我認識她。」

我在打量寶拉，我不知道她為什麼跟我說這個。

「她人真好，」寶拉說道，「只是個小孩罷了，個性真好。我也認識她媽媽，她媽媽超可怕，直接把女兒推進火坑。」

寶拉看我的眼神依然冷酷，嘴裡叼著菸，那表情似乎在對我指控些什麼。每次我與寶拉講話的時候，總會聯想到她中學時某一天的場景：頭抬得高高的，帶引一群廣受大家歡迎的女孩們穿越走廊，聽到某人講的笑話大笑不止。就連到了現在，我們的生活出現了這麼大的變化，我依然可以感受到她散發出的威懾氣場。

我詢問寶拉，「妳知道有關她死亡的任何線索嗎？」

她端詳了我一會兒之後才開口，語氣冷冰冰，「這不是應該由妳來告訴我嗎？」

我又開始腸枯思竭，拚命想辦法回應。這一次，什麼話都擠不出來。

寶拉問我，「妳是條子對吧？」

我又講出一樣的答案，「我們正在努力辦案。」

「是啦。」寶拉講完之後，瞇眼盯著「大道」。從她的急忙動作與牙齒打顫的狀況看來，她毒癮來犯。她微微欠身，雙臂護在胸前，噁心想吐。

「米可，想也知道妳很努力，」寶拉說道，「好吧，再加油啊。」

我很清楚我現在該離開了，讓她去解毒癮。

不過，就在我離開之前，我對她說道，「可否請妳再看一次？重點在最後面。」

寶拉翻白眼，一臉不爽，但她還是低頭，瞇眼盯著螢幕。她盯著那男人走過去，然後，從我手中搶下手機，她抬頭，雙眼睜得好大。

我問道，「你認識他嗎？」

突然之間，我發現她雙手顫抖。

她說道，「妳在跟我開什麼玩笑啊？」

我問道，「妳認識他？」

寶拉開始哈哈大笑，但她的笑聲帶有一股怒氣。

「少唬我，」她說道，「我這一生不求別的，就是不希望別人糊弄我。」

我搖頭，對她說道，「我真的不懂妳在說什麼。」

她閉上雙眼，但也只有那麼一瞬間而已。她吸了最後一口，然後把香菸扔在地上，以球鞋的鞋尖捻熄香菸。

終於，她看著我，目光在打量我。

「那是你們的人，米可，」她說道，「那人是條子。」

彼時

正如同我所企盼的一樣，凱西在「河畔」監獄的一年監禁生活改變了她。

想要找人詢問在監獄裡戒毒到底是什麼景況，那麼，凝望她回憶過往的臉龐吧：緊閉雙眼，蹙眉，嘴角下彎，喚起那種噁心與絕望感，喚起生不如死的那種感覺。凱西告訴我，在她戒斷期的最低潮時刻，這就是她的信念：自己應該要就此一了百了。她靠牙齒把床單撕成了長條狀，然後糾扭在一起。她把這個臨時做成的套索固定在天花板的某個燈架上面，然後，站在水槽上頭，準備往下跳——但是卻被攔阻下來，她說，是某股力量，它告訴她，只要她能夠活下去，就會有美好的事物等著她。

她全身顫抖，下了水槽，終於決定寫信給我。

在信中，她第一次向我道歉：因為她一直無法遵守信諾，說謊，害我們大家失望，而且也背叛了她自己。她說她很想念我，而且她在這世界上只在乎我一個人的意見，她實在無法忍受自己讓我如此失望透頂。

我回信了，有一個月的時間，我們一直保持魚雁往返：這種互動讓我想起了我們的童年，我們會給彼此寫字條，藏在我們房間地板條的空隙裡面。

過沒多久之後，我決定去看凱西。當我見到她的時候，差點認不出來。她眼神燦亮，精神清醒，臉龐出現多年不見的白皙，她沒有紅通通的雙頰，在童書中，這被描繪為健康的象徵，不過，就我現在的角度看來，紅臉頰其實是毒癮的徵候。我開始固定去看她，每次去探視的時候，就會發現一個嶄新模樣的妹妹在迎接我。一年的時間，已經足以讓身體開始重新適應清醒期，讓殘損的腦袋顫顫巍巍重新展開運作，讓生產線在那段期間當中、以遲鈍狀態慢慢復工，製造小量的天然化學成分，多年來，它們一直被人工注入血管的方式所取代。

而我就這麼盯著凱西從沮喪階段過渡到憂鬱期，然後又轉為疲憊，接下來是憤怒，到了我最後一次探視的時候，她已經出現了相當短暫的樂觀狀態，她看起來已經下定決心。她知道自己有任務在身，而且她想要完成。

我在里奇蒙港的家中，開始擬定計畫。我小心翼翼評估自己的各種選擇：當凱西出來之後、給她一個地方棲身的各種好處與壞處。到了這個階段，我瘋狂游移不定，反反覆覆，多半都是根據我每一次探視過她之後的盲目恐懼：要是她找得到保證人，我一定會給她地方住；如果在我沒有詢問的狀況下、她並未主動表達要在出獄後參加戒毒聚會的決心，那麼我一定不會給她地方住。

我告訴自己，為了以防萬一，我還是先打理好屋子，等她出獄，然後我就靜觀其變。

這棟房子後面有一個水泥平台區，我剛搬進來的時候，地面龜裂乾枯，一片荒蕪。在凱西入獄的那一年，我讓它回復到過往榮景。我弄了木頭花盆，在裡面種了各式香草、番茄，以及青椒。我買了二手的戶外餐桌椅，在上方擺設了一長串燈組，還種下了爬滿後院圍籬的常春藤。

那一年，我也將後頭的臥房以凱西喜歡的方式進行佈置。我把牆壁刷成淡藍色，那是凱西最愛的顏色，還特地買了深藍色的床被，在某間二手店找到了一個超美的梳妝台，我還找了一些隱約與凱西對塔羅牌興趣相關的圖片作為牆飾。她十幾歲的時候，曾經買了一副塔羅牌，自學解析技巧。我為那個房間挑選的圖片之一，是塔羅牌「女祭司」的畫像——我當然期盼這個人物和善、堅定的目光，多少能夠讓凱西想起自己的尊嚴、智慧，還有自我價值——此外，我還挑了塔羅牌的「世界」、「太陽」，以及「月亮」的圖像。我永遠不會為我自己挑選這些圖片，我不相信塔羅牌或星座之類的那種東西，但我想像的是凱西生活在那個房間裡的模樣，而且，當我在準備的時候，一想到要把這一切呈現在她的面前，我自己也得到了某種神秘的愉悅。

我最後一次去「河畔」監獄的時候，凱西心情靜和愉悅。即將要離開了，她很開心，但也有相當程度的焦慮，我想到了她得要在外在世界面臨的那些審判，也讓我陷入省思。她自己下定決心，誓言要一直保持清醒，找尋每天舉辦的戒毒聚會，找尋保證人，她要暫時拋下那些還在嗑藥的朋友。

我在那天下定決心，正式詢問她出獄之後要不要和我住在一起？她欣然同意。

我不能替我妹妹發言，但為我自己不成問題：她出獄後的那幾個月，是我生命中最美好的歲月。

終於，我們兩個都成年了，可以逃離奇伊緊張兮兮的目光。而且，我們也能夠愛做什麼就做什麼。我二十六歲，而凱西二十五歲，在我對這段時光的記憶之中，那是永恆的晚春，空氣溫暖潮濕，一開始天氣還不穩的那幾天，我們不穿外套、大膽直接待在外頭。我與凱西待在後面的平台區，剖析我們的童年，討論我們的計畫，我不記得到底共度了多少個夜晚。她表現很好，一直沒碰毒，甚至滴酒不沾。她變胖了，開始留長髮，臉上的老舊痘疤消失了，皮膚變得平整。手臂與脖子上的傷疤，膿瘡的殘痕，顏色慢慢變淡消退。她在附近的某間獨立電影院找到了工作，甚至與那裡的賣票員開始約會，他名叫提摩西．卡瑞，堅持大家不能喊他提姆，個性有些古怪的害羞年輕人，他完全不知道凱西的過往（凱西說，他如果想知道，他可以問我）。

她在電影院的工作很適合我們兩人：我執勤結束之後，通常會到那裡找她，看看當時播放什麼電影，就順便坐下來看。

賽門偶爾會跟我一起去。

大約是在那個時候，他與凱西進入了某種並不安穩的休戰狀態。

他們沒什麼選擇：因為這是我家，當然，付帳單的人是我，而他們兩個是我的客人。

凱西與我，對此曾經有過幾次的交心時刻。

「我不信任他，」她曾經這麼說，「而且我永遠不會喜歡這個人，但我和他住在一起不成問題。」

另一次，她對我講出這樣的話，「米可，妳是我見過最好的人，我只是不希望妳受傷而已。」

第三次的時候她告訴我，「米可，我知道妳已經是大人，小心就是了。」

她經常問我，為什麼我從來不去他的住處。

「有時候他兒子會突然過來，」我說道，「我想賽門只是希望我們不要在訂婚前被他兒子撞見。」

她斜眼瞄我。

「妳確定嗎？」

但除此之外，她也沒多說什麼，而我也從來沒有回答她這個問題。

當然，即便在那個時候，我也感覺到賽門的行為很異常。但在那個時候，我好快樂，生活非常幸福寧和。一個禮拜總會有兩三次，賽門敲我家門——通常是突然來訪——然後，進入屋內，以雙手托住我的臉，親吻我。有時候我們一起吃晚餐，有時候則是直接進入臥房，他會在那裡脫光我身上的所有衣物，一開始的時候，我覺得自己好暴露，但後來卻感受到一股從所未有的興奮感，我的肌膚因為被凝視而發光，我與賽門四目相接，當他看著我的時候，我開始想像自己的模樣。我想到那個花了許多時間做白日夢、期盼被人愛的年輕女孩，真希望我可以去看看她，然後告訴她，「嘿，妳看，一切都會好好的。」

對於貫穿我一整天生活的胡亂作響的低沉噪音，某種鳴示，警鐘，我想盡辦法置之不理。我不想聽，我盼望一切如常，我比較怕的是真相，而不是謊言。真相將會改變我的生活狀況。謊言平靜無波，能與謊言共存，我心歡喜。

就這麼過了六個月。然後，某個秋日，我準備要加班：某個特殊活動的人群管控。不過，當我到達警局的時候，當時的長官雷諾德茲警佐卻告訴我，其實，不需要我執勤了，他說，願意出勤的人太多了，而我還只是個菜鳥。

我並沒有不開心，隨即離開了警局。外頭天氣很宜人，冷冽颯爽，我決定從警局一路走到里奇蒙港，而不是搭公車。我心情很好，路途中還停下來買花，這一點也不像是我的風格，之前我從來沒有買過花。抱住那些花的時候，我覺得自己好蠢——我一直感受到制服員警抱著小雛菊花束的那種違和感——最後，我單手倒拎著花束，彷彿想要邊走邊甩乾它的水滴。

我到家的時候，發現大門沒有鎖。我不管住在哪裡，總是對於鎖門之事非常挑剔，實在看過太多粗心屋主讓竊賊趁虛而入的案例了。自從凱西搬進來之後，我已經因為她疏忽鎖門的事訓誡了她一兩次。

那天，我嘆氣，把門鎖好，心想之後要找妹妹談一談，突然，我聽到樓上有聲響。我心想，凱西現在應該在上班才對。

我身上還帶著配槍，上樓時還把手擱在它附近，而另一隻手還拿著那愚蠢的花束。

我想要保持安靜，但這房子老舊，我的步伐讓木條地板在晃動，吱嘎作響。我拾級而上，樓上的噪音越來越大，我聽到打開抽屜又關回去的聲音，然後是低聲人語。

我當機立斷，丟花，抽出了槍。

我到了樓上，一腳踢開後面的臥室房門，我還沒看清楚對方是誰，立刻喊道，「不准動！雙手舉高！」

某個我不認識的男人開口，「搞什麼啊！」

他旁邊是凱西。

他們兩人站在臥室中央，肩並著肩，非常奇怪的站立位置。但從皺巴巴的床鋪看來，他們剛剛應該是窩在床上。

兩人衣著完好，我不相信他們剛剛做了什麼親暱行為。其實，我覺得這男人八成是同性戀。不過，從凱西的表情看來，顯然她是做了壞事而心虛。

「米可，」她開口，「妳怎麼沒在上班？」

我慢慢把槍放下來。

「我也要問妳同樣的問題。」

「我弄錯了班表，這是我朋友，盧。」她說完之後，盯著那男人，他舉起了手，動作軟趴趴。

如果這一招是想要讓我心軟，沒用。

在那一瞬間，我明白了：從她徐緩的語調中就聽得出來，還有她的潮紅臉龐也可以看得出來，這些全都是她在嗑藥時會出現的昔日徵候。

我不跟她講話，反而直接走向五斗櫃，逐一拉出抽屜，拉到最後一層的時候，果然出現了：針筒、橡膠管、打火機，有暴力搗壓跡痕的小型玻璃紙袋。我關上抽屜，速度徐緩。

等到我再次轉身，她朋友已經不見了，只剩下我與凱西。

現在

寶拉還是在哈哈大笑，現在她的頭左搖右晃，不可置信，充滿不屑。

我說道，「告訴我是誰。」

她說道，「同一個警察來這裡，叫女孩子幫他吹喇叭，不然他就把她們送入警察局。」

然後，她又繼續說道，「妳說這是你們的嫌犯，媽的你們的嫌犯。哦，天哪，快跟我說你們要抓的是警察，真爽，真是爽得不得了。」

我沒多想，話已經出口，一股深沉不安的困惑籠罩而來。

「不，」我回道，「他只是我們需要問案的對象。」

寶拉臉色一變。

「妳覺得我很蠢嗎？」她悄聲說道，「妳覺得我是大白痴？」

她掉頭離開，一跛一跛往前走。

我在她背後大喊，「他長什麼樣子？」

寶拉現在已經轉身，但我還是可以聽到她所說的話。

「不要把我拖下水！」她短暫回頭，目光流露一抹不安神情。

「寶拉，」我大叫，「妳要不要報警？」

她大笑，「媽的怎麼可能！」她背對我，離開的背影變得越來越渺小，「對，我只需要這個就夠了，報警。最後在這座上帝遺忘之城，成了每一個警察的黑名單。」她消失在轉角。我擔任警察這麼久——我一直引以為傲的工作——第一次有某種作嘔的感覺瀰漫我身：面對某項重要的抉擇，我站錯了邊。

返回警局的途中，我打電話給楚曼，我想要聽他的建議，我也想知道他對於寶拉所提的事、是否有任何線索？

他劈頭就問，「妳還好嗎？」

我問他，「你是不是在忙？」

「沒有，我沒事，」他問道，「怎麼了？」

「你有沒有聽說某個身穿懷爾德伍德運動衫警察的事？」

他停頓了一會兒，「應該沒有，」他回道，「完全沒有印象。為什麼要問這個？」

我聽到他的後頭有人在講話：是個女的，她問道，「楚曼？誰打電話給你啊？」

我又說了一次，「如果你在忙的話……」

「我沒在忙。」

「那麼這個呢？」我說道，「有沒有聽說某個警察……」我停頓下來，苦思措辭，「要求我們管區的那些女子施惠，交換條件是可以放她們一馬？」

楚曼沉默許久。

「我覺得，」他說道，「對，我想大家都聽過那種故事。」

我心想，我到今天才第一次聽說，但我沒有說出口。

背景的那個女聲又出現了，現在語氣嚴肅：楚曼……

楚曼有女友嗎？

「等我一下，」楚曼說完之後，我聽到模糊不清的人語，似乎是他以雙手摀住了電話，然後，他又開始繼續講電話，「我等一下回電給妳好嗎？」

我回他，「沒問題。」但他已經掛了電話。

我回到警局，在艾亨警佐的辦公室裡找不到他的人。

其實，我根本找不到任何警佐的蹤影，但我必須講出這條線索，越快越好。

我在行動指揮室的門口站了好一會兒，夏赫警士終於注意到我。

我問道，「你有沒有看到艾亨警佐？」

「他人在犯罪現場，」夏赫警士跟平常一樣，嘴裡嚼著口香糖，他一直想要戒菸，這似乎是他的第十一次了吧，所以，他已經忍了一週之久。「要不要我幫妳轉達？說妳在找他？」

「我等一下打電話給他，」我說道，「可以幫我收下這個嗎？」我交出了我的活動日誌。

我換了制服，到了停車場，進入自己的車內，找出艾亨警佐的電話，立刻撥打，接到的是他的語音信箱。

「艾亨警佐，」我說道，「我是米可拉．費茲派翠克，必須要向你報告今天我執勤時發現的某個狀況，事態緊急。」

我留了自己的電話號碼給他，但其實我知道他一定有。

我把車開出停車場，準備回家。

我把車開入屋外車道，房東太太站在花園裡，雙手扠腰，仰頭望天。我的車裡塞滿了垃圾和廢物，我一下車就立刻向馬洪太太打招呼，然後，我打開後門，彎腰取出了一些東西，真希望馬洪太太進去屋內。她今天穿的是另一套搞笑運動衫——有三D裝飾圖案的花冠——我想這多少是在暗示可以跟她聊聊天。

我從車座地板抓起一堆袋子、衣服，以及鞋子，全部抱在懷中，然後，我站起來，朝後院走過去。

就在這個時候，馬洪太太叫住我。

她問道，「有沒有聽說下雪的事？」

我停下腳步，立刻轉身。

「什麼雪？」

「他們說今晚會有三十公分的積雪，」馬洪太太說道，「有炸彈氣旋。」

她說出這段話的時候，帶有一種隱然的急迫性，目光從眼鏡上方盯著我，彷彿在宣布有海嘯朝我們這裡而來。也許她覺得我沒聽過這個專有名詞，其實我知道。

我努力擺出嚴肅貌，「我看我得趕緊去看一下新聞。」

我對她是在虛應故事。自從我們搬到馬洪太太樓上的公寓之後，馬洪太太宣布天有異象約莫有十來次了，還有一次她叫我們要拿膠帶封住窗戶，因為天氣預報說會降下高爾夫球般大小的冰雹（結果並沒有）。類似馬洪太太這樣的人，會在暴風雨來臨之前的夜晚塞爆零售商店，大買特買根本不會吃的牛奶與麵包，還會在浴缸儲水，四十八小時之後，就會一臉哀傷盯著裡面的水慢慢排光。

我開口，「馬洪太太，晚安。」

我開門的時候，屋內似乎沒人。至少客廳是如此，一片漆黑，電視也沒開。

我大叫，「有人在嗎？」但無人回應。

我立刻走到公寓後面。突然之間，我兒子從廁所出來，進入走道，他戴著他最愛的配件：他爸爸一年前為他買的費城人棒球帽，伸出一根手指貼唇。

「噓……」

我問道，「怎麼了？」

他回我，「貝塔妮在睡午覺。」

湯瑪斯伸手指向他臥室的方向。果然，躺在他床上的是貝塔妮，身軀從他的賽車棉被冒出來，一隻手蜷壓在臉頰下方，妝髮完美無瑕。

我用力關上門，然後又打開。房門另一頭的貝塔妮悠悠醒轉過來，像天使般伸懶腰，不疾不徐。她右側臉頰中間有一條純紅色分隔線：枕頭留下的壓痕。

「嗨……」她一臉不在乎，她瞄了一下手機。

「抱歉……」也許她終於注意到我的表情，似乎顯現出某種不信任，她又多加了一句，「我昨天熬夜，只是需要補眠一下。」

一直到後來——我與貝塔妮短暫溝通了一下，雖然湯瑪斯看起來很成熟，他畢竟只有四歲，不能獨留他一人；她的靜默與一連串悲傷神情，顯露出她的受傷情緒；我準備晚餐，送上桌的時候——直到這個時候，我才驚覺自己一直忘了看新聞。

打開電視之後，我才發現自己小看了馬洪太太。她說得沒錯：氣象主播希喜莉．提南預測整夜降雪量是十五到三十公分，而且費城北部與西部會更嚴重。

我輕聲細語，「不會吧……」擔任警察，從來沒有因雪放假這種事。而且——拜貝塔妮之賜——我現在已經沒有病假或事假可以請了。

湯瑪斯開口，「媽媽……」我準備等他開口問我問題，湯瑪斯很敏感，我非常篤定他已經察覺到有事情不對勁。

但他卻只是沉默許久，坐在沙發上，貼在我旁邊，低垂著頭。

「怎麼了？」我問道，「湯瑪斯，發生了什麼事？」

我摟住他，他皮膚好溫暖，頭髮宛若玉米鬚，他挨近我身側，在那麼一瞬間，我真想和他一起躺下去，把他拉到我懷中，就像當年他還是小嬰兒的時候一樣，讓他的臉頰貼住我的胸骨。還有什麼比嬰兒重量壓在胸前更美好的感覺呢？不過，最近他對於長大這件事很固執，他是個大孩子了，想必這麼做的話他一定會立刻扭開。

「能夠有你，我真的好幸運，」我悄聲對他說道，「你知道嗎？」

把它大聲說出來——甚至只是在心裡太過頻繁承認我對湯瑪斯的感激——對我來說，都像是某種惡兆，某種邀請，讓某種怪物可能會在半夜鑽進來、迅速將他擄走的大敞之窗。

「湯瑪斯？」我再次詢問，他終於看我。

「我生日是什麼時候？」

「你自己知道答案，」我問他，「你生日是什麼時候？」

「十二月三號，」他說道，「但距離現在還有多久呢？」

我眨眼，懂了，「距離現在還有一個禮拜，」我問他，「為什麼會問這個呢？」

湯瑪斯又低頭，「貝塔妮今天有講到生日的事，她問我的生日是幾月幾號，我告訴她，然後她問我是不是會辦派對。」

之前的每一年，賽門都會在他生日或前後的某個日子帶他去從事特別的活動：四歲生日的時候，他們一起去看電影；三歲生日的時候，他們去法蘭克林研究中心；二歲生日的時候，當然他一定記不得，他們去的是「請觸摸博物館」。今年，我猜應該是由我擔綱。我們會做類似的事，就只有我們兩個人。但湯瑪斯一臉期盼看著我，我想一定得要安排一場和朋友歡度的小型派對。

「你知道嗎？」我終於開口，「如果你想要辦生日派對，我們應該可以來辦一場，甚至可以邀請一些你以前學校的朋友。」

他開心大笑。

「這還不一定哦，」我說道，「要看誰有空。」

他點點頭。

我問道，「你想要邀請誰？」

他不假思索，「卡洛塔與莉拉。」現在，他舉直雙腳，整個人在沙發上不停彈晃。

「好，」我說道，「我會打電話給他們的爸媽好嗎？你想要跟她們做什麼？」

「去麥當勞，」他語氣堅定不移，「有遊樂場的那一間。」

我愣了一下下，然後回道，「聽起來很不錯。」

他說的是南費城的那一家，賽門以前常常帶他去，有室內遊樂場的那一間。他已經一年多沒去了，居然還記得，讓我嚇了一大跳。

他緊扣雙手，舉高，貼住下巴，每當他難掩興奮的時候，就會擺出這個姿勢。

「麥當勞，」他又說了一次，「而且我要點什麼都可以對嗎？」

我回他，「要在合理範圍之內。」

過沒多久之後，他在沙發上睡著了，我把他抱到他的床邊，讓他躺好。

他還是小嬰兒的時候，有嚴重的腹絞痛，經常哭得淒絕，聽到那樣的聲音，簡直要把我整個人一剖為半。我內心一直有一個部分——獸性、兇猛、被某種似乎拚命要爬出我腹部的力量所宰制——渴望著湯瑪斯，身體的那種想望，每當他在半夜驚醒的時候，簡直幾乎要推翻我在他嬰兒期所做的一切努力。不過，我閱讀的那些睡眠訓練手冊總是在強調一個重點：永遠不要讓小孩跟妳睡同一張床，他們說，因為這不僅會引發對小孩的生命危險，而且也會成為無法戒除的習慣，最後造成小孩缺乏自信與獨立性，無法撫慰自己的小孩，在世界上找不到安身立命之所的人。

所以，在湯瑪斯才幾個月的時候，他就有自己的房間，我自己一間。我們住在里奇蒙港的時候，這方式運作得很順暢，他的腸絞痛問題逐漸和緩，一如我的預期，過沒多久之後，他成了一個容易入睡的酣眠孩子，我們兩人每天醒來的時候都得到充分休息，神清氣爽。

不過，當我們搬入這間公寓之後，卻發生了變化。現在，湯瑪斯哀求睡我房間的頻率越來越高。有時候，我甚至發現他整個人縮成一團、窩在我的床尾，趁我睡著的時候躡手躡腳潛進來。當我發現他做出這種事，抑或是被我抓個正著的時候，我對他展現堅決態度，把他帶回他的賽車小床，向他保證他一定會好好的，然後打開我幫他買的夜燈，營造更舒緩的氣氛。

通常，我對於自己這一點的堅持很有信心。不過，最近的某起事件卻讓我的篤定產生了動搖。那是幾個禮拜之前的事：我在凌晨醒來，因為聽到以前從未聽過的哀泣聲。來自床腳，比較像是小狗在哭，而不是小男孩。然後，有個微弱的聲音重複唸出同一個字，一遍又一遍，把拔，那聲音說的是，把拔，把拔。

我悄聲起床，踮起腳尖走到床尾，躺在毯子與枕頭小窩的人是我的兒子，他在講夢話。我凝望他好一會兒，不確定該不該喚醒他。他的雙腳胡亂踩踏，就像是在夢中追逐兔子的狗兒一樣。在這昏暗的房間裡，我只能看清他的表情，變化迅速：先是微笑，然後皺眉，接下來雙眉緊揪在一起，縮起下巴。我低身挨過去，這才發現他在睡夢中哭泣，其實，他臉龐的枕面已經被淚水浸濕。我把手放在他的額頭，然後是肩膀，「湯瑪斯，」我說道，「湯瑪斯，沒事了。」

但我叫不醒他，所以，就只有那麼一個晚上，我把他抱上我的床、和我躺在一起，然後，我輕輕把手放在他的光滑額頭，然後，就像我母親以前為我所做的一樣，溫柔撫摸，直到他恢復平靜。

等到他終於看起來安適自在，我抱他回去睡他的床。等到他一早醒來，細述晚上看到我的那段回憶的時候，我會告訴他，那只是一場夢而已。

夜半時分，我突然睜開雙眼，發現我們陷在深雪之中。

從我的臥室窗戶望出去，在馬洪太太屋外車道底端街燈所投射的光束之中，大雪紛飛。

到了早上，我被手機鬧鐘吵醒，我趕緊從床邊桌抓起手機，按下取消鍵。螢幕上有一封簡訊，不意外，寄件者是貝塔妮：

路況大亂！我到不了:(

「不！」我大叫，立刻起身走到窗前，一層深厚白雪覆蓋萬物，我再次大叫，「不！」

我聽到湯瑪斯的腳步聲，從走廊朝我房間而來，他敲門之後，開了門。

他問道，「怎麼了？」

「貝塔妮今天不能來，」我說道，「她被雪困住了。」

他回了我一聲，「太好了！」等到我發現湯瑪斯以為這表示我今天會在家陪他的時候、已經太遲了。

「不，」我說道，「抱歉，湯瑪斯，我沒有休假了，我得去上班。」

他的小臉皺成一團，我伸出雙手托住他的臉龐。

我再次坐在床邊，開始沉思。

湯瑪斯把他的小小下巴擱在我的肩頭，輕盈如鳥。

「我要去哪裡？」

我回道，「我還不知道。」

「我可以跟妳一起去上班，」他說道，「我可以坐在後座。」

我露出微笑，「恐怕是不行。」

我抱起他，讓他坐在我大腿上面，兩人都在想接下來該怎麼辦。

我滿心不願，第一個先找奇伊。她以往曾經有幾次幫忙照顧過湯瑪斯，都是真正的緊急狀況。但我不抱希望，果然，她沒接電話。

接下來，我找卡拉，湯瑪斯先前的兼職保姆。

不過，卡拉最近在中心城的某間保險公司上班，她充滿歉意告訴我，她的辦公室今天正常上班。

我想，最後就是找艾許莉了。我打她手機，沒接，我傳了簡訊給她。

趁著等待艾許莉回覆的空檔，我餵湯瑪斯吃早餐，凝望窗外，依然在下雪，屋宅外頭的車道必須要鏟雪，不然我什麼都不能做。

我吩咐兒子，「穿上你的靴子。」

當我住在里奇蒙港的時候，我有固定健身的習慣。我做混合健身，非常短暫的一段時間，甚至還加入了某個男女混踢的足球隊。每個禮拜大汗淋漓個三、四次，總是可以讓我保持心情平靜。不過，最近我沒有空。

我給了湯瑪斯一把小鏟子，請他幫忙。他在同一個地方挖了二十分鐘之後，轉移焦點，開始專心蓋白雪沙堡。

當馬洪太太出現在她家門口的時候，我大約還剩下一點五公尺就可以完全清空車道。

「妳不需要做那種事，」她對我大叫，「又不是妳的工作。」

我回她，「沒關係。」

「我可以付錢找查克過來，」馬洪太太說道，「他通常會幫忙。」

查克是我們隔壁鄰居的十多歲兒子，他會過來耙土或清掃賺外快，我猜下雪的時候會過來鏟雪。

我繼續幹活。

「好，反正呢，」馬洪太太說道，「謝謝妳。」

我回道，「不客氣。」然後，我靈機一動，看了一下手機，還沒收到艾許莉的回訊。

「馬洪太太，」我問道，「妳今天有什麼計畫嗎？」

馬洪太太皺眉。

「米可，我從來不排任何計畫。」

我從來沒有進入過馬洪太太的家裡。我當初簽租屋合約的時候，地點是在樓上的公寓。今天，馬洪太太為我們打開門的那一瞬間，我嚇了一大跳。也不知道為什麼，我老是覺得應該與奇伊家是走同一路線，到處都是小飾品，需要更換的老舊地毯。不過，裡面幾乎沒什麼家具，而且乾淨得一塵不染。地板是硬木材質，但到處都有小地毯。家具幾乎都是高級品，到處都看得到現代藝術作品，大型的抽象畫，有筆刷的紋理，很不錯的創作。是馬洪太太自己畫的嗎？我問不出口，但我很好奇。

我改採另一種策略，「我喜歡妳的這些畫。」

「謝謝。」但馬洪太太沒有進一步多說。

我說道，「要麻煩妳真是很抱歉。」

湯瑪斯站定，動也不動。我看得出來，他覺得既新奇又害怕。他微微向右傾，仰頭望著階梯，我猜馬洪太太的臥房就在那裡。

我把手伸入口袋，拿出皮夾，打開時拚命祈禱能拿出一些現金，但只有二十美金。

「嗯，」我把它交給馬洪太太，「請收下吧，我今天出去的時候會再多領一點給你。」

馬洪太太大手一揮，兇巴巴說道，「別鬧了。」

「拜託，」我回她，「請讓我表示一點心意，不然我會很內疚。」

馬洪太太站得直挺挺的，「我堅持不收。」我沒辦法勸服她。

「裡面有一套備用的衣服，」我說道，「還有一些書和玩具，我也已經幫他做好了午餐。」

我沒有告訴她的是：他才四歲而已，有時候，還是會尿床。電視上的恐怖事物會讓他嚇得半死，就連新聞也是。我看著湯瑪斯，我知道我要是對馬洪太太講出這件事，湯瑪斯並不會對我心存感激。

「妳不需要這麼費事，」馬洪太太說道，「我可以幫他弄點東西吃。除非這位年輕人不喜歡吃花生醬三明治。」她面向湯瑪斯，開口詢問，「你喜歡吃花生醬三明治嗎？」

他點點頭。

「既然這樣，很好，看來我們會相處得很愉快。」

我跪下來，挨在湯瑪斯身邊，親了一下他的臉頰。「你一定要乖，很乖，」我對他說道，「你知道很乖是什麼意思？對嗎？」

湯瑪斯再次點頭，「要聽話。」他伸手指耳朵。

他現在努力裝勇敢，他今天待在這裡一整天會做些什麼？

雖然我覺得馬洪太太早就有我的電話，但我還是在她室內電話旁邊的某本記事本上面、寫下我的手機號碼。

「不管是什麼事，」我說道，「隨時找我都不成問題，真的。」

然後，我走出大門，努力不回頭顧盼湯瑪斯，當我向他告別的時候，他的下巴在微微顫抖，我知道今天自己在執勤的時候，那個表情會在我心頭一直揮之不去。

前去上班的途中，我一直在擔心。我做了什麼？我到底把湯瑪斯留給了誰？我對馬洪太太幾乎一無所知，雖然我聽過她提起自己有個姊妹，但我根本不知道她任何一個家人的名字。我不知道馬洪太太健康狀況怎麼樣？萬一她突然昏倒了呢？我好擔憂，萬一她對湯瑪斯不友善呢？

然後，我一如往常，提醒自己，別把他當嬰兒了。我告訴自己，米可拉，他快要五歲，而且能力越來越強。

今天比昨日暖和，而且雪勢已停，開始融化，鏟雪車壓過的地方已經出現了棕色水坑。貝塔妮要是願意的話，來到我們家絕對不成問題。

艾亨警佐今天早上負責點名，結束的時候，我去找他，詢問他是否有收到我的留言。

他反問我，「什麼留言？」

我說道，「昨晚我留了語音留言給你。」

「哦有啊，收到了，」他回我，「怎麼了？是不是想要談一談？」

我對著禮堂四處張望，至少有三名員警、站在可以聽到我們對話的範圍之內。

我悄聲說道，「事情有點敏感。」

艾亨警佐嘆氣，「好，我辦公室現在有人在試穿防彈背心，等一下要參加陪同執勤之旅，」他說道，「所以，不如還是就在這裡告訴我吧，除非妳要把我拉進廁所那就另當別論。」

我再次望向其他員警，其中有兩個符合阮的預測：四十多歲的白人、男性。

我開口問他，「你今天午休時間可以撥個二十分鐘給我嗎？」

「好啊，」艾亨回我，「去『蘇格蘭佬的店』？」

那是警察們經常造訪的餐廳。所以，我想要避開那家店，還有，可能會見到同事的其他地方也都一樣。

最後，我開口，「我們約在前鋒街的『轟炸機咖啡店』吧。」

那個早晨過得十分緩慢。不過，大約到了十點鐘的時候，出現了某個狀況，吸引了我的目光：某名身穿橘色外套的男子，正站在肯辛頓與阿勒傑尼的交叉口，神色警覺，雙臂交叉胸前，其中有隻手臂掛著一個塑膠袋，晃個不停。

多克。

我把車停在半個街區之外，盯了他好一會兒。

不知道他有沒有看到巡邏車，就算有，他也無動於衷。反正，距離太遠了，他不可能知道裡面坐的人是我。我利用這一點優勢，又把遮陽板往下拉，發現只要有人經過，他的雙唇就會微微囁動。我覺得他不斷重複的那個字詞很可能是服務，服務，服務：只要花一點點的錢，就可以在街頭買到乾淨的針頭，這裡有許多人靠著這種方式維生，掙來的錢就只是正好能讓他們可以嗨下去而已。某些人提供的服務不止於此：他們會幫你注射，要是你其他可以插針的靜脈都用光的話，通常就是扎脖子；還有一些比較少見的狀況，如果免費診所關門，或是距離太遠，他們會想辦法治療感染，將膿瘡引流——下場通常很淒慘。

我取出手機，找到了楚曼的電話。我遲疑了一會兒，最後還是好奇心勝出。

我傳訊給他，你在忙嗎？我記得上次打電話給他的時候，背景有女人在講話，我不想害他惹麻煩。

他迅速回訊，怎麼了？

我問他，想不想來場跟監？

楚曼花了半個小時才抵達這裡。在那段漫長的等待時光當中，我坐在那裡動也不動，全身緊繃，祈禱多克不會離開那個十字路口，祈禱不會有人接受他的施打服務。我終於鬆了一口氣——他應該是很痛苦——沒有人理他。

———

終於，我的電話響了，是楚曼。

他說道，「看妳的右邊。」

我微微轉頭，過了一會兒之後才發現他在過馬路，但我最後還是認出他來了。楚曼在那裡，一身打扮跟我上禮拜看到的大不相同，因為他今天揹後背包，穿的是寬鬆運動褲，羽絨外套，佩戴冬帽，還有包住口鼻的圍巾，他戴了太陽眼鏡，只有他的練跑身材洩了底。

他開口問我，「妳覺得如何？」他雙眼直視前方，目光刻意避開我的警車方向。

我問道，「你是從哪裡弄來這身裝扮？」

他回我，「臥底小組。」

在我認識楚曼之前，他曾在二十多歲的時候當了十年的臥底，幾乎都是毒品案。

我問道，「有沒有看到那位身穿橘色外套的先生？」

楚曼點點頭。

我說道，「就是他。」

楚曼觀察他一陣子，開口說道，「每個人都在拚命撈錢是吧。」

兩個女孩經過楚曼身邊，特別瞄了他一眼。

「好，」楚曼說道，「我來，等一下我打電話給妳。」

他開始朝我們的目標前進。從他的步伐當中，我認出了某種熟悉的堅定感，我們多年並肩作戰的時候，他所展現的一貫態度。

一個小時之後，我還是沒有聽到楚曼的任何消息，但我該與艾亨警佐會面了。

我傳簡訊提醒他，確認他已經準備就緒。然後，我以無線電進行通知——我撒了一點小謊，報的地點是「轟炸機咖啡店」隔壁的「哇哇」便利商店——然後，我走入店內。

艾亨警佐比我早到。坐在某張桌前，一臉懷疑張望四周，他的姿勢比店內的每一個人都來得端正。

他挑選的桌位靠近廁所，與其他人隔得遠遠的。

當他看到我的時候，他揚起目光，但是並沒有抬頭，我在他對面坐了下來。

他問道，「妳平常來這裡？」

「其實沒有，」我回道，「我來過這裡一次而已，只是覺得我們應該要找隱密一點的地方。」

「嗯……」艾亨睜大雙眼，「這地方很新潮。」

他在諷刺，整個人坐立不安。他面前擺了一杯咖啡，但並沒有問我要不要來一杯。

「所以到底是怎麼回事？」

我迅速瞄了一下四周，附近沒人。

我拿出手機，找出兇案組寄發的那一段影片。我傾身，按下播放鍵，將手機螢幕面向艾亨警佐。

影片播放的時候，我對他悄聲說話。

「昨天我在這附近四處問人，播放這一段……」

我還來不及繼續說下去，艾亨立刻問我，「為什麼？」

我愣住了。

我重複他的話，「為什麼？」

「對啊，」艾亨又問了一次，「為什麼？」

「因為阮警探是這麼說的。」

「妳要聽誰的命令？又不是阮警探，」他說道，「找到這傢伙是他的職責，不是妳的工作。」

我張開嘴巴，但還是闔上了，我不想要偏離話題。

「好吧，」我說道，「以後我會牢記，其實——」

艾亨說道，「我們每天要擔心的事已經夠多了。」

他到底可不可以讓我把話講完？

我等了一會兒，艾亨也是。

「我明白，」我繼續說道，「其實，昨天有人認出了這名嫌犯，我在『大道』上常看到的人，我很熟的某名女子，她告訴我——」這時候我又轉頭瞄了一下後面，然後傾身向前，「——她說那是一名警員。」

艾亨啜飲咖啡。

我往後一靠，等待艾亨的反應，但是他不為所動。

「我相信她的說法，」艾亨終於開口，「她有沒有把他的名字告訴妳？」

我回道，「她沒說。」

我好困惑。

「她可能不知道。」我回艾亨，「她說住在那附近的女人都認識他。」

我壓低聲音，所以只有艾亨聽得到我說話。

「她還說……」

我又不知道該怎麼啟齒才好，這樣的專門語彙聽起來好冰冷。

「他要求性服務，」我說道，「他還出言威脅，如若不從就要把她們抓起來。」

艾亨冷靜點點頭。

「好，」我說道，「我不想直接把這條線索告訴阮警探，因為事情有些敏感，我想要先稟告自己的長官。」

艾亨是不是在微笑？

對於他的反應，我早有多種想像版本，但完全沒料到是這樣。他掀開咖啡杯蓋子，小心翼翼把它放在桌面等涼，裡面冒出了蒸騰熱氣。

「這個，」我問道，「這個是不是你已經知道的事？」

艾亨把咖啡杯湊到嘴邊，吹了一會兒之後才開始啜飲。「哦，」他對我說話的態度小心翼翼，「我不能全部告訴妳，但我可以讓妳知道，我們已經知悉這些指控。」

我問道，「什麼意思？」

艾亨狠狠瞪了我一眼。

「知道這些人的事是什麼意思？妳覺得呢？」

「那你打算拿他們怎麼辦？」我感覺到自己的熱血直衝雙頰，腹部裡有鍋爐在沸騰。

「米可……」艾亨的雙手貼住太陽穴，開始搓揉，看起來是在考慮要不要繼續說下去，然後，他說道，「米可，如果是沒有錢的混混，跑到了『大道』，想要找一點宣洩，有什麼方法可以找人做免費的？」

我陷入遲疑，但也只有一會兒而已。

艾亨點點頭

「妳懂了嗎？」他說道，「當然會假裝自己是條子。」

我不發一語，別開目光。我退縮了，是有這個可能，這種事偶爾會發生。但寶拉很聰明，實在無法想像她會被這種方式給騙倒。

「反正，」艾亨說道，「妳聽我說，如果妳想要讓心情舒坦一點，那我就把這項指控轉述給阮警探以及內部事務局。是誰說的？」

我回道，「她不肯報案。」

「好，那這件事就只有妳知我知了，」艾亨說道，「我不能去內部事務局通報匿名的指控案，他們會哈哈大笑，把我趕出去。」

我又開始游移不定。

「不然我就什麼都不說了，」艾亨說道，「妳自己決定。」

我問道，「絕對不講出去？」

「絕對不講出去。」

我說道，「寶拉・莫洛尼。」

利他主義道德的定義，就像是波威爾老師為我們所闡釋的一樣，為最大多數的人所謀求的最大福利。當我放棄寶拉的時候，心中浮現的正是這個念頭。

艾亨警佐點點頭，「我記得這名字，」他說道，「我們抓過她，有一兩次對吧？」

我回道，「或者是三、四次。」

艾亨起身，手裡依然拿著他的咖啡，他把蓋子放回去，態度悠閒伸懶腰，讓我知道這場會議已經結束了。

「我會轉達消息。」

我回他，「謝謝。」

「還有，米可，」他緊盯我的雙眼，「專心自己的工作就是了，好嗎？妳負責二十四管區，沒時間招惹其他的事。」

回到車內之後，我以無線電通知調度員，我已經吃完午餐。然後，我坐在裡頭生悶氣。若說以前我不喜歡艾亨警佐，那麼，現在已經到了讓我破口大罵的地步。他對我講話時、彷彿這是多此一舉的姿態，還有他坐在那裡，傲慢點頭儼然早就知道一切的模樣。最後，我覺得無能為力，檢查自己的手機。

有一通楚曼．道斯的語音訊息。

我聽留言。

「米可，」他說道，「盡快打電話給我。」

我雙手在顫抖，我回撥，等他接起電話的空檔，我開車準備前往「大道」。

「接啊，」我低聲說道，「接啊，快接啊。」

沒回我，我又打了一次。

他在鈴響的最後一聲接起來。

「米可，」他問我，「妳人在哪裡？」

「前鋒街與珊瑚街的交叉口，」我說道，「前鋒街北行方向。」

他說道，「我會在艾默拉德街與坎布蘭街與妳會合。」

我差點就錯過通往艾默拉德街的岔路，趕緊危險急轉，我突然小屁孩上身，害附近有兩台車趕緊急煞。

我幾乎不認識最近的自己了。

我問楚曼，「她還好嗎？」

他回我，「我不知道。」

我去接他的時候，他已經換了衣服。我唯一認得的東西是他的後背包。我猜裡面應該是他當臥底時的衣裝。他又換上了牛仔褲，可以看出穿戴了支架，少了圍巾與太陽眼鏡，甚至連羽絨衣也不見了。

他上車，奮力擠進副座，關門的時候四處張望。

他說道，「我們先離開這裡吧？」

這提議似乎不錯。我又向東南方前進，前往魚鎮。

我問道，「怎麼樣？」

「我向他買了針頭，」楚曼說道，「我告訴他，我來自巴克斯郡，詢問他是否知道哪裡可以弄一管。」

我點點頭，這是某種熟悉故事的開端：這地區有一半吸毒過量的人都是如此，住在郊區的人前來冒險，找尋一點解癮的毒品，後來癮頭越來越大，在這樣的過程中就開始出賣自己或自己的身體。會要人命的強勁芬太尼攻進了以海洛因為大宗的這個區域，就連大多數有經驗的老毒蟲也因此喪命。

「他對我說道，『跟我來……』」楚曼告訴我，「然後他開始沿著『大道』一路北行。」

「他有沒有跟你說什麼？」我問他，「有沒有提到任何有關他自己的事？」

「他說，『你不是條子吧？』」楚曼說道，「我告訴他，『幹，我最恨條子。』然後，他就什麼也沒說了。」

楚曼清了一下喉嚨，瞄我，然後繼續說下去。

「他帶我走到某條名叫麥迪遜街附近的小巷弄，到了那裡之後，可以鑽進某棟雙拼棄屋的後門。好，所以四下無人，多克開始講他自己的貨，還說絕對純到不行。他問我需要多少，需要嗑多少的量。他還告訴我，他是醫生，要是我願意付錢的話，他可以幫我施打。我回他，『沒這個需要。』

「他盯著我，目光有些嚴厲，然後對我說道，『你確定嗎？要是你想在這裡面搞定也可以。』

「就在這個時候，我變得緊張兮兮，開始盤算脫逃計畫，我覺得他已經知道我是條子。當年我臥底的時候，我有支援小組，我身上有竊聽器，也有脫逃計畫。

「所以我給了他一些錢，他收下，叫我在那裡等他。我問他，『你不會就這麼拿錢閃人吧？』

「『不會，』他這麼告訴我，『要是我幹這種事，早就混不下去了。』然後，他進去裡面，推開掩蓋大門的合板，整個人不見了。」

我打斷楚曼。

「你有沒有門牌號碼？」

「我也很想查個清楚，」他說道，「但實在沒辦法。那是一棟有白色壁板的房子，遮蓋黑色窗戶的某片木板上有噴漆，三個字母BBB。」

「反正，」楚曼說道，「當我一發現他消失在裡面之後，我立刻湊到其中一扇窗戶前面，想要看清楚裡面的狀況。我透過木板隙縫觀察，但裡面昏暗，看不到什麼東西。我覺得自己看到了至少四個人，也許更多，每一個人都在恍惚狀態。其中一個看起來是死了，」楚曼說，「應該死亡已經有一段時間了。

「我看過這種房子的次數已經數也數不清，對我來說，這種景象就像是地獄層一樣。」

「我專心聆聽，」楚曼說道，「裡面似乎有人正踩踏樓梯上去。一秒鐘之後，他又下來，我看到這個名叫多克的傢伙朝我走來，直接走向房子的後頭。我嚇得後退轉身裝忙。

「『喂』，」這傢伙說道，「『確定不要我幫你注射嗎？五塊美金就好。』

『不用了，』我告訴他，『我自己來。』

「他打量我，『不要在我家附近打針，』他說道，『記得要先測試一下。』

「我謝過他，準備離開，真希望可以再朝裡面多望一眼。也許他注意到我的遲疑，因為他問我，『是不是還需要別的？』我問他，『比方說？』這人渣回我，『美眉啊。』」

我全身發冷，楚曼看了我一會兒之後才繼續說下去。

「我說，『可能吧。』他回我他說道，『想看照片嗎？我有。』

「我說我要看。他拿出手機，開始滑那些女孩子的照片。米可，我看到了凱西。」

我點點頭，知道該來的總是要來。

「那人渣問我，『有沒有看到喜歡的貨色？』我說有，但我想要先打一管。我告訴他我之後會再過來。他把他的電話號碼給了我，『需要什麼就打電話給我，』他告訴我，『我是你的人，知道嗎？我是醫生。』」

我目視前方。

楚曼問我，「妳還好嗎？」

我點頭，現在我有一種源於內心深處的憎惡感。

我詢問楚曼，「她看起來怎麼樣？」不過，我說完之後才發現我講得太小聲，他根本聽不到。

我又問了一次。

楚曼反問我，「什麼意思？」

「照片，裡頭的她看起來怎樣？」

楚曼挺起下巴，「她……」他說道，「她沒穿多少衣服，她身材枯瘦，頭髮染成了亮紅色。看起來剛被打，有一隻眼睛腫了起來，我沒辦法細看。」

我心想，但她還活著，但她應該還活著吧。

「還有一件事，」楚曼說道，「正當我要離開的時候，有人突然出現了。面貌兇狠的男人，到處都是刺青，似乎是多克的朋友。那傢伙手指多克，很高興見到了他，然後開口問道，『麥克拉奇，最近怎麼樣？』」

我回道，「麥克拉奇……」

楚曼回我，「沒錯。」

「康納・麥克拉奇……」我想起了那張臉書照片，底下寫著康納・多克・法米薩爾。

楚曼點頭，然後下巴又朝警車中央控制台的攜帶型數據終端機指了一下。

他問道，「可以嗎？」

「你自己來吧。」這感覺像是回到了往日時光：在我開車的時候，我的夥伴負責處理文件。

楚曼病假中，無法登入帳號。所以我把我的帳號給他，讓他在「費城犯罪資料中心」資料庫進行搜尋。

我開車的時候努力盯著前方，卻差點打滑撞到對向來車。

「天哪，米可，」楚曼開口，「停車！」

但我不想。除非我們開得夠遠，遠離這裡，不會有別人認出楚曼，否則我絕對不停車。我繼續掃視前方路面，透過鏡子四處張望，擔心真的會遇到哪個同事，或是艾亨警佐。

我說，「大聲唸給我聽就是了。」

楚曼自己看了一會兒，然後，他說道，「好，來了。麥克拉奇・康納，一九九一年三月三日，出生於費城。年輕人……」他說完之後瞄我。

我問他，「還有什麼？」

他低聲吹口哨。

「怎樣？」我說道，「直接跟我說。」

「好，」楚曼說道，「琳瑯滿目，從持槍搶劫、攻擊、非法持有槍械都有。曾經入獄三次——等等，是四次——五次之多。」

他又停了下來。

「怎樣？」

楚曼說道，「看來他曾經在這裡因為拉皮條而遭到起訴。」

拉皮條。很不尋常。因為在肯辛頓討生活的女子其實大多是個體戶，但只要是規則就一定會有例外。

他又停頓了一會兒，「他還揹了一條通緝令，這可能多少有點幫助。」

我回道，「可能吧。」

我瞄了一下儀表板上的時鐘，執勤快要結束了。把湯瑪斯從馬洪太太手中解救出來、讓馬洪太太可以脫身湯瑪斯的時間點也即將到來。而且，我沒有回應傳呼的時間也未免太久了一點。

「你的車在哪裡？」楚曼告訴了我地點。

我沉默了好一會兒。

終於，我開口問他，「你覺得她在那棟屋子裡嗎？」

楚曼思索許久。

「我不知道，」他說道，「是有這可能，樓下沒看到她的蹤影，但還有二樓，我知道上面很熱鬧。」

我點點頭。

「米可，」楚曼說道，「千萬不要做傻事。」

「不會，」我回他，「一定不會的。」

然後，楚曼電話響了，他瞄了一眼，然後請我停車，我對他說道，「我可以載你去你停車的地方。」

「沒關係，」楚曼回我，「也不遠。」

他似乎急著要下車，手機依然響個不停。

他離開的時候，輕輕敲了一下警車的車頂。

我這時才驚覺，自己根本沒有把我與艾亨在午餐時間會面的事告訴他。如果有誰能對這方面提出建議，那就非楚曼莫屬——但他已經在忙著接電話了。

我盯著他步行離開。

這再次引發我的好奇，他到底和誰在通話？

終於，今天總算結束了。不知道湯瑪斯今天過得怎麼樣，我擔心了一整天。分開了一段時間之後，我渴望重新與他互動的快感：迅速來一管能夠讓雙肩舒緩、放慢呼吸節奏的多巴胺。

當我到家的時候，天色幾乎一片墨黑，根本還不到五點。我痛恨這樣的日子：冬日最陰暗時光的那種幽黑。每一道閃現的陽光看起來都好可口，像是什麼可以吞下肚的甜點，儲藏體內捱過漫漫寒夜。

我回家注意到的第一件事是馬洪太太家中沒有開燈。我的胃突然一陣抽痛，揪了那麼一下而已。我下車，小跑涉雪而過，爬上大門階梯。我按了電鈴，沒等多久，也急忙伸手敲門。

我把臉貼住大門側邊的玻璃，努力觀察裡面是否有任何動靜。他們在哪裡？我已經準備要踢門了，我又回到了工作模式，把手放到武器附近。

正當我打算再次敲門的時候，大門突然旋開。馬洪太太站在另一頭，後方的空間一片昏暗。沒有湯瑪斯的蹤影。她盯著我，大眼鏡上方的雙眼眨啊眨個不停。

我問道，「湯瑪斯在裡面嗎？」

「當然，」她說道，「妳還好吧？猛敲大門的那個碰響，天，差點害我們嚇出心臟病。」

「對不起，」我說道，「他人在哪裡？」

就在這時候，他出現在馬洪太太的身邊，上唇有一抹紅色的長狀污漬，他剛剛喝了甜的飲料，露出開心大笑。

「我給他吃了小餅乾，希望妳別介意，」馬洪太太說道，「我放在櫥櫃裡，為甥孫過來時所準備的點心。」

我們住在這裡這麼久，我從來沒有見過馬洪太太的甥孫。「沒關係，」我說道，「這是特別的款待。」

湯瑪斯因為興奮而尖叫，「我們剛剛就像在電影院裡面一樣看電影哦！」

馬洪太太解釋，「他的意思是我們做爆米花，關掉所有的燈。快進來，妳這樣讓冷風都灌進屋內了。」

我進入屋內，湯瑪斯忙著穿鞋子與外套，我注意到玄關牆面掛的某張照片，看起來像是古董照，粗粒畫質，很破舊。裡面有好幾排孩童，年齡從幼稚園到十多歲不等。後面兩排是修女，身穿開襟毛衣與裙裝，還有簡單的修女頭套，就像是凱西與我以前念的教會學校的修女打扮。那是黑白照片，很難判斷是什麼年代。很難想像馬洪太太曾經也是個小孩，不過，這張照片卻道出不一樣的故事。我立刻掃視那些小孩，想要找出她是哪一個，但馬洪太太卻立刻輕碰我手肘。

「趁他現在準備出去，」她悄聲說道，「我得要告訴妳，那個男人又過來找妳了。」

我的心陡然一沉。

我問道，「湯瑪斯有沒有看見他？」

「沒有，」馬洪太太回我，「我從窗外認出他，所以我叫湯瑪斯先上樓一下，然後我告訴他，妳已經不住在這裡了，完全跟妳交代的說法一樣。」

真是鬆了一口氣。

我問道，「他作何反應？」

馬洪太太回我，「看起來是很失望。」

「沒差，」我說道，「他失望透頂也是他家的事。他相信妳的話嗎？」

「應該吧，」馬洪太太回我，「他非常有禮貌。」

我回她，「他很會演。」

馬洪太太挺起下巴，點點頭。

「妳厲害，」她說道，「反正，我覺得男人幾乎都沒用。」

她想了一會兒，又補了一句，「其中有一兩個吧，我還可以忍受。」

當我們進入公寓的時候，湯瑪斯有一大堆故事想告訴我。

「馬洪太太讓我看《EP》。」

「什麼是《EP》？」

「一部電影，有個人騎小孩子的單車。」

「有個人？」

「怪獸。」

我回他，「是《ET》。」

「他還說，『EP要打電話回家』，馬洪太太還教我要怎麼用手指做那個動作，就像這樣。」

他朝我伸出他的小小食指，我也以我的食指尖碰了他一下。

他又重複了一次，「就是像這樣。」

我問道，「你喜歡那部電影嗎？」

湯瑪斯回我，「是啊，雖然很可怕，但她還是讓我看了。」那部電影讓他好興奮，也許，還因為攝取了過多糖分。

「你害怕嗎？」

「沒有，它真的很可怕，但是我並不害怕。」

「很好，」我回道，「聽到你這麼說我就安心了。」

不過，那天晚上，等到我把湯瑪斯哄上床之後，我卻被小腳走路的趴嗒趴嗒聲響吵醒了，是湯瑪斯，裹著被子，其實，那模樣就很像是他今天觀看的那部電影的主角。

他一臉嚴肅宣布，「我很怕。」

我說道，「沒關係。」

「我說謊，因為我怕死了。」

我又安慰他一次，「沒關係。」

他不說話，咬著下唇，目光望向地板，我知道接下來會發生什麼事。

我語帶警告，「湯瑪斯……」

「我可以睡妳的床嗎？」他雖然這麼問，但語氣已經透露出無奈，他已經知道了答案。

我起身，走到他面前，牽起他的手，帶著他進走廊，回到他的房間。

「你已經快要五歲了，」我對他說道，「幾乎是大人了，可以為了我勇敢一下嗎？」

在昏暗的走廊裡，我看到他點點頭。

我把他帶進他的房間，為他打開夜燈。他爬上床，我為他掖被，然後摸著他的頭。

「你知道嗎？」我告訴他，「我分別聯絡了卡洛塔與莉拉的媽媽，邀請她們參加你的生日派對。」

他沒接腔。

「湯瑪斯？」

他不肯看我。就在那一刻，我陷入遲疑，但我想起了自己看過的所有相關書籍，要如何在小孩身上灌注力量與自立自強，以及在小時候教導孩子信心與獨立、才是確保孩子最終能夠成為適應力良好的公民與成人之關鍵。

我告訴他，「她們答應嘍……」

然後，我對他的額頭親了一下，默默離開房間。

第二天早上我得去法院作證。審理的是上個禮拜的家暴案，小羅伯特．穆維是被告。看來他妻子雖然先前很抗拒，但似乎現在已經下定決心要提出告訴，葛洛莉亞．彼得斯與我都被傳喚作證。

這本應該是一起稀鬆平常的案件，例常的一日，只不過多了一種一見到穆維就會產生的強烈不自在感。他對我死盯不放，而且每當我們四目相接的時候——我總是百般不願——我知道他認得我。我一直拚命回憶到底在哪裡見過他，但就是想不起來。

我還不知道他是否被定罪，就先走人了。

我回到自己的座車內，忍不住一直望著儀表板上的時鐘。

我對康納．麥克拉奇所知不多，但其中之一是每天約莫在下午兩點半，他就會待在萊特先生的店裡施打毒品與取暖。也就是說，那時候他一定不在那間屋子裡面。

千萬不要做傻事，這是楚曼昨天對我的叮嚀。但我認為跟追線索並不愚蠢，其實，反而是明智之舉。

現在是早上十一點，也就是說，在我過去之前、還有兩三個小時的時間可以安心勘查那個地方。我盡量不要一直盯著時鐘，但就是忍不住開到了那個名叫麥迪遜的小街道，兩次——我不能去太多次，不要搞到引發有人警覺或驚慌的程度——然後，側頭觀察楚曼所描述的那一整條小巷弄。

如果說中心城的輪廓——全部都是直角與對稱——是規劃費城的沉穩與理性思維的明證；那麼，肯辛頓就是原始意圖必須被迫扭曲的明證。這一區四處散落小型公園，許多都是奇形怪狀，除了前鋒街堅實的筆直線條、還有肯辛頓大道的對角線之外，肯辛頓的其他街道都略顯偏斜，以微歪狀散布在酒街、市場街，以及南街之類的中心城赤道線外圍。肯辛頓街道的起點與終點都是莫名其妙冒出來；隨便過了哪條小巷之後就根本不連貫了。麥迪遜街跟東麥迪遜街各自分開，而西薩斯奎哈納大道到東就急彎陡落，大剌剌跑到了東坎布蘭街的下面。大部分的肯辛頓小道都是住宅區，街上的磚造與灰泥立面連屋櫛次鱗比，被拆除的區域除外，我覺得那些空地就像是缺牙一樣。某些區塊維持的狀況比較好，只有一兩間被查封的廢屋，而其他區域則因為居民的困苦災厄而變得一片荒蕪，在這樣的地段，幾乎所有的房子看起來都無人居住。

許多肯辛頓的小街裡面還有更小的巷弄互相交錯，這些房屋都是以後方面對街道，看起來就像是不爽路人、氣噗噗背身一樣。通常，車子無法進入這些巷弄。

我現在緊盯不放的就是這種巷弄，拚命尋找楚曼所說的有三B塗鴉的那棟屋子。

不過，要是它真的存在，我所身處的位置是看不到的。

時間逐漸迫近，我停好自己的警車，進入阿倫佐的商店。他抬頭，正確研判我現在沒打算買咖啡，於是不發一語，指向他讓我存放便服的那個櫃子。

「謝謝你，阿倫佐。」我進入廁所，然後，盡量展現所有的尊嚴，身穿我的過大黑色運動褲與T恤，再次現身。

我不發一語，只是點點頭，把我的制服與袋子放回櫃架，然後走出門外。這一次，我把我的無線電與武器也放在裡面了，在我的這一身便服之下，我沒有辦法隱藏手槍皮套。

我小跑奔向麥迪遜街，這樣可以讓我保持身體溫暖。我看了一下手錶，正好是兩點三十分。

我轉進街口的時候，放慢速度，然後走到了與它垂直的那條巷弄，我努力擺出輕鬆姿態，但應該是完全沒有效果。

找到了，就在巷底：那間有問題的屋子的背面。白色牆板，有兩扇後窗，其中一扇的封板上噴有三個B。本來是後門的那個位置，有一塊破爛的大型合板，看起來應該是可以輕鬆側推，我猜這裡的臨時住戶就是靠這方式進出。

我把臉湊向蓋住窗戶的封板，想要透過隙縫窺探裡面的狀況，但完全沒有辦法，屋內太昏暗，看不到什麼。我遲疑了一會兒，然後迅速敲了一下蓋著大門的木板。要是多克應門的話，我也不確定自己之後該怎麼辦。

我等了一會兒，然後又等了好長一段時間。再敲，還是沒有人應門。

終於，我推開遮蓋的木板，腳步猶疑，走了進去。

一進去之後，迎面撲來的是這類房屋的熟悉氣味，還有陰暗建築的濃烈冬日寒氣。我覺得屋內的冷甚至比戶外的冷更令人痛苦，不會有陽光透入這種廢棄房屋，窗戶都被封成這樣當然不可能。空氣凝滯酷寒，就像是待在冷藏室裡面一樣。

我走了兩步，然後等待雙眼適應光線。地板木條發出危險的吱嘎聲響。其實，我很擔心自己踩錯——或是踩空——立刻摔落到地下室。

真希望我有配戴警用腰帶，這樣的話我就可以拿出自己的手電筒。我只好握住手機，打開了手電筒應用程式。

我拿著手機四處搖晃，照亮自己身處空間的四個角落，就在這時候，我才驚覺自己以為會看到人體：是死人還是活人，我不確定，但都沒有看到。地上只有幾個床墊，上面堆了紙箱、垃圾桶，以及毯子，還有一些布——很可能是衣服——還有其他一些我認不出到底是什麼的物品。這棟棄屋，至少現在看起來，真的是被徹底遺棄。

我回憶楚曼描述自己與多克初次見面的情景，想到他曾經提起多克似乎上樓之後就不見人影，但我沒有看到階梯，至少，沒有辦法立刻辨識出來。

我一次只敢前進個兩三公分，以手電筒照亮屋子的前端，也就是我進來的地方的對面。我看到了前門，還有玄關前的某堵牆，牆面開有一道小小的門檻。我知道了，階梯一定是在那面牆的另一頭。

我的雙眼終於比較適應了，也讓步伐多了一些自信，突然之間，有一股新的緊迫感逼迫我向前，我心想，一定要進去，然後也要出得來。

我迅速登梯，抓住我左手邊的簡陋欄杆，跨過了好幾個朽爛的階面。

我到了梯頂，看到有張臉回盯著我，雙眼瞪得好大。

我的手機哐啷摔地，但我也同時驚覺那是我自己的臉，是掛牆上的某面鏡子中的映影。

我全身發抖，重新拿起手機，開始以逐一檢查房門的舊有習慣模式找妹妹。

我發覺我一直在猛力嗅聞空氣，想知道是否有腐爛屍體的跡象。不過，雖然這間屋子臭氣沖天，但我卻沒有發現那種人屍的獨特噁心氣味，好慶幸。

缺了馬桶與浴缸的廁所，地板上殘留兩個嚇人的大洞。

某間臥室裡放了張舊沙發，一疊雜誌，地上還有些用過的保險套。

另一間的地板上有張光禿禿的床墊，牆面掛了黑板，上面有幼稚筆觸的粗線條痕跡。樓上房間的窗戶並沒有封板，我靠著流瀉進來的日光、看到了這位藝術家所描繪的景象：某道天際線，由高樓大廈建構而成的城市，以小點代表無數的窗戶。我仔細端詳，不知道這是在房子遭到廢棄之前就留下的東西？或者是哪個孩子最近的畫作？黑板下面的木頭溝槽有三支短胖粉筆，我忍不住伸手拿了一支，在右下角畫了一個小小的不起眼記號，我已經好多年沒畫過黑板了。

當我正打算把粉筆放回溝槽的時候，聽到樓下有人進門的聲音。

我整個人不禁抽搐了一下，粉筆以弧狀慢慢從溝槽摔落地面，發出了清晰的銳利碰響。

「誰在樓上啊？」開口的是名男子。

我的目光急切飄向離我最近的窗戶，我心想，要是我打開它，從二樓摔落到一樓的話，傷勢會有多嚴重？

我還來不及做出決定，聽到了上樓的沉重腳步聲，我愣住了。

真希望現在自己手邊有槍。

我讓對方看得見我的雙手，然後清了清喉嚨，準備說話。

對方在二樓梯台停下腳步。我剛剛進入這間臥室的時候，關上了門，但是並沒有上門閂，我的心臟在胸腔不斷重鎚，彷彿想要從我的喉嚨迸飛而出，我覺得我都快要嚐到心臟的味道了。

砰一聲，臥室的門開了，剛剛有人出腳狠踢。

一開始的時候，我沒有認出他。

他被打得很慘，他的右眼腫脹得完全張不開，一片黑綠色。鼻子似乎是斷了。耳朵也腫了起來，上唇亦然。

不過，他的髮型讓我覺得很眼熟，那件橘色外套也是。

我開口問道，「是多克嗎？」

現在我全身顫抖，膝蓋磕碰在一起。我出現異常反應，覺得好尷尬。我很想說，這裡好冷，我發抖是因為我覺得冷。

多克開口，「媽的妳在這裡幹什麼？」

我回他，「我要找你啊。」

我在隨機應變。

他往前一步，速度徐緩。

「妳是怎麼找到我的？」

「我四處打聽，」我回道，「你也知道，我認識這裡的人。」

他發出宛若大笑的聲音，但很痛苦。他伸手摀住側身，不知道他肋骨是不是斷了。

「妳身上有什麼？」

我陷入遲疑，也就只有那麼一分鐘而已。我要是謊稱我有帶槍，他相信的機率是微乎其微。但要是他信以為真，可能會讓我有脫逃機會。不過，我不知道他會不會信我，所以虛張聲勢可能是在耍蠢。

「什麼都沒有。」

「把妳的雙手舉起來。」

我乖乖照做，他走過來，拉起我的T恤，然後，又低頭看我的褲頭腰帶，然後對我搜身。

他輕聲細語，「我應該殺了妳才是。」

「抱歉？」

「妳家人對我做了這種事，」他說道，「我應該殺了妳才是。」

我定住不動。

「我不懂……」

「我不懂……」多克模仿我講話，在嘲弄我。

「凱西說起妳的時候，有件事一直掛在嘴邊，」他說道，「就是妳超級聰明。她可能對妳生過氣吧，但她一講到妳的那種態度，妳會以為妳是亞佛列德．愛因斯坦。」

我低頭望著地板，不發一語，但我超想開口，我必須努力按捺衝動，以免講出愛因斯坦的名字其實是亞伯特。

「所以，當妳說妳不懂的時候，我不確定是否可以相信妳。」

我的目光依然盯著地面，盡量不要違抗對方。其實，念警校的時候，在他們的教導內容中、我覺得有一個原則非常受用，就是無法光靠言傳而透露的訊息，必須要利用肢體進行表達。

多克指著自己的臉，「妳抬頭看，」他說道，「抬頭看看我啊，」他勝之不武。「妳覺得這看起來公平嗎？如果妳遇到了鮑比．歐布萊恩，妳應該要告訴他，隨時要注意背後。」

鮑比。

我閉上雙眼，想起在感恩節的時候、他聽到多克名字時所流露的那一抹詭譎神情。

「如果是我表哥做的，我要向你誠摯道歉，」我說道，「你應該知道我很少跟他講話，我們不是很親。」

他發出冷笑，「是啦。」

「我們真的不熟，」我說道，「如果他對你做出那種事，那是他的個人行為，我和那件事一點關係都沒有。」

多克不說話，正在打量我。

他身體晃動了一下，搔頭。

「我為什麼要相信妳？」他終於開口，「這聽起來很怪，但我相信妳。」

「很好。」我微微抬頭，揚起目光，然後又再次低斂。

他似乎很驚訝。「哼……」

「不過，」他說道，「要是妳看到他的話，妳告訴他，不要再跑來『大道』，這裡有很多人都挺我。」

我回道，「我會轉達。」

他再次大笑，然後轉為竊笑。「妳的手可以放下來了，」他說道，「一定很瘦吧。」

他問我，「妳來這裡到底要做什麼？」

「找凱西。」

我已經編不出任何理由了。

他點點頭，又繼續問我，「妳愛她嗎？」

我愣住了。

「她是我妹妹。」我的措辭小心翼翼，「她也是我管區裡的市民。」

多克又笑了，這次是輕笑，「妳真是怪咖。」

然後，他說道，「喂，滾啦，我老實告訴妳，我不知道她在哪裡。」

「好吧，」我回道，「謝謝你。」

我不知道他是不是講真話，我不知道自己是否想要就這麼全身而退。剛才他伸出雙手對我搜身的那種感覺依然殘留不去，讓我冒出了雞皮疙瘩，我必須要洗個澡。

趁他還沒改變心意之前，我朝向房門走去，進入走廊，不過，正準備要下階梯的時候，他又叫住我。

「米可！」

我緩緩轉頭，多克現在站在背光位置，成了整個人被窗戶框住的剪影，我看不到他的表情。

「妳應該要更小心才是，」他說道，「還得為兒子多著想。」

我全身肌肉緊繃，彷彿準備打架。

我語氣緩慢，「你剛剛說什麼？」

「我說妳有個兒子，」他回我，「叫湯瑪斯，對不對？」

然後，他坐在角落的床墊，痛苦俯低身軀，終於成功躺平。

他對我說道，「就這樣。」

他閉上雙眼。

我離開了。

多克講出我兒子名字，湯瑪斯，那股聲音在我耳內迴盪。如果他打算威脅我，那的確成功了。

我坐在車裡，思索下一步的行動。我心想，顯然，如果鮑比是襲擊多克的人，那麼他知道的事絕對超過他在感恩節所透露的細節，但他顯然還沒準備要告訴我半個字。

我心想，我唯一的機會，就是給他殺個出其不意，或者透過別人間接探問他的下落。

我不抱太大希望，傳訊給表妹艾許莉。

妳知道鮑比最近住在哪裡嗎？

趁著等她回應的空檔，我打電話給楚曼，他立刻接了電話。

等到我講完之後，他對我說道，「米可，真不敢相信妳做出這種事，妳到底在想什麼？」

我覺得我越來越固執。

「楚曼，」我說道，「我只是靠著自己拿到的證據、依照對事實的了解做出決定。我知道他會在兩點半離開那間屋子，我知道要找尋凱西下落的線索就必須搜查那間屋子，所以我決定要進去。」

我幾乎可以透過電話聽到楚曼搖頭的聲音，他的雙手扶住了太陽穴。

「這樣是行不通的，妳很可能會被殺，明白嗎？」

聽到楚曼以這麼直白的方式講話，害我陷入猶豫。

「好，」他說道，「這種狀況妳沒辦法搞定，我們兩個都是，妳有沒有報警講出她失蹤的事？」

我遲疑不定，「我試過了，」我說道，「我想要告訴艾亨，他一直很忙。」

「那就去找個警探，」楚曼說道，「真正的警探，不是我們，妳去跟迪保羅說。」

只要楚曼提出這個要求，我的抗拒感就會變得越來越強烈，我也說不上來為什麼，但是腦中隱約有警鐘在迴盪，要是我能夠讓楚曼暫時住口，那麼也許我就聽得見了。

「米可，」楚曼說道，「現在妳千萬不能等閒視之，這傢伙知道湯瑪斯的事，還利用他的名字恐嚇妳，妳不可以再搞砸了。」

終於，我不情不願的原因終於浮現在我的面前。我想到了寶拉．莫洛尼對我說出讓我至今依然揮不去陰霾的那段話的時候、不可置信的面孔，她說，「那是你們的人。」然後，我想到了艾亨得知這線索時的畫面，搪塞我的速度超快。

終於，我知道了，我沒有把妹妹失蹤之事告訴同事的理由，就是因為我再也不確定能否相信任何人。

楚曼陷入沉默，我也是，我們之間只聽得見彼此的呼吸聲。

「喂，」他終於開口，「妳可能不在乎妳自己的命，但湯瑪斯在乎，我也是。」

我臉色漲紅，楚曼講出這麼直接的話，讓我好不習慣。

楚曼問道，「有沒有聽到我在說什麼？」

我點點頭。後來才想起自己在講電話，我清了一下喉嚨回道，「有。」

我掛了電話之後，手機發出一聲叮響。

艾許莉的回訊。

不知道。

今晚在家的時候，我在沙發上為湯瑪斯多唸了半個小時的故事。我聆聽他講出他今天煩心與順利的各種瑣事，和他一起倒數距離慶生會的日子，知道他的生命中可以有所期待，讓我好開心。

卡洛塔和莉拉！湯瑪斯一看到待在麥當勞另一頭的她們，立刻歡喜反覆吟唱，卡洛塔和莉拉！卡洛塔和莉拉！

我們匆匆進去，今天是湯瑪斯的個人派對，我們已經遲到了十五分鐘，南費城距離本薩勒有半個小時的車程，也不知道為什麼，我一直沒發現時間一溜煙就不見了。

女孩們朝湯瑪斯跑過來。

「嗨！」我向她們的母親們打招呼，兩人也回禮。莉拉的媽媽給了我一個擁抱，我僵硬接受。湯瑪斯就讀春天花園日托中心的時候，我應該是依稀認識她們兩個，但我得先查出她們到底叫什麼名字之後、才敢打電話。

她們是截然不同的兩種類型。卡洛塔媽媽年紀比我大，應該是四十多歲，一頭捲髮，樸素的拉鍊派克大衣，戴的是貌似手織的手套。

莉拉的媽媽與我年紀相仿，三十出頭。瀏海搭長捲髮，身穿藍色外套，外搭緊扣皮帶，外套與皮帶都好美，我真想伸手出去仔細撫摸。她穿的是厚跟靴，還配戴了幾乎懸垂到衣領的精緻金色長型耳環。看起來像是在時尚業工作，她的氣味很好聞，她可能有在寫部落格。

我身穿休閒褲與白色直扣襯衫，看起來八成像是個女服務生。

這兩位媽媽風格迥異，但似乎都出身良好家庭，念不錯的大學。

我突然驚覺不對，但現在已經為時晚矣，她們似乎這輩子從來沒吃過麥當勞。

「真是太棒了，」開口的是莉拉的母親蘿倫，「小孩子到了天堂。」

不過，卡洛塔的媽媽喬琪亞似乎有點擔心，她在掃視遊樂設備，彷彿想要找出哪裡可能有危險。

她對我說道，「我不知道他們有室內遊樂場。」

「他們有啊，」我回她，「這是一大賣點，市中心只有這一間有，湯瑪斯好愛。不過，很抱歉妳們得專程跑過來一趟。」

「當然不會，」蘿倫說道，「來這裡不麻煩，我們只是從哥倫布大道過來而已，」她又補了一句，「而且還有停車位，真是奢侈。」

喬琪亞過了一會兒才附和，「不要緊。」

我們默默站在那裡好一會兒，望著小孩子嬉戲。莉拉和湯瑪斯正在爬通往某個架高式遊戲屋的梯子，卡洛塔泡在氣球池裡面，四肢亂揮，宛若在雪地裡以手腳劃出雪天使形狀一樣。我偷瞄了一下卡洛塔的媽媽，從她的表情看來，似乎是很懷疑他們到底是多久清潔一次。

「最近工作如何？」詢問我的是蘿倫，我從來沒有在湯瑪斯的學校跟任何人提過我的工作，但我猜這兩位媽媽都看過我身穿制服接小孩，有時候我沒時間換衣服。

「很好啊，」我說道，「妳也知道，就是很忙。」

我陷入遲疑。我很想要問她們做什麼工作，但我心中有個聲音告訴我，她們應該是沒有在上班——她們似乎是那種有資源的人、可以為了優秀教學品質把小孩送去托兒所，而不是為了因應工作需求。

我還在拚命思索該怎麼措辭回答的時候，喬琪亞問道，「肯辛頓那些謀殺案目前進度如何？」

「哦，」我嚇了一跳，「嗯是有線索，但還沒有確定方向。」

「希望你們可以查個水落石出，」喬琪亞說道，「這整起事件的地緣關係和小孩的學校這麼近，真叫人心煩。」

我愣了一下。

「哦，」我說道，「我覺得兇手的目標不是幼稚園兒童。」

她們兩個都盯著我。

「我的意思是，對，我也擔心，」我說道，「我覺得我們快要抓到他了，別擔心。」

我又講出更多不實的安慰話語，大家更安靜了。我雙臂交叉胸前，身體重心在左右大腿之間不斷挪移。

「我希望大家都沒問題。」喬琪亞說完之後在看錶。

「誰？」我搞得好糊塗。

「我是說，我希望大家都能順利找到這地方，我自己是稍微有點迷路。」

「哦，」我突然恍然大悟，「哦，就我們這些人而已。」

蘿倫開口，「小而美的策略。」她真是冰雪聰明。

喬琪亞伸手在空中比劃了一個圓圈，「就這樣嗎？」

湯瑪斯過來，已經準備好自己要點的清單。雞塊、漢堡、現炸薯條，外加一杯奶昔。莉拉與卡洛塔在他後面，她們也準備好了，顯然他們早就密謀許久。

不過喬琪亞卻跪下來，把手放在她女兒的肩膀，「卡洛塔，」她說道，「我們之前討論過了，自己帶了午餐，記得嗎？」

卡洛塔雙眼瞪得好大，她開始猛搖頭，不敢相信即將發生的不平等待遇。

「不要，」她說道，「不要，我要吃漢堡堡，我要吃漢堡堡和薯條。」

我轉身，假裝沒在看她們，假裝不在意，但我可以想像喬琪亞在跟卡洛塔說什麼：親愛的，這食物不是給我們的，這食物不夠健康，也不夠營養，我不能給妳吃這種東西。

我猜她應該覺得這會是一場盛大的聚會，她們可以在無人注意的狀況下、悄悄溜到一旁，吃她們健康又有營養的食物。

湯瑪斯問道，「卡洛塔怎麼了？」我回他，「我不確定，我們先給她一點空間吧。」

現在喬琪亞把嚎啕大哭的卡洛塔拉出餐廳，她回頭看我們其他人，豎起直挺挺的食指：給我們一分鐘就好。

「但她會回來嗎？」湯瑪斯伸出小手，打算撫摸我貼住胸前的雙臂，他的雙手空懸在那裡，猶豫不決。

「我想是吧……」不過，當初我邀請她們過來，我所犯下的這個錯誤，現在必須由我承擔。

最後是蘿倫，拍拍手，打破了魔咒。

「我不知道你們大家想吃什麼？」她開口，「但我好想吃大麥克。」

我盯著她。

她一臉嚴肅對我說道，「我超愛大麥克，我的罪惡快感來源。」我真想對她說，謝謝妳，謝謝。

「我也喜歡吃大麥克，」湯瑪斯說道，「也是我的罪惡快感來源。」

我們點完餐之後，我們四個人——蘿倫、莉拉、湯瑪斯，還有我——找了張六人桌坐下來，一起吃東西。喬琪亞與卡洛塔回來了，喬琪亞鬼鬼祟祟推女兒回到室內遊樂場，她會在那裡陪女兒玩耍，等到大家吃完。

蘿倫坐在我的對面，一開始的時候，我不知道該對她說什麼才好，我一直不是聊天高手，遑論像是蘿倫這種對象，我覺得她根本不會認識像我或我家人之流的人。我一直懷疑蘿倫這種人士會覺得我與我的家人品格低下，或者令人害怕，不然就是互動太麻煩也太累了。我們每一個人都有自己的諸多問題，長長一大串，沒有起點，也看不到終點。

「這種狗屁倒灶的事經常發生，是吧？」她翻白眼看著我，我沒想到她會爆粗口。

我又錯判了她：蘿倫真的有工作，一份得要天天早起去上班的工作，她是費城公共廣播電台的製作人，她說，自己以前主修廣電，雖然想要當電視台記者（當然她絕對夠漂亮），但最後卻在廣播界一步步往上爬。

「其實我比較喜歡這一行，」她說道，「不需要在天剛亮的時候濃妝豔抹。」

接下來的那十五分鐘，我們自在閒聊，小孩在我們身邊，一臉滿足，大啖卡洛塔的母親認為不適合她女兒的那些食物。湯瑪斯的臉散發愉悅與興奮的燦光，雙手在桌上迅速移動，先是大麥克，然後是薯條，接下來又是奶昔，然後是薯條、奶昔。他正在數算自己的戰利品，正在享受他的快樂生日。

過了一會兒之後，我才發現我兒子的表情變了。

「湯瑪斯？」

我還來不及阻止他，他已經跳起來，衝向我們的桌位與收銀台之間的那一塊空間。

我站起來，轉身。

就在這個時候，我聽到蘿倫問道，「湯瑪斯認識那個男人嗎？」

太遲了：湯瑪斯已經伸出雙臂、抱住那名不明男人的大腿，我只看得到對方的背脊。是賽門，當然，我還沒轉身就已經知道那是賽門。雖然發生了這一切，雖然他表現出那種態度，還有他先前對待我與我兒子的方式，但是在那一瞬間，我覺得他好迷人，我必須壓抑孩童時期的某種衝動，不然我就會立刻跑過去，跟在湯瑪斯後面，立刻原諒他的所有罪行的。

就在我與自己的感情角力的時候，我發現賽門身邊站了一名女子，深色筆直長髮，個頭嬌小。

突然之間，我的情緒激變，轉為大怒。我望著另一頭的劇情在上演：賽門轉頭，低頭看著湯瑪斯，他一臉茫然的時間也未免太久了點，他不認得湯瑪斯，不認得他的親生兒子，他已經一年沒見湯瑪斯。然後，終於賽門明白了，他先看了那女人，然後才回頭看湯瑪斯，他比較擔心的是她的感情，而不是兒子。

現在，湯瑪斯踮起腳尖蹦蹦跳跳，向他高大英俊的父親伸高雙臂，我認得湯瑪斯的表情，就是他最後一次見到賽門時的心情：拚命討好、崇拜、驕傲。湯瑪斯立刻回頭看著蘿倫與莉拉，我看得出他在想什麼：他想要在她們面前炫耀賽門，他想要向他的朋友們介紹他爸爸。

「把拔，」他繼續叫喊，「把拔，把拔……」

我突然恍然大悟，火冒三丈，他以為他爸爸來這裡是為了要給他一個驚喜。

湯瑪斯根本無法想像自己的親生爸爸認不出他，也不會像往常一樣，低垂自己的大手、將他的兒子抱在胸前。

我大步走到他面前，在他還搞不清楚狀況之前就把他帶開。

就在這時候，湯瑪斯終於注意到我，轉身，他的臉依然滿是喜悅，「媽媽，把拔來參加我的生日！」

賽門旁邊的女人也轉過來。

我看到了她的臉，她好年輕，搞不好是青少女。她個頭嬌小，容貌美麗，臉上有顆釘，這也說明了她的年紀。

而且她手裡抱著一個寶寶，八、九個月，穿粉紅外套的小女嬰。

賽門的目光在我們三人之間不斷慌張來回：先是湯瑪斯，接下來是我，最後是他身旁的女子。

現在，湯瑪斯對於被擁抱已經放棄希望了，他的雙手擱到身體兩側，整張臉垮下來，依然不知道是怎麼一回事。

「把拔……」這是他最後一次呼喊。

「把拔？」那女子跟著重複，瞪著賽門，

賽門現在盯著我，「米可拉，」他說道，「這是我太太，潔咪。」

突然之間，我去年的生活就全兜起來了。

賽門還來不及繼續說下去，潔咪就抱著小孩當場走人。賽門呆站在那裡一分鐘，雙臂軟垂，目光盯著地板，湯瑪斯站在他附近，動也不動。

最後，賽門走向玻璃門入口，望著他的那台深色凱迪拉克以超級急快速度退出、駛離停車場。

我終於想到了自己必須去找湯瑪斯。雖然他已經個頭這麼大了，我還是把他抱起來，他低頭，窩在我的肩上。

我不知道接下來該怎麼辦。我想要對賽門大吼，尖叫，狠狠甩他一巴掌，居然對湯瑪斯這樣置之不理，居然兇狠摧殘湯瑪斯的感情，居然還挑他生日的這一天。

但我不會讓他稱心如意。我反而把湯瑪斯帶到蘿倫與莉拉的座位，然後我對蘿倫說道，「可不可以幫我顧一下湯瑪斯？」

「沒問題，」蘿倫說道，「湯瑪斯，來我們這裡。」

然後，我走向賽門，他現在正拿著手機，瘋狂打簡訊，我默默站在他後面，他終於抬頭，收起他的手機。

他開口，「是這樣的……」但我立刻搖頭。

「不要，」我說道，「我不想聽你講話，一句都不想聽。」

賽門嘆氣。

「米可……」

「離我們越遠越好就是了，」我說道，「就這樣，我不需要你做任何事情，只要離我們越遠越好。」

他露出困惑表情。

他開口，「妳以前還特地來找我……」

「抱歉？」

「我的辦公室，妳特地來找我，記得嗎？」

我搖頭，「我不知道你是怎麼弄到我的地址，」我繼續說道，「但我不喜歡你來找我們。」

他雙手交疊胸前。

「米可，」他說道，「我不知道妳住在哪裡。」

這是多年來的第一次，我相信了他。

他離開了，應該是忙著與潔咪修補關係，重新聚焦在他的新生活。他遵守我的要求，並沒有向湯瑪斯道別，湯瑪斯崩潰啜泣。我覺得，這樣比較好，分得乾淨俐落，長痛不如短痛，既然是再也不相見，斷無理由要拖拖拉拉。

派對結束了。

「對不起……」我立刻向蘿倫與喬琪亞道歉，把我在一元美金商店買的小禮物袋交給了她們的孩子。

沒有看到事發經過的喬琪亞，一臉困惑望著我，而蘿倫則對我流露憐憫目光，我想，她等一下就會開始八卦吧，這場面，無庸置疑，一定的。

回家的路上，湯瑪斯哭了。

「真的很抱歉，」我對他說道，「湯瑪斯，抱歉，我知道你現在很難明白，不過，真的，這樣最好。」

過了一會兒之後，我又加了一句，「這世界是個冷酷無情的地方。」

但我的話似乎並沒有對他發揮安慰作用。

我一直努力哄慰他，但卻開始煩惱不已，因為接下來這問題的答案讓我產生了嚴重的不安感：如果先前頻頻造訪我家的人不是賽門——那究竟是誰？

我深深沉陷在思緒之中，所以手機響起的時候，我突然打偏，湯瑪斯大叫。

我接了電話。

「請問是費茲派翠克警員嗎？」對方是女性，比我年長。

「我是。」

對方說道，「我是費城警局總部內部事務局的丹妮絲．錢伯斯。」

「嗯。」

「艾亨警佐提供了某條線索給我們，我們想要進行調查，現在我得要找妳安排時間會面。」

我們挑選的是星期一。我嚇了一跳，也鬆了一口氣，也許艾亨克服了重重困難，行使正義。

到家之後，我安排湯瑪斯看電視，然後我衝到樓下，敲了敲馬洪太太家的大門。

她應門的時候眨眼，似乎剛剛正在小睡。

「馬洪太太，」我開口，「關於那個來找我們的男人，可否請妳多提供一點線索？」

馬洪太太反問，「什麼樣的線索？」

「比方說，」我回道，「年齡？種族？身高？體重？眼珠顏色？髮色？其他可供辨識的特徵？」

馬洪太太推了一下眼鏡，開始思索。

「好，讓我想想，」她說道，「年紀很難判斷，穿著很年輕，但臉孔老成多了。」

我追問，「有多老成？」

「估算年齡不是我的強項，」馬洪太太回道，「我真的不知道。三十多歲？也可能四十多歲吧？我講過了，個子很高，長得帥，五官勻稱。」

「種族呢？」

「白人。」

「有沒有蓄鬍？」

馬洪太太回我，「幾乎沒有。」

「對了，」馬洪太太說道，「我覺得他好像是有刺青，脖子那裡有個什麼字，就在他耳朵下方，非常小，看不清楚到底是什麼字。」

我問道，「他穿什麼衣服？」

「運動衫，」馬洪太太回道，「有帽兜和拉鍊的那一種。」

我臉色抽搐。我提醒自己，其實很多人都是穿這樣的運動衫。

「兩次都是嗎？」

「應該沒錯。」

我問道，「運動衫上面有沒有什麼字樣？」

馬洪太太說道，「我不記得了。」

「確定嗎？」

馬洪太太回我，「非常確定。」

「好，」我過了一會兒之後才說道，「謝謝，要是妳還想到了其他的事，麻煩妳告訴我。還有，馬洪太太……」

「嗯？」

「要是他再過來，請他留話，而且要立刻打電話告訴我。」

馬洪太太盯著我，她正在評估狀況。我擔心她會因為這些要求而惱怒，畢竟她不想要沾惹任何「麻煩」——這是她一直對我強調的重點。

不過，她只丟了一句話，「我一定會照辦。」

然後，她緩緩關上了門。

「圓屋」並不是費城警局總部的正式名稱，但截至目前為止，這是我唯一聽過的名字。

顧名思義，這棟建物就是圓狀，粗獷主義的建築風格，主體的黃灰色水泥在雨中更顯陰鬱。據說總部馬上準備要遷離，這也很合理，因為費城警局總部空間不敷使用。這棟建物現在的外貌看起來老舊又樸素，不過，我無法想像費城警局總部不再是「圓屋」的景象，就像是我無法想像「軌道區」將不再是那些常客的大本營一樣。上禮拜的時候，聯合鐵路公司與市府終於決定要將那個區域夷為平地。不過，混亂永遠會是最後的贏家，就算當它的源頭被奪走的時候亦是如此。

進去裡面之後，我在大廳裡認出兩名警員，我開口打招呼，他們對我點頭回禮，表情詭異，似乎在暗示，*妳來這裡做什麼？*要是沒被人看到就好了。進入內部事務局開會，總是會引發八卦，有時候，引發的是不信任。

丹妮絲·錢伯斯很友善，年紀五十多歲，身材圓滾滾，一頭灰髮，戴著藍色眼鏡。她招呼我進辦公室，請我坐在她對面那張看起來很新的椅子，我一入座之後，整個人就矮得跟小孩的高度一樣。

錢伯斯的下巴朝她窗外的冬日稀冷空氣點了一下，「很冷吧？」我們這裡位於三層樓高，我從這裡可以看到法蘭克林廣場，那裡的旋轉木馬靜止不動。

「這樣還不錯，」我說道，「冷天氣對我來說沒什麼。」

我停頓不語，靜靜等待，錢伯斯忙完了她在電腦上的事情之後，轉身過來。

她直接切入正題，「妳知道我為什麼請妳來這裡嗎？」從她的問題之中，我隱約聯想到自己在街上詢問嫌犯的那種方式，你知道我為什麼要抓你？你知道我為什麼要把你攔下來？

這是我第一次起了疑心。

我開口，「妳說艾亨警佐給了妳一些線索。」

錢伯斯在打量我，想了解我知道了什麼。她緩緩說道，「對。」

「他跟妳說了什麼？」

錢伯斯嘆氣，雙手交疊，放在她面前的辦公桌，

「好，」她說道，「這是我工作當中的艱難部分，但我必須告訴妳，我們正在對妳進行內部調查。」

「我？」我耍呆伸手指向自己的胸膛，來不及收口，話就已經冒出來了，「在調查我？」

錢伯斯點點頭，我突然想起楚曼以前警告我必須要在這個管區拉幫結派，「米可，政治啊。」

我問道，「為什麼？」

錢伯斯伸出手指，一邊講話一邊以手指扳算我的罪狀。

「上個禮拜二，有人看到妳的警車上載有一名未經核准的乘客，而且，也有人目擊妳離開了自己的管區。星期三與星期四的時候，有人發現妳在執勤時沒有帶無線電，也沒有穿制服。星期五的時候，妳沒有回應任何傳呼，長達兩小時之久。總而言之，妳這個秋天的績效掉了百分之二十左右。此外，妳沒有任何合理原因，經常在『費城犯罪資料中心』資料庫裡面頻繁搜尋某兩名

民眾的資料。最後，我們還有理由認定妳賄賂管區的某間商店老闆。」

我盯著她。

我不敢置信，「誰？」

「阿倫佐．維拉努瓦，」她說道，「而且我們認定妳在他店內藏有一套便服，在工作時間從事未經核准的活動。而且，妳不止一次將部門發放的公務用槍藏在那裡，沒有任何安全措施。」

我沉默了。

錢伯斯所說的一切，基本上都正確無誤，然而，我還是嚇了一跳，而且知道自己被人監控，也讓我覺得好丟臉：我開始迅速搜尋上禮拜的記憶，待在警車裡的時候，我說了什麼，做了什麼。我在想，不知道他們是不是有透過錄音或錄影系統蒐集資料？或者只是派內部調查局的人緊盯我每次執勤？任何狀況都有可能。

我開口，「可否請問為什麼會啟動這樣的調查？」

錢伯斯回我，「恕難告知。」

但我知道。

絕對是艾亨。他一直不喜歡我，自從楚曼開始請假之後，我的工作績效急遽下降，這的確是事實，而且我的工作日誌也反映出這問題，無庸置疑。有時候，光是這一點就足以啟動內務調查，有人要求監督。但我也覺得，除了那一點之外，他多年來一直想辦法要除掉我。

「艾亨警佐還有沒有告訴妳其他的事？」我問道，「他有沒有說出寶拉．莫洛尼的事？她指控了不止一名警員，他有沒有告訴妳？」

錢伯斯陷入遲疑，「他的確說了一點，」她說道，「有的。」

突然之間，我恍然大悟：艾亨對這一點也擺道。他刻意輕描淡寫我所說的話，他告訴錢伯斯，我會提出申訴，但我這個人不值得信任。

「你們打算怎麼處理？」我問道，「阮警探知道消息了嗎？」

「他知道了，」錢伯斯回我，「正在著手調查中。」

「好，」現在的我有些急了，「艾亨一直不喜歡我，我不是他的隊友。但我很誠實，我可以告訴妳，我們有名警員——至少有一個——被人控訴濫用權力、要求那些沒有權利說不的女子提供性服務。」

房間內出現短暫的靜寂。

「而且，」我鼓起勇氣繼續說道，「此人出現在跟蹤我們某名受害人的影片當中。」

錢伯斯的目光有些游移。我們都是女性的事實，——兩名女警，一個年長，一個年輕，對桌而坐——在我們之間懸浮了一會兒，轉瞬即逝，宛若雲煙。

「他有告訴妳那個部分嗎？」我問道，「還是刻意沒說？」

但丹妮絲．錢伯斯再也不說話了。

我手裡拿著文件，走出了「圓屋」。裡面載明了在我這段停職等候調查的時間當中、我有哪些權利與責任。

我在想，至少，我不需要擔心下雪的日子要找誰來照顧湯瑪斯，還是有這一點好處吧。

走入大廳的時候，我一直盯著地板。

此時此刻，我唯一想要講話的對象是楚曼。

我回到車內，拿出手機。正打算要撥號的時候，突然有個念頭讓我停下動作。這算不算是恐慌，我不知道。但要是內部事務局知道這麼多有關我的事，那麼他們得到許可竊聽我的手機或是私人用車，似乎也並非不可能。我望向後座、還有放在中間的湯瑪斯安全座椅。我不知道他們在他們的權利範圍內可以採取哪些舉動，我也不想害楚曼惹麻煩，畢竟他所受的折磨也夠多了。

我收回手機，迅速離開，茫茫然駛向艾里山。

我覺得很不好意思，沒有事先打電話，直接就停在楚曼家門口，但我也不知道自己到底還能怎麼辦。希望不會在不當時機嚇到他。我一直記得我打電話給他的時候、背景傳出的女子聲音，「誰啊？」那女人說道，「楚曼，誰打電話給你啊？」

楚曼的座車，整齊清潔又亮晶晶的日產汽車，停放在他家外頭的車道。楚曼自己的車總是一塵不染，裡外都看不到食物殘渣或是灰塵。我的車裡總是塞滿東西，特別是湯瑪斯出生之後：玩具、麵包屑、水瓶、到處都是塑膠袋、食物包裝紙、銅板，還有零食。

我又把車子停在路邊，走向楚曼家的門廊。敲門之前，我陷入了猶豫：再想想，再想想啊。

我站在那裡，手懸在半空中，猶豫不決，就在這時候，大門突然旋開，對面站了一位個頭嬌小的女子，身高不超過一百五十公分。

「妳是要來推銷什麼？」她說道，「不管是什麼，我都不需要。」

「沒有要推銷，」我嚇了一大跳，「抱歉，楚曼在家嗎？」

那女子挑眉看著我，但沒有任何動作，而且再也不說話了。

我開始評估自己接下來有哪些選項。眼前這女子的年紀介於六十到八十歲之間，有些老嬉皮的氣質。她戴著頭巾，身上那件T恤寫著維吉尼亞州獻給有愛之人。這位——有沒有可能——就是楚曼的母親？我知道他媽媽還健在，而且他好愛她，我還知道她曾經當過小學校長。但我最後一次聽說她的事的時候，她已經退休了，住在北方波克諾山區。

我想要觀察她後頭的屋內動靜，但這女子卻稍微關上了門，彷彿要阻擋我的視線。

我又試了一次。

「我是楚曼的朋友，」我說道，「只是要找他講話而已。」

「楚曼！」那女子彷彿在搜尋記憶，「楚曼！」

終於，楚曼從屋子後頭現身，腰際圍了一條毛巾，有點算是以單足跳躍的方式到了門口。被人看到這種模樣，他好尷尬，我知道：我鮮少看到沒穿制服的楚曼，但就算是下班後的便裝打扮，也一向是規規矩矩。

「媽，」他說道，「這是我朋友米可。」

那女子點點頭，面露懷疑，目光在我們之間來來回回。「好吧。」她話雖這麼說，但卻沒有移身，就是不肯讓我進去。

「米可，等一下，」楚曼輕輕推開了他母親，對我說道，「一下下就好。」他準備關上大門，就在那一瞬間，我們四目相接。

五分鐘之後，我們三個人彆扭坐在客廳裡，楚曼現在已經穿好了衣服，挺直背脊貼住椅子，右腿放在他前方的擱腳凳。我們都有茶，楚曼母親盯著手裡的茶杯。

「媽，快喝啊，」楚曼說道，「現在茶已經沒那麼燙了。」

他看著我，「我媽媽住在這裡一陣子了，」他陷入遲疑，瞄了一下他母親，想確定她有沒有在聽，「她前一陣子摔傷。」

「而且她一直忘東忘西。」他說得急快又小聲。

「兒子，我人就在這裡，」道斯太太抬頭，目光凌厲，「就在這間客廳裡，和你待在一起，我什麼都沒忘。」

楚曼回她，「媽，抱歉。」

他對我說道，「我們何不到院子去呢？」

他帶頭引路，我跟在他後面，盯著他厚實寬闊的背脊。從這個角度凝望他，由他一路帶領我走上某棟房子的台階、進入犯罪現場、回應一通又一通的傳呼，到底有多少次了？他多少算是在護衛我，不要讓我看到最可怕的部分，第一個看見屍體或是恐怖傷勢。我們的共同記憶，代表的就是我跟在他後頭所產生的奇妙安心感。

後院好冷。一整排的小型灌木依傍在棕木圍欄旁邊，因冬日而轉為褐色。我們說話的時候，還可以看到自己吐出的氣。

「我母親這種狀況，我實在很抱歉，」楚曼說道，「她──」

他陷入遲疑，搜尋措辭，終於說出了口，「很保護我。」

「沒事……」我沒有說出口的是──我有點嫉妒。要是我的生命中有哪個人願意那麼捍護我就好了。

———

我待在後院，向楚曼重述我與丹妮絲·錢伯斯的會面過程，以及令人意外的結果。當我說話的時候，他的表情帶有暖意與焦慮。我嘴裡吐出的話速度越來越快。

「不會吧，」他說道，「真的嗎？」

「真的，我被停職了。」

他停頓了一會兒之後，開口問道，「有沒有凱西的消息？」

「沒有。」

楚曼靜默許久，咬著下唇，彷彿陷入天人交戰，不知某些話是否該說出口。最後，他還是說了。

「那克里爾呢？」

我盯著他。

我反問他，「克里爾？這話是什麼意思？」

楚曼凝望我好一會兒。

然後，他開了口，「米可，別這樣。」

當他說出這句話的時候，我意識到自己多年來打造並倚賴的某種巨大笨拙的虛矯，再加上楚曼的謹慎與尊重，讓我得以避開所有直接質問的那堵防禦之牆，正在我四周崩坍。

突然之間，我發現自己沒了聲音。

我很少哭，就連賽門的事情也不曾讓我落淚。當然，我生氣，我曾經狠敲冰箱，對天嘶吼，猛捶枕頭，但我沒有哭。

現在，我搖頭，一滴熱淚迸出，從臉頰滑落，我憤憤抹去淚水。

「幹！」

我記得自己從來不曾在楚曼面前爆粗口。

「嘿……」他聲音嘶啞，不知道該怎麼辦。除了格鬥練習倒地之外，我們兩個從來沒有過任何肢體接觸。

「嘿……」他又說了一次，終於，他伸手，擱在我肩上，但他並沒有擁抱我，我很謝謝他，現在這樣已經讓我夠難堪的了。

「妳還好嗎？」

我語氣粗魯，「很好啊。」

「你怎麼會知道賽門的事？」

「抱歉，米可，」楚曼說道，「這算是公開的秘密，許多人都知道，費城警界是個小圈子。」

「嗯……」

我想要努力鎮定心緒，抬頭望向冰冷的灰色天空，直到淚水凝凍。然後，我吸了一下鼻子，以戴著手套的手隨便抹了一下。

「我們開始交往的時候，我非常年輕。」我的這段話算是解釋，也算是藉口。

楚曼說道，「不會吧……」

我別過頭去，臉色漲紅：多年的難堪八卦，我的工作完蛋了。

「嘿，妳幹嘛要尷尬？他是人渣，妳只是個小孩而已。」

不過，他的這些話語卻只是讓我更難堪而已。我不喜歡我是「受害者」的這種念頭，我不喜歡這樣的關注，這樣的憐憫，因而引發的悄聲細語。基本上，我寧可大家都別說，任何人都不要以任何方式提起這件事。一想到我在費城警界的那些同事聊我與賽門的八卦，翻白眼，啜飲咖啡的時候笑鬧互推手肘，不禁讓我想要立刻消失、遁入楚曼家後院的硬泥之下。

楚曼依然看著我，在心中字斟句酌，估量想要說出口的話會有多麼沉重。他雙手扠腰，目光落在地上。

他語氣猶豫，「妳知道他早就聲名遠播？」

「賽門？」

他點點頭。

「我沒有要讓妳難過的意思，」他說道，「也不是要打算披露秘辛。不過，妳不是唯一的一個。謠傳他還鎖定了其他的『警察運動聯盟』的孩子。看起來似乎已經是固定模式，但從來沒有人承認或提出正式控訴。八卦甚囂塵上，他之後被停職了一陣子，但他們一直沒有辦法拿出確定事證將他定罪。」

我張開嘴巴，但陷入遲疑。我很想說，有關你不知道他的部分可多了。不過，我保持沉默，太丟臉了，他是我小孩的爸爸。

我們盯著彼此。

楚曼問道，「肯辛頓那裡的受害者年齡各是幾歲？」

「第一個不明，」我說道，「第二個十七歲，第三個十八歲，第四個二十歲。」

「米可，」楚曼問我，「妳手機裡是否還保有那一段影片？」

我點點頭，我不想看，我的腹部一陣抽緊。

楚曼不說話，伸手，我終究還是點選了那個檔案。

我們一起看著螢幕，和先前一樣的粗粒子畫面，某種視覺幻象。乍看之下，那個在螢幕裡走向另一頭的人刻意變裝，面目難辨，不過，從那個人的身高與步伐看來——我猜是賽門。

「你覺得呢？」我不願意自己宣布答案。

楚曼聳肩，「是有可能，」他說道，「妳比我更了解他。我一直不想說，但他真是個人渣。」

他揚起目光盯著我，「我沒別的意思。」

我們一看再看。

然後，楚曼終於對我們的證據做出了總結。

「好，」他說道，「好消息是，妳明天不用上班，我也是。我們為什麼會得出這個結論？我們的嫌犯是誰？」

「康納．麥克拉奇，」我說道，「可能還有賽門。」

「我們分頭進行，」楚曼說道，「我去找麥克拉奇。他對妳說出那種話之後，我不希望妳接近這個人，妳就負責賽門。」

由於賽門認得我的車，所以我們計畫互換座車。我把自己的留在艾里山，開賽門的車回去本薩勒。面對之後的混亂狀況，我提前向他道歉。

在我離開之前，楚曼再次把手放在我的肩頭。

「我們一定會找到她的，」他說道，「妳知道，我真心覺得我們一定會找到她。」

被停職的第一天卻得忙著辦案，感覺好詭異。

我一早醒來，穿上深色毛衣，戴了低調的棒球帽。湯瑪斯看到我的時候，一臉狐疑。

「妳怎麼穿這樣？」他問道，「妳的東西呢？」

「什麼東西？」

「妳的包包啊，」他說道，「還有妳的警用腰帶。」

「我今天休假。」

我還沒有決定到底該怎麼告訴湯瑪斯，還得再拖一點時間才能做出定奪。我不知道自己會被停職多久，所以我不能對他說我在休假。

湯瑪斯大呼，「今天沒有貝塔妮！」但他其實很清楚答案。

我回他，「就是貝塔妮。」

貝塔妮到了，一如往常遲到了十五分鐘。等她接手之後，我開車前往南費城。

我生命中曾經有過這麼一段時日，經常是賽門私人座車的副座乘客。其實，要是努力回想，依然能夠回味自己坐在裡面的情景：有皮革的氣息，還帶著淡淡的菸味，賽門偶爾抽菸，通常是天氣好的日子，他可以搖下車窗。在週末的時候，他把車子維持得很乾淨光潔。「小凱迪」，他總是這麼稱呼它，語氣充滿憐愛。他喜歡車，他說，是他爸爸生前教導了他有關車的一切。

現在，我在南區警探總部的外面、盯著停放在那裡的它，雖然百般不願，但還是想到了我們在它裡面多次的溫存時光。眼前才剛剛一浮現那樣的畫面，我就立刻把它拋諸腦後。

我開楚曼的車，停在不遠的地方。我把兩側的遮光板都放下來，我必須保持警覺，所以我還準備播放有聲書：這麼一來，我就能一直盯著那棟建物的大門。我也買了一些食物與水，而且我小心翼翼控制液體的攝取量，以免得去上廁所。

一整個早上，大門不斷開開關關，形形色色的工作人員入內，大部分的人我都不認識。曾經有那麼一兩次，我誤以為看到了賽門，最後才發現是面貌相似的人。

不過，到了十一點鐘，我瞄到他了：他從總部出來，左右張望走向自己的座車。他穿高檔大衣，灰色西裝褲，下方搭配顯眼的閃亮黑鞋，他的頭髮往後梳得光亮，這是他成為警探後的標準打扮。

我立刻進入高度警戒狀態。我們現在身處的這條街比較安靜，所以我會等到賽門離開之後、才會發動楚曼車子的引擎。

我跟在他後面。他可能有任務在身，我猜可能是去南區找人問案，某名嫌犯、受害人，抑或是證人。或者，他只是提早吃午餐。他沿著二十四街一路北行。不過，到了傑克森街的時候，他突然迴轉，一路南行。

他在帕遜克大道右轉。突然之間，我發覺自己已經跟他上了高速公路。

我們一路前行，我猜我知道接下來會去哪裡，但我還是嚇了一跳，居然就和預期中的一模一樣，必然的那一刻已經到來。

他在六七六號東州際公路出口下去之後，然後走九十五號州際公路，從阿勒傑尼出口離開。其實，接下來的路程，我閉上眼睛繼續開車也不成問題。

今天這區域擠滿了人，我這才想到是剛發薪的日子，客人們都出來了。我的右側有個傷心的年輕女子，她把自己的包包扔在地上，然後一屁股蹲下來，哭個不停。

距離「大道」還剩下一個街區的時候，賽門突然煞車，停了下來。我被迫直接超過去，以免被他發現我在這裡。我透過後照鏡緊盯不放，差點被右邊小巷冒出來的某台車子擦撞到側邊。我右轉進入「大道」趕緊找到地方停車：在某間愛心食堂的前面，今天，大約有三、四十個人站在那裡排隊，等待食堂開門。我下了車，然後躲在這棟建物的角落張望，想知道賽門是否朝我這個方向走來。

並沒有。

我站在這裡，可以看到他的凱迪拉克裡面沒有人。也就是說，他徒步離開，除了我站立地點之外的其他三個方向，任何一個都有可能。

我小跑奔向他的停車處。

他在白天這時候跑來肯辛頓做什麼？他在南費城工作，他所有的案子都在那裡。有可能——其實機率很低，但不能排除有這種可能——他正在當臥底。不過，如果真是如此，他今天的打扮應該要低調一點。

我到了賽門的停車處，看了一下最靠近這裡的小巷，然後，又小跑奔向半個街區之外的另一條小巷，但我也沒有看到他。我繼續往前，現在是跑步，鼓足氣力，查看我經過的每一條小巷，找尋他的灰色西裝大衣，掃視每一個打開大門的家戶，已經過了五分鐘。

我想，我跟丟了。

最後，我停在某條名叫克里蒙丁的小巷，這是肯辛頓維持得比較好的街區之一，只有兩棟棄屋，其他的房屋都很完整。我站在這條街的正中央，雙手扠腰，氣喘吁吁，對於自己丟失了機會很失望。我心想，楚曼應該是不會跟丟，他多年的臥底訓練讓他成為跟蹤高手。

我抬頭，也不知道為什麼，覺得面前的這棟房屋很熟悉。

我是不是曾經在這裡逮捕過人？還是來過這裡做家庭訪視？

最後，我專心凝望費城這一區防風門的常見裝飾品，金屬材質的馬與馬車剪影。我注意到了，這匹馬少了兩隻前腳。突然之間，我又回到了十七歲，與寶拉．莫洛尼站在這棟房子的門外，拚命想要進去，拚命想要找到我妹妹。

我閉上雙眼，但也只有那麼一下而已，正好足以讓我回到了那個當下：當下還不知道凱西是否還活著，但後來的解答，是的；當下我並不知道，之後我會找到我妹妹，帶她回家。

聽到大門往內拉開的旋轉聲響，我立刻睜開雙眼。

有個女人盯著我，我不記得她是不是多年前開門的那一位，在我的記憶之中，那女子有一頭黑髮，但這名女子的頭髮卻是全灰。不過，時間也足足超過了十年，很有可能是她。

那女子開口，「妳還好嗎？」

我點點頭。

「需要什麼嗎？」

我不想要浪費錢——最近沒什麼餘錢可以亂花——但我擔心我如果說不要，可能會造成對方起疑。也許，我也可以從她那裡取得可供運用的線索。

也許她依然認識凱西。

所以我說好，那女子打開了有金屬剪影裝飾品的防風門，突然之間，我又回到了我妹妹昏死的第一間房子裡。

我上一次待在這裡的時候，幾乎沒有任何家具，放眼所及，大家都窩縮在陰暗處。

今天，這間房子好溫馨，而且打理得很好，令人大吃一驚。似乎有已經煮好的義大利麵的香氣，牆上還有畫像：耶穌、聖母瑪利亞，還有張老鷹海報，上頭有某人簽名，但我看不懂是什麼字。地板上整齊擺放了好幾條小地毯，到處都擺放了家具，看起來是廉價品但都很新。

那女子指向某張椅子，「請坐。」

那一瞬間，我陷入迷惑。我已經準備了假意要買毒的錢：口袋裡的二十塊美金，全拿去買奧施康定，也許可以買到三毫克吧，要看劑量而定。要是這女人覺得我很菜不懂行情，可能只給我一毫克。我想，等一下我出去的時候，會把它們丟入水溝裡。反正，我打算花二十美金向這女子套消息。

那女子暫時消失，進入廚房，我趁這時候雙手插入口袋，暖手，她拿了一杯水再次現身，交給了我。

「喝啊，」她說道，「妳氣色不好。」

我乖乖照做。然後開始靜靜等待，我覺得似乎哪裡有誤會。

女子問道，「妳怎麼知道我這裡？」

我愣了一下，「朋友說的。」

「哪個朋友？」

我遲疑了一會兒，開口回道，「馬提。」

在這個區域，這名字是安全的賭注。

那女人說道，「妳是馬提．B的朋友？我好愛他！」

我點點頭。

「喝啊，」她再次勸我，我乖乖喝了一小口。

那女人問道，「妳今天沒碰毒？」

「對。」這是我待在這裡講的第一句真話，我開始覺得自己好糟糕。

那女子聽到我的回答之後，把手伸過來，放在我的肩上，「親愛的，妳好棒，」她對我說道，「我以妳為傲。」

「謝謝。」

「維持幾天了？」

就在這時候，我才發現她頭部後方的那面牆掛了一個加框的匿名戒酒協會的十二步驟，框面很小，所以只有認真找尋它的人才會覺得顯眼。它的旁邊放了一張耶穌的頭像，朝它的方向微傾，彷彿他與觀者在一起思索這些步驟，我懷疑這應該是出於刻意的擺放。

我摀嘴咳嗽，「嗯，」我說道，「三天。」

那女子一臉肅穆點點頭，「很好，」她盯著我，「我想這是妳第一次戒毒。」

「妳怎麼知道？」

「妳看起來沒那麼累，」她說道，「成癮多年的人看起來比較疲憊，就像我一樣。」她說完之後哈哈大笑。

不過，我覺得好累。自從湯瑪斯出生之後，我就一直覺得好疲倦，搬到本薩勒之後我已然崩潰，而自從凱西失蹤之後，我一直覺得精疲力盡。不過，我知道她的意思，因為我看過這女子所說的那一群人，在清醒與沉迷之間來來去去，時間長達十年、二十年，甚至更久。在清醒期的時候，他們的模樣通常是希望可以倒頭就睡，昏癱在那裡一陣子。

「好，」那女子說道，「妳有參加戒毒聚會？有沒有地方住？」

她瞄向階梯方向。

「現在我這裡有六個人跟我住在一起，不然我可以給妳一張床。」她說道，「其實，讓我想一想，妳在這裡等我一下。」

那女子大步走向階梯底端，「泰迪！」她大叫，「泰迪！」

「沒關係，」我說道，「我有地方住。」

那女子搖頭，「不，」她說道，「我們可以讓妳住在這裡。」

樓上傳出某個男人的聲音，「麗塔，怎麼了？」

「真的，」我說道，「我有還不錯的地方可以住。我外婆家，那裡沒住人。」

那個名叫麗塔的女子，一臉狐疑看著我。

她依然緊盯著我不放，朝樓上叫喊，「你什麼時候要去西契斯特？」

那個看不到人的泰迪大喊，「哦，星期五吧？」

麗塔對我說道，「好，要是妳願意的話，我們星期五有位置給妳，要是妳不介意睡沙發的話，星期四晚上也可以。」

我開始搖頭。麗塔說道，「我知道，我知道，妳有地方可以住，但妳要記得這裡也可以，」然後，她臉色一變，「親愛的，我不會跟妳收任何費用，妳是不是擔心這一點？哦千萬別這樣，這是我自願的行為。妳日後再幫助別人啊什麼的就可以了。我只有一點要求，要是妳有能力的時候，買食物和大家分享，帶回衛生紙啊紙巾之類的東西。要是我發現妳又碰毒，我就會把妳趕出去。」

「好的。」

我現在覺得自己好糟糕，居然誤導了這名女子。

她盯著我。

「妳講話的語調怪怪的，」她問道，「是本地人嗎？」

「魚鎮。」

我現在一心只想的是要怎麼優雅離開。但我還找不到機會詢問她有關凱西的事。

「這樣好了，」麗塔說道，「我把我的電話號碼給妳吧，妳有手機嗎？」

我拿出手機，麗塔唸出她的手機號碼，我逐一輸入。我盯著螢幕的時候，跳出楚曼的簡訊。

妳在哪裡？

我回訊，肯辛頓與阿勒傑尼交叉口的附近。

然後，我點開凱西的某張照片，把手機湊到麗塔面前。

麗塔問道，「那是什麼？」

「我只是在這附近詢問大家是否有看到她，」我說道，「我是她姊姊，她已經失蹤一陣子了。」

「哦，親愛的，」她說道，「好可憐哪。」

她從我手中拿了手機，伸直手臂努力端詳，然後，她又拿近了一點，額頭緊蹙。

「那是妳妹妹？」她抬頭看著我。

「對，」我說道，「妳認識她嗎？」

突然之間，麗塔臉色一陣暗沉。她正在估算些什麼，突然恍然大悟，將我不明瞭的線索逐漸兜在一起。

「給我滾出去！」她突然兇我，伸手指向大門，「滾！」

她沒有對我多作解釋。當我走下大門台階的時候，聽到她狠狠甩門關上的聲響。我回頭看了那個馬與馬車的剪影裝飾品，然後又加快腳步，回到楚曼車子的停放地點。

我看見自己呼出的白霧，下巴低縮在外套裡，雙眼一片淚濕。

我眼觀四方，想要繼續追蹤賽門的蹤影，苦尋無果。

楚曼又傳訊給我。

妳到達肯辛頓與索默塞特交叉口需要多久？

我回道，兩分鐘。

過了一會兒之後，又一封簡訊進來。

目前在肯辛頓與里海交叉口。

他在開車，不想停下來，拚命想要擺脫尾隨他的人。

其實，我步行過去的速度比開車快。我比楚曼早到，還站在街角等了好一會兒。真希望有熱飲可以喝，低溫肆虐，我一直忍不住在發抖。

楚曼喊我名字的時候，我嚇了一跳。

「快過來，」他說道，「我把車停在附近，我們到妳的車內講話。」

我很想知道、但也不想知道他到底發現了什麼。我利用眼角餘光偷瞄他。他神色嚴峻，正在思考該怎麼告訴我重要大事，我看得出來。

「楚曼，」我開口，「你就直接說吧。」

「我走到麥迪遜街附近的那棟房子，」他開口，「有三個B字塗鴉的那一間，敲了敲掩蓋後門的木板。一分鐘之後，麥克拉奇出現了，氣色看起來真的很糟糕，整個人軟趴趴，有點昏昏欲睡，妳也知道那種模樣。我心想，他現在這種狀態，也好，搞不好這樣能讓我佔上風，他鬆懈了心防。

「他問我，『你誰啊？』

「我說道，『我傳過簡訊給你要美眉。』

「我發現他現在真的很嗨，幾乎無法抬頭。

「他回我，『哦。』

「我等了一會兒，開口問道，『所以現在是怎樣，到底有沒有美眉可以給我？』

「他回我，『嗯，跟我進來。』

「所以我就跟著他進入這間被板封的屋內。裡面昏攤了一些人，還有兩三個在注射毒品，沒有任何一個人對我講話。

「麥克拉奇斜靠牆面，放空，真的睡著了。我冷死了，而且這間屋子超臭，這傢伙似乎忘了我人在那裡，所以我不斷呼喊他，『喂！喂！』

「他似乎清醒了一點。

「我問他，『你的手機呢？我要再看那些美眉的照片。』

「他終於從口袋裡拿出手機，點選了一些照片給我看。我開始迅速滑照片，認出了許多他上次給我看的那些女孩，但裡面沒有凱西。

「我盯著他，我知道要是我現在問凱西的事，他就會知道我有特定目的，把我和妳聯想在一起。

「不過，我繼之一想，也沒什麼好損失的啊。而且，他既然茫成這樣，會把事情兜在一起的機率依該是微乎其微吧。

「所以我就問了，『那個紅頭髮的在哪裡？我上次有看到一個紅髮女孩。』

「然後，麥克拉奇回話，速度超慢，哦，『那是康妮。』

「我開口，『我要那一個。』

「然後他說，『康妮不能工作了。』

「然後，他抬頭看著我，我發誓，那就像是老鷹在盯著什麼東西一樣，他的表情全都變了，死盯著我不放，目光相當專注。

「對面兩個人從昏死狀態醒來，貼地的頭抬了起來，彷彿我在惹麻煩，瞬間氣氛大變。

「『為什麼？』麥克拉奇問我，『為什麼這麼想要她？』

「『我不知道，』我說道，『我就是喜歡紅髮。』

「在這個時候，我已經慢慢退到屋外，但我擔心他有槍，依然面對著他。

「他朝我走來，現在，看起來多了幾分警覺，『是誰派你來的？她姊姊嗎？你是不是條子？』

「就在這時候，我轉身，認了，原來我的膝蓋最近復原得不錯。

「不過，我聽到他在後頭大喊，聲音傳遍了整條街，『你是不是條子？』他一直追問，『你是不是條子？』」

楚曼搔抓臉頰，盯著我。

我有一種感覺：宛若冷水在我的血管中逐漸擴散。

我問道，「不能工作了，那是什麼意思？」

我們都沒辦法回答。

現在，輪到我了，對他說出有關賽門的事。

「他直接開到肯辛頓，」我開口，「沒有任何遲疑。直接上了他的車，開到那裡，他下車之後我就跟丟了。」

楚曼說道，「真的假的？」

「這一區不是他的業務範圍，」我說道，「他是在南區。」

我突然停入某個車位，我們面前出現一小排晦暗的商店：中國餐廳、自助洗衣店、門窗緊閉的五金行、當肯甜甜圈。我放下遮陽板，不想被任何走出店外的人看到。有人停入了我旁邊的格子，我依然低垂目光。

楚曼開口，「我覺得時候到了。」

「要做什麼？」

他說道，「我們該向迪保羅講這件事。」

但我已經在搖頭，我說道，「絕對不可以。」

「拜託，米可，」楚曼說道，「他是好人，我從小時候就認識他了。」

我問他，「你怎麼知道？」

他盯著我。

「妳還有什麼選項？」

我回道，「我們繼續靠自己查案。」

「然後呢？」楚曼問我，「如果妳真的找到兇手，妳打算怎麼辦？私刑伺候？然後妳自己在牢獄裡過完餘生？不，米可，到了某個時候就……」

他的聲音變得越來越小，聽不見了。

我開口，「你真的很信任他。」

楚曼思索了一會兒，然後開口說道，「他比賽的時候從來沒有作弊。」

「抱歉？」

「我們小時候，他計分一向老老實實，」楚曼鄭重澄清，「對，我信任他。」

「那你呢？」我問道，「你確定要捲入這件事？你可能會因此丟了工作，我們這樣做其實不算是符合工作規範。」

楚曼回我，「米可，我不會回去了。」

嗯，這是我一直好奇的事。

「為什麼不回去？」

「我不想回去，」楚曼回得直白，「好，我一直與眾人處得很好，保持低調，大家都喜歡我，妳知道嗎？太容易了。很容易就忘記這個體制有問題，我不只是在講費城，不只是在講這些特殊的兇殺案，我說的是整體，一整個體系，太多權力落入惡人之手，一切都失控了。」

他停頓了一會兒，深呼吸。

「我睡不著，」他說道，「妳知道我的意思嗎？人人性命垂危，不只是那些女子，還有無辜民眾，手無寸鐵的人，我睡不著。」

這應該是我第一次聽到楚曼這麼坦誠吐露自己的政治觀點。

我沉默了好一會兒。

「我可以現在退場，」楚曼說道，「領退休金，如果想要的話，再找一個不一樣的工作。上床睡覺的時候，心情可以比較安穩。」

「人人性命垂危，」他再次說道，又一次，「人人性命垂危。」

「我了解。」

而且，我也同意，越來越同意他的看法。

在我開車前往楚曼停車處的時候，他打電話找麥可．迪保羅。

「想問你一下，」楚曼說道，「可否今晚在『公爵』見個面？」

「公爵」是位於朱尼雅塔的某間酒吧，很靠近他們兩人自小長大的地方。那是楚曼的最愛——在當地已經經營了數十年之久，他認識那裡的每一個酒保。我只去過那裡一次，與一群員警為楚曼慶生，但除此之外就沒去過了，那裡不是警察喜歡鬼混的地方，所以要在私底下談論工作就相當適合。

我聽不到迪保羅的回應，但似乎是沒問題。

「八點鐘好嗎？」然後，楚曼說了聲好，掛電話。

他問我，「妳有辦法過去嗎？」我回他，「我會想辦法。」

貝塔妮願意出手相救，讓我又驚又喜，「我可以待到很晚，」她說，「沒問題。」

我到達「公爵」的時候，很安靜，而且沒什麼人。木板條牆面，昏暗燈光，後面擺了個撞球桌。這是費城少數可以抽菸的地方之一，雖然現在沒有人在吞雲吐霧，但裡面依然瀰漫著陳年菸氣。

楚曼坐在角落的某個包廂，避開眾人。迪保羅還沒到，楚曼面前的桌上放了一瓶可樂娜：我只看過他喝這一種酒，這是他的某種惡俗品味。他快喝光了，我問他要不要再來一瓶？

「好啊。」我去吧檯點了兩瓶，一瓶給他，一瓶給我自己。我一直不愛喝酒——我記得賽門和我在一起的時候，我偶爾會和他一起喝酒——現在，我努力回想最後一次喝酒到底是什麼時候的事？應該是一年前吧。今晚，酒精的滋味真是美好。

迪保羅走進來，他與楚曼年紀相當，五十出頭，但楚曼要是騙大家說他自己四十出頭，也不成問題。迪保羅看得出年紀，步履也是。他有大肚腩，總是面容疲憊，個性一直可愛古怪，有時候會完全解放。楚曼在這裡開趴過生日的時候，迪保羅喝醉了，讓點唱機播放邦喬飛的歌〈以祈禱維生〉，然後帶引大家一起唱，我喜歡這個人。

「看來妳很需要那東西，」他沒有說哈囉，直接指著那瓶可樂娜。

「是啊，」我問道，「你要不要來一瓶？」

「開什麼玩笑啊？」他說道，「難道我們現在是在海邊嗎？」他對酒保說道，「尊美醇加冰塊，再給這位小姐一瓶可樂娜。彼得，最近怎麼樣？」

我們三個人入座：楚曼與我坐在包廂的同一側，迪保羅則是在另一邊。楚曼向迪保羅道謝，願意過來這一趟，這番話有點拘謹，迪保羅大笑。

「我就知道找我一定是有什麼好事，」他說道，「你們惹了什麼麻煩？」

楚曼瞄我，我看著迪保羅，盯他盯得太久，他臉上的笑容逐漸消失。

他問道，「怎麼了？」

「你認識賽門．克里爾？」

他端詳我的臉龐，然後低頭看著他自己的尊美醇，喝了一小口，他沒有露出賊笑。

「是啊，」他回道，「我認識。」

「有多熟？」

迪保羅聳肩，「不算太熟，」他說道，「在某些局內全體會議中見過他，不過，他是在南區，所以也不是天天會見到他。」

我字斟句酌。我心想，保持冷靜很重要。

「就你所知，是否有任何原因會讓他在工作時段出現在肯辛頓？」

迪保羅目光凌厲看著我。

「為麼這麼問？」

我往後一靠，「我今天看到他了，」我說道，「中午的時候。」

上。

迪保羅嘆氣，望向楚曼，想要探詢他的眼神，但楚曼不肯回迎，迪保羅的目光又回到我身

「如果這是那種……」他舉起雙手，在空中畫圓圈，「如果這算是戀人的口角，我真的不想要介入。」

我說道，「你這話什麼意思？」

「好，」迪保羅回我，「我沒有冒犯的意思，但大家都知道妳和賽門·克里爾的事，反正我就是不想……」

他的聲音越來越小，最後成了嘆息。

「我不知道他為什麼會出現在肯辛頓，」他說道，「但應該是有他的理由吧？」

我等怒氣消了之後，才開口回應。

「這與我無關，」我說道，「我只是想要給你一些偵辦肯辛頓謀殺案的線索，也許可以派上用場，因為其他人都聽不進我的話。」

迪保羅問道，「妳指的是？」

「我不清楚你已經知道了多少……」我說完之後，喝了一大口酒，然後開始娓娓道來。

我把寶拉．莫洛尼的事告訴了他，還有寶拉提出的指控，我還告訴他寶拉不肯出面報案。我也將凱西失蹤的事告訴了迪保羅。我覺得自己講話毫無頭緒，經常抬頭看著迪保羅，注意他的表情，但很難參透。

「一開始的時候，我先把這一切告訴了艾亨警佐，」我說道，「我直接回到警局，跟他說我有事情得找他一談，我覺得這是應該要讓他知道的線索，我想要遵守程序。他說他知道那些指控，而且還會轉達給適當人士。」

我停頓了一會兒。

「但我不知道他到底有沒有這麼做，」我繼續說道，「我把我聽說的消息告訴他的幾天之後，接到內部事務局來電，要求會面。我進去之後，他們說正在調查我，將我停職。」

這是我第一次大聲說出來，像這樣一股腦全盤托出，突然讓我好震驚，太不公平了。

迪保羅還是面無表情，我不知道他先前知道多少，他是很厲害的警探。

他終於開口，「嗯……」

我靜靜等待。

「我要說的是，」我繼續說道，「殺死這些女子的可能是某名警察。賽門在警界，而且，我才剛剛看到他出現在肯辛頓，那是他總是在我面前宣稱他深惡痛絕的區域。」

迪保羅等我說下去，這段話對他來說似乎太跳躍了，我看得出來。

他問道，「還有別的嗎？」

「他喜歡年輕女孩，」我說道，「而且，他談戀愛的時候，沒有——道德規範。」

迪保羅依然不動聲色。

突然之間，我才驚覺這些話聽起來有多麼瘋狂。事實對我不利。我知道自己現在的行事依據是一種預感，猜測，無法向外在世界傳譯的某種直覺。不過，大聲說出來之後，我的信服力也越來越強烈。

我低望桌面，但眼角餘光看得到迪保羅正盯著楚曼，又想要判斷他的反應，迪保羅清了清喉嚨。我知道這是什麼場面，我因為不明原因遭到停職，向我以前交往的對象提出相當嚴厲的指控，但卻拿不出什麼證據。他一定覺得我是瘋女人，瘋狂前女友。

我開口，「我沒有瘋。」但我知道這句話不會有任何效果。我看著楚曼，「你跟他說我沒有瘋。」

我驚覺自己快醉了，已經喝光了第二杯啤酒。

「米可，沒有人這麼說妳。」現在他對我搖頭，動作十分細微，不要再說下去了。

迪保羅把雙手置於桌面。

「好，米可，」他說道，「我聽到妳說的話了，知道嗎？但是妳必須要放手，好不好？」

我忍不住，發出了一聲很不禮貌的「哈」。

迪保羅態度冷靜盯著我。

他說道，「妳搞不定的。」

「怎麼說？」

「我無權告訴妳，相信我就是了。」

他起身，準備離開。

「我會去找媒體，」我突然冒出這一段話，「我有個朋友在本地廣播電台工作，她對於警方在肯辛頓的貪污新聞一定很有興趣。」

我想到了蘿倫．史普萊特。要是她聽到我把她稱之為朋友，不知道會有什麼表情，她可能會嘲笑我。

迪保羅還是面無表情。楚曼的手從桌子底下伸過來，放在我的膝蓋上面，捏我，就一下而已，夠了。

迪保羅說道，「真的嗎？」

我回他，「真的。」值此同時，楚曼也開口，「米可……」

「好，妳去啊，」迪保羅說道，「妳就去啊，妳知道她會對妳說什麼？」

我安靜了。

「她會告訴妳，警方已經抓到嫌犯了，」迪保羅說道，「因為今天下午四點三十五分，我們逮到了人，還有……」他看了一下手錶，「十分鐘前，已經發出了新聞稿給本地與全國媒體、透露出上述內容。」

我張大嘴巴。

「如果妳想要去找她談警察貪污的事，」迪保羅說道，「妳就去啊，可以先從妳為什麼被停職開始說起。」

他喝下最後一大口尊美醇。這一次，他沒有扮鬼臉。

我不想問出這個讓他稱心如意的問題，但我就是忍不住。

「是誰？」

「小羅伯特．穆維，」迪保羅回我，「其實，我想妳認識這個人。」

迪保羅才剛離開，我就立刻拿起自己的手機。我沒有辦法看楚曼，他也不發一語。想也知道，我這種態度，讓他很尷尬。

我立刻檢視地方新聞台網站，一個又一個，一遍又一遍，不斷查看最新消息。

不到幾分鐘的時間，新聞出來了。

頭條標題，肯辛頓謀殺案嫌犯遭到逮捕。

小羅伯特．穆維，在我手機螢幕的裡面盯著我，他的入獄檔案照的猙獰程度，就與我最後一次在法院裡看到他的神情幾乎一模一樣。

那篇新聞說道，某起匿名線報指稱他出現在第一起命案現場，警方因他涉嫌多起命案而將其逮捕。附近某個店家的錄影畫面證實他曾出現在那裡，而且全國警察DNA資料庫也證明他與第二名及第三名被害人有關。

我立刻抬頭。

「原來……」

楚曼說道，「原來怎樣？」

他憋了這麼久之後，第一次開口。

「我記得他，」我說道，「我想我記得他，當我們發現第一具受害者屍體的時候，我看到他出現在葛尼街的『軌道區』，我當時跟他說，『你不應該待在這裡。』他沒理會我。」

我記得他。如鬼魂飄了出來，態度桀驁不馴，流露出詭異神情，一路退回到灌木叢裡面。

終於，我望向楚曼，他神情嚴肅。

「我是怎麼了？」我問道，「我到底是做了什麼？」

終於，楚曼吐了一口長氣，「唉，米可，我懂，相信我，我真的懂。妳想念妳妹妹，妳很擔心，所以很難釐清思緒。」

「凱西啊，現在她很可能在訕笑我，」我說道，「搞不好跟哪個新男友在一起，想到我在找她，應該正在笑我，大笑個不停。」

我搖搖頭，我恐怕從來沒有對自己這麼失望過。沒有想出自己與穆維之間的關聯；當他認出我、根本就是當面在奚落我的時候，我卻沒有認出他；我放任自己的情緒作祟，看不到鐵證。

我一直以為過去這幾個禮拜的表現證明了我自己，無庸置疑，我一直被誤導，直到現在才知道真相。

我又點了一瓶可樂娜，然後，想起了迪保羅的酒，我點了一杯尊美醇，然後是第二杯，接下來是第三杯。

我問楚曼，「要不要來一杯？」但是他拒絕了。

楚曼說道，「米可，喝慢一點，」但我不想慢慢喝，我想要加快速度，讓我盡快度過生命中的這一刻，走到另外一端。

「好吧，」我放慢速度，我已經感覺到口腔裡的舌頭越來越沉重，「我開車過來的，但我知道自己不能開車回家。我想要把頭擱在桌上睡覺。」

他遲疑了一下。

「是我的錯，」他終於開口，「是我建議妳這麼做。我一直不喜歡這傢伙，而且關於他的謠言這麼多，就讓我覺得……」

他聲音越來越小，最後完全消失。

「妳知道嗎，很容易就會失控，」楚曼又說了一次，「他對妳做了那種事情之後，我一直就不喜歡他。」

我們兩人都靜默了好一會兒。

我終於開口，「但還是無法解釋他去那裡做什麼。」

楚曼聳肩，「也許他是臥底，」他說道，「這是受到大家關注的案子，所有人都必須上陣，也許他們在把他們所認定的新面孔送到這個區域。」

我搖頭，「他是警探，」我回他，「不是臥底。」

「誰知道呢？」楚曼說道，「妳和我現在都不在那圈子裡了。」

在座位區上方掛鏈燈強光的映照之下，我端詳他的面孔。那是一盞蒂芬尼燈，有趣的是，路易斯．康福特．蒂芬尼念西契斯特軍校的時候，曾經在賓州這裡待過一段時間。不過，我們上方的那盞燈，看起來粗製濫造，頗像是警探老片裡的審訊燈。然後，我突然想到，我的工作佔據了我的一生，我所有的舉動與思維以及所看到的一切，全都透過了這些工作的濾鏡。等到迪保羅向內部事務局回報我最近的一舉一動之後，我的工作，應該是不保了，我開始大笑。

「我們逃不了，」我說道，「我們真的逃不了。」

楚曼似乎不知道我在說什麼。他盯著我，憂心忡忡，其實，那神情近乎溫柔，彷彿他已經伸手、貼住了我的側臉。

「米可，妳還好嗎？」他說道，「我很擔心妳。」

我回道，「我絕對不會有事的。」

我還是笑個不停，現在有些歇斯底里。

楚曼說道，「我開車送妳回家。」

我走出門口的時候，腳步有些踉蹌。楚曼扶我的腰，就這麼一路從人行道走到了停車處。我感受到他的力量，還有他摟住我側身的手，那裡的肌肉開始變得緊繃。我聞到了微弱的氣味，猜測應該是洗衣精吧。我從來沒有這麼接近過楚曼，這種時刻不會令人不悅，其實，感覺很好，能夠有另外一個人扶持的感覺真好。我也伸手摟住他，把頭挨過去。

他把車停在距離「公爵」有一個街區之遠的馬路邊。他先把我帶到副座那一邊，我站在車門前，面對著他，他對著車鑰匙按鈕按了兩次，車子發出了兩聲嗶響，在寂靜的街道發出回聲。

他擠到我旁邊，準備要壓下門把，我沒有動。

他說道，「米可，我要幫妳開門。」

我望著他的臉龐。突然之間，我對於這個世界，還有楚曼與我之間的種種，有了全新的領悟。此時此刻，似乎再明顯不過了，不禁讓我發出短暫大笑：他守在我身邊將近十年之久。我怎麼一直沒有發現？楚曼現在與我的呼吸節奏一致，都變得好快，我們兩個都一樣。

我親吻他的臉頰。

「米可……」他把手放在我肩上。

「嘿……」楚曼開口，但他並沒有走開。

我親吻他的嘴，他站在原地回應了我，但就只有那麼一下而已，隨即抽身。

「不行，」楚曼說道，「米可，這樣不好。」

他往後退了兩步，在我們之間拉出了一點距離。

他又說了一次，「米可，這樣不好，」

「很好啊，」我回道，「這樣很好。」

他挺直下巴，「是這樣的，」他說道，「我在和別人交往。」

我不假思索，脫口而出，「誰？」

不過，他還沒說出口，我就已經知道了答案。我想到了楚曼邊桌的照片，一個幸福美滿的家庭。他美麗的女兒們，他美麗的妻子。我想到了楚曼的母親，替我開門時所流露的懷疑神情。還有楚曼的說法，她很保護我。

楚曼陷入遲疑。

「米可，是席拉。」他終於說出口，「我們在復合階段，努力重修舊好。」

回家的路上，我全程不發一語，就連下車的時候也一樣。

貝塔妮看著我走進公寓，她在打量我。我竭盡努力，不想要太靠近她，不過，我知道當我付錢給她的時候，她一定聞到了我吐出的酒氣。

當我醒來的時候，感受到這一生中從所未有的羞恥感。記憶上身，一開始緩慢，然後變得急快，我雙手摀臉。

「不，」我說道，「不，不，不，不要，不要……」

湯瑪斯顯然是在昨晚溜入我的房間，窩在床尾的他醒來，開口問道，「媽媽，怎麼了？」

我低頭看他。

「我忘了一些事。」

一如往常，貝塔妮遲到了。當我在等她的時候，我開始縱容自己胡思亂想：也許當她一走進來，我會立刻開除她。反正我現在是停職狀態，其實這時候並不需要她幫忙。不過，有兩件事卻打消了我的行事衝動：首先，我今天必須要去朱尼雅塔取回自己的車，而且我不想要向湯瑪斯解釋為什麼我會開車去那個地方。第二，假如我可以回去上班，我需要有人照顧小孩——立刻找到第二個人，能夠像貝塔妮一樣時間如此彈性，就算真有這種可能，也會是艱鉅任務。

所以，當她終於姍姍來遲的那一刻，我假裝要去工作。而且，這是我們認識以來，她第一次為遲到道歉，她今天居然沒有化妝，而且素顏的臉龐看起來好青春。

她這麼真懇，讓我受寵若驚。

「哦，」我說道，「沒關係，不要擔心。」

「湯瑪斯今天可以看一個電視節目，」我說道，「時間由妳定奪。」

結果，從本薩勒到朱尼雅塔的計程車，一共花了我三十八點零二美元，還不包括小費，我從來不知道是這個價錢。

我下了計程車，進入自己的車內，開車。

我發覺今天是我的了，我愛做什麼都可以。我已經很久沒有享受到這樣的榮寵，沒有工作、沒有小孩要照顧，沒有自動自發的任務在身之後，我在肯辛頓四處繞行，穿過了二十三街。既然不是在執勤，我就可以觀察到平常上班時絕對不會注意到的一切：某些小型空地被這裡的鄰居們轉化為臨時遊樂場，角落放有老舊生鏽的捐贈溜滑梯，籃框隨隨便便安裝在鎖鏈連結的鐵柵欄上面。二手用品店把自己的物品展示在人行道上面，慘不忍睹的缺角洗衣機和冰箱，如直挺挺的士兵排成一整列。

這是我第一次來到這裡的時候沒開巡邏車，路旁經過的那些女子根本沒瞧我一眼。在等紅綠燈的時候，一個騎著三輪車的小男生停在我旁邊，燈號一轉綠，他就立刻擋在我前面。

我突然有股衝動，想要去看看我在里奇蒙港的舊家，我開車過去，現在，那棟房子屬於某個二十多歲的貴公子年輕人（或者，根據我所簽署的文件，更精確的說法應該是他父母所有）。然後，我前往魚鎮，經過了奇伊的房子門口，也就是我自小長大的地方。今天看起來沒人在家，裡面一片昏黑。

回家的時候到了。不過，經過「轟炸機咖啡店」的時候，我突然有股想要進去的衝動。我今天沒有穿制服，走進去的時候，根本沒有人在眨眼。在那麼一瞬間，我開始想像自己與湯瑪斯的另一種生活：週末的時候來這裡看報紙，有時間可以好好教導他好奇的一切，給予他輕鬆與平和的生活方式，讓他可以吃到我面前玻璃櫃裡的某個五元美金的肥嘟嘟瑪芬，或是櫃檯那個男孩現在遞給某名客人的藍色瓷碗，裡面裝滿了新鮮水果與優格。我在想像自己與這個男孩、與所有在這裡工作人員的友善互動。我也在想像前往其他餐廳的情景，休假日，現在可多了，在那裡面消磨幾個小時的時光。也許會帶一本素描簿，描繪周遭環境，我以前很喜歡畫畫。

我站在那裡排隊，思索要點些什麼，就在這時候，後頭有人叫我。

「米可？」開口的是名女子，「是妳嗎？」

我立刻變得緊張兮兮，我不喜歡猝不及防的感覺，我並沒有準備好，卻被人盯著看。

我在原地轉身，看到了開口的女子是莉拉的母親，蘿倫．史普萊特。今天她的打扮是寬鬆的針織帽，還有佈滿星星的運動衫。

「嗨！」蘿倫向我打招呼，「自從……」

她停頓不語，正在思索措辭，終於說出了口，「自從那場派對之後……」

「哦……」我的重心不斷前後挪移，還把雙手插在褲子口袋裡，「對，那天場面難堪，」我說道，「很不好意思。」

「湯瑪斯最近怎麼樣？」

「他很好啊。」我回答得未免太快了一點，其實我想說的是，關妳什麼事。不過，我感受到蘿倫語氣中的誠懇之意，她的關心不是出於敷衍或探人隱私。

「太好了。」聽得出這是蘿倫的真心話。

「嘿，」她說道，「要不要找個時間來我們家？莉拉每天都會講湯瑪斯的事，要是可以讓他們能再次重聚一定很棒。」

櫃檯後方的那個男孩不耐問我，「需要什麼呢？」我沒注意自己已經到了隊伍的最前面。

「好啊，」我回覆蘿倫，「嗯，太好了。」

蘿倫往後退，讓我好好點餐，她說道，「我再打電話給妳。」

我一邊拿著咖啡，一邊開車，先南下前往法蘭克福德，然後北上前往德拉瓦大道。然後，我嚇了一大跳，自己居然轉進了賽門與我經常約會的碼頭旁的停車場。那些日子過後，水岸發生了變化：糖屋賭場的巨大建築籠罩南區，附近冒出一堆新的停車場，還有眺望河景的新建公寓。

不過，我們的碼頭卻沒有變：依然破舊、到處都是垃圾，幾乎是廢棄狀態。同樣的一排樹木，被冬日摧殘得光禿禿，依然遮擋了水景。

我停好車，下車，走在無葉的樹林之間，推開樹枝，踩過野草。我站在木頭碼頭，雙手扠腰，想到了賽門，想到了我自己，半生之前的我，十八歲的我，坐在這裡。我在想到底是什麼樣的男子，什麼樣的人，會千方百計想要讓小孩對他動情。因為，這就是我的下場。

到了下午一點，我好累，而且應該是宿醉未退，我開始覺得不舒服。等一下我就讓貝塔妮早點回去，讓她下午放個假。我把車駛離停車場，上了九十五號州際公路，一路北行。

我打開公寓大門的時候，一片安靜。湯瑪斯偶爾會在這種時候午睡，但這種狀況已經越來越少見。

我脫掉外套，把它掛在衣鉤上頭。經過廚房的時候，我瞄了一下，早餐與晚餐的碗盤到處亂放，也沒看到貝塔妮的人影。我深呼吸，吐氣。又得好好談一談了，我一直打算告訴她：要是妳可以在白天的時候整理一下……

然後，我告訴自己，不要打一場不會贏的仗。

我進入走道，湯瑪斯的房門是關著的，如果他在睡覺，我可不想吵醒他。

浴室門也一樣緊閉。我站在外頭好一會兒，靜靜聆聽，三十秒過去了，沒有流水聲，裡面沒有傳出任何聲響。

最後，我輕輕敲門。

我低聲呼喚，「貝塔妮？」

我試了一下門把，最後，開了一道小縫。

我又喊了一次，「貝塔妮？」

終於，我把門整個打開，裡面沒有人。

我轉身，打開走道對面的門，湯瑪斯的房間。他的床沒整理，但裡面沒人。

現在，我開始大叫了，哈囉？湯瑪斯？貝塔妮？

公寓裡依然一片寂靜。

我衝向自己的臥室，轉身，又衝回到公寓前面，瘋狂找尋能夠知道他們下落的字條或是任何線索。

貝塔妮的車停在我家外頭的車道，而且現在天氣太冷，他們也不可能出去散步，我心想——貝塔妮就連外頭天氣好的時候也不喜歡散步。

我根本無心穿外套，直接衝到外頭，然後是後梯，用跳躍的方式下梯台，然後繞向梯底的另一頭，在屋子旁邊狂奔，冷風灌進我的毛衣裡，好刺痛。

我經過貝塔妮車子旁邊的時候，查看了一下裡面，一樣沒有人。我發現她依然沒有安裝我為湯瑪斯買的兒童座椅。

我猛敲馬洪太太家的大門，然後也開始按電鈴。

我的腦中浮現亂七八糟的可怕念頭，眼前浮現兒子屍體的畫面，四肢張展，已經沒有了生息，就像是我在警界工作多年所看到的某種遇害者的模樣一樣。也不知道為什麼，我只看過一個小孩的死狀，一個小女孩，六歲，在春天花園被車撞死。我當時大哭，她的那幅影像一直在我腦中徘徊不去。

我又繼續按電鈴。

馬洪太太終於應門，大眼鏡後方的雙眼眨啊眨，她身穿棕色絨毛浴袍與拖鞋。

她端詳了我的表情之後，開口問道，「米可，妳還好嗎？」

「我找不到湯瑪斯。」我說道，「早上的時候我把他留給保姆，可是他們現在不見了，也沒有字條。」

馬洪太太臉色變得煞白，「哦不會吧，我今天沒看到他們。」

她凝望前門，「她的車還在這裡不是嗎？」

但我已經跑走了，再次繞著房子狂奔，然後又衝到樓上的公寓，拿起自己的手機，打電話給貝塔妮——沒有人接——然後，我又傳簡訊。

妳在哪裡？拜託打電話給我，我在家裡。

然後，我想到了康納．麥克拉奇對我所說的話，字字句句宛若火警警報一樣，「妳有個兒子，」他曾經對我說道，「叫湯瑪斯，對不對？」

我花了十秒鐘，考慮各種選項。

最後，我打了九一一。

我之前從來沒有與本薩勒的警局有過任何互動。他們是小單位，但非常專業。幾分鐘之後，這間屋子成了犯罪現場。最先到達的是兩名巡邏員警，一個年輕男警，另一個是年紀較長的女警，立刻開始向我詢問細節。

馬洪太太在樓下，我們分開接受問案。

與費城以外的某個警局一起面對案情，感覺好詭異。我覺得自己是警察，在這種時候可以幫得上忙，似乎是合情合理的事。但是在這個當下，我卻想不出自己可以打電話給誰。我所有的人脈——麥可．迪保羅、艾亨、賽門，甚至是楚曼——我覺得他們每個人都幫不上我的忙，原因各不相同。我自己的家人亦然，大家都幫不了我，我想不出自己可以打電話給誰。突然之間，我覺得那種深沉的孤獨感好真實。我周邊的世界正在緊縮，一次一點點，一次一點點，最後害得我的呼吸變得短淺急促。

「放輕鬆，」女警發現我的狀況，對我和善說道，「放輕鬆，深呼吸。」

我這輩子從來沒有接受過問案，我乖乖聽從她的指示。

女警問道，「妳對這名保姆的背景知道多少？」

「她名叫貝塔妮．薩爾諾，」我說道，「應該是二十一歲，兼職彩妝師，我記得她偶爾會上費城社區大學的線上課程。」

女警點點頭，「好，」她問道，「妳知道她的住家地址嗎？」

我臉色煞白。「不知道，」我回她，「我真的不知道。」

我都是付現金給貝塔妮，黑工錢，兩個月付一次。

「好，」女警繼續問道，「那麼她的親友呢？有沒有想到可以聯絡誰？」

我再次搖頭。我開始斥責自己，我就只有一個貝塔妮的推薦人而已，她在彩妝學院的老師，老實說，就連這位老師當初的語氣也是很冷淡。

「有件事讓我很擔心，」我喉頭一緊，「某個特殊事件。」

女警問道，「什麼事？」現在，她的搭檔也陪在她旁邊，他已經草草巡過這間公寓，我知道這地方在他眼中是什麼模樣：破敗、凌亂，不是那種會有客人造訪的住家。

「我妹妹也失蹤了，」我說道，「至少，我不知道現在她人在哪裡。而且知道我在找她的那些人應該不是很開心。還有，我是費城警局總部二十四區的巡邏警察，但是我目前正在接受調查。不過，這是誤會，也有可能是被別人惡搞。」

那兩名員警迅速交換眼神，但逃不過我的眼睛，我也是警察，我知道自己講話的語氣聽起來是什麼感覺。

「不，不是，」我說道，「不是那樣，我是警察，是條子，但我現在被停職，因為……」

我講不下去了，我陷入沉思，現在就是講不下去了，我也聽到了楚曼的聲音在我耳內響起。

「因為什麼？」那名年輕男警在抓鼻子。

「沒事，」我說道，「不重要，我只是擔心小孩可能被綁架了。」

女警又接手追問，「妳為什麼會覺得兒子可能被綁架？」她問道，「妳是不是擔心有哪個特定人士？」

「對，」我回道，「康納・麥克拉奇，但其他人也有可能。」

男警進入走道、以無線電呼叫調度員，我聽不清楚他在講什麼。女警員繼續向我問案，有越來越多人慢慢到達現場。

就在那時候，傳出一陣恐怖敲門聲。

我透過玻璃窗、看到馬洪太太的臉，她一頭亂髮，表情令人猜不透。

她的聲音從門外透了進來，「讓我進去！」

「他們回來了！」我一開門，馬洪太太立刻說道，她完全不理會屋內的其他人，直接望著我。我差點就癱軟跪下、雙手摀臉爆哭，好不容易才忍下來。

我問道，「他們在哪？」

「在屋外的車道，」馬洪太太說道，「有個男的跟他們在一起。」

我衝出大門，男警大喊，「拜託，請等一下！」但我完全不理他。

我飛奔下樓，後頭跟著速度比較緩慢的馬洪太太，我繞過屋子，看到了湯瑪斯，神色嚴肅，他旁邊蹲了一位女警探，正在與他講話，兩人的臉只相距了幾公分而已。

我奔向湯瑪斯，把他抱入懷中，他把臉埋入我的頸項。

還有貝塔妮，她在哭泣。旁邊是一個我不認識的男人，已經被上銬，他面紅耳赤，表情憤怒。

後來，我知道了這是貝塔妮的男友。他們兩個原本以為這計畫不錯，帶著湯瑪斯去購物中心、讓他搭乘她男友的車，裡面沒有兒童安全座椅，連能夠正常使用的安全帶都沒有；兩人以為這計畫不錯，不留字條也不傳訊、偷偷摸摸去逛街（貝塔妮後來跟我說，「我想妳應該會生氣……」，我回答她，「沒錯。」）。半個小時之內，我開除了貝塔妮，她還居然請我當她的推薦人，她沒在開玩笑，也完全看不出任何內疚之意。

不過，在這個當下，我閉上雙眼。我知道大家在對我說話，但是我聽不進去。我只聽到兒子的呼吸聲，除了自己的心跳之外，沒有任何感覺，在周邊聞得到的氣味，也就只有冬日的清新空氣而已。

後來，那天晚上又有人敲門，害我嚇一跳。

在遮蓋窗戶的那兩片蕾絲窗簾之間，我又看到馬洪太太的臉盯著我，她太靠近玻璃，呼吸霧染了窗面。

我好累，現在，我只想要休息，與湯瑪斯一起窩在沙發上看電視。

不過，湯瑪斯一看到是馬洪太太，立刻興奮跳起來。

他大叫，「嗨！」自從他與馬洪太太共度那個下雪日之後，他就對她產生了一股特殊的崇敬，每當我們相遇的時候，他都會興奮向她猛揮手。

現在，他奔向門口，立刻為她開門，我只好說，「請進。」

冷空氣立刻灌入公寓，後頭有道門啪一聲關上了。

馬洪太太手裡拿著兩個東西：一個是以牛皮紙包著的瓶子，另一個是耶誕包裝紙的長方形物品，正中央有一小處隆突。

「你們受苦了，我只是想過來看一下你們兩個人是否安好，」她說道，「還給你們帶了這些東西。」

她動作僵硬，將瓶子交給了我，禮物交給了湯瑪斯。她語氣很拘謹，而且似乎緊張兮兮。

「妳真體貼，」我說道，「不需要這麼客氣。」

但我還是雙手接下那瓶子。

「只是檸檬水而已，」我還沒來得及打開，馬洪太太立刻說道，「我自己做的，裝入瓶子之後就冰在冰箱裡，如果太酸的話，妳可以加糖，我自己的口味偏酸。」

「我也是，」我回道，「真是謝謝妳。」

接下來輪到湯瑪斯打開他的包裹。等到他拆完包裝紙之後，我看到那是一個西洋棋棋盤，還有一個裝了所有棋子的塑膠袋。在那一瞬間，我不禁畏縮了一下。

湯瑪斯抬頭看著我，而不是馬洪太太。

他問道，「這是什麼？」

我小聲回他，「是棋盤。」

湯瑪斯追問，「是箱子嗎？」❻

「是棋盤，」馬洪太太說道，「是一種遊戲，最好玩的遊戲。」

湯瑪斯現在將所有的棋子小心翼翼拿出來，依序是它們的大小：一開始是國王，然後是皇后、主教、騎士、城堡，最後是兵。當棋子逐一出現的時候，馬洪太太也會跟著唸出它們的名稱。聽到這些字詞，不禁讓我全身緊繃，自從我的青春期之後、自從賽門之後，我就再也沒有聽過有人朗聲唸出這些棋子。

湯瑪斯拿起了主教，舉到馬洪太太的面前。

他問道，「這是不是壞人？」

❻ Chess與Chest拼音類似。

主教的確看起來邪惡：晦澀形狀，沒有眼睛，帽子裡的斜痕宛若一道皺紋。

「它們都有好有壞，所有的棋子都一樣，」馬洪太太回道，「要看狀況而定。」

湯瑪斯看著馬洪太太，然後又看著我，他開口問道，「可不可以讓馬洪太太跟我們一起吃晚餐？」

我一直期盼能與兒子共度一個寧靜的夜晚。當然，現在除了說好之外，我沒有其他選項。

「當然好啊，」我說道，「馬洪太太跟我們一起用餐吧？」

馬洪太太回道，「我的榮幸。」

不過她又補了一句，「但妳要知道我吃素。」

馬洪太太總是令人驚奇連連。

我看了一下櫥櫃、冰箱、還有冷凍庫，幾乎沒有任何食物可以上桌。最後，我決定幫她煮義大利麵，從剛過期沒多久的罐子裡挖出番茄醬醬料。再加上冷凍花椰菜，就能讓晚餐看起來比較有模有樣。

很不幸的是，我們聊得不是很投機，我以最快的速度把晚餐送上桌。

我們三個坐在我的小桌邊，我讓馬洪太太坐在桌首，先把義大利麵碗給她，湯瑪斯與我則坐在另外一頭，三人喝的都是馬洪太太帶來的檸檬水，裡面有新鮮薄荷，馬洪太太說那是她的室內栽種品，那味道就像是某種相當晚來的提醒，有一個季節叫做夏天，湯瑪斯三大口就喝光了。

我們吃東西的時候，出現了一次次的冗長沉默，在這種時刻，我可以感受到湯瑪斯越來越焦躁，他希望屋內的大人們相處氣氛融洽。

我清了一下喉嚨。

「馬洪太太，」我終於開口，「妳一直住在本薩勒嗎？」

「哦，不是，」她說道，「我在紐澤西州長大。」

「這樣啊，」我回道，「紐澤西州很漂亮。」

「的確，」馬洪太太欣然同意，「我自小在農場長大。不是很多人想到紐澤西州的時候會聯想到農場，但我就是。」

我們又繼續吃東西。馬洪太太的麋鹿運動衫前面有一大坨義大利麵醬的污漬，我覺得自己多少有責任。我祈禱她不會在此刻或等一下注意到狀況，以免害她尷尬。

湯瑪斯看著我，我回望湯瑪斯。

我問馬洪太太，「妳怎麼會搬到這裡來？」

馬洪太太回我，「聖若瑟修女會。」

我點點頭，我記得馬洪太太家中牆上的那張班級照，也就是下雪的那一天、我接湯瑪斯回家時發現的那一張。

我問道，「妳是念她們興辦的學校嗎？」

「不是，」馬洪太太回我，「我就是其中一員。」

我重複了一次，「妳就是其中一員……」

「對。」

「我是修女。」

「當了二十年之久。」

我很想問她，妳為什麼要離開，但覺得這問題可能太無禮而作罷。

晚餐過後，湯瑪斯悄悄溜到馬洪太太為他買的棋盤前面，開始擺棋子，

「來啊！」馬洪太太拍了拍沙發，然後教導他這些棋子該放在哪裡，又該怎麼走。

趁著他們在下棋的時候，我清理桌面，洗碗盤，動作徐緩，全部都是手洗。我的雙肩沉落下來，突然之間，我才驚覺自己一直處於緊繃狀態長達數個月之久。知道小孩被別人好好照顧，我感受到一股獨特的輕鬆感，內心純粹平和的一刻，沒有任何的罪惡感包袱。

之後，我假裝自己什麼都不懂，讓湯瑪斯把他剛剛學到的一切教我一遍，然後湯瑪斯與馬洪太太再次對戰。他下的每一步，馬洪太太都仔細指導他——你確定要這麼走嗎？退回去，等等，等一下，思考一分鐘——終於，到了最後，在她佯裝全面潰敗的狀況下，湯瑪斯終於大聲宣布，將殺！

他開心歡呼，雙手在空中擺出他爸爸曾經教過他的觸地得分姿勢。

湯瑪斯大喊，「我贏了！」

我開口，「有人幫你啊。」

馬洪太太說道，「他贏得光明正大。」

後來，馬洪太太坐在沙發上等我，我哄湯瑪斯上床睡覺。因應他的要求，我在角落留了一盞昏暗的燈，交給他一本超級英雄手冊，那是我去年送給他的生日禮物。

湯瑪斯開口，「我愛妳。」

我全身僵住不動。我很少會講出這種話，當然，湯瑪斯從我的舉動、我關心他的方式、以各種方式照顧他與他的健康，他一定知道我有多麼愛他。我一直不相信字詞，尤其是那些拿來描繪內心情感的字詞，我覺得那種話聽起來矯揉做作，虛假。就我記憶所及，在我生命中唯一對我說過那句話的人，就是賽門，看看最後是什麼結果。

我問他，「你是在哪裡學到的？」

湯瑪斯回我，「電視。」

我說道，「我也愛你。」

湯瑪斯再次回我，「我愛你們三個。」

「好，」我說道，「這樣夠了，快去睡覺。」不過我在微笑。

我回到客廳，馬洪太太在微微打盹。我大聲清喉嚨清了好幾下，她嚇得立刻挺直身體。

「嗨親愛的，」她說道，「真是漫長的一天哪。」

她把雙手放在大腿上，彷彿要站起來，然後又望向我，改變了心意。

「米可，」她說道，「妳知道嗎，我一直打算告訴妳，我偶爾照顧湯瑪斯是很開心的，他是可愛的小男生，我也知道妳現在處境困難。」

我搖頭，我說道，「日後不需要麻煩妳……」

不過，馬洪太太以某種沉穩冷靜的態度望著我，擺明了她很嚴肅，而且她也不想聽藉口，她突然讓我聯想到我念的第一間小學裡頭、某些個性比較嚴厲的修女。

「他的教養環境需要一致性，」馬洪太太說道，「目前似乎是沒有什麼一致性。」

這是我一整個晚上第一次動怒。果然就是這樣：不出我所料，告訴我該怎麼為自己的生活雜貨裝袋、該怎麼教養兒子的馬洪太太。

馬洪太太想要繼續說下去，但我卻打斷了她。

「我們很好，謝謝，」我說道，「一切都在我們的掌控之中。」

屋內一陣寂靜，馬洪太太目光低垂，望著棋盤。痛苦起身，拍了拍她的褲子。

「我就不吵妳了，」她說道，「謝謝妳的晚餐招待。」

當她開門的時候，我講出連我自己都嚇一大跳的話。

我問道，「妳當初為什麼會還俗？」自從馬洪太太講出了那件事之後，我一直很好奇，而且看來我們現在已經慢慢建立了私誼。

「我墜入了愛河。」

我問道，「跟誰？」

她又緩緩關上了大門。

「派翠克．馬洪，」她說道，「一個社工，非常好的人。」

我問道，「你成為馬洪太太之前叫什麼名字？」

她微笑，低頭，走到了沙發那裡，費了一番氣力才坐下來，我也陪她一起坐下來。

「我本名是西西莉亞．肯尼，」她回我，「然後，我成了凱瑟琳．卡里塔斯修女，之後就是西西莉亞．馬洪，一直到現在。」

我問道，「妳是怎麼認識派翠克．馬洪？」

「他在聖若瑟醫院工作，」她說道，「也就是我們教團幫忙經營的醫院。他負責照顧的是有小孩生病的家庭，貧窮家庭，」她繼續說道，「或是不會講英文的家庭，可能施虐或失職的父母。那些都是最棘手的案子，」她說道，「他一直待在那裡工作，我是在被分派到新生兒加護病房的時候認識了他。我接受註冊護士的培訓，我們很多修女都是護士。」

她沉默不語。

「我們墜入愛河，」她繼續說下去，「我離開了教團，我們結了婚，當時我四十歲。」

我停頓了一會兒，開口說道，「妳真是勇敢。」

但馬洪太太搖頭，她說，「這不是勇敢，真要說起來，這是懦弱的行為，不過我不後悔。」

我不敢問她後來怎麼了，派翠克呢？

「他五年前過世了，」馬洪太太說道，「也許妳想知道吧？我們一起生活了二十五年之久，就住在妳家下面的那間屋子，」她伸手朝這間公寓揮了一下，「這裡是他的工作室，嗯，畫畫和雕塑。」

「很遺憾，」我說道，「妳失去了先生一定很傷痛。」

她聳肩，開口說道，「就是這樣。」

我問她，「樓下那些是他的畫作嗎？」

她點點頭。伸手拿了一個城堡，往前走了兩格，又往後退了兩格，她透過眼鏡鏡框的上方在端詳我。

「都畫得非常好，」我說道，「我很喜歡。」

她問道，「米可，妳有家人嗎？」

「算是有吧。」

馬洪太太追問，「這話什麼意思？」

所以我就告訴她了。就某種角度而言，告訴馬洪太太的風險沒那麼高。我講出有關凱西與賽門的事，奇伊，還有我的媽媽和爸爸。住得近與住得遠、認識我與不認識我的那些表親。我把我一直覺得講出口會嚇跑大家的那一切全說出來，卸下了幾乎無人能夠承受的那種重擔。

當我說話的時候，馬洪太太一動也不動，雙眼凝神，身體姿勢專注，我覺得從來沒有人這麼仔細聆聽過我講話。

我記得自己六歲時第一次告解的情景，在我準備初領聖體禮之前的那種恐懼。奇伊吩咐我，要保持安靜，鎮定，反正就是閉嘴進去，隨便瞎編些什麼，然後，我被推進了某個小亭子裡面，對著看不到人身的某個聲音、懺悔我自己根本不存在的罪，我記得那種折磨、恥辱。

我覺得，這種版本的告解就妥貼多了。每一個六歲小孩都應該有一個馬洪太太、讓他們可以坐在舒服的沙發上傾吐心事。

講完之後，我覺得好釋然，獲得別人的充分理解，彷彿讓我進入了另外一個面向，我已經許多年不曾感受到這樣的平靜。

「馬洪太太，」我問道，「妳依然相信上帝嗎？」

這問題很蠢，也很膚淺，我只有在小時候問過凱西，還有後來的賽門。

但馬洪太太緩緩點頭。

「是的，」她說道，「我堅信上帝，還有修女們的貢獻。離開修道院是我一生中的大悲劇，但能夠嫁給派翠克是我人生莫大的幸福。」

她搖了搖她的手，一開始看掌心，然後看手背。

她說道，「同一個故事的一體兩面。」

我乖乖照做，檢查自己的手。手背粗糙，滿佈細紋，還有因為天寒所引發的細屑，在街頭出勤，每一個季節都是如此，而掌心卻很嫩軟。

「妳也知道，」馬洪太太說道，「我已經不當護士了。但自從派翠克過世之後，我依然是聖若瑟醫院的志工，一兩個禮拜去一次，摟抱那些寶寶。」

「什麼？」

「那些染毒母親的寶寶，」她說道，「費城裡出現越來越多戒不了毒癮的母親們所生下的寶寶，然後，他們就不見了，我指的是母親與父親。一等到寶寶出生之後，他們就立刻回到街頭。或者，在某些狀況下，他們不可以出現在寶寶面前，所以這些寶寶進入戒斷期，需要摟抱，」她說道，「被人摟抱，可以減低他們的痛苦。」

我沉默許久，最後馬洪太太把手放在我肩上。

「還好嗎？」

我點頭。

「要是妳偶爾可以過去幫忙，應該是一樁美事，」她說道，「有沒有興趣？」

我不說話。

我在想我的母親，想凱西，還是小寶寶的時候。

「有時候，幫助別人可以驅趕自己的心魔，」馬洪太太說道，「至少對我而言是如此。」

我回她，「我覺得我辦不到。」

馬洪太太在打量我。

「好吧，」她說道，「妳改變心意的時候告訴我就是了。」

一週七天，我都待在家裡陪伴湯瑪斯。自從產假之後，我就不曾在家陪伴他。能有這樣的時間跟他在一起，我好開心。自從我開始把每天的時間都奉獻給他之後，我才驚覺也太久沒有好好陪他了，而且，他似乎長得好快：我們讀書，玩遊戲，我帶他去卡姆登水族館以及富蘭克林博物館，我對於這座城市所知悉的一切點滴，全都教給了他。

而且，我最近也做出某個決定。現在，他要是晚上進入我的房間，我不會拒絕他了。我讓他偷偷爬上床，假裝沒注意到。到了早上，我醒來的時候，我靜靜觀察他：在一抹陽光之下，那張小男孩的臉龐，每天都在發生變化，還有他的頭髮，因為睡覺而變得凌亂，那雙小手，如果不是塞在枕頭下，就是交疊在胸前，不然就是高舉過頭，擺出投降的姿態。

聖誕節即將到來，所以我帶他到某個聖誕樹市集，買了兩棵：小的給自己，稍微大一點的那棵給馬洪太太，我把它斜靠在她家的大門口，還留了一張字條，要是她需要人幫忙弄聖誕樹，隨時可以到樓上找我們。

結果，她真的來了。

我每天都惦記著要向楚曼道歉。但是我的羞愧感卻讓我無法拿起電話，所以，關於警界的消息來源，也就這麼斷了。他沒有告訴我任何消息，麥可．迪保羅也沒有，我沒辦法找到任何人告訴我最新進展。

每天早上，我都期盼會接到丹妮絲‧錢伯斯的電話，叫我回去上班。我猜我會被炒魷魚吧，但一天天過去了，平安無事。

聖誕節冷得要死，但陽光普照。寒冰肆虐，成了捲曲的觸鬚，遍佈在我的擋風玻璃。我把湯瑪斯放在後座，然後開始拿刮刀奮力處理狀況，馬洪太太今天要與她妹妹一起過節。

現在，湯瑪斯在後座問道，「我們要去哪裡？」

「去奇伊家。」

「為什麼？」

「因為只要到了聖誕節，我們就會去拜訪奇伊。」

其實這樣說並不算完全正確，我們總是大約在聖誕節前後去拜訪奇伊，因為我通常當天得要工作，也就是說我得把湯瑪斯留給他的前保姆，卡拉。我一直告訴自己，他太小了，不會注意到的，去年我的信心卻開始動搖了，也許他一直知道。今年，我遇到了漫長無盡的停職期，沒有這種責任在身，事情就變得簡便多了。所以，我與湯瑪斯帶著我們在普魯士王購物中心挑選的兩份小禮物，準備前往奇伊的家。

這倒不是因為我想念她，我覺得，基本上是想念那種家庭的概念。湯瑪斯失蹤的那一天，我居然找不到人能夠打電話尋求支援，這一點讓我深感不安。我告訴我自己，米可拉，建立一個比現在更強大的親友網絡，是妳的責任，就算不為自己，也要為湯瑪斯著想。

所以，昨天我打電話給奇伊，讓她知道我們會過去，一開始的時候，她語氣很抗拒——抱怨她家裡一團亂，而且她因為在過節前挑了太多的班表工作，所以沒有辦法為湯瑪斯挑禮物——最後，她還是軟化了。

「奇伊，」我說道，「妳不需要擔心那種事，湯瑪斯一直吵著要見妳，如此而已。」

她語塞了。

「是嗎？」

從她的語氣，我聽出有一絲淡淡的笑意。

「這樣啊，」她說道，「那就沒問題。」

「下午可以嗎？」我說道，「四點鐘左右。」

「可以啊。」奇伊說完這句話之後就掛了電話，連再見也沒有說，對她而言，這很正常。

這個早晨，湯瑪斯與我共度了一段安靜時光。我幫他做了鬆餅，他最愛的食物之一。我給了他四個禮物，讓他拆包：與他腰部同高的變形金剛，烏克麗麗（他一直說他想要學吉他），《格林童話》全集，這也是我小時候最愛的書，還有一雙會發光的蜘蛛人球鞋。

現在，他把最後一份禮物穿在腳上，我聽到後座一直傳來微弱的砰砰聲響，看來他一直在互碰腳後跟，觀察效果。我從後照鏡偷瞄他，發現他望向窗外，冬日昏光讓他的臉一片暗灰。

我在吉拉爾德大道下交流道，前往魚鎮，街道一片靜謐。到了聖誕節，大家如果不是前往郊區，不然就是窩在自己家裡。

我轉進了貝爾葛拉德，我小時候居住的那條街。輕鬆把車停好。讓湯瑪斯下車，牽著他的手往前走。

我按了一下門鈴，靜靜等待，三十年來都是一樣的聲響：叮一下，然後是電流的喘嘯，從來沒修過。

等得夠久了，我掏出自己的鑰匙——這些年來，奇伊換鎖換了好幾次，以免凱西回來偷東西，但她一定會確定我有拿到最新的鑰匙——我把它插入鎖孔。

就在我轉動鑰匙之前，奇伊突然開門，突如其來的陽光讓她頻頻眨眼。她花了一些時間打扮：頭髮剪短了，還染成棕色，梳理得整整齊齊，她穿的是紅毛衣與藍色牛仔褲，而不是平常的運動服搭緊身褲。她還戴了看起來像是小型球狀聖誕裝飾品的耳環，紅色與藍色。我記得奇伊一向只配戴銀珠耳環，九年級的時候在購物中心小店打耳洞、塞給妳的那一種耳環。

奇伊開口，「抱歉，」她側身讓我們能夠進入屋內，「我剛才在洗手間。」

裡面冷死了。看來，奇伊為了省瓦斯費帳單、依然還是習慣調低暖氣溫度。湯瑪斯開始全身發抖，我聽到他牙齒打顫的聲音。

不過，我也看出奇伊為這裡花了不少心思：角落有聖誕樹，小小的，凹凸不平（奇伊說昨天在街角買的，聖誕樹專賣市場裡的最後一棵），從來沒生過火的壁爐架上面，放了三個小音樂盒。三個音樂盒分別是跳舞的熊、胡桃鉗娃娃、繞圈時會踢腿舉手的聖誕老公公塑像。凱西和我好愛這些音樂盒，每天都讓它們轉個不停，通常是三個一起，製造出讓奇伊痛罵不已的恐怖喧鬧聲響。湯瑪斯也被深深吸引，他走過去，拿了那個小熊音樂盒在手中把玩，研究齒輪，我這才發現他已經長高到可以搆到壁爐架了。

我站在某個電燈開關旁邊，開口問道，「可以嗎？」

「妳就開啊。」反正不管她說什麼，我都會開燈。

我差點想要脫口問她可不可以也開暖氣，但最後還是選擇穿上外套，等一下我也會叫湯瑪斯穿上外套。

我送給奇伊一條我昨天在本薩勒某間烘焙店買的小紅莓麵包，她默默收下，把它拿進廚房，我聽到冰箱門打開、然後又關上的聲響。就我記憶所及，奇伊一直與定期來來去去的老鼠們進行奮戰，也就是說，永遠，絕對，不可以把食物放在流理台。

她回到客廳，我驚覺她這些年來變得好瘦弱。她本來個頭就一直很嬌小——打從凱西與我約莫十歲的時候、就看得出我們兩人的體型遠遠超過了她——不過，她現在的模樣像是小孩，好瘦，也許太瘦了一點。她依然行動敏捷，總是定不下來，雙手一直摸東摸西，我不知道她到底要找什麼，她先摸下巴，然後是腰，最後是口袋，然後重來一次。她慢慢走到聖誕樹前，從那裡拿出兩個草草包裝的禮物，一個給湯瑪斯，一個給我。

她開口，「給你們的。」

我問道，「我們是不是該坐下來？」

奇伊回我，「隨便妳。」

湯瑪斯和我坐在沙發上——我小時候到現在都沒換過，邊線都磨爛了——我讓他先拆自己的禮物。那個盒子又大又笨重，他撕開包裝紙的時候，我還得幫他扶住禮物。

那是「超級水槍」，幫浦式扳機的霓虹色仿槍枝水槍，我確定奇伊一定是趁過季打折時買下了它，我絕對不會把這種東西給他，絕對不允許他拿到任何一種槍枝形狀的玩具，但我只能努力保持不動聲色。

奇伊突然對我說道，「妳小時候好喜歡這玩意兒。」

我覺得才不是這樣，我根本不記得自己玩過水槍。

我問她，「是嗎？」

奇伊點點頭，「鄰居有一個，」她說道，「每個夏天他們都會玩一整天，妳老是站在窗前盯著他們，想把妳拉走都沒辦法。」

現在我知道她說的是什麼了。但我關注的是那些小孩，不是那把水槍。我盯著他們，記住他們每一個小動作與互動，所有的行為態度，所以我也許可以偷偷學習，自行發揮。

我提醒湯瑪斯，「你要說什麼？」

湯瑪斯說道，「奇嬤，謝謝。」

過了一會兒之後，我才開口，「謝謝妳。」

我送給奇伊的禮物是一個印有家庭字樣的相框，裡面放的是湯瑪斯最新的照片，距離現在已經有一年之久。而湯瑪斯送給奇伊的禮物是蝴蝶狀的胸針。奇伊給我的禮物是一件毛衣，淺藍色，她說她是在二手店看到，覺得一定很適合我。

「雖然有打折，也是花了我好多錢，」奇伊說道，「料子是喀什米爾。」

奇伊打開電視，轉到湯瑪斯喜歡的節目，我跟她進了廚房，幫忙準備食物。就在這時候，我發現後門的某片玻璃窗破了，有人以拙劣手法將一大片保鮮膜貼上去，但還是有漏口灌風進來。

我走過去，仔細檢視，地面沒有玻璃，顯然這並不是最近發生的事件。

「奇伊，」我問道，「出了什麼事？」

她瞄我，然後又望向後門。

「沒事，」她說道，「掃帚握把不小心撞破了玻璃。」

我不說話，伸出食指撫摸保鮮膜，

「妳確定嗎？因為——」不過，奇伊卻打斷了我。

「確定啊，」她說道，「快，來幫我弄這個。」

奇伊在撒謊，我知道她在撒謊。她的堅持、她的魯莽，還有她迫不及待轉變話題，都等於告訴我她在撒謊。我不知道她為什麼不肯吐實，但我很清楚不能逼她，現在還不到那個時候。

我先幫她準備好起司與餅乾，把青椒與起司填入皮爾斯布里牌的新月形麵包捲裡面，然後，我說我必須離開一下，還有東西放在車內忘了拿。

我經過湯瑪斯身邊的時候，我對他說道，「我馬上回來。」

電視上正在播放「紅鼻子馴鹿魯道夫」的黏土動畫版，非常溫馨。

我到了外面，站在房子的前面，仔細端詳。在奇伊的住屋與鄰居房子之間有一道拿來倒垃圾的共用小巷，巷底通往他們的後院水泥小平台區，平台區外頭就是那兩間屋子的後門。巷底有一道塗了藍漆的門，通常會拉上門閂，以免有人從巷子裡闖進來。不過，那道門老舊，東倒西歪，木面有裂痕，我伸手推門。

輕輕鬆鬆就開了，我走到另外一頭。門閂的扣鎖打從一開始就釘得不牢靠，現在已經斷脫螺絲，彷彿曾經有人大腳踹門。

我的脖子底部冒出一股刺癢的感覺，我知道有大事快要發生了，腎上腺素讓我的鼻子發出了嘶嘶聲。

我回到屋內，進入廚房。

「奇伊，」我開口，「我注意到一件事。」

她面向我，臉上流露一種混雜了挑戰與歉疚的神情。

「怎樣？」

我回她，「那個巷子的門。」

「對，」她說道，「妳打電話來的時候，我本來想要請人來修理，但正好是平安夜，沒有人願意過來。」

我緩緩說道，「是誰踢門進來？」

奇伊嘆氣，「好啦，」她無奈說道，「好啦，好啦……」

「我和凱西，」奇伊說道，「我們吵了一架，吵得很兇。她來討錢，我告訴她，我就打開天窗說亮話，我受夠了，她超火大。」

「什麼時候的事？」

奇依望向天花板，「兩個月前吧，」她說道，「也許更久之前，我不記得了。」

「我問過妳最近有沒有見到她，」我問道，「妳為什麼要對我撒謊？」

她伸手指著我。

「妳啊，」她說道，「要操心的事已經夠多了，我知道妳會怎麼插手管事。妳對妳妹妹的態度比我心軟多了，絕對不可能像我那樣拒絕她。」

我搖頭。

「奇伊，」我說道，「妳知道我這陣子有多麼擔心嗎？妳自己也聽到了那些謀殺案，妳一定知道我很擔憂凱西。」

奇伊聳肩。

「我覺得現在稍微擔心一下，」她說道，「總比之後擔心得要死好多了。」

我別過頭去，不想理她。

「反正，」她說道，「我第二天回家的時候，就發現有人破門而入，我覺得這並非巧合，妳說呢？」

我問她，「妳有沒有打電話報警？」奇伊大笑，不友善的笑聲。

「妳自己就是警察，」她回我，「我幹嘛費事。」

她停頓了一會兒，繼續說道，「而且，我也不知道她拿走了什麼，根本搞不清楚，要是真的報案的話，也不知道該說遺失了什麼。」

我心中逐漸浮現了一個念頭。

「看起來東西都還在屋子裡，」奇伊說道，「錢在那裡，電視在那裡，珠寶在那裡，銀飾在那裡……」

我已經離開了廚房，準備要上樓，她依然滔滔不絕，唸出她牢記在心的各項財產。

「妳要去哪裡？」她大吼，但我已經看不到她了。

「上廁所。」

我到了階梯的最上方，我去的不是廁所，而是我小時候的臥房：與凱西同住的那個房間。我已經多年不曾進去，探望奇伊的時候沒有理由進入房內，我的探訪都盡量維持規規矩矩的短暫停留，幾乎都是待在一樓，只有在必須使用廁所的時候才會上樓。

我發現奇伊已經把我們在臥室裡的跡痕全都清除得乾乾淨淨。現在裡面只剩下我們小時候同睡的那張床，就連它也被重新整理過了，鋪上了似乎是聚酯纖維材質的印花紋路床被。房內沒有其他的家具，連衣櫃、檯燈都沒有。

我走到房間角落，整個人趴在地上，拉起滿鋪地毯的邊角，下面是鬆脫的地板木條，而下方則是我們童年的隱藏秘境，我們的字條與寶物的家，我們的聖地——當凱西的生命第一次被黑暗籠罩之後，被她拿來移作他用、藏匿她所有用品的地方。

我心想，也許凱西闖入這間屋子不是為了要拿走什麼，而是要留下它。

我屏住呼吸，拉起地板木條。

我伸手進去，碰到了紙，拿了一些出來。

一開始的時候，我不明白自己看到的是什麼東西。某張賓州州政府所開的支票，金額是五百八十三美元，日期是一九九一年二月一日。我翻閱其他部分，看來似乎是一個月一次，長達十年之久，數額慢慢往上增加。

此外，還有賓州公共服務部代表丹尼爾．費茲派翠克，也就是我們的父親，所處理的三份文件，協議所列出的受益人是米可拉．費茲派翠克與凱西．費茲派翠克。上面寫的是撫養費，交給南西．歐布萊恩，我們的監護人，我們的外婆，奇伊。

奇伊一直使用郵政信箱，所以我們家從來不會收到任何郵件。現在，倏忽之間，我明白為什麼了。

我的手又伸向那個洞，裡面還有東西，數十張聖誕節與生日卡，數十封信，萬聖節卡片、情人節卡片，所有的署名都是愛妳們的把拔。某些內容提到了錢，講到了鈔票，應該都是被奇伊給抽走了。

我能找到的最後一封是二〇〇六年，我那時二十一歲，凱西十九歲。

恍然大悟的同時，我覺得自己的內心也被重擊了一下：就像是當初我以為他死掉的時候一樣。

我下樓，手裡依然拿著那些文件與卡片，經過客廳的時候，湯瑪斯抬頭瞄我。

我對他說道，「乖乖待在那裡。」

奇伊在廚房裡，拿著啤酒，斜靠在流理台。她臉色蒼白看著我，神情頹喪。我想，她已經知道了，我發現了某些新的事證。她的那身打扮，一開始的時候讓我很開心，如今在我的眼中卻顯得可悲：企圖掩飾她多年惡行未果的拙劣行徑。

在那一瞬間，我沉默無語，但我握住證據的那隻手卻微微顫抖，等待她的反應。

「那是什麼？」她問道，「妳手裡拿著什麼東西？」

她盯著那一疊文件。

我走到奇伊站立的位置，狠狠將那一疊東西放在流理台。我站在她身邊，再次發現自己具有絕對身高優勢。我靜靜等待，但奇伊並沒有拿起那些文件。

「我找到這些東西。」

「妳不要浪費時間找妳妹妹了，」奇伊繼續重複，「凱西失蹤的時候，就是刻意搞失蹤，妳千萬不要浪費時間。」

我說道，「妳自己看看這些東西。」

「我知道那些是什麼，」奇伊回我，「我看得一清二楚。」

「妳為什麼要對我們說謊？」

「我從來沒有。」

我哈哈大笑，「妳是怎麼算的？妳每天都在抱怨小孩的撫養費。」

奇伊狠狠瞪我。

「他拋棄了妳們，」她言簡意賅，「他害我女兒染上那鬼東西，等到她被毒品害死的時候又一走了之。養大妳們的是我，當大家都拋下妳們的時候，是我一手接手養育妳們，一個月兩百美金根本沒差。」

我問道，「他還活著嗎？」

「我怎麼知道？」

「奇伊，」我問道，「有了我們之後，妳的人生是不是就毀了？」

她悶哼一聲，對我說道，「妳講話不要那麼誇張。」

「我沒有，」我回她，「我是認真的，我們是不是毀了妳的人生？」

奇伊聳肩，「我覺得我女兒死掉之後，我的一生就毀了，」她說道，「那是我的獨生女啊，我就這麼毀了。」

「但我們只是小孩，」我回她，「凱西只是個小嬰兒，她死掉又不是我們的錯。」

她突然伸手指向冰箱，「妳看看那些東西，」她說道，「是什麼？妳給我好好看一看。」

「妳覺得我不知道嗎？」

多年來，冰箱門就像是一幅拼貼圖，泛黃、捲曲的紙張貼得到處都是：我們老師寫的字條、凱西唯一的優異成績單、學校的照片，還有湯瑪斯去年寫給奇伊的卡片。

「我一直照顧妳們，」奇伊說道，「照顧妳，照顧凱西，妳們是我的家人。」

「但妳不愛我們。」

「我當然愛妳們！」她差點大吼，但隨即冷靜下來，「不過，嘴巴說說很廉價，」她說道，「我是以行動證明我照顧妳們，我的一生都奉獻給妳們，每一份薪水全都花在妳們身上。」

我等待了一會兒。

「我本性柔軟，」我說道，「是妳把我變得冷酷無情。」

奇伊點點頭，「這樣很好，」她說道，「這個世界本來就是冷酷無情的地方，我知道我也得要教導妳這一點。」

我回她，「我的確受教了。」

她別開目光，「很好，」她又講了一次，然後告訴我，「這就是我的期盼。」

我接不下去了。

「奇伊，」我改變語氣，增添了某種嬌柔，在我們小時候，這一招偶爾會得到她的回應，「拜託，妳知道凱西可能會去哪裡嗎？」

奇伊回我，「妳不要管她了，」她的面孔變得冷酷，成了某種高深莫測的表情，「要是妳知道怎麼明哲保身，那就再也不要管她了。」

「我想幹嘛就幹嘛。」

我這輩子從來沒有這樣跟奇伊講話。

奇伊停頓了許久，宛若被甩了一巴掌。

然後，她盯著我，目光嚴厲。

她終於說出口，「她有了。」

這種說法好老派，我努力思索了好一會兒，想知道是不是有別的意思，還會不會有其他含義。我很想問，有了什麼？

「所以我們才會吵架，」奇伊說道，「現在妳也知道消息了，從我這裡知道也好。」

奇伊盯著我，端詳我的反應，我依然面無表情。

然後，她的目光飄向我的肩後，我也跟著轉頭望過去。湯瑪斯早就悄悄進來，站在我後面，動也不動，面色憂慮。

奇伊說道，「妳的小孩在那裡。」

彼時

這樣說吧，我努力過了，竭盡所能，以某種正直的方式過日子。過著正直生活的理想，成了我在工作與私人生活的指導方針。大多數的時候，我可以驕傲說出自己都是依照正義感行事。

然而，就跟所有人一樣，我曾經在以往做出了一兩個決定，到了現在，我必須承認，我可能會重新省思。

故事的開端是凱西與我住在里奇蒙港的時候、她毒癮復發。

我立刻叫她離開。

讓她與我住在一起的附帶條件，就是她必須要遠離毒品。當她一進入我的家門的時候，我就告訴她只要沾毒就沒有第二次機會了。我一直知道，為了要讓她相信我會堅守這一點，我必須打從心底下定決心，到了那個時候一定得出手。

所以，當我回到家看到她在吸毒，然後在她的五斗櫃抽屜裡找出了所有的證據的時候，她對我不發一語，我的反應亦是如此。她只是默默打包，而我躲在家中的地下室嚎啕大哭，希望她不會聽到我的聲音。

我好愛她住在這裡的日子。

她默默離開了。

我第一次看到妹妹在討生活的時候，我不確定她是否真心想要過著這種日子。

那是她搬出去之後沒多久的某天早晨。我在執勤，有一通緊急傳呼，讓我必須離開管區，朝東北方前行，到達法蘭克佛德。楚曼那天與我搭檔，他開車，我坐在副座。

當我高速行經肯辛頓大道的時候，瞄到一個身穿短褲與T恤的女子站在人行道，斜揹著包包。過了一會兒，我心想：那是凱西。但這一切發生得太快，感覺像是一場幻象。真的是凱西嗎？我沒辦法確定。我在座位裡轉身回頭找她的蹤影，但她已經不在我的視線範圍裡了。

楚曼問我，「妳還好嗎？」

我回他，「只是覺得看到認識的人。」

在那之前，楚曼從來沒見過我妹妹。

回應完傳呼之後，我在回程時請楚曼讓我開車，然後刻意經過了同一個十字路口。

對，那是凱西。她蹲在那裡，狀況很嗨。現在，她靠進某台車的車窗，那台車的駕駛一注意到我們的巡邏車的時候，立刻把車開走，佯裝冷靜，在這過程當中、凱西的手臂差點被拖走。她突然挺直身體，往後踉蹌了好幾步，一臉不爽。她把包包揹到肩上，雙臂交叉胸前，一臉挫敗。

我開車前進速度實在過於緩慢，楚曼又問我是否有狀況。

這一次，我沒有回答。

我不打算開口，不過，當我們的車行經我妹妹前面的時候，我放慢車速，直接停在大馬路中間。沒有人按喇叭，不會有人對警車按喇叭。

「米可？」楚曼問我，「妳在幹什麼？米可？」

我們後頭堵了一長排的車輛，好幾台車掉頭，有些駕駛終於受不了按喇叭，不知道這堵塞場面是怎麼一回事。

終於，這場面讓凱西揚起目光，她看到了我，挺直身姿。

我們凝望彼此，目光許久不離。其實，時間似乎變得徐緩，然後全然靜止。在那一瞬間，我們傳達的是難以承受的悲傷，一切都再也不若以往的體悟，小時候許諾給對方的更美好未來瞬間瓦解為塵土。

坐在車內的我，舉起了手，伸出手指對著窗戶，指向她的方向，楚曼越過我的面前、傾身細望。

凱西那天很慘，我從來沒看過她這麼落魄：已經瘦到不行，皮膚上留有她亂摳的紅點斑痕，頭髮沒洗，妝容花糊。

楚曼問我，「妳認識她嗎？」不過，他的語氣裡完全沒有惡意與憎惡。其實，我聽得出來他的話語裡蘊含了無比的溫柔，如果她是我的朋友或親戚，他準備坦然接受這項事實。

「楚曼，對，」我說道，「我認識她……」

「那是我妹妹。」

那一晚，我無法抒解情緒。我不斷打電話給賽門，他一直沒接電話。

終於，他接了電話，語氣很不爽，

「是有什麼要緊的事嗎？」

我很少開口叫賽門幫忙。我一直不太願意表現出太麻煩他、著急絕望的模樣。

不過，那一晚，我不知所措，我說道，「我需要你。」

他說他盡快到。

不到一小時，他到了，我把我看到的一切告訴了他。

他聆聽的時候十分專注，而且大方給了建議。

我告訴他，我已經完全與她切斷所有關係的時候，他對我說道，「妳不會想要這麼做吧。」

我告訴他我已經這麼做了，我必須如此。

他搖頭，「不要，」他說道，「其實真的沒這個必要。」

「讓我來跟她談一談。」

我們並肩坐在沙發上，他單腳盤腿，所以從上面的角度看來，他的身體就像一個阿拉伯數字的4，他信手撫摸小腿上的那個X刺青。

「再試最後一次，」他說道，「妳虧欠她那麼多，也虧欠了妳自己。要是妳不試最後一次的話，我不覺得妳會甘心，我可以幫忙。」

最後，我覺得好累，讓步了。

「我也曾經吸毒，」他說道，「別忘了我也有這種吸毒史，有時候，就是需要聽取過來人的經驗。」

不到一個禮拜，賽門就找到了凱西與朋友佔居的那間廢棄屋宅。他發揮了自己的警探辦案技巧，根據他的說法，他找了某名線人幫忙。

他告訴我，她一開始的時候很反抗，但他打死不退。

他每天與她互動，回報狀況給我：凱西今天看起來狀況不好，凱西今天氣色不錯，我帶凱西去外頭吃午餐，確定她吃了點東西。

他詳述自己想辦法帶她出去的經驗，長達一個月之久，這讓我覺得舒坦多了，我覺得自己受到呵護，知道世界上還有另外一個人以這種方式看顧著她，還有別人幫我分擔我覺得自己打從四歲就扛在肩上的責任。對我而言，賽門似乎就是以某種神通廣大的方式、展現出他是這麼能幹可靠，這麼成熟。

「你為什麼要這麼做？」我曾經問過他這個問題，他的慷慨大度讓我讚嘆不已。

而他告訴我，「我一直喜歡助人。」

大約過了兩個月左右之後，某一天，他打電話給我，「米可，我得和妳談一談。」

我一聽那語氣就知道不妙。

我說，「現在就告訴我。」

但他態度強硬。

他到了我在里奇蒙港的家，與我一起坐在沙發上。然後，他握住我的雙手，對我說道，「米可，聽我說，我不想要嚇妳，但是凱西狀況糟到不行。我覺得她出現妄想症，開始大吼大叫，我根本不知道她在說什麼。我不確定這純粹是因為毒品作祟還是有其他因素，反正，這狀況令人擔憂。」

我皺眉。

「她說些什麼？」

他嘆氣，「我根本搞不清楚，」他說道，「我知道她在生氣，但不知道是什麼事。」

我覺得他說的話有蹊蹺。

「好，」我說道，「她究竟是怎麼說的？」

對我來說，這是順理成章的問題，但賽門似乎很惱火。

「相信我就是了，好嗎？」他說道，「她已經個性大變。」

「好，」我問道，「我們該怎麼辦？」

「我打算要出手幫她，」賽門說道，「我認識一些社福部的人，要是我們可以給她弄到精神診斷書之類的東西，他們也許可以幫她，第一步是要讓她見到他們。」

他盯著我，「妳說好還是不好？」

我又說了一次，「好。」

那一晚，我輾轉難眠。我躺在床上，睡不著，一直在倒數自己的早班還剩下幾個小時才開始。我突然驚覺在賽門報告我妹妹近況的這段時間當中、我一直不曾在街上看過她——我一直以為這是她開始進步的象徵。

這時候是凌晨一點鐘，我的班是早上八點開始。不過，我發現再怎麼自我催眠都無法哄慰自己入睡，最後我放棄苦追睡意，起身下床。

我穿上衣服，找出了手邊的凱西近照。

我走到外頭，進入車內，開車前往肯辛頓。

根據賽門所說的某些確定線索，我大概知道凱西的住處。

所以我走到最接近的十字路口，開始到處詢問。

夜晚時分，肯辛頓通常很熱鬧——尤其是這種接近夏至時的溫暖宜人夜晚。當時是五月初，肯辛頓少數幾棵會長花的樹木已經繁花盛開，沉重的白色枝椏迎風搖曳。在街燈的映照之下，這些渴慕日光的花朵，在深夜最幽暗的時刻顯得好詭異。

我一臉傷悲，把凱西的照片交給站在街上的那幾個人。

馬上就有人認出她，某個我懷疑曾是她客人的男子說道，「對，我認識她，」然後，他問我，「妳要找她做什麼？」

我不想把他不需知道的其他部分告訴他，所以我只講了這樣的話，「她是我朋友，你知道她最近住哪裡嗎？」

他陷入遲疑。

在肯辛頓，雖然看起來大家都認識，也知道彼此在幹什麼，但真的要叫哪個人侃侃而談其實很困難。對於大部分的人來說，重點是省事：不需要的話幹嘛要介入？為什麼要自找麻煩？如果肯辛頓有自己的紋飾的話，那麼很可能會刻記別說出我的名字這條戒律。而且，這男人可能想起曾經在這附近看過我身穿制服的模樣，也許他覺得我是臥底，身上有她的逮捕令狀。

所幸，有個比較容易的方法讓大家開口，就是靠見錢眼開。

一張五美元的鈔票——小包海洛因的價格——應該就可以奏效，但我準備了二十美元的鈔票，如果他能夠帶我到她住的地方，給他就不成問題。

為了提防他搶我的錢，我的後腰也藏了槍，放在襯衫裡面，我並沒有告訴他這一點。

那男人左右張望。我不喜歡他的表情，我覺得他迫不及待要來上一管，為達目的會不擇手段。這種狀況下的人就像是裝了彈簧一樣，他們的心智通常會與平常可能擁有的內建道德規範產生斷裂。

那男子帶我走了兩條街——當然，距離曾經目睹我們互動的那些人也越來越遠——我一直保持全身緊繃、隨時應戰的狀態，如有必要，隨時可以拔槍。我一直在他背後，相隔數步距離，這樣一來可以監控他，也能夠檢視周邊環境。

最後，他停在某棟房子的外頭。

對我來說，那並不像是棄屋。窗戶外面並沒有封板，房子壁板也沒有塗鴉噴漆。其實，外頭放有兩個盆栽，照顧得很好，裡面的泥土冒出了紅色天竺葵。

我的嚮導伸手向我討錢，「她一直住在這裡。」

我搖頭。

「我怎麼知道她是不是住在這裡？」我說道，「除非我確定，不然我不會給你錢。」

「哦靠，」他說道，「真要這樣嗎？我覺得在這種大半夜的時候敲門超沒禮貌。」

不過，他嘆氣，還是乖乖照辦，

他敲了兩次門，第一次動作輕柔，第二次出力堅實。

敲了五分鐘的門之後，有人應門，那女子並不是凱西。她看起來很不爽，一臉惺忪對我們眨眼，但她氣色很好，看起來沒有毒癮。她穿睡褲與T恤，我並不認識她。

「傑洛米，幹什麼啦？」她對著那男人說話，「怎麼回事？」

他伸出大拇指朝我一比，「她要找康妮。」

我可以看到屋內的狀況：維持得整齊清潔，地板上鋪有乾淨地毯，裡面似乎有大蒜與洋蔥的氣味，看來有人剛剛正在準備健康的料理。

過了一會兒之後，我才注意到那女子瞪著我，一臉不悅。她朝我捻了一下手指，「喂？」她說道，「有哪裡需要我幫忙的地方？」

我轉身背對那女子，盡可能低調塞錢給傑洛米，他離開了。然後，我再次面向那女子。

「她是我妹妹，」我說道，「她是不是在裡面？」

她心不甘情不願，退到一旁讓我進去。

「謝謝妳。」我對那女人道謝之後，原本以為她會離開。但她卻等在那裡，動也不動，而且還挑眉。我這才發現，她想要確定凱西願意見我，如若不然，我知道她一定會出來干預。她的臉上掛有一種剛強決然的神情——在我長大的過程當中，周邊有許多女子都會出現那種模樣，包括了凱西，奇伊也是如此。這些年來，我也在執勤時複製那種面容，不過，我還是達不到渾然天成。

我伸手擱在凱西的肩上，一開始是輕輕搖她，後來加重了力道。

「凱西，」我呼喊她，「醒醒啊，凱西，我是米可。」

等到她終於睜開雙眼的時候，她的表情發生了急遽變化，一開始是茫然困惑，後來是驚訝與羞愧。

然後，她的眼眶立刻盈滿淚水。

「他告訴妳了……」

我沒有開口回應，我還不知道她這句話是什麼意思。

她坐起身，低頭，雙手掩面，我的眼角餘光發現她的室友已經微微挪動了身軀。

「米可，真是對不起，」凱西頻頻道歉，「對不起，真是對不起……」

即便在那個當下，我也知道我們兩個正站在某個十字路口。我們的生命藍圖在我們面前鋪展開來，我看得出來，清清楚楚，我所可能選擇的不同路途，以及這個選擇帶來的諸多面向，都很可能會影響到我的妹妹。

當然，現在回想起來，我的選擇大錯特錯。

甚至，可恥。

凱西說道，「我懷孕了。」

「是賽門的小孩。」

「那陣子我很糟糕，」凱西說道，「我不知道我當時在幹什麼，他趁機佔我便宜。」

「自此之後，我就一直想要戒毒。」

「不……」

那是我冒出口的第一句話。我覺得體內出現一股兒時經常來犯的暈眩感，我期盼停止，所以我再次說道，「不……」

當我說出這句話的時候，我知道自己已經被迫做出某些不由自主的決定，難以回頭。要是可以的話，我剛剛應該要伸手摀住雙耳才是。

我應該當場就走人，應該要多花一點時間思考。

凱西呼喚我，「米可……」

我立刻把臉別到一旁。

「米可，抱歉，」凱西說道，「真的很對不起妳，要是我能夠把話收回就好了。」

——

今天，當我回想自己對凱西的惡劣言行排行榜，最嚴重的就是我曾經在盛怒之下、對她所撒的那個謊，有關我們母親的事：她曾經告訴過我，她愛我更甚於凱西。那是小孩的幻想，我能夠揮舞的最銳利的刀，在一場本來稀鬆平常的手足爭吵之中，那是真正殘酷的一刻。凱西的反應，淒厲的嚎啕大哭，讓我後悔莫及，我暗自發誓，絕對不能再對她說出如此惡毒的話。

然而，在那一晚，我又重蹈覆轍。

我冷靜說道，「妳撒謊。」

她的表情出現了短暫困惑。

她回我，「我沒有。」

「反正，」我說道，「妳又怎麼知道呢？」

凱西回我，「我不懂妳這話什麼意思。」

「小孩的爸爸到底是誰？」我說道，「妳又怎麼能夠確定呢？」

她死盯著我，在那一刻，她彷彿想要扁我。我認得那緊握的拳頭、緊繃的手臂，平常準備要與人幹架的那種反應。不過，她卻默默吞下聽到我說出這些話的驚駭感，把頭別過去。

她對我說道，「滾。」

她的室友——我從來沒見過的女人——也對我重複了同樣的字句，伸手指向大門口。我這才驚覺，她對我妹妹的忠誠度——在那一天，遠遠超過了我。

我讓賽門輕鬆過關，甚至根本沒有要求他保證未犯。他第二天來找我的時候，我告訴他，我同意他的評斷，我們必須要為凱西找到援助。

「她跟我說她懷孕了，」我說道，「而且是你的孩子。」

他沉默不語。

我說道，「你相信她居然會講出這種話嗎？」

他回我，「我早就告訴過妳了。」

我問他，「她是不是真的懷孕了？」

賽門回我，「是有這個可能，我想我們只能等著看下去。」

那一年的春天與夏天，我的確見到了她，次數越來越多。她回到了街頭，活力十足，我看到她在工作，就在我執勤的時候。

我也看得出來，她肚子變大，只是遲早的事。

我在那間外頭種有天竺葵的房子找到她的時候，如果她當時戒了毒癮，那麼，現在顯然是在吸毒，她雙眼迷茫，滿佈血絲，皮膚上有紅色污斑。全身上下只有腹部突出，其餘部分都很枯瘦。我必須說很痛心，她的客人似乎並沒有因而打退堂鼓，我經常看到他們為了她停車，甚至有時候開過頭之後、還會特別倒車找她。

我對賽門說過一兩次，「我看不下去了……」

我想到了那個寶寶，還有寶寶未來的幸福，而且，我想到了我們自己的母親，還有她做出的那些決定。

我開始找律師。

第一個律師告訴我，第三方取得監護權並非沒有可能，小孩父母若有一人或兩人都染毒，經常會做出這樣的判決。光是那一年，她自己就經手了兩三個案子。不過，她說就算要從母親的手中搶走監護權，她必須作證自己不知道小孩的生父是誰。要是她講出父親的名字，那麼對方也必須要簽署同意交出小孩的文件。

「如果那母親有妄想症呢？」我問道，「萬一她胡亂指認小孩的父親，但其實卻不是呢？」

「哦，」這位名叫莎拉．吉梅尼茲的律師說道，「那麼大部分的法官就會建議做親子血緣關係鑑定。」

我把這段話告訴賽門，他默不作聲。

其實，在那一整年當中，只要一提到凱西的事，他就會陷入令人起疑的沉默狀態。他不再見她，再也不想幫助她，每當我提到她的時候，他就會轉移話題。

不過，等到我終於告訴他，必須要做親子鑑定才能反駁凱西主張——而他的反應只是變得更加沉默的時候——我總算體悟到我早該認清的真相。

當然，在那個時候，收回當初我對妹妹所說出的話，已經太遲了。

湯瑪斯・費茲派翠克出生於二〇一二年十二月三日，地點是愛因斯坦醫學中心。

當然，一開始的時候，他的名字並不是湯瑪斯，凱西本來叫他丹尼爾，為了紀念我們的父親。不過，我馬上就知道他不該取這個名字。

他出生的時候我並不在場，不過，我事後知道凱西入院的時候醉醺醺又嗑藥，整個人很嗨。而且我知道在湯瑪斯出生幾分鐘之後、就立刻被帶離母親的懷抱，安置在有護士照顧的新生兒加護病房，所以他們可以監控他的戒斷症狀——才剛過幾個小時之後，症狀就開始發作了。

在里奇蒙港的家中，我已經準備好迎接他了，歡迎他進入我已經計畫數月之久的更美好生活之中。我已經把屋內的其中一個房間——其實是凱西的舊房間——改造為舒服的育兒室。我上了淡黃色的油漆，期盼這種陽光顏色是我新兒子開心人生的好預兆。我把自己喜愛的書籍作品引言裱框，掛在牆上，我去書店為他購買我童年時代從來沒有看過的書。我心想，我會全部唸給他聽，要多少次都不成問題，而且還會一直唸；我心想，我永遠不會對他說不。

在那時候，賽門與我已經不講話了，但我們達成了協議。他會放棄湯瑪斯的監護權，但是他還是想要在這男孩的生命中保持一席之地（為什麼？我問過他，他說他一直很驕傲自己個性有始有終）。我告訴他，要是他負擔湯瑪斯的教育費用，這就不成問題。不需要別的：我只要能夠確保湯瑪斯能夠接受良好教育的那筆錢。

這一切都是私下說定。

在我們的協議內容之中，有兩個隱藏的威脅，這是一種精心設計與巧妙維繫的平衡：我可以威脅賽門、向他長官說出我們關係之始，而他可以威脅我搶回湯瑪斯的監護權。

我們對待彼此態度友好，但是我們很少說話。他出生一個月之後，每個月都會有一張給湯瑪斯的支票，春天花園日托中心的學費，除此之外就沒了。

對等的交換，賽門一個月一次會帶湯瑪斯出去玩——湯瑪斯一開始很抗拒，但隨著年齡增長也越來越期待，這是他在好幾個禮拜之前就殷殷期盼的活動，而且出去之後還會津津樂道好幾個禮拜之久。

當然，被排除在協議之外的人，就是凱西。

她並非自願放棄湯瑪斯，她想要留住他。她還住在醫院病房的時候，一再保證，一定會戒除毒癮。不過，湯瑪斯出生時的新生兒戒斷症候群指數非常高，而且，從他母親身體直接輸送給他的各種毒品的戒斷症狀很嚴重。正如同我的律師與我所預料的一樣，寶寶交由費城公共服務部監護，他在那裡待了一晚，由他們進行評估，並且找出寶寶的近親。第二天，他們先打電話給奇伊，然後是我。奇伊說我想要插手真的是瘋了，「妳不知道自己在做什麼，」她是這麼說的，「妳不知道獨自養小孩有多麼艱難。」

但我已經做出決定。

「對，」我告訴社工，「我有地方給他住。」

我的計畫是要取得百分百的監護權。在我的律師幫助之下，我決定要求抵制凱西，終止她的親權。一如往常，我還是打開大門，讓她有機會可以重獲權利，開始探視湯瑪斯，但我的律師要求加註某條限制性條款：除非凱西通過法院規定的毒品檢測，不然她不能看兒子。

她一直辦不到。雖然她頻頻抗議，雖然她一再努力要拿回探視權，但是她每次的檢測都失敗。所以，她一直不能探望湯瑪斯，我重新得到了他的完整監護權。法院認定這樣的安排符合小孩的最佳利益——只要是值得令人敬重的法官，做出這樣的判決都是輕而易舉。

我想，這正是我可以給予的一切：體面、正派、斷離毒品。穩定的家，人生，給予凱西的兒子——現在是我的兒子——獲得良好教育的機會。

我告訴費城警局總部，還有楚曼，我領養了一個孩子。

沒有人多問。

就連已經與我搭檔五年的楚曼，也只是淡然一句，恭喜。他買了禮物給我：裝有書籍與衣服的漂亮禮物袋，裡面都是精挑細選的品項，想必花了他許多時間才大功告成，我寫了謝卡寄到他家。

費城警局總部的育嬰假不是很大方。首先，只是無薪假，不過，他們的確會讓新手父母請至多六個月的假，總是比沒有來得好。靠著我存下的一點點錢，我決定了，應該可以請三個月加一個禮拜的假，在此之後，我會為湯瑪斯報名日托中心。

湯瑪斯剛出生的那幾個月是我一生中最痛苦的時光。我不會建議任何人在沒有某些奧援——家族或薪水——的狀況下，獨自不眠不休照顧新生兒，遑論是從凱西這種每日狂嗑藥的母胎生出來的戒斷期嬰兒。不過，我真的辦到了。

他待在醫院的時候，醫護必須要給他嗎啡。

當他被送回家的時候，還有苯巴比妥的處方箋。

但這兩者都沒有辦法讓他完全脫離戒斷的痛苦，所以我必須在他小小身軀顫抖、有時候在抽搐的狀態下，以充滿憐惜的目光盯著他，把手放在他的胸口，感受那種有時比我想像中更快速的起伏，我必須痛苦聆聽他的哭喊，有時候他完全停不下來。每次一餵完他之後，他就大吐特吐，所以只要他的體重能夠多增加一盎司，都是一場小小的勝利。通常，他是個無法被哄慰的孩子。

不過，我還是有機會可以抱著他，就在我覺得自己無以為繼的時候，那些短暫的平和時刻宛若綠洲一樣浮現出來，我愛上了這個嬰孩，看著他緩緩睜開如發光球體的雙眼，一臉驚奇，認知他的小小世界。每一次達成的身體成就感，每一個流利吐出的母音，接下來是每一個學到的新子音，都讓他歡欣不已。

到底有誰能夠光靠字語就解釋清楚，把自己寶寶抱在懷中時那種令人激動的美好溫柔？那種小動物的感覺——寶寶的柔軟口鼻、寶寶的幼嫩肌膚（與妳自己皮膚所承受的風霜成了強烈對比），伸向妳臉龐、找尋家人的小手。還有那種輕盈如蛾，落在妳的臉頰與胸膛的急速輕拍。

某個下午，當我在餵他的時候，我體會到一生中最強烈的悲痛。我當時坐在我自己的床上，湯瑪斯在我的懷中，當我看著自己的兒子——頭皮上的細軟髮絲、宛若動物造型氣球的手臂、手腕與手肘的全新蓮藕胖肉痕——突如其來的懷疑與哀傷風暴，朝我席捲而來，我張大嘴巴——我必須羞慚承認——我嚎啕大哭。

因為，這是我第一次領會到我自己的母親選擇拋棄我們的那個決定——如果不是刻意，那麼就是出於她為了要解癮而做出的粗心魯莽行為。我領悟到她曾經將我——還有我們——抱在她懷中，還有凝望著我們，就像是我此刻在凝望湯瑪斯一樣。她曾經那樣抱著我們，卻還是隨性拋下了我，拋下了我們。

在那個當下，我承諾自己，之後也成為我的人生綱領：我一定要保護我的兒子，讓他遠離我與凱西所遭遇的那種不幸。

――――――

那一整年，湯瑪斯幾乎都在煎熬狀態。

看著他，對於我妹妹的怒火也不斷在喉內飆升，我心想，她怎麼可以這樣，怎麼會有人做出這種事？

夜色滲入晨光，然後又恢復昏暗，我經常忘了吃東西與上廁所。

除了賽門以外，我只有讓奇伊知道我們的特殊安排。雖然一開始的時候她會很開心過來看我們，過沒多久之後，她的探視頻率也變得越來越低。

有一次，我曾經向她提到湯瑪斯出生之後，生活變得好艱難，她看著我，對我說道，「那妳想想帶兩個是什麼狀況？」

我再也沒有抱怨。

那些日子讓我確定了一件事，我絕對不會讓湯瑪斯的人生起點成為他的阻礙，我絕對不會讓他利用自己的過往當成倚賴的理由。其實，我對自己許下承諾，除非等到他準備好、不會讓這個消息對他的自我認知造成負面影響，否則我永遠不會告訴他。

這就是，時至今日，湯瑪斯深信我是他生母的原因。

我以為凱西會回到街頭，忘卻一切。

我以為她會生我的氣，但會立刻繼續過自己的生活：不斷找尋讓自己沉迷的解癮毒物，而且，就算能夠暫時擺脫那種陰影，清醒的時間也不夠長，不會讓她在乎孩子。

不過，當我在請產假的那段時間當中，我有好幾次從樓上的窗戶看到凱西在外頭，她坐在對街房子的台階上面，不然就是人行道的邊緣，她的大腿伸向前方，一臉頹喪。她抬頭，瞇眼盯著屋子，目光在房子的立面迅速來回梭巡，盯著每一扇窗戶，我猜，她期盼能夠找到她兒子，其實是我兒的一抹身影。

還有那麼一兩次，她甚至誇張到按電鈴。

我從來沒有應門。

遇到這種時候，我會確認屋內的每個房間都關了燈，然後給湯瑪斯奶瓶，讓他不會哭，然後，當她猛敲大門，狂按電鈴，一再哭喊要找寶寶的時候，我則是躲得遠遠的。

在這些日子快要結束的時候，有一次，我以纏身的揹巾帶著湯瑪斯出門，我打算去附近的商店。一如往常，我都會在窗前查看狀況之後才走出去，就是要確定我妹妹沒有現身。

不過，就在距離我家前面三公尺的地方，我聽到有人迅速跑來的腳步聲，我轉身，立刻以護衛姿態蓋著湯瑪斯的頭，是凱西，眼神瘋狂，頭髮亂七八糟，我猜她剛剛一直躲在附近。

「米可，拜託讓我見他，我只是想要看到他沒事，我保證不會再來求妳。」

我也不知道自己是怎麼了，應該要拒絕才是。

不過，我遲疑了一會兒之後，默默面向她的方向，讓她低目端詳湯瑪斯的小臉。他在睡覺，臉頰壓在我的胸骨，以前的他是個漂亮的小孩——現在還是。

凱西微笑，但就只是牽動了一下嘴角。她開始哭，讓她看起來更像個瘋子，她用手背抹了一下鼻子。有個鄰居經過，雙眼睜大盯著我們。然後，她想要盯著我的雙眼，確認我還是願意接納她，我猜，其實我確定，我當時的模樣就像是被瘋狂陌生人騷擾一樣，我根本沒有看她。

她再次說道，「拜託……」

在接下來的那五年中，除了我們偶爾在工作時的偶遇之外，這應該算是她對我說出的最後一句話。

我搖頭，立刻走開。她站在我後頭，直挺不動的可悲模樣，宛若棄屋。

一直到現在，我有時候還會做惡夢，凱西回來，準備討回湯瑪斯。

在這些夢境之中，凱西狀況很好，健康的那一種模樣，而且她的行為舉止活潑開心，就與她小時候一樣，而且她看起來好美，湯瑪斯從某個擁擠的地方——通常是某間商店，或是學校，有的時候是教堂——朝她奔去，然後，他會這麼說，我好想妳，其他時候說出的話是，我一直在等妳，或者，乾脆就只有一句話，媽媽。非常簡單。他也要把她討回來，講出某個對象的名稱，述明事實，媽媽。

現在

奇伊在廚房裡對我說道，「妳的小孩在那裡。」我聽得出她的聲音有斥責的意味。

「妳已經有他了，」奇伊說道，「不需要擔心另外一個。」

「閉嘴啦！」

我聽到湯瑪斯在我後頭微微倒抽一口氣，他從來沒聽過我講過這麼失禮的話。

我四處張望，突然之間難以置信這就是我度過人生前二十一年的地方，這間又冷又討人厭的屋子，沒有地方給小孩的屋子，然後，我身體的每一個部分，都開始發散同步訊號：出去，出去，出去，把湯瑪斯帶出去。永遠不要回到這間屋子，不要接近這個女人。

我不發一語，摸了湯瑪斯的肩膀，向他示意我們得離開了。他拿起那把水槍，我差點脫口而出叫他留在這裡，但還是在最後一分鐘改變心意。

當我們走出門外的時候，奇伊的話在我腦中迴盪，這個世界本來就是冷酷無情的地方，這個世界本來就是冷酷無情的地方。當我們還是小孩的時候，她總是對我們耳提面命。突然之間，我驚覺自己在向湯瑪斯解釋他今年面對的重重困難的時候，也使用一模一樣的措辭。

奇伊在我們後面大聲嚷嚷，聲音傳遍了一整個街區，「妳不要管她，」這是她的最後一次吼叫，「如果妳知道對自己好的話，就不要管她了。」

湯瑪斯和我坐在車內好一會兒，他陷入沉思，面容憂心，他已經知道夠多的線索，大事不妙。

我右手邊是父親寄給我們的某張生日卡，離開之前隨手抓的。這一張是給凱西的生日卡片，信封左上角是位於德拉瓦州威爾明頓的某個地址。

我得找人顧一下湯瑪斯。現在，最安全的地方應該是馬洪太太家。

我一上了車，就打她的室內電話，祈禱她早已從她妹妹那裡離開，如今已經在家了。

馬洪太太立刻接起電話，彷彿早就在旁邊等候。

「我是米可。」

我問她是否可以幫她帶些什麼？回報她的慷慨相助？而且我答應她今晚會向她解釋一切。

「沒問題，」馬洪太太回我，「到的時候敲一下門就是了。」

我掛了電話，就在這時候，我發現湯瑪斯陷入沉默。我望著後座，發現他已經哭了出來。

「怎麼回事？」我問道，「湯瑪斯，怎麼了？」

「妳又要把我扔在馬洪太太那裡。」

「只是一下下而已。」

我在前座轉身，端詳他。他看起來既蒼老又年輕，最近，他看到太多是非了。

「但今天是聖誕節，」他說道，「我想要妳幫我一起玩新玩具。」

我回他，「馬洪太太可以幫你。」他立刻回我，「不要，我要妳幫我。」

我坐在前座，把手伸向後座，摸住他的球鞋，捏了一下，亮了，他笑了一下。

「湯瑪斯，」我說道，「我保證我明天會陪你，之後的每一天都一樣，好嗎？我知道這個冬天不好過，但我保證過沒多久之後，一定會越來越好。」

他不肯看我。

「之後我們就馬上去找莉拉一起玩，」我說道，「你說好不好？我可以和莉拉的媽媽說一聲。」

他終於露出微笑，擦去了臉頰上的一滴淚水。

他回我，「嗯。」

我又問了一次，「你說好不好？」

他勇敢點點頭。

我久未見他的這段歲月，已經超過了我認識他的時間。他從我們生活中消失的那一刻，我十歲，凱西八歲。

我把湯瑪斯送到馬洪太太家之後，在我的導航系統裡輸入我父親的地址，位於威爾明頓的那個地方，然後開車上路。

放在副座座位上的那個信封已經有十年以上的歷史。我這才驚覺父親可能早已不住在那個回郵地址了，但我沒有其他線索，我也只能靠這個地址追查下去。

在我的記憶之中，他又高又瘦，就和我一樣。他聲音低沉，語速緩慢，老是穿著寬鬆的牛仔褲，艾倫．艾佛森的運動衫，反戴的棒球帽，他那個時候應該是二十九歲，在這樣的記憶裡的他，比我現在年輕。

由於我對母親超級忠誠，而且奇伊老是暗示他必須為她斷喪性命負責，所以我恨他，我不會去抱他，不信任他。

但凱西會這麼做。她一直不相信大家對他的評語，就連我說的也一樣。當我們的父親沒有出現的時候，她會比我難過。當他終於現身的時候，她會黏掛在他身上，他不管到哪一個房間，一定是時時尾隨，與他的距離絕對不會超過三十公分以上，她會用她那種上氣不接下氣、唏哩嘩拉、完全止不住的說話方式要求他的關注。我比較安靜，都是在靜靜觀察。

我最後一次看到他，是他帶我們去費城動物園。這本來應該是開心的大事，因為我們從來沒有去過那裡。我們在出發前幾個禮拜就知道了，我告訴凱西，不要抱太大期望。

他真的出現了，但我對於那天記憶最清晰的卻是他那個一直叫個不停的呼叫器，每當它一響起，他就會緊張兮兮盯著它。我們看了一些長頸鹿，然後是大猩猩，接下來他就說我們得走了。

「但我們才剛到而已，」凱西怒氣沖沖，「我們根本還沒看到烏龜。」

我們的父親面露困惑。

我知道凱西為什麼想要看烏龜，都是因為我們的鄰居吉米．多納奇曾經嘲笑她從來沒看過烏龜。隨機發生的小事，隨口而出的刻薄話語，只是某種逗凱西的隨意方式罷了。我也不知道他們怎麼會因為這種事不和，但反正就是這樣：凱西想要看烏龜，所以她可以告訴吉米．多納奇她看過了。

「啊，凱西，」我們的爸爸說道，「我連他們這裡到底有沒有烏龜都不知道。」

「他們一定有，」凱西加強語氣，「他們絕對有烏龜。」

我們的爸爸四處張望，「哦，我不知道在哪裡，」他說道，「而且我們得走了。」

他的呼叫器一直在響，他低頭查看。

回家的路上一片沉默，我讓凱西坐前座，就這麼一次而已。我們的爸爸把我們送到奇伊家，她打開大門迎接我們，她緊抿著嘴，彷彿早就料到是這樣的收場。

她露出竊笑，「還真快啊。」

一個禮拜之後，門口出現了一個包裹，兩個絨毛玩具：給凱西的是烏龜，給我的是大猩猩。我根本不在意自己拿到了什麼，而且幾乎是立刻就弄丟了。但凱西卻一直留著自己的禮物，不論到哪裡都帶著它，就連上學的時候也一樣。我猜，她應該還是留在身邊吧。

自此之後，我們再也沒聽到他的消息。奇伊也假裝自己什麼都不知道一樣。她經常告訴我們，她應該要把他告上法院、索討小孩的撫養費，但是她沒有時間或金錢搞那種事。她說，她為了要養活我們一家子已經忙得要死，沒空去逼我們的懶散父親追討那一點點錢。

自從他消失之後，我們以完全對他避而不談的方式度過青春期。我們不想聽到奇伊開口痛罵他，我們也從來沒有聽說他後來怎麼了。有那麼一兩次，我從鄰居或親戚那裡聽到他的下落：大家的結論是，他搬到了德拉瓦州的威爾明頓，在那裡又搞大了一個女孩的肚子，又兩個。我還一度聽說他現在多了另外六個小孩，經常聽到的說法是他在坐牢。

後來我聽說的消息是，他死了。

知道那個消息的時候，我在網路上搜尋他的消息。找到了：費城有個丹尼爾・費茲派翠克的死訊，此人與我爸爸同年出生，但我不知道爸爸的生日，我也沒問奇伊，她應該也不知道。

我依然覺得，應該就是他了吧。

我一直沒有告訴凱西。多次欲言又止，但我實在不忍告訴她這消息。我想，我多少認為我們的父親是凱西生命之中、美好的燦光餘燼之一，某種永恆的秘密希望，只是看不到罷了。

我不想要從她身邊奪走它，我不希望那微弱的光就此熄滅。

我的導航系統把我帶到了某棟小屋前面。河景墓園對面的某棟雙拼磚屋的右側那一間。看來很體面的建物，屋況維持得很好，兩棟都有聖誕節應景裝飾。右側那一棟的窗戶擺放了電力蠟燭，前面門廊還有一棵塑膠聖誕樹。現在是七點鐘，已經天黑了數小時之久。

我把車停在路邊，與那棟屋子相隔十五公尺，然後關掉了引擎。車頭燈一熄滅，路面就什麼都看不到了。唯一的光源來自那些家戶的窗光，他們所擁有的那些聖誕裝飾品。

我在車內坐了好一會兒，充滿狐疑回望那間屋子，然後又望向前方，再次回頭。

我父親真住在那裡嗎？我實在很難把我對他的最後記憶與這裡的河景大道一〇二五號B棟住戶聯想在一起。

五分鐘之後，我下車，關上車門，小心翼翼不要發出太大的聲響。走過佈滿冰漬的路面，一度滑跤。然後，夜色變得沉重，後方墓園的存在感節節進逼，我加快了腳步。

我走上這棟房子的四層台階。按下電鈴，後退了好幾步，在門廊等候。想到了自己一生中執勤的其他敲門時刻，裡面的訪客並沒有想到會有警察上門。我出於習慣，雙手扠腰，緊盯開門的人。

我右側的窗戶傳來細微的窸窣聲響，有人推開了窗簾，但又迅速拉上。

過了一會兒之後，有個女孩應門，十幾歲的年紀。很瘦，一頭黑色捲髮，戴眼鏡。我的第一印象是這女孩很害羞，是用功的學生，也許面對陌生人的時候會緊張，她仔細觀察我。

她沒說話，等我先開口。

突然之間我覺得好荒謬，都已經過了這麼久，我卻認定父親還住在這裡。就我的經驗來說，是奇伊那個年代的人才會固守家園，依然住在兒時的房子裡，我們父母的那個世代已經是飄忽不定。

「嗨，妳好，」我對女孩說道，「抱歉打攪，不知道丹尼爾．費茲派翠克是不是住在這裡？」那女孩微微蹙眉，遲疑不定，神情憂慮。

我說道，「別擔心……」

這女孩應該是十三、四歲吧。

「不是什麼要緊的事，」我說道，「如果他住在這裡的話，我只是想和他說說話，一下子就好。」

「等等。」女孩回到屋內，但大門還開著。

我心想，她會不會是我爸爸的女兒？我同父異母的妹妹？她嘴唇的某個特質讓我想到了自己，還有那麼一點點凱西的味道。

我身體微微前傾，觀察屋內，四處張望。一切整整齊齊。我面前有一個階梯，右側是客廳。家具雖然老舊，但保養得很好。有隻小狗，某種㹴犬，跑過來在聞我的腳，繞了約一兩圈。我伸腳輕推牠，確保牠不會溜出去。另一個房間傳出廣播頻道的聲音，不斷在播放寧和的聖誕歌曲。

女孩消失了好久，久得讓我不禁懷疑自己也許剛剛應該跟過去才是。冷空氣依然不斷灌入屋內，我開始對雙手掌心吐氣，保持溫暖，就在這時候，我看到有人從我面前下樓，一開始是兩隻光腳，然後是身穿灰色運動褲的大腿。

是個男人，年約五十歲，深色頭髮。

我爸爸。

「米可拉？」他說道，「是妳嗎？」

我點頭。

「妳找到我真是太好了！」他說道，「我一直在找妳。」

他瞄了一下我後方，然後穿鞋，拿起放在前門邊桌上面的鑰匙。他走到了門廊，關上大門。

他說道，「我們開車去外頭晃晃吧。」

我遲疑了一會兒。由於我在奇伊家中發現了那些東西，他在我心目中多少算是恢復了一點地位。不過，我依然不知道他的動機，而且我還是不知道我妹妹的下落。

也許，他讀出了我的猶豫吧。

他說道，「不然妳開也可以，由妳決定，妳有開車過來嗎？」

「有啊。」

我們上了車。

他還沒扣上安全帶，我就先開口，「我以為你死了。」

聽到這句話，他發出輕笑，「我覺得沒有吧，」他伸出手指，拍了一下另一隻手的手背，「沒，」他說道，「我還沒死。」

我發覺自己待在他身邊的時候覺得好害羞，也說不上來到底是什麼原因。突然之間，我心想這麼多年不見，不知道他怎麼看待我現在的模樣？我希望在他心中留下好印象，但這個念頭立刻讓我對自己動怒，幹嘛這麼在乎。

我告訴自己，除非他自己主動講話，不然我就是一直閉嘴。

終於，他開口了。

我爸爸告訴我，他一直在找尋我們兩人的下落，我與凱西，已經找很久了。

他說，他完全戒斷是在二〇〇五年。

在那個時候，我們兩人都已經是成人，他說，他猜我們很恨他，因為我們從來沒有回覆他的信件或卡片。

多年來，他就把這當成了自己不找女兒的理由。

「然後，我的女兒潔西……」他開了口，又停頓下來。

「剛剛那是我另外一個女兒，潔西，」他說道，「她十二歲，今年她開始問起妳們的事，為什麼我不見妳們。我猜，她是想要見同父異母的姊姊們。而且，我覺得時間已經過了這麼久，也許妳們已經準備好願意再跟我講話，我知道，我自己搞砸了很多事，」他繼續說道，「我知道是我的錯，但我現在已經完全戒毒，所以我心想，也許可以一試。我一想到妳們兩個的處境就歉疚不已，但我當時也不知道該從何找起，我知道妳們的外婆一定不會幫忙。所以我花錢請了一個認識的人，以前是警察，現在擔任私家偵探。不過，嗯，他大部分的委託案都是夫妻要抓另一半做壞事，最後他完成了任務。」

「妳們兩個，他都找到了，」他說道，「而且相當迅速。他找到凱西的肯辛頓住處，也發現妳住在本薩勒。他回來向我報告他所見到的狀況，給了我那兩個地址，然後說現在就要看我自己了。」

我父親把手肘擱在他的座位扶手。他很緊張，我看得出來，他連續清喉嚨清了好幾次。他伸手禮貌摀嘴，繼續說下去。

「我先去找凱西，」他說道，「因為我朋友說她狀況非常不好，這句話讓我很擔心，三、四個月前的事。我到她的住處去找人，某間棄屋，她幾乎認不出我，我根本不知道她成了這個模樣。」

「我們聊了很久，」他說道，「擬定讓她搬到我家的各種計畫，她告訴我，『再給我一天就好。』『好，』我告訴她，『我也染毒過，我知道那是什麼意思。』我不喜歡她的那種說法。果然，第二天，我去接她，已經找不到她了。」

「值此同時，」我說道，「我依照朋友給我的地址，到本薩勒找妳。應門的和善老太太說妳不在家，其他就沒說了，還問我要不要留言。」

我瞄了一下坐在副座的父親，想起了馬洪太太對於二度前來本薩勒的這名訪客的描述。對：我覺得我爸爸看起來很像賽門，至少大致相似，反正，他的外貌與她的形容若合符節。他很高，賽門也是，深色頭髮亦然。還有，就在他左耳下方，真的有一個刺青，就與馬洪太太提到的一樣。天色這麼昏暗，我看不清是什麼。

他繼續說下去。

「所以，我以為自己被三振出局了，」他說道，「我找尋兩個女兒，我努力過了。我告訴自己，過沒多久之後，就要繼續去找妳，但妳也知道，有時候也不知怎麼了，就是有莫名其妙的事蹦出來，一個月就這麼過去了。」

「然後，」他說道，「突然之間，凱西出現在我家門口。她不肯講出自己去了哪裡或是怎麼過來的。她斷了腕骨，」他說道，「但就是不願意說自己出了什麼事。」

「然後，」他說道，「她告訴我，她懷孕了，她想要留住這個寶寶，想要徹底戒毒。」

———

我漫無目的地四處亂開，隨便左轉右轉，不確定自己究竟要去哪裡，我真的不知道該怎麼開回去他家。

我父親清了一下喉嚨。

「妳應該可以想見，」他說道，「這是很棘手的事。不過，我覺得這是我彌補過往疏失的機會。而且，我自己也經歷過，我知道要戒毒要付出什麼努力，我知道要拚命努力不沾毒會遇到什麼狀況。現在，我一個禮拜都還會參加兩三次的戒毒聚會，」他繼續說道，「我覺得我可以把她帶來跟我一起住，當她的保證人，為她準備一切，我想，就是當她的後盾吧。」

「我現在也找到了一份好工作，」他說道，「許久之前，我在『國際電話與電報』技術學院拿到了文憑，如今在科技業工作。我現在賺的薪水相當豐厚，可以幫忙負擔她與寶寶的醫療費。」

我從眼角餘光發現他在偷瞄我，正在判斷我的反應。他是希望我以他為傲嗎？沒有，至少還沒有。

「反正，」他說道，「凱西說她已經開始慢慢斷癮，她說只要有納洛酮的時候，她一定會服用。我帶她去看醫生，醫生的建議是，如果孕婦有毒癮，必須要繼續服用美沙酮，所以醫生幫她安排參與了某個美沙酮維持治療計畫，自此之後，就一直維持到現在。」

我終於開口，「所以她跟你住在一起。」

「她跟我住在一起，」我父親說道，「她人就在那間屋子裡。」

「她還活著，」我說道，「她還活著……」

我停頓許久。

終於開口，「我可以見她嗎？」

現在輪到他陷入沉默。

「是這樣的，」他說道，「我不確定她想不想見妳。」

「她把妳兒子的事告訴了我。」聽到他說出這句話，我面色抽搐。

我的兒子，我心想，我的兒子啊。

「她一進到我家，就把那件事告訴了我，她還說她不想與妳有任何瓜葛。」

「但說來好笑，」他說道，「她清醒的時間越長，就會吐露更多有關妳的事。」

「我覺得這不算是清醒。」

講出這種話好刻薄。

他點點頭。我看到了他的臉，在車窗外微光映照下的剪影，他後方的那排街燈熒熒發亮。

「我懂妳的意思，」他語氣溫和，「許多人都覺得靠美沙酮不等於戒毒。」

除此之外，他就什麼都沒說了。

我終於開口，「但你是抱持這種想法。」

他聳肩，「我不知道，」他說道，「我不知道該怎麼想。我現在已經不靠美沙酮有好一段時間了，但我知道一開始的時候我需要它。要不是有它，我根本不可能恢復正常生活。」

自此之後，我們再也沒講話。

我繼續開車，現在駛入比較寬廣的馬路，直直往前開。突然間，我在前頭看到一抹水光，發現又到了德拉瓦河，自從我出生之後，就一直跟追著我的同一條幽黑之河。

「妳應該要在這裡右轉，」我父親說道，「不然就會掉進水裡了。」

不過，我卻在這裡停車，頭燈在一片漆黑之中投出遠光，我關了燈。

「她最近講起妳的次數越來越多，」我爸爸說道，「她想念妳，她需要家人。」

我回道，「哈。」

我發現只要我覺得不自在的時候，就會發出這樣的惱人聲音，對某種嚴肅的事件裝一笑置之。

「凱西現身之後，我又去了本薩勒，」他說道，「不過，那一次，同一位太太告訴我，妳已經搬家了。」

我點點頭。

我父親說道，「我以為我又再也找不到妳了。」

「我叮囑她要這麼說的，」我回他，「我以為你是別人。」

我突然打開車內燈，望著他。

「怎麼了？」他回望著我，在突如其來的光線中不斷眨眼。

我對他緊盯不放，想要看清楚他耳朵下方的刺青，花體字的三個字母，L.O.F。

只不過一秒鐘的時間，我就懂了，那是我母親名字的首字字母。

他知道我在看什麼了，他溫柔捏了一下那裡，彷彿把它當成了瘀傷，然後，把頭別過去。

「我猜妳一定很想念她，」他說道，「我也是。」

最後，我把爸爸送回他家的時候，已經是九點鐘了。我們沒有擬定任何計畫，他現在有我的電話號碼，我也有他的了。在凱西與我確定彼此可能重修舊好之前，這樣就夠了。

我爸爸說他會找她聊一聊，努力說服她。

他說道，「妳們姊妹需要彼此。」

「你完全不需要規勸凱西，」我語氣倔強，「要是她不想見我，反正也沒關係。」

「嗯，」我爸爸回道，「好，我知道了。」

不過，我從他的聲音聽得出來，他並不相信我的話。

我讓他下車之後，還等了一會兒，看著他登上屋內階梯。屋內的百葉窗拉到了頂端，所以我可以看得見裡面的情景。每一扇亮光窗戶都蘊含了凱西會經過其前的可能。

但她沒有，一直沒有，最後，我開車走人。

我離家一整天，手機完全沒有電，讓我更添不安，聯絡不到湯瑪斯，我不喜歡這種感覺。路上無人，飄著微雪。渾圓黃月掛在天際。我開始努力想像湯瑪斯與馬洪太太在一起的情景，努力告訴自己，他們兩人正舒服依偎在一起，收看電視的聖誕應景節目。我想，我到家的時候，搞不好湯瑪斯還醒著，那麼我會覺得比較舒坦一點，要是能夠至少對他說聲晚安，就可以稍稍減緩之前離開時的那股罪惡感。

我停好車，走向後梯的時候，看到隔壁鄰居的窗光閃動了一下。我盡快把鑰匙插入鎖孔，以免湯瑪斯已經入睡了。不過，大門卻只開了兩三公分就不動了。

我再次用力推，力道更加猛烈，裡面卡住了。

透過大門上方的玻璃，我看到馬洪太太焦慮的圓臉。她也朝我後頭張望了一會兒，彷彿在確定我沒有被人跟蹤。

「米可？」她的聲音從大門另一頭傳來，「是妳嗎？」

「怎麼回事？」我問道，「是我啊，妳沒事吧？湯瑪斯在哪裡？」

「等等，」她說道，「等我一下就好。」

她拖開某個東西，發出了刮擦聲響。

終於，大門開了，當我一進入公寓之後，立刻掃視客廳找尋兒子。

我再次問道，「湯瑪斯在哪裡？」

「在他臥房睡覺，」馬洪太太說道，「感謝老天妳回來了，他們在找妳。」

「誰？」

「警察，」馬洪太太說道，「他們大約在一小時前過來，按妳家的電鈴。米可，可憐的湯瑪斯嚇壞了，我也是。當他們出現在妳家門口的時候，我以為他們是來報喪的。他們說他們一直打電話給妳卻接不通，所以就上門來找人。」

「我手機沒電，」我說道，「是誰？是哪一位警察？」

馬洪太太從口袋裡掏出了一張名片，交給了我，上面寫著警探戴維斯・阮。

「還有另一個，」她說道，「另一個男人，我不記得他的名字。」

「是不是迪保羅？」

馬洪太太說道，「沒錯。」

我問道，「他們要幹什麼？」

我走到角落，我在某張邊桌上頭一直有放充電器，我把充電線插入手機。

「他們沒跟我說，」馬洪太太回我，「只提到等妳回來的時候要打電話給他們。」

「好，」我回道，「馬洪太太，謝謝妳。」

「不過，我在懷疑，」馬洪太太說道，「不知道是否與新聞有關。」

「什麼新聞？」

馬洪太太側頭，面向電視，我的目光也跟著飄過去。背景播放的不是聖誕電影：而是某名記者站在坎布蘭街的街頭，附近是拉上封鎖線的某處空地，那裡也飄落著跟本薩勒一樣的微雪。

那名記者蒼白臉龐下方的新聞標題：聖誕節謀殺案。她身穿紫色派克大衣，透過麥克風說道，「兩個禮拜之前，費城警局總部向社會大眾信誓旦旦保證，他們已經抓到了嫌犯。不過，這起謀殺案可能與本月稍早在肯辛頓發生的一連串謀殺案有關。」

馬洪太太在搖頭，發出了不以為然的聲音。

「受害者的姓名呢？」我問道，「知道是誰了嗎？」

「沒有，」馬洪太太回我，「還不知道，只說是女性。」

我問道，「還有其他的線索嗎？」

「聽說是今天中午左右發現的，似乎是剛死沒多久。」

我手裡依然拿著手機，電力總算足夠了，恢復正常，終於能讓我使用。

「馬洪太太，」我說道，「我打這通電話的時候，可否請妳待在這裡稍等一會兒？我不希望現在請妳回家，但他們等一下又需要我去警局。」

「我也是這麼想，」馬洪太太說道，「我留下來不成問題。」

我打給迪保羅，而不是阮，我跟迪保羅比較熟。

他立刻接起電話，語氣警覺，他在外頭，因為我聽得見背景車流聲。

「我是米可・費茲派翠克，」我說道，「聽說你來過我家。」

「接到妳電話真是太好了，」他說道，「妳現在人在哪裡？」

「家裡。」

迪保羅問道，「妳兒子呢？」

我正打算要回答，卻臨時改變心意，我問道，「問這個做什麼？」

「我們只是要確定你們兩個都安全無虞。」

「他很好，」我回道，「他在睡覺。」

不過，突然之間，我覺得必須要自己確認一下。我一邊跟迪保羅講話，一邊快步走到湯瑪斯的房間，打開了門。

他在房內。

他把所有毯子堆到床中央、弄了一個小窩，緊緊依偎不放，下巴緊繃。我動作輕緩，再次關門。

迪保羅說道，「那就好。」

「怎麼了？」我問道，「穆維還在關押中嗎？」

迪保羅微微吸氣。

「本來是，」他說道，「但今天就放出去了。」

我問道，「怎麼了？」

「他有不在場證明，」迪保羅終於說出口，「他有個神智清醒的朋友說，那個阻街女子被殺時的那兩天，他都跟穆維在一起，而且穆維堅稱他曾經是那兩名死者的客人，所以她們身上才會有他的DNA，就這樣。穆維和他的朋友兩個都發誓他沒有殺人。他找了律師，我們只能放他走。」

「他是什麼時候被放出來的？」我問道，「今天兇案發生的時候還在關押嗎？」

我也不清楚自己究竟想聽到什麼答案。

迪保羅回我，「是的。」

聽他的語氣，我知道有弦外之音。

「好，」迪保羅說道，「我派了一台巡邏車去妳家，第九區的菜鳥。他今晚會停在妳的屋外車道，好嗎？要是妳看到他在那裡，千萬不要太驚訝。」

「為什麼？」

迪保羅愣住了。我聽到背景出現警笛呼嘯而過，他咳了一聲，又一聲。

「麥可，為什麼？」

「只是預防措施而已，」他說道，「很可能只是過度反應。不過，我們在『公爵』見面的時候，妳給我的那個名字——妳說向妳指控某名費城警察的那個女子是？」

「寶拉，」我說道，「寶拉．莫洛尼。」

迪保羅陷入沉默，等我自己兜起來。

他終於說出口，「她就是今天的那名受害人。」

我告訴馬洪太太今晚睡我的床。我自己睡沙發，位於最靠近大門的那個空間，要是有任何人進來的話，第一個碰到的人就是我。

我希望大家都在一起。

我只告訴馬洪太太那台默默停在我們積雪戶外車道的警車的事，都是因為我把某些線索給了同事，他們格外小心，

我說道，「完全不需要擔心。」馬洪太太卻回我，「我看起來是很擔心的樣子嗎？」

但我知道她只是裝勇敢而已，就和我一樣。趁馬洪太太上廁所的時候，我悄悄進入走廊，從鎖箱當中取出我的武器。

現在，我無法入睡，一直惦記著屋外車道上的那台巡邏車，不知道迪保羅是否擔心寶拉是遭到殺人滅口？被派來保護我們的是費城警局總部的警員，如果是州警的話，某個局外人，我會比較安心。的確：迪保羅煞費苦心，他告訴我，他派了不同管區的菜鳥來負責監控——也就是說，應該是與二十四管區沒有太多牽扯的人。不過，我依然睜眼躺在沙發上面，動也不動，一直到凌晨四點鐘，在外頭路燈的微光之下，盯著壁掛時鐘的分針滴答前進，百葉窗隙縫的陰影，將鐘面切剖成一段段橫紋。要不是因為擔心會吵醒湯瑪斯的話，我早就爬到湯瑪斯的床上了，我想挨近他，知道我在保護他，在這個世界之中、他就在我的身邊。

有另外一種情緒慢慢籠罩而來，讓我更加焦慮：那是哀愁，因寶拉而生的深沉哀愁，我依然

記得十八歲的她的鮮明模樣，尖嘴利舌，颯爽大笑。一個總是護衛凱西的人，就像凱西老是護衛我一樣。我想，知道寶拉總是站在那裡，一直讓我很安心，她看顧我妹妹，看顧肯辛頓的所有女子。

最後，也是最可怕的部分，罪惡感來襲。如果我們要找的這個人窩藏在費城警局總部；如果我是第一個講出寶拉·莫洛尼名字的人——在艾亨的面前，之後是錢伯斯，最後是迪保羅，這樣一來，沒錯，我可能必須為她之死負起間接的責任。

我閉上眼睛，雙手摀臉。

我詢問艾亨，「絕對不講出去？」

他向我保證，「絕對不講出去。」

到了第二天早上，費城警局總部還是沒有公布寶拉的姓名。我花了一點時間在網路上找尋她的資料，很快就發現了某個臉書網頁，朋友們為了紀念她而設置的頁面。

我在這個網頁找到了她的追思彌撒，這個星期四在「聖救世主」教堂。

我打算過去。

這一整天，我都在等待有關她死訊的更多線索。我想要看新聞，想知道他們是否逮捕了任何人，但我不想要嚇到湯瑪斯。我改聽當地廣播新聞電台，運用自己的手機，還有我在衣櫃某個盒子裡找到的老舊耳機。我隨身帶著它們、在公寓裡四處活動，洗衣服，整理家務，湯瑪斯則忙著建造他的木頭火車鐵軌，把它蓋成了繁複的迷宮。

他問了好幾次，「妳在聽什麼？」

我回他，「新聞。」

停在屋外車道的那台巡邏車已經離開，但三不五時就會有新的警車過來，緩緩駛過街道，我從臥室的窗戶就可以看到動靜。有時候，我覺得這個舉動讓人很安心；其他時候，我覺得自己飽受威脅，產生了不祥的預感，而且被人虎視眈眈。我想要引開湯瑪斯，但他觀察力很敏銳，知道出事了。

我在聽的是蘿倫．史普萊特工作的本地公共電台。某個一小時的節目快要結束的時候，我聽到主持人說出了她的名字。

突然之間，我想起了我們在「轟炸機咖啡店」的那一場偶遇，還有她主動要為莉拉與湯瑪斯辦一場聚會。我靈機一動，其實，可以詢問蘿倫是否能在星期四寶拉喪禮的時候幫這個忙。春天花園日托中心學期結束是在聖誕節與新年之間的那個禮拜，也就是說，蘿倫那時候也可能在家。

我又進入臥室，打電話給她，然後留言，我告訴她我得去參加某場喪禮，不知道是否能在那時候把湯瑪斯送去她家?過了一分鐘之後，她回電話給我。

「抱歉，」她說道，「我不認得妳的號碼。妳的提議真是太好了，我一直在幫莉拉找活動，這次放假真是沒完沒了。」

蘿倫只笑了一下，稍作停頓，對我說道，「妳朋友過世了，很遺憾。」

「謝謝，」我說道，「其實，她不是很熟的朋友，其實比較算是我妹妹的朋友。」

「還是令人遺憾，」蘿倫說道，「畢竟是家人的朋友，大家都不希望看到有人英年早逝。」

「真的，」我回道，「的確如此。」

雖然費城警局總部終於公布了寶拉的姓名，但參加她喪禮的人數並不多。我在彌撒開始前的十分鐘進去，找到了後面的某排長椅，我遵循習慣，單膝跪下之後才入座。

來到這裡有兩個理由：第一是為了要致敬。我不確定自己是否相信有來生，但我相信必須在自己的一生當中努力為所應為，雖然我還不確定是否是在自己提到寶拉姓名之後直接害她身亡，至少，我背叛了她的信任，所以，我來到這裡改過自新。

第二個理由：我覺得待在這裡的時候、搞不好可以偷聽到什麼有關推測她死因的說法。

今天早上，我本來身穿黑衫黑褲，突然之間，我覺得自己很像是身穿外燴制服的奇伊。所以最後我改穿灰色襯衫，而且盡量讓髮型與面容維持低調。

現在，從我所在的後座長椅四處張望，可以看到教堂前幾排的兩側都坐滿了人，但其他地方就空蕩蕩。教堂裡的人我幾乎都認識，如果不是在二十四管區討生活的人，就是高中同學。我覺得今天所有的與會者似乎都算是清醒，程度不一。有幾個男人坐在一起，其中一個咳嗽咳得很厲害，另一個在打盹。現場有十多名女子，我曾經向她們當中某些人問過話。

「聖救世主」教堂，是我們從小望彌撒的地方，我們念的第一所小學也是它的附屬組織。這是一間石造的大型教堂，雖然沒有冷氣，夏日待在裡面依然涼爽，而冬天就顯得冰冷，如同現在一樣。我在這間教堂有許多回憶：這裡是我的初領聖體禮之地，接下來，兩年後輪到了凱西，穿的是同一件洋裝。我的眼前依然浮現她的模樣，穿得像是個小新娘，努力記得千萬要緩步往前。

我知道，凱西應該有可能會過來。她現在一定已經聽說了寶拉的死訊，我覺得她也許會決定來到這裡。不過，我現在沒看到她的人，還沒有。我不時回頭張望，注意大門口的動靜。

彌撒開始。史蒂芬神父待在這裡已經好久了，就連我們母親當初的殯葬彌撒也是由他所主持——他說話速度急快，吟誦儀式。我心中浮現某個病態念頭，過去二十年來，這裡舉行殯葬彌撒的次數一定是越來越多，史蒂芬神父似乎相當熟稔他自己的角色。

我坐在這裡，可以看到寶拉母親的側影，她坐在我對面的前排區。她穿牛仔褲與球鞋，沒有穿羽絨外套，反而把它披在身上，另一層的保護。她的雙臂以奇怪姿勢交疊胸前，掌心面向天花板，她低頭凝視，彷彿托住了對女兒的回憶，想起了寶拉在嬰兒期的重量與體熱，心想這到底是怎麼了。

法蘭．莫洛尼，寶拉的哥哥，在發表悼詞，內容幾乎都是他對兇手的怒氣。「幹下這種事的人……」他不斷重複，整顆頭前後搖晃，展現出在教堂中能夠發揮的最大恨意，史蒂芬神父清了清喉嚨。快要結束的時候，法蘭的怒火隱約指向寶拉，居然讓自己深陷在這樣的處境之中。他記得她的幽默感，孩童時期的甜美可愛，他說了好幾次，「我真的不知道出了什麼事……」

「真希望她當初能夠做出更適當的選擇……」說出這句話的，就是當初把那些摧毀大家的藥丸、介紹給他周邊每一個人的人。

彌撒結束。家屬開始在後頭排成一排，準備答禮。法蘭．莫洛尼、他的母親，還有另一個人，可能是外公吧，全都站在靠近大門前方的位置。

凱西一直沒來。

我偷偷溜到側邊走道，然後排在一群我認得的女子後面，她們都在二十四街討生活，她們是寶拉的朋友，也是我妹妹的朋友。

我低頭看手機，佯裝一派輕鬆，以免他們轉頭看到我。我想，雖然我今天沒穿制服，但他們當中的多數人都會認得我。

她們交頭接耳低聲說話，但我可以聽到片段，有一個字詞頻頻出現，我以為他們看到了誰。其中一個說道，「那個人渣……」另一個跟著重複，「那個人渣……」

一開始的時候，我以為他們說的是法蘭．莫洛尼，至少，她們盯著他的方向。不過，話題稍微出現了變化，我一度聽到了條子，非常清楚。還有一次聽到抓錯人，保釋。我的視線幾乎都集中在她們的後腦勺，但三不五時就會有其中一人面向另一個人側頭低語，當她側轉四分之一的時候，我就會瞄到對方的臉龐與神情。

突然之間，其中一個人——站在那堆人前面的位置，轉身聆聽她朋友在說什麼——她看到了我，愣住不動。

「妳！」她對她朋友說道，「妳快閉嘴啦！」

那四個人，全都望向她目光的方向，轉身看著我。我的雙眼依然盯著手機，佯裝沒注意到。不過，我的眼角餘光發現沒有人轉身回去。

最靠近我的那個女人看起來個頭短小精悍，她身穿紫色牛仔褲，伸出食指對著我，差點戳到我的胸口，所以我只好被迫抬頭。

「幹妳還真有膽，」她說道，「居然出現在這裡。」

我開口，「抱歉？」

另一個女人說道，「妳是真的應該過來一趟！」

那四個人現在全朝我走來，不懷好意，雙手插在口袋裡，抬高下巴。穿紫色牛仔褲的那女人開口，「給我滾！」

我回道，「我不明白。」

她悶哼一聲。

「妳是怎樣？」她說道，「笨嗎？」

我一直很不喜歡這個字，我皺起眉頭。

那女人在我面前捻手指，「哈囉？」她說道，「哈囉？回家去啦，滾！」

在那些攻擊者的後方，突如其來的某個倏忽動作，吸引了我的目光，有人進入教堂。

一開始的時候，我沒有認出她。

她的髮色是淺棕色，很接近我小時候看到她的原生髮色。她臉色蒼白，戴著眼鏡，我以前從來沒看過她戴眼鏡。

凱西，我的妹妹。

她雖然看起來很健康，但也面露疲色，她遲到了，外套拉鍊未拉起，大肚子凸了出來。外套裡內搭白色襯衫與灰色運動褲，我心想，也許這是她現在唯一能穿的褲子吧。現在，她在迂迴穿行，經過了答禮家屬列。

穿紫色牛仔褲的女子回頭瞄了一下她朋友，然後，她們不發一語，其中兩個人朝我走來，抓住我兩側的手肘。

「媽的不准給我開口，」其中一個在我耳畔低語，「放尊重一點，這是喪禮。」

不過，基於本能，我所受的警察訓練立刻發揮作用，我兇狠轉身，剛好把她們其中一人撂倒，手膝趴地，另一個放手。

「哦，不會吧，」另一個還站在那裡的人說道，「她幹的壞事還不只是這樣。」

我舉起雙手，「好，」我說道，「我想這一定是有什麼誤會。」

突然之間，凱西站到我身邊。

「喂，」她看著那四名女子，不是我，「喂，怎麼了？」

被我撂倒的那名女子說道，「那個婊子剛剛抓著我……」我想，她應該忘了是誰先伸手的。

凱西還是不看我。

「她很抱歉，」凱西說的是我，「米可，跟她們說對不起。」

「喂，」她看的是那四名女子，而不是我，「發生了什麼事？」

「米可，向她們說對不起。」

我說，「我不要。」凱西狠狠撞我的手肘，「米可，說啊，向她們道歉。」

我開口，「對不起。」

身穿紫色牛仔褲的女子沒盯著我的雙眼，反而注意的是我的額頭，宛若那裡畫了標靶一樣。

她面向凱西，搖頭。「凱西，我沒有對妳不敬的意思，真的沒有。我知道她是妳的姊姊，但妳應該要提防背後暗箭，妳又不知道她的一切。」

凱西沉默不語了一會兒，目光在我與這名女子之間來回飄移，然後——她似乎心中突然做出決定——她對那女子比中指，然後狠狠摟著我的肩膀，把我拉出教堂，經過了法蘭與他母親的面前，他們一直盯著我們，面色困惑。我突然想起凱西小時候的模樣，只要有人欺負我，她隨時伺候，不斷挺身而出護衛我。

此起彼落的嘲弄聲響，一路跟著我們出了教堂，下階梯，進入街道。

那女子在裡面再次大聲呼喊凱西，「妳要提防背後暗箭！」

我妹妹不跟我說話，持續了好一會兒。我走向自己的停車處，就在附近而已，她走在我旁邊，氣喘吁吁，我也不知道該對她說什麼才好。

「凱西，」我終於開口，「謝謝妳。」

「不要，」她回答的速度也未免太快了一點，「不要這樣講。」

我們已經進入車內，我愣住不動，滿臉尷尬，不曉得接下來該怎麼辦。

她第一次直視我的雙眸。

她開口，「爸爸說妳來找我。」

「我沒有……」我打算否認，我沒有去找妳。

不過，我說出口的卻是另一句話，「我很擔心。」

她交叉雙臂、放在自己的肚子上方，姿態很防衛，她沒有任何回應。

「米可，」她終於開口，「那些女孩，她們剛剛說了什麼？」

「我不知道。」

「妳確定嗎？」她追問，「妳是不是有什麼事要告訴我？」

我吞了一下口水，想起了寶拉，想起了自己背叛了寶拉的回應，還有當我請她報警的時候，媽的怎麼可能！她說道，最後在這座上帝遺忘之城，成了每一個警察的黑名單。

「不，」我回道，「凱西，我不知道她們在說什麼。」

她點點頭，在打量我，我們沉默許久。街頭有一群沒穿戴任何防護用品的小孩騎著越野車，翹孤輪，直到他們的吵鬧聲消失之後，凱西才開口。

她說道，「我相信妳。」

凱西拒絕我送她回去。

「我開了爸爸的車，」她說道，「他在等我回家。」

所以我陪她走到爸爸座車停放的位置，然後向她道別。我站在路邊，罪惡感的折磨讓我胃痛不已。

該去接湯瑪斯了，我到了蘿倫．史普萊特位於北自由區的家。她請我進入屋內，裡面好大，充滿現代感，對面是一座公園，在我小時候，壞孩子經常在那裡出沒，在當時，這個地區依然還是我們的地盤。

她家的廚房看起來像是專門給美食台節目使用的地方，它位於一樓的某個開放寬敞空間，還有一道可以通往外頭平台區的推門。那裡有一棵聖誕樹，真正的樹，佈滿了白色燈飾。我從來沒有看過這種景象：在某人後院平台區放置的聖誕樹，我很喜歡。

「孩子們在樓上，」蘿倫說道，「要不要幫妳準備飲料？想不想來點咖啡？」

「好啊。」寶拉彌撒現場發生的狀況，依然讓我很驚駭，要是雙手能夠握住什麼小而溫暖的東西，一定很舒服。

蘿倫問道，「喪禮狀況還好嗎？」

我愣了一會兒。

我回道，「老實說，很詭異。」

「怎麼說？」

蘿倫把熱水直接注入某個高圓柱狀玻璃體，裡面裝有研磨好的咖啡粉，然後，蓋上似乎頂端有柄的東西，然後就可以直接坐等咖啡了。我從來沒有看過這種泡咖啡的方法，我沒有多問。

「說來話長。」

蘿倫回我，「我有的是時間，」

樓上傳來有東西碎落的聲響，然後，一陣沉默，接下來是悶笑聲。

蘿倫說道，「應該啦。」

我仔細端詳她。向蘿倫說出我所知道的一切，卸下這樣的包袱，其實很吸引人，她是很好的聆聽者，似乎擁有井然有序的幸福生活。我心中有股聲音，看看她，我也本來可以過這樣的生活。擁有不一樣的工作，不一樣的房子，不一樣的人生。當我與賽門剛開始在一起的時候，我們的話題一直是等到他兒子蓋布瑞爾長大之後、我們要共組家庭。我想要把我所有的計畫都告訴蘿倫。我希望蘿倫知道我當年在學校表現傑出，我想要把我生命中的真實狀況、全部傾瀉在蘿倫·史普萊特這個開放又友善的容器之中，那張五官鮮明的美麗臉龐會熱情迎向我，

光是那名字聽起來就像是某種無邪迷人之物。

我沒有，我的耳內聽到奇伊的聲音，她在叮嚀我，妳不能相信他們。她從來不說他們是誰，但我確定蘿倫·史普萊特也符合那些特質。雖然奇伊對於其他一切的觀點都大錯特錯，但光就這件事情來說，我大致同意她的看法，也許是全然同意。

那一晚，我哄湯瑪斯上床睡覺之後，手機響了。

我盯著螢幕。

來電者的顯示名稱，丹·費茲派翠克，當我爸爸把他手機號碼給我的時候，我實在沒辦法將存入的名稱設為「爸」，我們沒那麼親密。

我接了電話。

一開始的時候，他不發一語，然後，我聽出了是另一個人的輕柔呼吸聲。

「是凱西嗎？」

她開口，「嗨。」

「妳還好嗎？」

「好，」凱西沉默了好一會兒之後，終於開口，「我有重要的事得告訴妳，至於妳要不要相信我，決定權在妳身上。」

我說道，「嗯。」

凱西說道，「我知道妳過去不是很相信我。」

我閉上雙眼。

「我今天到處打聽，」凱西說道，「我打給一些朋友，想要知道大家是怎麼說妳的。」

我又說了一次，「嗯。」

「妳是不是跟楚曼·道斯在一起？」

我反問，「妳這話什麼意思？」

這麼突然聽到他的名字，讓我很不舒服。自從我笨手笨腳企圖吻他未果之後，我心中充滿了罪惡感與尷尬，就是不願想到他。

「我是說現在，」凱西說道，「他現在跟你在一起嗎？在同一台車裡面？兩人在同一個空間嗎？」

「沒有，」我回道，「我在家。」

凱西還是沉默不語。

「為什麼？」我問道，「凱西？」

「他們覺得他就是那個人，」我妹妹說道，「他們認為是他殺死了寶拉與其他人，而且他們認為妳知情。」

我身體的每一個區塊都在造反。

我心想，不是吧。

不是真的，不可能，我對楚曼的基本了解，不會允許我相信剛剛聽到的那番話。

我張嘴，又闔上，開始深呼吸。

電話線的另一頭，我聽到凱西也在呼吸，等待我做出回應。在我漫長不語的這段時間當中，正在評估我對她的信任度。

我想到了上次懷疑她的情景：我聽信賽門，而不是她的說詞，我大錯特錯。光是那一個字，不，就此影響了我們的人生路途。

所以，我這次反而向她道謝。

「謝謝？」

「謝我什麼？」

「告訴我這件事。」

然後，我掛了電話。

我的心中有一股狂亂不安的錯亂感在翻攪。我對自己直覺的信任度、與我對凱西說法的信任度發生了衝突。我覺得，唯一的解方，就是把凱西的堅持先放在心中，當作有待證實——或者是有待否決的假設——就等證據說話。

我下樓，匆匆忙忙敲馬洪太太的大門。

等到馬洪太太開門的時候，我已經穿上了外套，手裡拿著錢包。

「我明白，」馬洪太太在我還沒講話之前就開口，「去忙妳的吧，我會上樓去陪湯瑪斯，要是我得補眠的話，我會睡一下。」

「真是抱歉，」我說道，「真的非常抱歉，馬洪太太，我會付錢給妳。」

「米可，」她回我，「自從派翠克過世之後，這是我第一次覺得自己居然是這麼有用的人。」

「好，」我說道，「謝謝，謝謝你。」

然後，我面容抽搐，我從來不曾向別人央求過這麼多。

「我們換車可以嗎？」我說道，「能否讓我借用一下妳的車？」

現在，馬洪太太哈哈大笑，「米可，妳要什麼都不成問題。」她從她家玄關的掛鉤取下鑰匙，我把自己的交給了馬洪太太。

「只是要先讓妳知道一下，」馬洪太太說道，「車子噪音很明顯。」

我再次道謝，馬洪太太對我大手一揮。

然後，她跟著我上樓，她坐在沙發上面，從包包裡拿出了一本書。

我走向衣櫃，把手伸向最上層的櫃子，摸到了我的鎖箱，裡面是我藏槍的地方，警局派發的五英寸格洛克手槍。先前我一直沒想要準備自己的備用武器，不過，今天我真心盼望可以有一把更小更精巧的手槍，可以隨身攜帶，別人也根本察覺不到。

但我最後還會穿戴我的警用腰帶，把那笨重的武器塞進去，我會穿上足以掩蓋一切的厚外套，不過，感覺還是很累贅。

「馬洪太太，」我說道，「任何人過來都不要開門。」

她回我，「我從來不會這樣。」

我說道，「就連警察也一樣。」

馬洪太太突然神色憂慮，「怎麼了？」

我回道，「我正準備要努力釐清狀況。」

馬洪太太起亞汽車的輪胎發出尖銳摩擦聲響，果然，噪音驚人。我必須提醒自己不是在執勤，我現在開的不是巡邏車。現在我萬萬不想因為超速被攔下來。

我放慢下來，減到了合理車速。

在夜晚的這個時候，稍微超速，驅車前往楚曼位於艾里山的住處，只需要半個小時而已。

我把車停在他家外的街道，距離他家相隔了半個街區，然後，悄悄下車。

現在是晚上十一點，大部分的住家都已經熄燈。不過，楚曼家依然燈光透亮，我從路上可以看到他的書架，還有擱在裡面收的諸多書冊。我沒看到楚曼，我偷偷摸摸走到了他家門廊。

現在，我躡手躡腳拾級而上，透過窗戶朝裡面張望。楚曼與他母親都待在燈光大亮的客廳裡，楚曼在閱讀，他母親坐在扶手椅裡面打盹。

我仔細盯著他，他似乎對於自己的讀物十分專注：我根本不想細看。他趴在沙發上，光著腳丫子，伸腳摳抓另外一隻腳。

他對他媽媽講了幾句話，我不知道是什麼，也許是「媽，上床啦，醒醒，該上床去睡覺了。」

然後，他不再盯著他母親，反而望向窗戶。在那一瞬間，簡直像是直視著我一樣。我跌坐在地，整個人窩成一團，背貼屋牆。不過，他並沒有打開大門，我的呼吸終於逐步趨緩。

最後，我彎低身子，悄悄步下台階，走向馬洪太太的車，進入裡面。

我待在這個有利位置，觀察那間屋子的動靜。

過了五分鐘，十分鐘，楚曼終於從沙發起身。窗戶裡的他因為後方的檯燈而成了剪影。他走到客廳的另一頭，我發現，他的步伐仍然有些微跛。

就在這個時候，我的心底閃現了第一次的懷疑。我想到了某個問題，也許，我應該要追問的是一連串的問題。楚曼被打到殘廢的那一次攻擊真的是出於隨機？還是他刻意讓大家誤以為是這樣？

或者，攻擊他的人有別的動機？

我的腦中浮現越來越多的問題，前仆後繼而來。

他說他去找過多克，是真的嗎？他去找了多克兩次，還向我回報他當天的活動，不過，我其實並沒有證據他那兩次真的去找了人。

還有什麼可信的呢？

突然之間，楚曼屋內的燈全滅了。

就在這時候，我心中浮現了最後一個念頭，讓我覺得噁心，那是我一直無法拋諸腦後的想法。最先向我暗示賽門可能是罪魁禍首的人是楚曼，當時的我站在他房子的另一頭，就在後院，是他慫恿我一起與他在毫無證據的狀況下做出了結論。然後，當麥可．迪保羅說我瘋了的時候，他又把我一個人晾在那裡。

現在越來越冷，我看得見自己的吐納。我偶爾會發動一下車子，讓暖氣運轉一下，然後又把它關掉，我打開了廣播電台。

我的目標：保持清醒，看到楚曼．道斯離開家門，然後開始跟蹤他，就像當初在楚曼的慫恿之下、我去跟蹤賽門一樣。

七點三十分，我突然醒來。我冷死了，連手指腳趾都沒有知覺。我立刻迅速搓揉雙手，努力轉動僵硬的關節。我發動引擎，讓它運轉一陣子，等待完成熱車。

幸好，楚曼的車還停放在他家的車道。

血液慢慢回流我的手腳，產生了搏動。現在，熱車時間夠了，可以使用暖氣，我也開了。

我看了一下手機，沒有訊息，沒有來電。

我知道自己等一下就會餓了，而且我也得要上廁所。我望向楚曼的家，計算時間，開車開個五分鐘就有一家「哇哇」便利商店，如果我過去的話，可能會錯過他出門的時間，但接下來還有一整天等著我，我應該是撐不住。

一股衝動油然而生，我立刻開車前往便利商店，這次的車速還是稍微快了一點。

快要八點的時候，我回到楚曼住家的那條街——膀胱得到解放，吞了咖啡、水、早餐以及午餐——他的車正慢慢從屋外車道退出來。我把車停到一旁，很緊張，怕他會朝我這裡直接開過來、看到我在車內。不過，他卻是朝相反方向前進，過了一會兒之後，我發動車子跟過去。

馬洪太太的那台起亞，是很容易看過就忘的白色轎車。對楚曼來說，完全沒有任何的熟悉感。我又開始惋惜，要是自己接受過一點臥底訓練就好了。沒有這樣的基礎，我只能依照直覺跟車：與他相隔兩台車，祈禱我不會因為碰到紅綠燈號誌的時間差。曾有一次，我為了怕跟丟而闖紅燈，引發附近某個駕駛狂按喇叭，對我比中指，我張嘴默聲示意，「對不起。」

楚曼沿著德國城大道往東南方前進，已經走了好幾公里。我心想，所有的路途都通往肯辛頓。我知道我們要去哪裡，而且我也不覺得有什麼好驚訝的，但心中卻有一股恐懼感在滋生。

我不想知道真相。

他沒有停下來，車速緩慢，四處亂晃，完全不慌不忙。我必須全力壓抑自己才能如法炮製，不然就會超過他。以前我們在同一台車的時候，楚曼老是喜歡取笑我是超速魔人，開車魯莽。

他到了阿勒傑尼之後，左轉，我也是。他沿著阿勒傑尼一路東行，然後突然在肯辛頓大道前停車。

我超過他，在他稍微前面一點的地方停車。我從後照鏡與側鏡觀察他，不再轉頭。

他下了車。

他走得很慢，也許是因為膝蓋的關係，然後在肯辛頓大道的某個角落轉了進去。

他的人剛消失，我就立刻跳下馬洪太太的車，我不想要跟丟他。

我轉入楚曼剛走過的那個角落，看到了他的背影，鬆了一口氣。但現在我太靠近他了。我的外套有帽兜，我立刻把它拉上，靠在某個牆面約一分鐘之久，我想要在我們兩人之間拉出一點距離，但也不要看起來太鬼祟，現在我很可能搞砸了。

我們距離有三十公尺遠，他左轉，打開了某間商店的門。他在進去之前，先瞄了一下左右兩側，然後，整個人就不見了。終於，我現在知道我們在哪裡，楚曼進了什麼地方。

自從我們第一次進入萊特先生的店面之後，他的櫥窗從來不曾發生過任何變化。掛在那裡的「生活用品」小招牌依然角度傾斜；同樣的塑膠娃娃們依然盯著我，目光死寂；同樣的沾塵碗盤與餐具、以同樣的方式擺放在同樣的展示架上頭。陳設品太過擁擠，其實我根本看不見裡面，因此，我此刻站在外頭，苦思接下來該怎麼辦。

要是我尾隨進去，那麼我可能會太早亮出底牌，他有機會可以編造自己為什麼會出現在肯辛頓的藉口。

要是我等到他出來，可能會錯失重要線索，錯失了我應該要親眼目睹的某些交易。

我和自己說好了：我會等十分鐘，要是他並沒有在這十分鐘當中出來的話，那我就進去。

我站在距離前門約十公尺的地方，然後看了一下手機上的時間。我把它放回口袋，開始計算時間。

還不到我設定時限的一半，楚曼出現了，現在，他背後拖著東西。帶輪的黑色大行李箱。

從他使力的狀況看來，似乎裡面有很重的物品。

他沿著「大道」一路南行，我開始跟在他後面，這一次，他在坎布里亞街左轉，然後又走了約一百多公尺之後，轉入某條我應該是從未進來過的某條小巷。在這樣的小巷裡，完全沒有人蹤，我擔心楚曼不知道在哪時候會轉頭，發現我躲在三十公尺外跟蹤他。我走路的時候盡量靜悄悄，我想要飄浮，這樣一來他就聽不到我的腳步聲。

當我到達楚曼進入的那條小巷，我沒看到他的人，但是聽到了聲音：大門的碰響。

我面前只有六棟房子，其中兩棟是沒有屋頂的空殼，我覺得另外四棟是廢棄狀態，但屋況完整無缺。

我靠近其中一棟的側邊，萬一有人出來的話，就可以立刻躲進空地。我專心聆聽了好一會兒，想要知道是否能夠聽出透露楚曼可能位置的線索。但只聽到自己的呼吸，還有血液奔湧入耳的聲音。除此之外，還有來自「大道」的車流，「高架」在軌道的梭行聲響。

我往前走，透過房屋的封板窗戶盯著裡面，一棟接著一棟。左邊前兩棟房屋的窗戶裡面什麼都沒有。當我透過第三棟房屋窗戶的兩片封板之間細看的時候，瞄到了有人在動，某道黑影走到了房間的另一頭。我以雙手圍住眼睛，想要讓周遭光線變暗，這樣一來，就可以看得比較清楚。

裡面一切靜止不動。

然後，我聽到有人講話，是楚曼，我聽不清楚他到底在講些什麼，不過我知道他講話的對象躺在地上，楚曼彎身，然後我就再也看不到他了，也不知道他在做什麼。

我想到了凱西，想到了她在這些街道的煎熬十年，我又想到了寶拉。在我改變心意之前，我抽出手槍，推開了那間房子未上鎖的大門。

我一直在門框邊緣縮身，遵從先前的訓練，想要讓自己成為小型目標。

一如往常，我的雙眼正在緩緩適應室內的昏暗環境，就在這時候，有人——楚曼——突然抬頭。

「不准動！」我的槍對準他的胸口，「不准動，雙手舉高。」

他乖乖照辦。我看到他的剪影，舉起了雙臂。

我急忙四處張望，屋內還有另一個人。在這樣光線暗淡的環境中，我沒辦法看清楚什麼可資辨識的特徵，她躺在地上，窩在楚曼的大腿之間。

楚曼的行李箱就放在他旁邊的地上。

我的槍口依然對著他。

「躺在地上的是誰？」

楚曼開口，「米可……」

「是誰？她是不是受傷了？」

我逼問他，「快告訴我啊。」

不過，我聽得出自己的聲音變得越來越軟弱，慢慢失去了權威性。

楚曼終於開口，語氣冷靜，「妳來這裡到底要幹什麼？」

「我只是……」我雖然開口，卻陷入遲疑，然後發現我無法把話講完。

楚曼說道，「米可拉，放下妳的武器。」

我拿著格洛克手槍，指了一下那個行李箱，「裡面是什麼？」

「我給妳看，」楚曼回我，「我打開讓妳看清楚。」

他腳邊的那個女人動也不動。

楚曼蹲在行李箱旁邊，開口說道，「我現在只是要拿手機，可以嗎？」

他緩緩從前胸口袋裡取出了手機，開啟它的手電筒、對準行李箱，打開了它的拉鍊，掀開蓋子。

一開始的時候，我沒辦法看到裡面有什麼。我往前走了兩步，緊盯不放，看到了運動衣、手套、帽子、毛襪。手腳暖暖包，可以持續八到十小時的那種化學用品，還有巧克力棒與瓶裝水。而在行李箱蓋兩側的拉鍊網袋裡面：十多支納洛酮噴鼻劑。

我說道，「我不懂。」

我的眼角餘光注意到地上那個人微微動了一下。我立刻旋身，槍口對準她，但隨即又指向楚曼。

「他還有意識，」楚曼說道，「但我們不能等太久。」

我問道，「他？什麼意思？」

楚曼把手機照向那個人，突然之間，我發現我搞錯了。

「他是誰？」

「我想，應該是卡特爾，」楚曼說道，「反正，他告訴我的是這個名字。」

我帶著恍然大悟的羞愧感，緩緩走向躺在地上的那個男人。根本不是女人，而是個男孩，年輕男孩，約莫十六歲，凱西被我看到第一次陷入這種狀態的時候，也是這個年紀。他超瘦，穿著略帶龐克風格，有畫眼線，努力要扮老。不過，小孩的纖細骨架卻露了餡。

他又昏迷不醒。

我驚呼，「哦不會吧。」

楚曼不發一語。

「妳要幫他？還是由我來？」

楚曼語氣冷漠，指向裝在自己手提箱裡的納洛酮。

後來，我們待在街上，等待救護車抵達。

這名毒癮受害者，卡特爾，甦醒了過來，他坐在地上，掉淚，沮喪。「我不需要救護車……」他嚎啕大哭，哀求無果，「我想要離開這裡……」他的袖子長度蓋過了手指，所以他一直揪住不放。我想把手放在他肩膀，卻被他給甩開。

「坐好不要動！」楚曼厲聲大叫，那男孩聽進去了，終於乖乖順從。

楚曼待在旁邊，不願看我。

我數度想開口，思索什麼才是最好的道歉方式。為了今天的事，還有在「公爵」酒吧發生的事，但我什麼話都擠不出來。

我終於說話，「你在這裡做什麼？」

楚曼盯了我許久之後，才開口回應，彷彿在考慮是否該給我一個解釋。

最後，他娓娓道來。這一陣子以來，他一直是萊特先生的義工。每天，他會到肯辛頓，先進萊特先生的店，然後拿走萊特先生提前塞滿補給品的行李箱，開始在這一區四處走動，能幫忙的地方就盡量協助。給予大家食物與備品，有需要的話就施打納洛酮。楚曼說，自從萊特先生的兒子死掉之後，他就一直在做這件事，長達十年之久。不過，萊特先生年紀越來越大，行動力不若以往，必須要有人接替他的位置。

「你真是好心。」我這句話軟弱無力，而我的心卻一直往下沉，我心想，道歉啊，快道歉，米可。

不過，我又想到了另一件讓我不安的事。

「那起攻擊，」我說道，「那個攻擊你的男人……」

「怎樣？」

「那不是隨機事件，」我說道，「對吧。」

他低頭看著路面。

他說道，「這裡的人不喜歡我四處走動打探。」

「你認識他嗎？」

「事發一兩天之前，我發現他在痛扁他女友，我當場把他拖開，」

我問他，「你怎麼什麼都沒跟我說？」

他不耐看著我，「我在下班後在某些棄屋做這些事，我要怎麼向別人解釋？」他問我，「妳可以嗎？還是別人？」

我講不出合理答案。

我別開目光。

楚曼終於開口，「然後呢？」

「什麼然後呢？」

「換妳了。」他的嘴抿為一條線，聲音完全聽不出任何友善之意。

「我在跟蹤你。」

我覺得無力又挫敗。此時此刻，除了真相之外，我沒有能力說出別的話。我緊盯著人行道上的隙縫，從每一個裂痕中奮力探頭的小草與碎石。

楚曼平靜問道，「為什麼？」

我倒吸一口氣，「他們說你就是那個人。」

「誰？」

「凱西的朋友們。」

楚曼點點頭。

「而妳就相信她們的說詞了。」

我回道，「沒有。」

楚曼大笑，但聲音好刺耳，「哈，」他說道，「然後我們卻在這裡相遇。」

我不發一語，盯著地面的時間更久了一點。

我開口說道，「這只是一場不幸的巧合——」但卻被楚曼打斷。

「妳為什麼會用那種方式講話？」楚曼問我，「米可，妳怎麼會用那種方式講話？」

很有意思的問題，真的，我想了一會兒。波威爾老師曾經告訴我們，大家會根據我們的文法、對我們做出評價，「這並不公平，」波威爾老師說道，「但這一點千真萬確，重點是你們的文法與腔調。你們要捫心自問，你們希望這個世界要怎麼看待你們？」

「我以前有個老師，」楚曼接口，「波威爾老師，我知道，波威爾老師。」

「米可，」他說道，「妳三十三歲了。」

「所以呢？」

他沒回我。

我抬頭，再次問他「所以呢？」但這時候我才發現他早就不在我的身邊，我望向右側，只看到他的背影，抬起的腳跟，正準備消失在街尾的某個角落。

突然之間，我才驚覺自己已經好久沒查看手機，有三通未接來電。

全部都是我家的室內電話。

我還有一通語音留言。

我沒聽，直接打電話回去。

「我是米可，」我說道，「馬洪太太，沒事吧？湯瑪斯呢？」

「別擔心，」馬洪太太說道，「只不過湯瑪斯似乎不太舒服。」

「怎麼回事？」

「哦，」馬洪太太回我，「真不巧，似乎在嘔吐。」

「哦不會吧，」我說道，「馬洪太太，真是抱歉。」

「別擔心，」馬洪太太回我，「我的護理學位正好可以派上用場。不過，他應該是好多了，現在正在吃餅乾。妳回家的時候，也許可以在半路上買些電解質飲料。」

我說道，「四十五分鐘之內我就會到家。」

我在開車的時候，打電話給我爸爸。

「我得找凱西。」

一秒之後，我妹妹已經在電話的另一頭。

凱西說道，「等我一下。」

我聽到背景傳來腳步聲，她走到了某處，應該是要找尋隱密的地點吧。出現關門聲。

凱西開口，「妳就說吧。」

我迅速把我今天發生的事講給她聽。

「不管妳朋友怎麼說，」最後，我說道，「我真的覺得不是楚曼。」

凱西不說話，陷入沉思。

「她們為什麼要說謊？」她問道，「為什麼要講出這種謊言？不合理啊，那裡每一個人的說法都一樣。」

「凱西，」我說道，「凱西，她們到底是怎麼說的？」

凱西回我，「天，米可，我不知道。」

「拜託回想一下，妳記得任何線索嗎？」

凱西吐了一口長氣。

「差不多是這樣，」她回我，「差不多是這樣，肯辛頓的每個人都知道妳姊姊的搭檔幹了哪些事，妳覺得妳姊姊自己不知道？」

我陷入沉默。

凱西問我，「怎麼了？」

我說道，「自從去年春天之後，楚曼就再也不是我的搭檔。」

「不是他嗎？」凱西問我，「那是誰？」

我現在知道了艾迪．拉佛提這麼多的內幕，對我來說，真是不可思議，簡直宛若某種恩賜。

我們成為搭檔只有一個月。我幾乎都在聽他窩在副座講自己的事，滔滔不絕。

不過，我最近完全沒有聽到他的消息。

我央求艾亨不要再讓我們搭檔之後，我通常都是盡量迴避他。而且，自從我被停職之後，我就離那個圈子更遠了。

現在，我最想要和楚曼討論這件事。很不幸的是，現在，我想他沒辦法成為我的選項。

我把拉佛提的名字告訴了凱西，她沉默許久。

「這名字很耳熟，」她說道，「我覺得我以前聽過。」

「等我一下，」她說道，「等我一下下就好。」

但正當我打算要回她話的時候，她已經掛了電話。

到家的時候，湯瑪斯躺在沙發上，前面的咖啡桌擺了一杯水。他正在看他喜歡的電視節目，臉色蒼白，不過除此之外都還好。

他大聲宣布，「我吐了。」

「我聽說了。」

我把手放在他額頭上，想測試是否發燒，感覺涼涼的。

我問道，「吐了幾次？」

他舉起一隻手，姿態誇張，奮力伸出了五根手指頭，然後，另一手也伸出來，十次。

待在客廳另一邊的馬洪太太，微微搖頭。

「他現在好一點了，」她說道，「湯瑪斯，你說是不是？」

湯瑪斯回道，「沒有。」

他說道，「我還是想吐。」

馬洪太太張口欲言，但還是閉上嘴巴，然後，點點頭，指向公寓後面的方向。

我跟在她後面走過去。

進入我的臥室之後，馬洪太太輕輕關上房門。

「我實在不喜歡插手管閒事，」她說道，「但我不知道還有什麼方法可以講出來，我覺得湯瑪斯很擔心妳。」

我問道，「這話什麼意思？」

馬洪太太猶豫不決，「我知道他沒事，」她說道，「他的確有嘔吐，但只有一次，一大早的時候。不過，之後我覺得他都是在裝病。他衝入浴室，打開水龍頭，製造一些噪音，沖馬桶。然後他走出來，說自己一直在吐，」馬洪太太說道，「我覺得，他可能需要一些關注。」

「我整個禮拜都在家陪他，」我說道，「一整個禮拜，一直到昨天都還是這樣。」

「小孩子是很敏銳的，」馬洪太太說道，「他看得出妳不太對勁，也許覺得妳身陷危境。」

我回道，「哈。」

「他不會有事的，」馬洪太太說道，「他是個很乖的小男生，超級有禮貌。」

我回道，「謝謝。」

馬洪太太微笑。

我又說了一次，「謝謝。」

我遵從她的指示，接下來的一整天都與湯瑪斯窩在沙發上，他滿心感激窩在我的懷裡。我等凱西回電，她一直沒打。

上床時間到了，他在我身上睡著了，我一直抱著他，宛若在為某道傷口止壓一樣，為他留住體內的血。他的小身子好柔軟又放鬆，我不肯放手。我應該要研究拉佛提，應該要打電話給某人，我覺得，我應該要完成工作。不過，我卻抱著我兒子，凝望那張臉龐所展現的奇蹟，那是凱西的縮小版，排列方式完美的組織聚合體。

他突然驚醒，「不要去別的地方！」

「我向你保證，」我說道，「我哪裡都不去。」

晚上九點鐘，我聽到家裡車道有車子駛入的明顯聲響。我覺得馬洪太太下樓之後就沒出門了，而且我也確定沒有訪客。

我小心翼翼，不想弄醒湯瑪斯，我從他下面扭身出來，站了起來。

我關掉公寓裡所有的燈，只留下門外的那一盞：不管過來的人是誰，這樣是最好的觀察方法，我趕緊把門鏈拴好。

然後，我端詳湯瑪斯，在沙發上睡得香甜。他的位置這麼靠近前門，我覺得很不好。我突然一把將他抱起，把他帶入他的臥室，把他哄上床。

希望他什麼都看不到。

我回到黑漆漆的客廳。站在那裡動也不動，專心聆聽。就在那一瞬間，我聽到有腳步聲慢慢走上家中的木梯。這名訪客在我家門外停下腳步，沒有敲門。

真希望身邊有槍。我一度想回到衣櫃前面，從鎖盒裡取出手槍。

不過，我四肢趴地，爬到了前門，然後，跪在那裡。我抬頭望向窗戶，將窗簾底部拉開了約兩三公分的隙縫。

是凱西。

我站起來，打開門鎖，外頭的冷風朝我的臉直撲而來。

我低聲問道，「妳來這裡幹什麼？」

「有東西要給妳看，」她說道，「不能拖下去。」

我動作彆扭側身，打開了燈，讓她進入公寓，她四處張望在打量。

她語氣和善，「這地方很不錯。」

「嗯，還可以。」

我陷入沉默，她也是。

我問她，「妳是怎麼找到這地方的？」

「爸爸給了我地址。」

我盯著她，「妳把一切都跟他講了？」

她慎重其事點點頭，「我把一切都告訴了他，」她說道，「這是我知道的遠離毒品的唯一方法，百分百誠實。不然的話，我又會繼續開始撒各種小謊，然後……」

她的聲音越來越小，然後把手比成了飛機狀，模擬垂直俯衝的姿勢。

「好，我可以打電話給他嗎？」她說道，「我答應過他，我一來到這裡就會打電話。」

她一打完電話，立刻就轉身問我，「妳有沒有筆電？」

我們待在我的臥房，肩並肩坐在床上，凱西拿著電腦。

她操作手法熟練，打開臉書，開始搜尋愛德華・拉佛提。

我們一起盯著螢幕。搜尋結果找到了七個愛德華．拉佛提，其中一個似乎就是他。沒錯，戴著太陽眼鏡，光頭，他一臉燦笑，摟著一隻應該是混種比特犬的狗，我記得他曾經有提過。

在我還沒指出他之前，凱西已經搶先伸出手指、貼住螢幕上的那張臉。

她說道，「就是他。」

這不是疑問句。

我點點頭，「是他。」

「他是康納的朋友，」她說道，「我以前見過他。」

康納，我花了一秒鐘。

我不假思索，「多克嗎？」凱西反問我，「妳怎麼知道那名字？」

「我知道啊，」我說道，「因為我在找妳，而且，很不幸，還真的與他巧遇。」

凱西點頭。

「嗯，」她說道，「對，他很兇悍。」

「兇悍？」我回她，「這樣說也是可以啦。」

凱西突然面色抽搐，在床上挺直身體，雙手捧肚，輕聲哎了一下。

我問道，「怎麼了？」

凱西回我，「她在踢我肚子。」

我說道，「是女兒啊。」

凱西聳肩，她望著我，彷彿後悔剛才說了那些話。她又抱住肚子，在護衛寶寶。

她說道，「也許我最好還是從頭說起吧。」

「去年夏天，」凱西說，「我開始與這個男人約會，他名叫康納，大家都喊他多克，但我從來沒這麼叫他。他對我很好，許久以來第一個交的男友。他出身好家庭，我雖然從來沒有見過他的家人，但是他卻告訴了我有關他們的事。他告訴我，他很想念家人，我們要一起戒毒，這也是我的期盼。

「當然，這件事一直沒有實現。我們一起戒斷，然後其中一個又開始沉淪，可能是我，也可能是他，然後就會把另一個人拖下水。

「問題就是，大家都不想要落單，」她說道，「無論是已經戒了毒或是戒了酒，你都會希望能夠跟深愛的人處於一樣的狀態，所以我們總是沒有辦法持續下去。

「九月的時候，」凱西說道，「我發覺我月經好一陣子沒來了。好，我也不知道多久，因為我都沒在記錄那種東西。我和康納在一起的時候，都會盡量用保險套，然後，哎，就是會出包，這種事常常發生。所以，突然之間，我發現我已經一陣子沒有月經，我去了免費診所驗孕，他們在那裡幫我做了超音波。我的肚子裡有一坨東西，我在螢幕上看到它了，這是我人生中第二次看到那東西。他們說，那是妳的寶寶。」

凱西哭了出來，用袖子抹鼻涕。她以雙手把頭髮攏到耳後，就像她小時候的動作一樣。我突

然有股衝動想要安慰她，但我還是沒有。

凱西說道，「他們說，我已經有孕十一週了。」當時是九月，他們問我有沒有酗酒或是使用任何藥物。我很老實，告訴他們有，我有用海洛因，一直嗑藥，喝酒，對，什麼都有。

「所以，那個護士，人超好的護士，她說會把我轉診到某間美沙酮診所，建議的療程是改用美沙酮，因為要是我突然戒斷的話，很可能會對寶寶造成相當嚴重的後果。嗯，我以前就聽過了，我有其他『大道』的朋友在染毒時懷孕，所以這對我來說不是什麼新鮮事。不過，我還是覺得，覺得心情很糟糕，米可，因為要是我再次懷孕，我想要好好生下來。這是我與康納先前常討論的事，等到我們都戒毒之後要生小孩。能抱持這樣的念頭很好，我萬萬不希望又有寶寶被別人奪走。」

凱西看著我，「我知道那一定會讓我痛苦萬分。」

「我告訴康納這個消息，」凱西說道，「他很高興，真的非常開心。我開始去診所報到，他也會陪我去，這是我們兩人第一次充滿了動力。

「接下來的那兩個禮拜，我天天都去診所，康納也是。我們找到了一個還不錯的地方住了下來，是棄屋沒錯，但非常乾淨，而且天氣夠暖和，所以晚上睡在那裡不成問題。我們知道等到天氣轉冷的時候得要找到更好的住所，但當時我們都很開心。

「有一天，我在我們平常報到的時間去了診所，康納本來應該要跟我會合，但他沒有出現。所以我打了針，回到我們住的地方，發現他正在爽嗨。

「就在那時候，我知道必須要改變，我開始祈禱，」她說道，「我不是虔誠的人，但那一晚我向上帝禱告求援。」

「第二天，」她說道，「爸爸出現在門口，宛若天啟，或是某種答案。很不可思議對吧？康納出去了。當時爸爸什麼都沒問，答應我要立刻帶我去威爾明頓。但是我不能對康納做出那種事，他是我遇過最好的男人。我知道妳一定覺得我瘋了，但當時我真心這麼覺得。

「我告訴爸爸，給我一天的時間，一天就好。我告訴他明天來接我，到時候我會準備好，但我看得出來他不相信我。

「康納不知道從什麼鬼地方回來了，」凱西說道，「我等到他夠清醒的時候才跟他講話，我說我要離開一陣子，必須要離開他，這樣才能比較健康，為寶寶戒毒。我沒有告訴他我要去哪裡。他不是很願意接受，我們大吵一架，他打我，勒我脖子，他說他要殺了我，把我猛力推倒，我的腕骨都斷了。

「我走出去，那晚睡在公園，第二晚也一樣，我沒有見到爸爸。

「我漏打了兩劑。我渾身是傷，丟臉死了，不敢進診所。他們一定會問一堆問題，然後逼妳去見社工。

「我開始覺得全身顫抖，心情惡劣，我知道我在戒斷階段，所以，我心想，要是我可以在街頭找到一些毒品，那麼我就可以自我治療，慢慢斷根。」

她沉默許久，一直盯著地面。我在想她是不是睡著了。然後，她繼續開口。

「我立刻又回到它的懷抱，」凱西說道，「一瞬間的事，彷彿從來不曾離開一樣。我一直睡在外面，睡在馬路上，喝得醉醺醺，讓『大道』上的客人帶我上車。

「過了幾天之後，」凱西繼續說道，「我受夠了，恢復了理智。」

然後，她又安靜下來。

「妳後來做了什麼？」我問道，「去了哪裡？」

「我一直和艾許莉有聯絡，」凱西回我，「我想你知道吧。她一直問我的狀況，確定我好不好。有時候，她還會給我錢。

「所以我去找她，出現在她家門口，她收容了我。」

我搖頭，不可置信。

「艾許莉知道？」我問道，「她有和妳見面？她知道妳還活著？居然沒有告訴我？」

而凱西卻蹙著眉頭。

「都是我的錯，」她說道，「我逼她發誓封口，而且還告訴她，絕對不能向妳透露任何口風。」

「所以她也對我撒謊。」

「米可，她救了我，」凱西說道，「她給我東西吃，讓我洗澡，還在她家弄了張床給我。她或是隆恩會載我去美沙酮診所，一天兩次，兩人都很照顧我，還一直跟我聊懷孕的事，讓我對生下寶寶充滿期待。

「妳知道她現在變得很虔誠，她和隆恩會固定上教堂，帶小孩接受宗教薰陶。她真的很支持我，星期天的時候會帶著我一起上教堂。那裡的人甚至還給我工作，像是清理地下室與廁所，支付食物給我，讓我帶回去給艾許莉，那裡的每一個人都很好，我真心覺得有家的感覺。大家也都知道寶寶的事，而且總說他們以我為傲，我做了正確的事。我覺得他們尊重我。我待在那間教堂的時候，心情很好，我覺得我對他們來說簡直像是個英雄。

「米可，但我好怕，每晚醒來的時候都會想到寶寶，還有我已經對她所做出的事。

「我擔心自己已經傷害了她，我好羞愧，痛恨我自己。每次施打美沙酮的時候，對自己的恨意就越來越深。我懂得戒斷是什麼，我知道那種感覺已經有十五年之久，而我現在已經長大了。」

她迅速吸了一口氣。

「我想到了湯瑪斯，」她說道，「就是忍不住會想到他。」

就我記憶所及，這是她第一次講出我給他的那個名字。

凱西現在哭得好傷心，聲音嘶啞尖銳，我站在原地不動，望著我妹妹。

終於，凱西平靜了一點，繼續說下去。

凱西說道，「琳恩姨婆的生日派對在十一月初。」

我說道，「妳不會也在那裡吧。」

凱西面露疑惑，皺眉，「為什麼這麼問？」

「我在兩個禮拜之後見到了他們，」我說道，「感恩節的時候，大家都知道我在找妳，歐布萊恩家族的每一個人都很清楚，他們為什麼對我撒謊？」

凱西深吸氣，她在字斟句酌，決定要不要說出某件事，看她的表情我就知道了。

「好，」她開口，「他們不信任妳。」

我大笑，就那麼一聲而已，很刺耳。

「我？」我問道，「他們不信任的是我？這是我聽過最顛倒是非的說法了。」

「妳平常從來不出現，」凱西說道，「妳是警察，而且……」她不說話了，想要減輕傷害的力道。

我追問，「而且什麼？妳就說啊。」

「大家都知道是妳帶走了湯瑪斯。」

我哈哈大笑。

「他們是這麼說的嗎？」

———

「這是事實，」凱西說道，「無論細節是什麼，他們知道是妳帶走了湯瑪斯。」

我想到了那天在艾許莉家中的情景，他們的臉部表情，歐布萊恩家族的每一個人，不安，拘謹，詭異。當我走向他們的時候，大家都表情僵硬。所有人都知道凱西的事，完全沒有人吐露口風。在我胸膛的正中央，有一股緩慢的羞恥感往外擴散，我從孩童時代就體悟的某種情緒，暴烈的程度差點把我逼哭。我與歐布萊恩家族相處的時候，一直就是這種感覺，我是外人，棄兒，沒有任何歸屬的人。

我突然起身，走向房間的另一頭，背對我妹妹。

我終於開口，「我也是他們的家人啊。」

我聽到凱西的呼吸聲，她在思忖接下來該說什麼。她開口的時候，語調小心翼翼。

「我覺得，他們沒有人知道妳其實很在乎。」

我清了清喉嚨。心想，夠了，真是夠了。

「鮑比也在那裡嗎？」

「哪裡？」

「在琳恩的派對？」

我轉身面向她，她點點頭。

她說道，「鮑比有去。」

「妳那時候的臉是什麼樣子？」

她面色抽搐，也許我太直接了。

「妳的意思是，」她說道，「是不是要問我還是鼻青臉腫？對，的確是，我告訴他是某個前男友幹的，我沒有說是誰。」

我回道，「難怪了。」

「什麼？」

「我告訴鮑比，妳跟一個叫做多克的人在交往，他一定拼湊起來了，因為顯然之後鮑比就乾脆自己動手解決。」

凱西差點笑出來，「妳在開玩笑吧？」她問道，「鮑比為我做出那種事？」

———

我聳肩，對於她的反應，那種滿足的神情，我無法苟同。

凱西說道，「我一直很喜歡鮑比。」

「我可沒有。」

我們聊天的時候，凱西一直坐在床邊。現在，她側躺下來，姿勢角度奇怪。她的頭貼枕，她累了。

「那場派對出了什麼事？」我終於問她，「琳恩的那場派對？」

「艾許莉想要邀請奇伊，她詢問我的想法，」凱西說道，「妳也知道，琳恩與奇伊一直有見面。我已經多年沒有見到奇伊，但我說好啊，有何不可？戒斷的步驟之一就是改善關係，而且我有好多人得需要和解，我覺得我可以從奇伊開始。

「那天晚上，在琳恩的派對現場，奇伊很不錯。我的意思是，她脾氣很壞，個性就是如此，但她人很好。她說我氣色不錯，問我的近況，我告訴她，我在接受美沙酮治療，但除此之外，我一直沒有碰毒。她說我表現很好，還告訴我要繼續努力下去，她說，『媽的反正不要給我搞砸就是了。』奇伊就是奇伊。

「當晚快要結束的時候，我決定要把寶寶的事告訴她。我覺得她遲早會知道，還不如自己講出來。我陪她走出去，站在那裡陪她等公車。

「我說道，『奇伊，我有事要告訴妳。』

「她轉身面對我，就是那種恐懼至極的表情。

「『哦天哪，』她說道，『拜託，我覺得妳一定會講出那些話，我不想聽。』

「我開始覺得緊張，雙手顫抖，全身冒汗。

「我問她，『妳覺得我要說什麼？』

「奇伊閉上雙眼，只是一直叫喊，『不要，不要啊……』

「我說，『我懷孕了。』

「奇伊真的哭出來了。米可，妳曾經看過她哭嗎？我這一生從來沒看過她哭。她雙手掩面，我不知道該怎麼辦，伸手扶住她的背。

「不過，當我一碰到她的時候，她立刻轉身面向我，把我的手撥開。米可，她失控了，尖叫聲好淒厲，我以為她會揍我。她告訴我，她已經受夠我了，她繼續說道，『當妳老毛病發作又開始碰那鬼東西的時候，誰要當這個寶寶的媽媽？』她說妳已經被搞得一身麻煩，沒有辦法再幫我帶我的另一個小人渣，她是這麼說的，人渣。」

凱西停頓了一秒，等待我的反應，然後，又繼續說下去。

「她說，『我絕對不會眼睜睜看著妳就和妳媽媽一樣、對這寶寶做出相同的事。』」

凱西問我，「妳有沒有聽懂？」

我點頭。

「不，」凱西回我，「不，妳真的明白嗎？」

我反問，「明白什麼？」

「米可，我知道妳沒發現，但我一直很好奇。奇伊老是說，都是因為妳，而不是妳與米可，不是說妳們兩個小女生，不是針對我們，而是我。

「我問奇伊，『妳這話什麼意思？對我？』她說，媽媽懷我的時候一直在嗑藥。

「我問道，『但是懷米可的時候沒有嗎？』

「米可，我對天發誓，她講這段話的時候在微笑。

「『懷米可的時候並沒有，』她的那種語氣，就像是對我講出口之後讓她心情爽快，『麗莎是在米可出生之後才開始碰那種鬼東西。』」

我等待了好一會兒，慢慢讓它消化沉澱。

然後我說話了，「哦，凱西，她可能對妳說謊，有可能要嚇唬妳，她嘴巴壞也不是一天兩天的事了。」

不過，這個問題卻在我們之間縈繞不去。

凱西搖頭。

「我也希望如此，」她說道，「她其實是在撒謊。

「我想到了當我離開奇伊家的時候，她依然在對我大吼大叫，『我覺得那寶寶真可憐！我覺得那小孩真可憐！』

「我苦思整夜，無法入眠。

「艾許莉不知道我與奇伊之間出了什麼事，她完全不知情。早上的時候，我留了張字條給艾許莉，告訴她我沒事，然後，趁還沒有人醒來的時候，我悄悄溜了出去。

「我搭公車到魚鎮，走到奇伊的家。我猜她在工作，沒錯。我敲了好幾次的門，但她都沒有應門。

「我多年前就沒有她家鑰匙了，但妳也知道巷口那道門要是用力一撬就會鬆開，所以我撬開鎖，走入那條通往後院的巷子。我檢查了一下後門，鎖住了，為了要進去，我打破了玻璃。

「我知道自己這樣不對，我不在乎。

「我走到地下室，只是想知道她說的是不是真的，知道真相對我來說很重要。

「妳知道奇伊在地下室的那個檔案夾？最底下的那個抽屜，有這麼一個檔案，叫做『孫女們』。

「我把它拿出來，厚厚一疊文件。裡面有妳的出生證明，米可拉．費茲派翠克，還有一張妳在醫院的照片，體重身高啊什麼的，還有其他一些文件證明妳很健康啊什麼的，就這樣。

「我的不一樣，我的出生證明也在那裡，就跟妳的一樣。但我的出生證明卻像是一本使用手冊，『物質依賴新生兒之照護』，上面說我可能會比其他的新生兒躁動，可能會哭得更兇。還有苯巴比妥的處方箋，所以我猜我剛出生就開始用藥了。

我很想說，我知道那種文件，當我開始成為湯瑪斯監護人的時候，收過類似的文件包。

我還是默不作聲。

凱西滔滔不絕，「我繼續在那個檔案櫃裡面翻找，還發現了其他東西，有一個被標記為『丹尼爾．費茲派翠克』的整份檔案。」

我點點頭。

凱西說道，「這個部分妳已經知道了。」

我又點頭。

「那些卡片與支票，妳找到了。」

「是啊。」

凱西回我，「很好。」

她不說話，陷入沉思，

「我想，我當初是故意留在那裡的吧，」她說道，「我覺得如果妳要是在找我的話，應該會在那裡發現那些東西吧。」

「我得要離開，」凱西說道，「我得要離開那間房子。我拿走我所有的出生醫院文件，還拿了一張爸爸送的卡片，他在我十六歲的時候寄給我的生日卡片。

「我離開奇伊家的時候，一片凌亂，我也懶得隱瞞我亂翻她的東西，我不在乎。我循原來的小巷離開，一直走到吉拉爾德大道，然後到了九十五號南州際公路的入口匝道。我豎起大拇指搭便車，就這麼一路到了手邊卡片上寫的那個寄件人地址，我連他到底是不是還住在那裡都不知道，但我已經無處可去了。

「當時是十一月初，從此我就住了下來，他一直很照顧我，」凱西說道，「確認我擁有所需的一切，確保我女兒出生時會有一個甜蜜的家。」

她望著我，我第一次在她的表情中發現了恐懼。

她說道，「我們所需要的一切，都不成問題。」

我告訴她，「凱西，我相信妳。」

凱西並沒有開口提出這個要求，不過，我突然靈機一動，應該要帶她來看湯瑪斯。

我們兩人悄悄走向他的房間，我悄悄打開他的房門，走廊的昏暗光線流瀉進來，靠著這樣的光線，我們可以看到他窩在床上的身形，被子床單與枕頭堆疊的地景之中，蜷伏其中的，正是我的兒子。

凱西望著我，詢求我的許可，我點點頭。

她走到床尾，跪在地上，雙手放在膝頭，凝望著他，

在我們小時候，家裡有五本書，其中一本是聖經，還有一本是費城人的隊史，兩本從奇伊童年時代流傳下來的《神探南西》小說，還有一本是《格林童話》簡編本，古怪的插圖，很驚悚，裡面都是女巫與森林的故事。今年，我就是送了同樣的一本給湯瑪斯。

在這本書當中，我最喜歡的是哈梅恩小鎮風笛手的故事。他不知道從哪裡跑出來、把小孩全部拐走的那種方式，嚇死我了，而且那些父母的無助、小鎮辜負了他們，然後他們也辜負了自己子女的那種程度，也讓我覺得驚悚。

我很好奇，那些孩子去了哪裡？離開之後的生活呢？是不是受了傷？天氣冷嗎？會不會想念家人？

我執勤的每一天都會想到這個故事。我把毒品想像成風笛手，想像它所投射而出的那種恍惚：每天我工作的時候，都會清清楚楚看到那樣的恍惚，每個人都在四處遊晃，被下了咒，著迷

又痴醉的狀態。我會想像在故事結尾之後，小孩、音樂，以及風笛手完全消逝的景況，我聽得見那座城鎮的可怖寂靜。

現在，我望向跪在床尾的凱西，她充滿懊悔。我看到了一絲可能性，非常微弱，有那麼一天，她可能會迷途知返。

然後，我望著湯瑪斯，一如往常，讓我想起了那種無所不在的告別與永劫不復之失喪的凶兆，它一直徘徊不去，發出預示，只有小孩才能聽到的某種微弱高頻旋律。

凱西與我回到了我的臥房，兩人窩在我置於床上的筆記型電腦前面。

她又伸手指向艾迪．拉佛提。

「這傢伙，」她說道，「當初我和康納住在一起的時候，總是一直來我們的地方。我那時候還沒有戒毒，記憶模糊，但我記得他，因為他找我講話，態度和善。他找我聊天，似乎在打量我。我當時覺得他可能是想要約會，但是他從來沒有開口。他和康納通常會一起跑去外頭的某個地方，我不知道他們在幹什麼，我以為他去那裡只是為了要爽嗨而已。康納以前在賣毒，我猜現在應該還是在賣毒吧。」

我說道，「努力多回想一點。」

凱西抬頭望著天花板，然後又看著地板。

「沒辦法。」

我回她，「再試試看。」

凱西回我，「我這一生中有許多事都想不起來。」

我們兩人靜默了好一會兒。

凱西突然說道，「我們直接問他就好了。」

我一臉不可置信看著她。

「康納？」我問道，「多克？他對妳做出那種事之後，妳還想要找他幫忙？」

「對，」凱西說道，「我知道這聽起來不可思議，但他真的是好人，至少，他比其他男人更善待我。」

她沉默不語，陷入沉思。

「凱西，」我回她，「他打過妳。」

終於，她開口，「但我有把握讓他可以說出來。」

我現在猛搖頭。

我說道，「當然不可能。」

凱西別過頭去。

「我們早上再想辦法，」我說道，「我們兩個都需要睡一下。」

凱西點點頭。

「好吧，」她說道，「我到時候再想辦法。」

但她完全沒有動，我也是。

她問道，「可不可以讓我借躺一下？」

我關了燈。我們兩人都平躺在床，貼住彼此，氣氛彆扭，房間內一片寂靜。

「米可……」凱西突然開口，嚇了我一大跳。

「怎麼了？」我脫口而出的速度也未免太快，「怎麼了？」

「謝謝妳照顧湯瑪斯，」她說道，「我一直沒有向妳道謝。」

我愣住了，好尷尬。

「不客氣。」

她說道，「我覺得好好笑。」

「怎麼說？」

「妳一直想要找到我，」她說道，「我卻一直在躲妳。」

過了一會兒之後，我才回她，「要這麼說也是可以。」

不過，我從她的呼吸聲聽得出來，她已經睡著了。

距離我們上次一起睡在奇伊家後面的房間，已經相隔了十六年之久，我們人生歲月的一半。我開始回想，只是孩子的我們，為了助眠在睡前講故事、或是看書、不然就是在一片黑暗中仰頭，盯著那個燈泡幾乎很少會發亮的半圓狀天花板頂燈。樓下傳來我們外婆的粗嘎聲音，在講電話抱怨，或是自顧自發怒碎碎唸某人的不當行為。凱西會說，把妳的手放在我的背上，我會乖乖照做，想起了以前母親的手溫柔貼住我的皮膚。現在追憶過往，我想我覺得我也許可以努力將某種價值感送給她，讓我成為傳達母親身後之愛的容器，讓她可以對世間諸多艱難就此免疫。我的手貼住她的背脊，兩人就一直維持著那種姿勢，一起墜入了夢鄉。我們的上方是一片平坦的柏油面屋頂，很難過冬的不良設計；屋頂之上，是籠罩費城的夜空；而天空之上，我們沒有答案。

我醒來的時候，外頭豔陽高照，我的電話正響個不停。

凱西不在我身邊。

我坐起身。

我拿起手機，是我爸爸。

「米可拉，凱西和妳在一起嗎？」

我到處找，沒看到凱西。我望向窗外，我家外的車道也沒有她的車子。

「也許她去你那裡了。」

我們兩人都陷入沉默，我們都知道這種事的機率微乎其微。

「我會找到她的，」我說道，「我應該知道她在哪裡。」

然後，我想起了湯瑪斯。

我答應過他。我昨晚告訴他，我會陪他，我想到了馬洪太太描述他昨天衝入廁所，奔向洗手台，假裝生病，企圖誤導母親，讓她回家來陪他，我差點就心碎了。

然後，我又想到我妹妹——也許此時此刻，命懸一線——還有她未出生寶寶的性命亦然——目的就是為了要保護其他人。然後，我想到了那些人，在肯辛頓街頭的其他無數女子，只要艾迪．拉佛提依然逍遙法外，那麼她們也依然會有生命危險。

突然之間，我嚇了一大跳，雖然我百般不願，但是卻立刻對奇伊、以及她為我們找到穩定托兒環境的漫漫過程，產生一種奇怪的憐憫之情。我在想，她這麼努力，一直擔心我們的學校會關閉，對她來說到底是什麼感受？

我一直想，拚命想。

最後，我做出決定，我告訴我自己，當今所發生的事，遠比我們兩個重要多了，比我們這個小家庭重要多了，許多人生命有危險。然後，我鐵了心，打電話給馬洪太太。

她剛進屋，我就立刻走入臥室，與兒子道別。

他依然在睡覺，我凝視他好一會兒，然後，坐在他身邊，他睜眼，然後又緊緊閉上。

我呼喊他，「湯瑪斯……」他開口，「不要走。」

「湯瑪斯，」我再次說道，「我有事要忙，馬洪太太會來這裡陪你。」

他開始大哭，依然緊閉雙眼，「不要！」他猛搖頭。

「我生病了，」他回我，「而且我還是病得好厲害，我覺得我又要吐了。」

「真抱歉，」我回他，「我一定得去一趟。這一定是非常重要的事，否則我不會離開你。這一點你很清楚，對不對？」

他不說話，

彷彿在裝睡。

「我答應你，我一定會盡快趕回來。」我說道，「我答應你，總有一天我會好好解釋清楚，我得要離開的理由太沉重了，等到你長大的時候，好嗎？我會告訴你的。」

他翻身，背對我，不肯看我了。

我吻了他一下，摸他頭髮摸了好一會兒。然後，我站起來，心想，萬一我現在做出了錯誤決定呢？

我對他說了一聲，「我愛你。」

我離開家門。

我到達肯辛頓，把車停在康納．麥克拉奇臨時住所附近的某條小巷。

我馬上沿著麥迪遜街一路東行，然後轉進了後門有三B塗鴉房屋的那條小巷。我才剛一轉過去，就遇到了站在巷子中間的一小群人。一共有三名男子：其中兩個是工人裝扮，穿著工作靴與頭盔，另一個穿長外套，搭配高檔牛仔褲。

我認出他們站在哪一棟：那是麥克拉奇的地方。

我不知道這些男人在這裡幹什麼，我朝他們走過去，我現在的姿態已經不如剛剛那麼篤定。

他們注意到我了。不再聊天，轉身看著我。

身穿長外套的男子問我，「有什麼需要幫忙的地方嗎？」他很友善，濃濃的費城腔，應該就是本地人，但看起來簡直像是初來乍到一樣。

「我……」我開了口，卻不知道該怎麼說下去，「我在找我妹妹，我覺得她應該在裡面。」

我的下巴朝我們面前的那棟白色房屋指了一下。

「裡面沒有什麼姊妹，」那男人語氣爽朗，他並不知道這種話現在對我有多麼耳熟，但最好還是別知道吧。「反正，」他說道，「我們明天要進行拆除，只是做最後一次的排練。」

當然，那棟房子的門已經大開。

我默不作聲許久，其中一名工人問道，「嘿，妳還好嗎？」

我茫茫然回了一句，「很好。」我轉身，再次面向麥迪遜街，我雙手扠腰，不確定接下來該怎麼辦。在我後頭的那幾個男人又開始聊天，有關他們正在蓋的公寓，過沒多久之後，就會有滿滿的住戶，可能都是蘿倫．史普萊特那種類型的人，在「轟炸機咖啡店」喝咖啡的那些小孩。這座城市不斷變化，永不休止。

流離失所的人，有毒癮的人，開始搬移，重新安排自己，找尋新的地方吸毒，狀況只會時好時壞。

然後，我的手機發出叮響。

我從口袋裡拿出手機，仔細端詳。

螢幕上出現了訊息：昂托利歐街的大教堂。

這位寄件者——很生疏的名字，十一月的時候，當我第一次在萊特先生的店遇見他，我早就已經把他的電話號碼存在自己的手機中——是多克，康納．麥克拉奇。

其實，位於昂托利歐街的大教堂，應該被稱之為「聖母聖慰院」，不過，打從我小時候開始，它的面積與雄偉的程度就等於是讓眾人直呼它為大教堂的等級。

我只進去過一次，大約是在我十二歲的時候，我和凱西某次在外留宿之後，她的一個朋友帶我們進去裡面。令人驚嘆：我們一直聽說那裡全是歐洲進口的材料，內部挑高的天花板讓大家想起了上帝。它幾年前關閉了，我在報紙上看到的消息，當時我沒有多想，近年來費城關閉了多間教堂，它只是其中之一罷了。

從我的停車處開車去大教堂，只是一段短短的路程而已，我立刻上車，開了過去。

我停了車，這是我許久以來第一次近距離端詳這座大教堂。其實，它屬於二十五管區，所以我不太可能會開著自己的巡邏車經過這裡。如今的狀況完全無法與當年盛景相比，現在泰半的窗戶都已經破損，大門還有「去死」的塗鴉字樣。教堂東廂有個鐘樓，但裡面卻沒有鐘，不知道是誰把它搶救下來。

我把車停妥之後，拾級而上，試了所有的門，都鎖住了。我繞過建物側面，發現有一道後門露出隙縫，上面掛了一條鎖鏈，完全沒有防堵作用。

我悄悄彎身，鑽了進去。

當我一進去，就聽到了人聲低語，我基於本能，立刻停下腳步聆聽，想知道是否可以辨認出凱西刺耳嘶啞的音頻，但我聽到的所有聲音都很陌生，沒有人高聲講話，然而，他們的字語卻被迫在破碎的磁磚地板、牆面、高聳天花板之間發出回音。低聲的破碎話語透過冷空氣朝我飄送而來。

只是……我就是這麼說的……前幾天……要等到那時候。

這裡有兩種氣味：多年累積的望彌撒經驗讓我能夠辨識出的某種氣息，聖經薄紙的味道，沾塵的跪凳絲絨墊布的味道。這是一種溫暖，好聞的氣息，聖誕市集、誕生慶典、十字架符號的氣息。另一種則是被幾無資源、無處可去的短暫過客吞沒之地的獨特氣味。關於第二種氣味，我很熟悉。兩道從天花板的洞垂落而下的明顯光束，銳如釘針，刺透整個教堂主廳。它的專有名詞是中殿，這個字詞立刻浮現我的心頭，伴隨而來的還有喬瑟芳修女的某個模樣，她是我最喜歡的小學老師，她以圖表說明教堂的各個部分，中殿、祭壇、半圓形後殿、小堂、洗禮池，還有我最喜歡的字詞，聖器室，我全部都記得一清二楚。

教堂裡的光緩緩擴散而開。我開始看到在長排座椅的那些人，靜靜坐在那裡，充滿耐心，彷彿在等待彌撒開始。有人在睡覺，有的人在走動，還有的人站著。某些人坐在保留給唱詩班的寶座狀椅子裡。教堂裡至少有二、三十個人，也許更多。

某名嬰孩的淒厲嚎哭劃破教堂，大家都安靜下來。過了一會兒後，眾人又開始低聲交談。在那一瞬間，我心神不寧，好想要找到這個孩子，把他抱入懷中，離開這裡，永遠不回來。

有名女子準備要去某個地方，輕輕碰觸到我的身體，嚇了我一大跳。

那女人說道，「妳也該注意一下吧！」我隨即道歉。

然後，我繼續問道，「對不起，可以打擾一下嗎？」

那女人停下腳步，背對著我，過了一會兒之後，她才轉過身來。

「妳有沒有看到凱西？」我問道，「或是康妮？還是多克？」

我們依然站在教堂最陰暗的地方，幾乎無法看到那女子的臉龐，不過，身體線條倒是很清楚。當我說出這些名字的時候，我看得出她全身僵直的模樣。她盯著我，正在打量我。

那女人終於開口，「妳檢查樓上吧。」她指向某扇鉸鏈已經鬆脫的門，斜靠在某個陰暗門口的右側牆面，在它的後頭，勉勉強強可以看到有道樓梯。

我爬上階梯的時候，大教堂主廳的聲音越來越微弱。我不知道自己要去哪裡，但空氣變得越來越冷。我拿出手機，利用它照亮眼前的階梯，偶爾會看到有小東西移散到雙腳的左右兩側，老鼠吧，或是蟑螂，或者只是陳年的灰塵而已。

階梯鋪有腐爛的地毯，所以我走路的時候可以保持靜悄悄。我邊走邊數算階梯，二十，四十。我經過了某個梯台，經過了某道上鎖的門，我試了好幾次，還加上肩膀重撞，但它就是不為所動。

過了第六十階之後，微弱的燈光進入樓梯井。我的左側有一道雙開門，上方有兩個破口，我猜以前是彩繪玻璃吧，但現在全碎裂一地，就在我的腳邊。在那道門的裡面，我聽到有人講話。

我試了一下門把，開了。

我盡量悄聲推門，第一個看到的人是凱西。

她靠在某個與腰部同高的護欄上面，後頭就是空曠的大教堂。她站在那裡，我知道了，這是唱詩班閣樓，他們來這裡應該是為了隱密。

康納・麥克拉奇正在與她說話。我看到了他的臉，是剪影，他似乎沒有注意到我，還有另外一個人，我覺得應該是男性，他也背對著我。

我與我妹妹四目相接。

在艾迪・拉佛提轉身之前，我已經知道是他。我看到了他的禿頭，姿勢，還有身高。我還記得他有點駝背，他曾經告訴我，背不太好。

我把手放在槍上，不假思索就立刻把它抽出來，把它舉在胸前。

「把雙手舉高！」我朗聲說道，「讓我看個清楚！」

我知道我使用的是工作的語氣，向凱西、寶拉，還有那些和我一起長大的女孩們所借用的特殊語韻，那是某種適用於學校、工作以及日常生活的強硬姿態。

我突然想到他們平常應該也不會這樣講話，應該也是因應不同需求的時候、可能才會採用這種強硬態度。

那兩個男人轉身面對我，拉佛提與麥克拉奇。

我看得出來，拉佛提愣了一秒才認出我。我沒有穿制服，就這麼突然冒出來，我沒有洗澡，模樣狼狽，頭髮往後綁了一個低髮髻，面容疲倦又緊繃。

「哇，」拉佛提露出微笑，或者，是努力擠出微笑，他乖乖舉高雙手，「是米可嗎？」

我喝令麥克拉奇，「把雙手舉高！」他終於乖乖照辦。

我對麥克拉奇說道，「離開她身邊！」然後，我的下巴朝凱西的方向點了一下。

我不喜歡他靠我妹妹那麼近，與靠在護欄上的她相隔只有幾十公分而已。我不知道從這裡摔到一樓中殿的高度是多少，但我知道我不希望她翻落下去。底下依然聽得到腳步聲、咳嗽、人語的低沉聲響，發出模糊難辨的回音，現在這些都不重要了。

麥克拉奇冷冷問我，「要去哪裡？」他比我上次看到的時候更形消瘦。

我的頭朝右側偏了一下，「靠牆站好。」

艾迪．拉佛提依然在對我微笑，彷彿絞盡腦汁要想出什麼搞笑的理由，我們大家之所以都站在這裡的某個原因。

他終於想出來了，「妳也是臥底嗎？」

我不發一語，我不想要看他的眼睛，但我也不想要出現未注意的疏忽閃失。我不確定到底要對準誰：麥克拉奇還是拉佛提？凱西站在拉佛提後面，我突然發覺她在默聲對我講話。

我望向拉佛提右耳後方，瞇眼盯著凱西。她的下巴朝麥克拉奇點了一下，她的雙唇在嚅動，講出了我無法參透的字，他是什麼什麼，我。

我依然專注盯著凱西嘴巴的時候，也發現到拉佛提的身體變得緊繃，是那種警察準備要追捕犯人的特殊狀態。然後，他撲向我，把我摺倒在地。我的槍射出了一發子彈，天花板的某個區塊也跟著碎落，然後，它又從加鋪地毯的唱詩班閣樓地板飛掠而過。

在我們的下方，傳出某個女人尖叫，然後，大教堂一片寂靜。

拉佛提站在我面前，兩隻腳各佔據我身體兩側，麥克拉奇離開他的位置，撿起了槍。

我躺在那裡，動也不動，氣喘吁吁。我從地板的角度端詳拱狀天花板，隱隱約約可以看出子彈的飛行軌跡。在某道光束之中，一小片灰泥粉塵緩緩落下，曾經是天藍色的天花板，如今斑駁處處。我發現最靠近我的那個角落，還有鳥兒佔據結巢。

槍響依然在我的耳內迴盪，除此之外，教堂一片死寂。

我想到了我兒子。如果今天是我的大限，不知道他之後會變成什麼模樣。我想到了我自己母親所做出的各種選擇——突然恍然大悟，好心痛，其實我與她也沒什麼太大的不同，只是各自的成癮性相異而已。她的是毒癮，簡單明確，我的模糊不明，但也一樣不健康，應該是自以為道德高尚，或是自我欺瞞，抑或是自傲吧。

我心想，湯瑪斯，我得要離開你了，真的好對不起你。

漫長的好幾秒過去了，我瞄到了麥克拉奇。他從地上撿到我的槍，緊抓不放。但是他握槍的方式不對，我突然發覺他根本不知道怎麼用槍，當我正在思索也許可以運用這一點奪得上風的時候，他卻突然對拉佛提開口，「給我跪下。」

拉佛提盯了他好一會兒，開口說道，「你一定在開玩笑吧。」

「我可沒有，」麥克拉奇說道，「給我跪下。」

拉佛提不可置信，還是乖乖照做。

麥克拉奇瞄向躺在地上的我，向我問道，「那樣做沒錯吧？」

我抬頭，剛才被拉佛提撲上來，前額撞得好痛，我依然眼冒金星，脖子痛得要命。

麥克拉奇說道，「妳站起來。」

我瞄向凱西，她立刻點點頭，我起身。

然後，麥克拉奇做出我完全搞不懂的動作：他依然把槍口對準拉佛提，然後慢慢靠到我身邊，最後，等到我們肩並肩站在一起的時候，他把武器交給我。

「這個妳比較厲害，」他說道，「媽的我不知道自己在幹什麼。」

當我接下槍、對準拉佛提的時候，麥克拉奇立刻雙手貼著後腦勺，大大鬆了一口氣。他走向唱詩班閣樓邊緣的欄杆，雙肘靠在上面，眺望下方的教堂。

我聽到我們後方階梯傳來有人跑上來的腳步聲。在那緊張的一刻，我的槍口在拉佛提與階梯之間來來回回。

門突然打開了，我看到麥可・迪保羅與戴維斯・阮現身，而且拔出了槍。

迪保羅態度冷靜，對我說道，「丟掉妳的槍。」我乖乖把它放在地上。

我不懂。

在那一剎那，我覺得是拉佛提呼叫支援，這樣一來，要讓我解釋清楚就變得更加困難了。

「他很危險。」我指的是拉佛提，而他立刻出聲抗議，但突然之間，凱西拔高聲音講話，蓋過了我們所有人。

她向迪保羅與阮問道，「是不是楚曼．道斯派你們來的？」

迪保羅反問，「是誰在講話？」他與阮依然挺直手臂舉槍瞄準我們，輪流鎖定，我可以想像他們的困惑。

「我是凱西．費茲派翠克，」凱西說完之後，朝我的方向點點頭，「我是她妹妹。是我聯絡楚曼．道斯，還有，」她繼續說道，下巴還朝艾迪．拉佛提的方向點了一下，「他就是你們要找的人。」

阮與迪保羅呼求支援，然後，他們把我們全帶到了警局——我、凱西、拉佛提、麥克拉奇——每一個人都分坐不同的車輛。

我們一直被隔開，然後，我們分別接受問訊。

我把我知道的一切，從頭到尾全告訴了他們兩個，鉅細靡遺，把克里爾的事講出來，說了凱西的事，還有湯瑪斯。我把拉佛提的事告訴了他們，還有凱西告訴我有關拉佛提的一切。我連楚曼的事也告訴了他們，還有我提到他時的尷尬態度。

我把真相告訴了他們，全部的真相，這是我有生以來的頭一遭。

過了好幾個小時之後，我才發覺自己餓壞了，得上廁所。我這一生從來沒有這麼渴望能夠喝一杯水。我不安挪動身軀，這是我從來不曾遇過的景況。

終於，迪保羅進入了留置我的房間，他面容疲倦，對我點點頭，雙手插在口袋裡，臉色沉鬱。

「是他，」他說道，「是拉佛提。」

他不發一語，將某張列印照片推到我面前，她穿著漂亮洋裝，面露微笑。

他問道，「妳認識她嗎？」

我愣了一會兒，然後，突然回到了十月在「軌道區」的場景，我在某塊圓木前彎身，仔細凝視第一名受害者。就我記憶所及，在她身邊的那個人——我一想到就全身震顫——正是艾迪・拉佛提。我想到了就在那一天、該名受害者的面孔：痛苦不安，我想到了她雙眼周邊的小紅點，慘死的模樣。我想到拉佛提看到她時的反應，無感，冷漠。

我問道，「她是誰？」

「夏莎．羅威．拉佛提，」迪保羅回我，「艾迪．拉佛提剛離婚的前妻。」

我驚呼，「不會吧。」

迪保羅點點頭。

我再次望向那張照片。我記得拉佛提講過他的第三任妻子，關於她的青春稚嫩，她還不成熟，也許這就是問題。

「她吸毒吸得很兇，」迪保羅說道，「每天都吸毒，她的其他家人在一年多前就與她切斷關係，自此之後，他們與她完全斷聯，她唯一的聯絡人就是拉佛提。」

他停頓不語。

然後又說道，「我在想，為什麼她從來沒有被報失蹤人口？」

我驚呼，「天哪。」

我依然盯著照片不放。能夠看到這女子生命中截然不同的時刻，我很欣慰。我迅速閉眼，然後又睜開，讓那微笑女子的影像取代我心中那個死狀痛苦的夏莎．羅威．拉佛提，自從我發現她的那一刻起，那幅畫面就一直徘徊不去。

迪保羅說道，「妳猜他們在哪裡認識的？」

他還沒說出口，我已經知道答案。

「懷爾德伍德。」

迪保羅點頭。

我再次驚呼，「天哪。」

迪保羅似乎陷入遲疑，然後，繼續說道，「妳不是問我賽門．克里爾的事嗎？」

我做好心理準備，我點頭，

「我想要告訴妳，」他說道，「我真的去調查了，我沒有要打發妳的意思。我們見面之後，我派一個人連續跟蹤他好幾天，果然，在第二天的時候，他在上班日的中午前往肯辛頓，原因並不是因為上級派令。」

我應了一聲，「嗯。」

迪保羅看著我，「米可，他有問題，」他說道，「他去肯辛頓的理由就和大家一樣。他向我們認識的某人買了一千毫克的奧施康定。就我所知，不是海洛因，但這應該是他接下來的目標。靠著警探的薪水，怎麼能夠買那麼多的奧施康定……」

迪保羅的聲音越來越小，最後吹了聲口哨。

「我知道了，」我說道，「一切都兜起來了。」

我低頭看著桌面。

我想到賽門在我年輕時所對我說的話，他小腿的刺青，當我為凱西的事擔憂不已的時候，他告訴我，我自己也歷經過那段過程的某個階段。

當時，那段話給了我極大的撫慰。

他們放走凱西與我之後，我們兩個一起走出警局大門。與警局的距離超過了三公里，凱西向爸爸借來的車也停在那裡。一想到我爸爸，我立刻打給他，我說凱西沒事，她很快就會回去。

我父親問道，「那妳呢？」

「抱歉？」

「妳也沒事嗎？」

「是啊，」我回道，「我很好。」

其實，我覺得如釋重負。凱西與我肩並肩往前走，我四處張望環境。肯辛頓變得不一樣了，也不知道是哪裡產生了變化，或者，純粹就是我看到了以前沒注意的事物。從許多方面看來，這是可愛的社區，而且裡面有好幾條街很漂亮，維持得很好，努力阻擋節節進逼的混亂勢力，這裡住著從來不曾離開、未來也永遠不會離去的歐巴桑，每天早上不只清掃自己家外的台階，然後，鄰居家的也一起包辦，有時候，甚至乾脆連街道也一起打掃，雖然，就連市政府從來也不曾過來管這檔子事。

終於，凱西對我娓娓道出她早上所經歷的一切。

她跟我一樣，先去了那間有三B塗鴉的屋子，也就是她所知的康納．麥克拉奇的最後一個住所。當她發現屋內空空如也、已經被查封的時候，她立刻回到「大道」，四處詢問，她馬上就發現麥克拉奇已經不見了。

她開車去找他，想要告訴他發生了什麼事，還要向他打聽艾迪．拉佛提這個人。

「真不敢相信妳會做那種事，」我打斷她，「為什麼要這樣？」

「我告訴過妳了，」凱西說道，「我很清楚，要是他知道艾迪．拉佛提可能是殺害這些女人的兇手，他絕對忍不下去，我知道他的個性。」

我搖頭。突然之間，我發現凱西重心不穩，面色蒼白。她雙手捧肚，現在的她有六個月身孕，而且似乎感到不適。我不知道她能不能繼續撐下去，她一直堅持自己沒事，但現在已經微微彎身。我不知道她上次打美沙酮是多久以前的事了？

我問她，「妳還好嗎？」

凱西神色緊繃，「我沒事。

「康納是會幹壞事，」凱西說道，「但他沒那麼壞，很少人是百分百的壞人。」

聽到這段話，我無言以對。我的眼前浮現馬洪太太的畫面，她伸手在棋盤上方來回點戳，「它們都有好有壞，所有的棋子都一樣。」不過，我好恨康納．麥克拉奇對我妹妹所做出的惡行，我十分清楚，我永遠不會原諒他。

「反正，」凱西說道，「康納告訴我拉佛提去年找過他，還說出自己是警察，叫他繳點錢當保護費，所以我才會認得他，」她繼續說道，「也就是這樣，他們才能偷偷摸摸做生意，因為拉佛提從康納那裡拿回扣。」

我突然罵人，「人渣。」

「哪一個？」

「兩個都是，」我說道，「兩個都是人渣。」

然後，我心中突然浮現一個念頭：是不是艾亨派拉佛提跟我同車，所以可以在我身上挖出什麼線索？換作六個月之前，我一定會覺得這想法很荒謬，現在，我不知道答案。

我怒道，「艾亨也是人渣。」我猜他一定知情，搞不好也收了回扣。

我發現凱西在大笑。

「怎麼了？」我問她，「妳是怎麼了？」

凱西說道，「我以前沒聽過妳罵髒話。」

「哦，」我回她，「現在會了。」

「對啊，」凱西回我，「妳沒說錯。康納告訴我，拉佛提不是唯一的一個，我說的是收賄，他說那狀況發生的頻率之高，遠超過妳的想像。」

我回道，「我想也是。」

「康納不知道那些女人的遭遇，」凱西說道，「他不知道這件事，他並不知道拉佛提與那四名受害者有往來，也不知道大家在肯辛頓的耳語。當我把事情告訴他的時候，他氣瘋了，還捶牆洩憤。」

我回道，「情操真是高貴。」

凱西黯然回道，「有時候是這樣吧。」

「反正，」她說道，「他有拉佛提的電話號碼，而且立刻就打給他。康納說自己有份商業合作案要找他，希望能夠在教堂私下見面。拉佛提一到達那裡，我就從康納的手機傳訊給妳，同時也傳訊給楚曼．道斯。」

我問他，「妳怎麼會有楚曼的電話？」

「哦，」凱西說道，「他多年前給過我電話號碼。妳那時候根本還沒當警察吧。我當時在『大道』，狀況很糟，潦倒至極，他走過來，然後把他的名片給我。還說如果我需要任何幫助，如果我想要戒毒，打電話給他就是了，我記得很清楚。」

「哦，」我回道，「對，他老是會做這樣的事。」

「他是好人，」她說道，「妳說是不是？」

「是啊。」

她露出微笑，什麼都不知情。

「嗯，」她說道，「一切都解決了，真好。」

突然之間，我覺得難以置信，她居然做出這種事：讓我們大家都陷入這樣的危境之中。楚曼、我、湯瑪斯、她自己，還有她肚裡的小寶寶。

我停下腳步，轉身看著她，「靠，」我罵道，「靠！凱西！」

她有點嚇到，「什麼？」她說道，「不要大吼大叫啊。」

「妳怎麼能對我做那種事？」我說道，「今天把我逼入那種處境，我還得考慮我兒子啊！」

凱西陷入沉默。我們兩人都扭頭不看對方，繼續往前走。我從眼角餘光發現凱西開始發抖，牙齒在打顫。

我們到了某個十字路口，我停下來等車子過去，但凱西卻繼續往前走，直接鑽入車流，漫無目的地亂走。某台車急煞，後面那台車差點直撞上去，四面八方傳來了喇叭鳴響。

我大叫，「凱西！」

她沒有轉頭。我伸出腳尖，碰觸人行道的前緣，來往車流完全沒有減速。我一直等，終於等到自己的行路權，然後，我開始小跑。凱西走在我前面十五公尺處，腳步急快。她在「大道」轉彎，在我眼前暫時消失。

等到我終於到達「大道」，我和凱西一樣，左轉，我看到了她，距離我約有十公尺之遠，她蹲在地上，雙肘壓住大腿，以手掩面。她的肚子往下垂，貼近人行道。我現在的位置看不清楚她的狀態，但似乎是在哭泣。

我恢復成正常走路速度，小心翼翼走向凱西。我們站在她以前與寶拉討生活的那個十字路口，就在阿倫佐商店的前面，我有預感，要是我現在講錯話或是做出錯誤舉動，我就會失去她了：「大道」會把她帶回去，與我遙遙相隔，凱西將會陷入地底之中，就此人間蒸發。

我站在我妹妹旁邊，足足有一分鐘之久，她因為啜泣而全身顫抖，她哭得好傷心，上氣不接下氣，完全沒有抬頭。

「凱西……」

終於，我把手放在我妹妹的肩上。

凱西狠狠甩開我的手。

我彎身，與她同高，行人在我們旁邊流條而過。

「凱西，」我問道，「怎麼了？」

她終於抬頭，望著我，直盯著我的雙眼，意思就是，他媽的給我滾。

我再次站起來，「到底是怎麼回事？」我說道，「我是做了什麼嗎？」

凱西也站起來，挺起胸膛與腹部，我準備與她正面交鋒。

「妳一定早就知道了，」凱西說道，「妳可能沒聽說拉佛提的事，但妳一定知道有出這種鳥事，妳一定知道，早就有人告訴過妳了。」

我全身寒毛直豎。

「我不知道，」我說道，「根本沒有人告訴我。」

凱西大笑，就只有那麼一聲而已。

「我告訴過妳，」凱西說道，「我，妳的親妹妹，我告訴過妳，當我沒辦法說不的時候、賽門．克里爾佔我便宜，妳不相信我，還說我撒謊。」

「那不一樣，」我說道，「那是我判斷錯誤，但那不一樣。」

凱西露出苦笑。

「賽門是誰？」她問道，「他是誰？是不是警察？」

我閉眼，深吸一口氣。

凱西說道，「因為我一直當他是警察。」

凱西盯著我，目光許久不移，她在搜尋我的表情。

然後，她望向我的後方，盯著那個角落，阿倫佐的商店。她愣住了。我終於轉頭，看到了她所見到的景象，但沒有人在那裡。我沒有問凱西，也知道她眼前浮現了寶拉．莫洛尼站在那裡的情景，蹺起一隻大腿貼著牆壁，一派自信，微笑，她的慣常姿勢。

「她們是我的朋友，」凱西語氣變得平靜，「全部都是，就連那些我不認識的也一樣。」

我終於開口，「抱歉。」

她沒有回應。

我再次說道，「凱西，對不起。」

不過，此時高架列車從我們旁邊駛過，我不知道我妹妹能不能聽到我講出的話。

名單

尚恩．齊歐葛漢、金伯利．古莫、金伯利．布魯爾、金伯利．布魯爾的母親與舅舅、布里特—安妮．寇納瓦、傑洛米．哈斯齊爾、迪保拉托尼歐家族的兩個年輕弟弟、恰克．畢爾斯、毛琳．霍華德、凱莉．札尼拉、克里斯．卡爾特與約翰．馬爾克斯（據說，這兩位在同一次可怕事件遇害，死亡時間相差一天），卡羅，他的姓氏我一直記不得。泰勒．波依斯的男友，一年之後，輪到泰勒．波依斯自己。彼得．史托克頓、我們先前鄰居的孫女海莉．德黎斯柯爾、夏納．皮耶德魯斯基、派特．鮑曼、尚恩．鮑曼、肖恩．威廉斯、璜．莫亞、湯尼．查普曼、杜尼．賈克布斯與他的母親、梅麗莎．吉爾、梅根．莫若、梅根．漢諾瓦、梅根．契斯霍姆、梅根．葛林恩、漢克．查姆布里斯、提姆與保羅．浮羅瑞斯、羅比．西蒙斯、雷奇．托德、布萊恩．阿德雷奇，麥可．阿許曼、雪莉．索克爾、珊卓拉．布洛契、麗莎．莫拉雷斯、瑪莉．林區、瑪莉．布吉斯與年紀和她差不多的外甥女，還有她的朋友。米奇．休斯的爸爸與叔叔，兩個我們很少見到的叔公。我們的表妹崔西，我們的表妹夏儂，我們的母親，我們的母親，我們的母親。他們全都年紀輕輕，全都走了。有前途的人，依賴別人與被別人依賴的人、關愛別人與被愛的人，一個接著一個，排成一行，在河中，沒有泉源沒有出口，是一條充滿了已逝亡魂的悠悠燦亮長河。

現在

某些日子，我會抱著筆電好幾個小時，瀏覽那些往生者的線上追憶式。他們都還在那兒：臉書頁面、殯儀館網站，以及部落格。死人是數位亡魂，甚至他們最後的那些貼文下面也隱藏了一堆悲悼、要安息的祈令，不然就是朋友與敵人之間的內部爭戰，嗆聲的人宣稱那個網頁裡有一半的人是假的，誰知道是什麼意思。女朋友在男友死後的兩年依然會貼上寶貝，生日快樂，宛若網路是某種水晶球、碟仙板，通往冥界的大門，我想，就某種角度而言，也算是吧。

觀看這些頁面、還有死者的親友頁面，已經成了我的習慣，早晨的第一要務。我不知道死者的媽媽要怎麼撐下去？然後，我不斷查看。最好的朋友呢？男友呢？（通常最先走出陰霾的都是男友：本來是幸福愛侶對鏡自拍的檔案照，之後換成了他自己的照片，接下來就出現了他生命中的新女人）。有時候，朋友的表現反而好多了，凱爾，你答應過我的。要是再有人死掉，我一定戒毒，啊，凱爾，願你安息。深陷在毒癮之中的人對於同類的反應最激烈，整個東北區全都是爛毒蟲！！！其中一個人發出了這樣的咆哮，我知道我曾經在他打算賣毒之前正好逮住他，在他自己貼出的那些照片中，目光呆滯迷濛。

每當我想到凱西，每當我心存疑惑，不知道她是否能夠找到戒毒並且從此斷絕的那種能力、運氣，以及毅力的時候，我最先想到的是這些人。只有少數人能夠成功。我想到了風笛手，哈梅恩那一整座城鎮，因為風笛手而飽受驚嚇，最後成為被詛咒的棄城。

不過，當我凝望凱西的時候——她正坐在我家沙發上頭，現在幾乎每個星期天都過來，一百八十九天沒有沾毒，——我心想，也許她就是那寥寥幾人中的一個。歷經某場戰役、受了傷卻依然倖存下來的老兵。也許凱西的壽命會超過我們每一個人，能夠活到一百零五歲，也許凱西終究會平安無事。

讓希望回到心中，會讓你同時覺得棒透了，但又渾身不對勁，就像是明明該讓湯瑪斯睡自己房間的時候、卻讓他窩在我的床上。

就像是讓他見到那個把他帶來這世界的女子。

就像是當你知道必須說出某個秘密的時候、必須違反某個忠誠的誓言。

我把制服繳交回去，湯瑪斯看到它就此消失，很是開心。我鼓起了一點勇氣，打電話給楚曼．道斯，在他應答之前，我一直屏氣不敢呼吸。

「我是米可。」

「我知道。」

「我只是想要告訴你，我辭職了，」我說道，「已經離開警界。」

楚曼愣了一會兒，終於開口，「恭喜。」

「還有，很抱歉，」我說話的時候閉上雙眼，「我今年這樣對待你，真的很抱歉，應該要更善待你才是。」

我可以聽到他的呼吸聲，他說道，「謝謝。」然後，他告訴我，他得要去照顧他媽媽了，我從他的聲音聽得出來，他已經與我徹底了斷，我永遠失去他了。

我告訴自己，這種事所在多有，有時候，就是如此。

在全國面前灰頭土臉的費城警局總部，否認他們有嚴重問題。但我知道的並非如此，凱西也是，肯辛頓的女子們也都知道不是這麼回事。所以我打電話給蘿倫．史普萊特，我說我想要以匿名方式向她爆料，第二天，這條新聞就出現在公共廣播電台。新聞記者開口說道，警察性侵在肯辛頓並不罕見，我關掉了收音機，我不想聽。

某些時候，我還是會因為自己鑄下大錯的那種惡劣心情而驚醒。我擔心自己出賣了那些多年來保護我的人，一直在暗地裡挺我的那些人——真的是在我的背後大力相助。

我想到了許多為這個組織工作的可敬人士，曾經在警界的楚曼、依然固守崗位的麥可・迪保羅、戴維斯・阮，葛洛莉亞・彼得斯，甚至還包括了丹妮絲・錢伯斯，她最近甚至還親自打電話給我致歉。

然而，還是有拉佛提之流的害群之馬，匪類。這種人很少見，但大家都會遇到過一個。

我想，最棘手的對象——也許是最危險的對象——就是拉佛提那種人的朋友，類似艾亨警佐之流的人，他對於肯辛頓的狀況很可能早已知曉多年，也許他自己也牽涉其中——誰知道呢。但永遠不會有人炒他魷魚，質疑他，甚至根本不會接受懲戒。他會繼續照舊每天過日子，正常上下班，偶爾會以各種方式濫用權力，對個人與社群造成永遠的影響，對整個費城市亦然，長達數十年之久。

真正讓我恐懼的是那個充滿艾亨的世界。

我還是沒工作，我大可以去找個律師、控告費城警局總部，把一切都說出來，但我沒意願。我反而一直靠失業救濟金過活，在我舅公李奇位於法蘭克佛德的汽車經銷據點工作，處理文書、接聽電話，打的是黑工，拿的薪資完全是現金。有了比較規律的工作表之後，我找到了一個固定配合的保姆，我信任的人，現在每週可以照顧湯瑪斯兩天，星期一和星期三的時候，我帶湯瑪斯一起到李奇辦公室上班。到了星期五的時候，由馬洪太太負責照顧。

這樣的方式不是很完美，但目前運作順暢。明年，湯瑪斯要去上幼稚園，一切都會再次發生變化。也許我會註冊社區大學的課程，也許，我終將拿到學位，也許，效法波威爾小姐，成為歷史老師。

我告訴自己，等到我拿到證書的那一天，我會把它裱框，寄一份給奇伊。

四月中旬的某個星期二早晨，我打開了公寓的所有窗戶。才剛下過一場暴風雨，外面空氣有春天、濕草，以及新土的豐盈氣味。廚房裡有一壺熱咖啡，湯瑪斯的新保姆馬上就要到來，他此刻正窩在他房間裡玩樂高。我已經向工作的汽車經銷據點請了一天的假。

保姆來了，我向湯瑪斯說再見，然後下樓，按了馬洪太太的門鈴。

她開門的時候，我立刻問她，「準備好了嗎？」

我們上了我的車，前往威爾明頓。

這是一場期待已久的行程。

當初，是在一月的時候埋下了這場聚會的種子，我找了凱西與馬洪太太共進晚餐。第一次的晚餐，後來成了每個禮拜一次的固定聚會。現在，每個星期天，我們哄湯瑪斯上床，然後我們三個人一起看電視，有時候是很蠢的節目，只要是新上架的喜劇就一定會點選收看，凱西是喜劇愛好者。至於其他時候我們看的是兇案節目——儘管最近發生了那些事，但凱西還是使用這樣的字彙——這種節目的主題幾乎都是失蹤女子，而殺人兇手幾乎都是暴虐的老公或男友。主持人令人不安的冷冷口吻貫穿全場，那是米勒夫婦最後一次看到他們的女兒。

「是他幹的，」通常凱西會對丈夫講出這種評語，「絕對是他殺的，我的天，看看他那長相啊。」

有時候，受害者很窮，也有女人是富婆，金髮，完全找不出任何缺點，而她們的丈夫是醫生或律師。

我覺得，那些有錢女子的長相，就像是凱西與我在十多年前看的《胡桃鉗》裡的那些女孩的成熟版，那些金髮女孩都梳髮髻，全都穿各種顏色的洋裝，宛若珍奇的鳥兒一樣，她們也像是那些舞者，全都是令人鍾愛的對象。

每到了週日晚餐時間，凱西就會逼我們兩個發誓，當她女兒出生的時候，一定要來看我們。

「我擔心沒有人會來。妳們會來看我吧？兩個都會來吧？」

我們告訴她，一定會的。

今天，馬洪太太和我開車轉進醫院的停車場。

寶寶昨天出生了，她還沒有名字。

我們的爸爸告訴我們，她現在住在新生兒加護病房，必須等待更詳細的評估。

凱西想要看寶寶，不成問題。她一直與醫生們很合作。大家都知道，就是進入加護病房，監看寶寶的戒斷症狀。

在我們下車之前，馬洪太太盯著我，把手放在我的手背，緊緊握住。

「現在，這過程對妳來說一定很痛苦，」她說道，「妳會因此聯想到湯瑪斯，想起他的煎熬，一定又會對凱西發飆。」

我點點頭。

「不過，她已經盡全力了，」馬洪太太說道，「記得這一點就好：她已經盡全力了。」

我秘藏了一段關於母親的記憶，從來沒有告訴過凱西，我小時候覺得它彌足珍貴，我擔心萬一講出來的話，可能會讓它消失無蹤。

在這段回憶裡，我看不見我母親的臉孔，我只記得自己在泡澡的時候、她對我講話的溫柔聲音。我們在玩遊戲。有人在某年的復活節給了我們塑膠蛋，我得到許可、能夠把它們全部帶進浴缸裡。彩蛋有黃色、橘色、藍色，還有綠色，都是在中間被切分為兩半。我可以把它們分開、然後再組裝回去，刻意撞色：黃色配綠色，綠色配橘色，一切都被我搞得亂七八糟。「哦不可以，哦哦不可以，」我母親為了逗我，刻意大喊，「幫它們裝回去！」也不知道為什麼，我覺得這是全世界最有趣的事，母親這麼喊我，「呆子！」那是最後一次有人用對待小孩的音調呼喚我。我還記得我母親的氣味，還有香皂的氣息，宛若陽光下的花朵。

在我比較小的時候，我總覺得就是這一段記憶讓我自己可以免於淪落凱西那種下場，就是因為它而讓我成為今日的我、讓凱西成為現在的凱西。我依然可以聽到我母親的聲音，那股溫柔之意，我一直把它當作是她愛我的證據，讓我了解到這世界上曾經有個人愛我深切至極。就許多方面來說，我依然覺得我的想法千真萬確。

進入醫院之後，馬洪太太與我拿到了訪客證。我們按了某個小電鈴，進入病房區，由一位名叫芮妮．S負責引路。

我們最先看到的是凱西，出現在走廊的盡頭。她已經可以下床了，我們的父親站在她旁邊，他們兩個透過玻璃窗在張望，我猜裡面就是新生兒加護病房。

芮妮．S講話語調爽朗，「有訪客！」

凱西轉身。

「妳們來了。」

芮妮把自己的識別證刷過讀卡機，打開了門，有位醫生立刻出來迎接我們。

進入新生兒加護病房，裡面一片幽暗寂靜，只有背景的白噪音。

大門右側有兩個洗手台，上方有指導我們如何洗手的標示。

我們乖乖照做，大家都一樣。凱西在搓刷雙手的時候，我四處張望。中央走道將病房一分為二，兩側擺放了壓克力玻璃嬰兒床，儀器與監測器持續穩定閃燈，但沒有任何聲音。房間的另外一頭是另一個護理站，距離比較遠，光線比較充足。

房內有兩名護士，兩個都在工作：其中一個在為某個寶寶換尿片，另外一個坐在與腰同高的旋轉椅、正在對電腦輸入資料。還有一個比較年長的女子，可能是志工，或是祖母外婆，坐在我們附近的某張搖椅裡面，緩緩晃動，臂彎裡有名新生兒，她對我們微笑，但不發一語。

我心想，到底哪一個才是凱西的寶寶？

我妹妹關掉了水龍頭。然後，轉身，走到房間的另一頭，站在某張嬰兒床前面。床頭有名牌，費茲派翠克的寶寶。

裡面躺了個女嬰。她正在睡覺，雙眼緊閉，還有剛出生時的腫脹。她的眼瞼微微動了幾下，然後，她轉動那張完美無瑕的臉蛋，從左側移向右邊。

我們四個都站在她身邊，盯著不放。

凱西開口，「就是她。」

我跟著重複，「就是她。」

凱西說道，「我還不知道該為她取什麼名字。」

她抬頭看我，一臉哀戚，她說道，「我只是一直在想，那是得要被叫一輩子的名字啊，然後，我就不敢想下去了。」

這房間好安靜，所有的聲音都在遠方，儼然在水面之下。接下來，後方出現了一陣高頻尖叫，痛苦的嚎哭。

我心頭出現本能反應，湯瑪斯。

我們所有人都面向音源，哭聲又出現了。

那是我永遠不會忘記的聲音，我兒剛出生時的哭喊。它讓我半夜從睡夢中驚醒有多少次了？就連他醒著的時候我也會心生畏懼，擔心等一下他小小的眉頭出現緊蹙。

我瞄了一下凱西，發現她如雕像一樣動也不動，目光死滯。

我輕聲問道，「妳還好嗎？」她點點頭。

那個哭泣的寶寶與我們相距一點五公尺。我們盯著某名護士代行母職，在嬰兒床前彎身，然後以雙臂抱起了某個裹著毛毯、戴著帽子的小寶寶。

我在想，他的母親，到底在哪裡？

「好了，」護士說道，「哦，現在好了，沒事了。」

她把寶寶放在肩頭，開始搖晃。我想到了我母親，想到了湯瑪斯，我的身體記得自己被抱住、以及自己抱小孩的感覺。

護士用力拍了拍寶寶的尿布，把奶嘴塞入他的小嘴。

不過他還是繼續哭個不停，輕微打嗝哭嚎，尖銳如鳥鳴，根本無法安撫他。

護士又把他放入嬰兒床，解開了他的衣裝，檢查尿布。然後，她又把他裹緊，再次把他舉高，抱入懷中，不過，他還是在哭。

另一名護士從她旁邊走過去，拿起嬰兒床尾的病歷記錄表。

「哦，」她說道，「他的時間到了。」

「我來準備。」她離開了，走向房間的另外一頭。

我妹妹，站在我旁邊，依然動也不動。我聽到她的呼吸，輕淺又急快。她出於本能，將手溫柔貼住她那還沒有名字、正在沉睡的女兒的小頭。

第二名護士帶著滴管進來了。

第一位護士把那個還在大哭的寶寶放入小床。

護士放下滴管，寶寶轉頭面向它，朝向藥品，他正在尋索，他記得它。

他張嘴，開始猛吸。

致謝

感謝多年來曾與我分享有關這小說所涵蓋各式各樣主題之個人經驗的每一位人士，尤其是印蒂亞、麥特、大衛、河西、克里斯塔．齊倫，還有提亞．鮑曼中心的所有女性。

感謝攝影師傑佛瑞．施托克布里茲，他奉獻了自己的大半生，在肯辛頓四處拍照，他也是在二〇〇九年的時候、第一次向我介紹這個區域的人，要不是有他的穿針引線，這本小說絕對不可能問世。

感謝娜塔莉．威佛、麥可．杜菲神父，以及聖方濟旅棧的所有工作人員，感謝你們的友誼，對於社區的奉獻，還有賜予我機會了解你們這個組織。也要感謝「過渡期女性」與「偉大作家」另外兩個組織，它們提供了費城及其居民不可或缺的援助。

感謝卓伊．凡．歐斯多爾、西格尼．艾斯皮諾薩、查爾斯．歐布萊恩醫生、納薩尼爾．波普金、瑪裘莉．傑斯特，還有克拉倫斯，感謝各位協助研究這部小說與相關寫作計畫的資料研究，感謝潔西卡．索佛與麥可．卡西閱讀與討論早期初稿。

感謝以下這些書籍的作者，在我寫作的時候，裡面的內容提供了各種有用資訊：

《肯辛頓之聲：消失的工廠，消失的鄰里》，作者是珍．賽德，照片是由南西．赫勒布蘭德所拍攝；《絲襪與社會主義：從爵士年代到「新政」時期的費城激進織品勞動者》，作者是夏儂．麥克康奈爾—西多里克；《勞動風景：一八九〇年到一九五〇年的工業化費城》，作者是菲利普．斯克蘭頓與瓦特．李希特；《美國白城》，作者是彼得．賓贊，還有公共事務振興署的《費城導覽》。

感謝賽提．費許曼與吉爾內特團隊，感謝莎拉．麥克葛拉斯與河源團隊，感謝艾倫．葛登史密斯—凡恩與歌薩姆團隊，謝謝諸位的專業指導，也感謝大家的友誼。

感謝在寫作過程中許多親友、以及幫忙照顧寶寶的人，每一天，我都對各位滿懷感恩。

Storytella 173

燦亮長河

Long Bright River

燦亮長河= /麗茲.摩爾作 ; 吳宗璘譯. -- 初版. -- 臺北市 : 春天出版國際文化有限公司, 2023.11
面； 公分. -- (Storytella ; 173)
譯自 : Long Bright River
ISBN 978-957-741-750-3(平裝)

874.57 112014784

ISBN 978-957-741-750-3
Printed in Taiwan

作　者　麗茲・摩爾
譯　者　吳宗璘
總編輯　莊宜勳
主　編　鍾靈

出版者　春天出版國際文化有限公司
地　址　台北市大安區忠孝東路四段303號4樓之1
電　話　02-7733-4070
傳　眞　02-7733-4069
E－mail　bookspring@bookspring.com.tw
網　址　http://www.bookspring.com.tw
部落格　http://blog.pixnet.net/bookspring
郵政帳號　19705538
戶　名　春天出版國際文化有限公司
法律顧問　蕭顯忠律師事務所
出版日期　二〇二三年十一月初版

定　價　599元

總經銷　楨德圖書事業有限公司
地　址　新北市新店區中興路二段196號8樓
電　話　02-8919-3186
傳　眞　02-8914-5524
香港總代理　一代匯集
地　址　九龍旺角塘尾道64號 龍駒企業大廈10 B&D室
電　話　852-2783-8102
傳　眞　852-2396-0050